Giallo & Nero 26

Di Åke Edwardson
nel catalogo Dalai *editore*
potete leggere:

Il cielo è un posto sulla terra

Balla con l'angelo

Grida da molto lontano

Luce e ombra

Senza fine

Åke Edwardson

Vela di pietra

TRADUZIONE DI
Ida Montrasio

Dalai *editore*

Traduzione dallo svedese di Ida Montrasio

www.bcdeditore.it

Titolo originale: «Segel av sten»

ISBN 978-88-6620-521-0

Dedicato a Rita

1

La bassa marea aveva lasciato le barche in secca. Riverse, con le chiglie che indicavano gli scalini.

Indicavano lui.

Le pance delle barche rilucevano al tramonto, mentre il sole scendeva dietro il promontorio. La luce si stava affievolendo, riempiendosi di buio. I gabbiani strillavano spinti contro l'acqua, schiacciati da un cielo pesante, teso come una vela sopra l'orizzonte.

Tutto veniva spinto contro il mare. Spinto sotto la superficie, spinto...

Jesus, pensò.

Jesus save my soul! Jesus save MY SOUL.

Giorno non vidi mai sì fiero e bello!

Udì dei rumori dietro di sé. Passi di pietra diretti verso la chiesa, di pietra anche quella. Scolpita, colpita. Alzò di nuovo lo sguardo. Il cielo aveva assunto lo stesso tono color pietra come tutto sotto la vela spiegata del cielo. Vela di pietra. Tutto era di pietra. Il mare era di pietra.

È il dito d'un timoniere,
Che tornando a casa naufragò.

Le anime si muovevano dietro di lui, dirette verso un momento di pace nella chiesa metodista. Non si voltò. Sapeva che lo stavano osservando, sentiva i loro sguardi puntati nella schiena. Non facevano male, non erano quel genere di sguardi. Sapeva di poter contare sugli abitanti del posto. Non che fossero suoi amici, ma nemmeno suoi nemici. Gli era stato permesso di stare nel loro mondo. E l'aveva fatto a lungo, per la verità così a lungo da essere diventato qualcosa di PIÙ... Era diventato tutt'uno con i sassi, le rocce, i muri, gli scalini, le case, gli scogli, il cielo, il mare, le strade. Le navi. I pescherecci.

Quelli che giacevano qui.

Quelli che giacevano sepolti sotto le onde, sui fondali sassosi, rotolando tra i continenti.

Jesus. Jesus!

Si voltò. I passi erano cessati e spariti nella chiesa che era chiusa, racchiusa. Si accesero i lampioni, il cui unico effetto fu di rafforzare quel buio primordiale. La luce col tempo si affievolisce nel buio. A questo stava pensando mentre camminava. Un buio primordiale, ogni tardo pomeriggio. Primordiale... E in ritardo. Sto vivendo questa vita in ritardo. Un lungo ritardo. Sto vivendo, ma sono un altro, un uomo nuovo. Quell'altro era in prestito, un ruolo, una maschera. Passato un confine si diventa un altro e si lascia indietro il proprio vecchio io.

I vestiti dei bimbi erano appesi ad asciugare in cortile, vicino alle scale che portano alla strada. Le piccole maniche lo salutavano.

Restò sulla strada. Il cavalcavia si elevava sopra di lui come una ferrovia costruita per il cielo. Eccolo il tram che porta al cielo, Gesù guida e Dio fa il controllore. Per la verità i tram qui non sono mai passati. Aveva preso il tram una volta, ma non qui. Era successo in un'altra vita, una vita molto lontana. Molto lontana. Primordiale, prima che varcasse il confine.

Il cavalcavia solcava il cielo sopra questa parte della città. Qui i treni risalendo avevano fischiato, questo accadeva tanto tempo fa. Nel 1969 passò l'ultimo treno. Forse l'unico che avesse visto.

Nel 1888 fu costruita la strada di pietra che conduce al cielo. Aveva visto anche questo? Forse. E forse lui era una delle pietre del cavalcavia.

Non esiste altro che ciò che non esiste.

L'avevano portato qui e qui era rimasto.

No.

Ci era rimasto, ma non per questa ragione.

Attraversò la strada su per North Castle Street ed entrò al pub sull'incrocio. Era deserto. Aspettò. Una donna che aveva già incontrato un paio di volte uscì dal retro. Con un cenno le indicò le spine sull'altro lato del bancone.

«Una Fuller's o sbaglio?» disse afferrando una pinta dal mucchio di stoviglie pulite vicino alla cassa. Non aveva ancora avuto il tempo di mettere i bicchieri sulla mensola.

Annuì. Gli riempì il bicchiere e glielo mise davanti. Lui osservò il liquido torbido nel bicchiere schiarirsi lentamente, come il cielo dopo il temporale, come il fondale marino dopo la tempesta.

Ordinò un whisky, uno dei più economici. Lo deglutì con un brivido.

«Fa freschetto stasera», disse la donna.

«Mmm.»

«C'è bisogno di calore, no?»

«Mmm.»

Un sorso di birra. E di nuovo un sorso di whisky. Sentì una vampata di freschezza nello stomaco. Con un cenno la donna si congedò e sparì nel retro.

Si chiese se LEI sarebbe venuta questo pomeriggio.

Riusciva a distinguere il rumore della tv attraverso la parete. Si guardò intorno. Era ancora solo. Un altro sorso. Si guardò intorno di nuovo, cercando qualcosa di impalpabile. Era quello che era sempre stato, solo. Solo un visitatore. Sempre solo un visitatore.

Non temeva quello che doveva arrivare.

L'orrore del reale è nulla
contro l'idea dell'orrore.

Il whisky era finito, finì anche l'ultimo sorso di birra, si alzò e uscì.

Il cielo era diventato nero. Le sagome del cavalcavia sembravano animali preistorici. Primordiali. Il vento da nord gli soffiava in faccia.

Tornò sulla strada. Non passavano macchine. La città luccicava sotto di lui. Non c'erano luci sul mare. Restò lì in piedi, ma non vide nessuna luce là fuori. Aspettò, ma non c'era altro che il buio. Un'auto gli passò alle spalle. Non si voltò. Sentiva l'odore del mare.

Il vento pungergli il viso. Sentiva l'arma in tasca. Sentiva l'urlo del mare in testa, altre urla.

Jesus!

Adesso sapeva che sarebbe finita.

2

Duecento metri dal mare, duecentocinquanta. Oltrepassarono un campo incontaminato, non ancora tracciato da sentieri. Potremmo essere noi, pensò, potremmo essere noi a tracciarli i sentieri.

Il cielo era limpido, uno spazio infinito. Il sole splendeva prorompente attraverso gli occhiali da sole. Il mare si muoveva appena. La superficie luccicava d'oro e d'argento.

Elsa gridava di gioia correndo lungo la spiaggia sui centomila sassolini mischiati ai milioni di milioni di milioni di granelli di sabbia.

Erik Winter si girò verso Angela, tutta intenta a setacciare la sabbia fra le dita.

«Se indovini quanti granelli hai in mano in questo momento, avrai un premio», le disse.

Lei alzò lo sguardo, schermandosi gli occhi dal sole con la mano.

«Che premio sarebbe?» gli chiese.

«Tu dimmi quanti granelli hai in pugno.»

«E tu lo sapresti verificare?»

«Certo.»

«Qual è il premio?» chiese di nuovo.

«Dimmi il numero», disse.

«Quarantamila», rispose lei.

«Sbagliato.»

«Sbagliato?»

«Sbagliato.»

«Come diavolo fai a saperlo?» Si alzò per non perdere di vista Elsa, che era una quindicina di metri più in là a fare collezione sassi. Da quella distanza non riusciva a vedere quanti ne avesse raccolti. Si avvicinò all'uomo della sua vita prima che lui potesse rispondere «intuizione» alla sua domanda.

«Voglio il mio premio. Voglio il mio PREMIO!» disse.

«Spiacente purtroppo la risposta non era corretta.»

«PREMIO, PREMIO», disse lanciandosi in un corpo a corpo con Winter, attirando l'attenzione di Elsa. Erik si mise a ridere guardando sua figlia di quattro anni e poi la donna della sua vita che ora si stava cimentando in una mezza leva al gomito. Non male. Sentì i piedi che iniziavano a scivolare nei sandali e i sandali che iniziavano a scivolare nella sabbia e come EFFETTIVAMENTE stava perdendo l'equilibrio e finendo lentamente a terra, come attirato da una calamita. Con Angela sopra. Sempre ridendo.

«PREMIO!» esclamò Angela di nuovo.

«PREMIO!» esclamò Elsa che intanto aveva raggiunto di corsa i due lottatori.

«Va bene, va bene», disse Winter.

«Se lo sai, allora dillo che avevo ragione», lo minacciò Angela immobilizzandogli le braccia. «Ammettilo!»

«Ci sei andata molto vicino», rispose. «Lo ammetto.»

«Allora dammi il premio!»

Con Angela a cavalcioni sulla pancia ed Elsa sul petto, cominciava ad avere qualche difficoltà a respirare. Alzò il braccio destro indicando la terraferma.

«Che cosa?» chiese Angela. «Che cosa c'è?»

Indicò un punto, sventolando la mano.

«È il premio», disse. Gli occhiali scuri gli erano scivolati giù. Sentiva il sole negli occhi. Sentiva il profumo del sale, della sabbia e del mare. Qui sarebbe potuto restare. A lungo. Venirci spesso. Camminare qui. Attraversare il campo su quei sentieri.

Dalla casa.

Dalla casa che sarebbe potuta sorgere laggiù, vicino alla pineta.

Angela guardò il campo. Poi verso di lui. Verso il mare. Di nuovo verso di lui.

«Davvero?» chiese incredula. «Dici sul serio?»

«Sì», rispose. «Compriamo il terreno.»

* * *

Una donna aprì appena la porta, e la richiuse subito. Aneta Djanali, con il distintivo ancora tra le dita, non riuscì nemmeno a vederla in faccia, solo un'ombra e il brillare di un paio d'occhi, che al calare del buio parevano l'unica luce là dentro.

Suonò di nuovo il campanello. Accanto a lei c'era un'agente della polizia locale. Una donna con pochi mesi d'esperienza alle spalle. Una novellina. Sembrava essere appena uscita dalle scuole superiori. Non pareva preoccupata, nemmeno particolarmente incuriosita dalla situazione.

Non lo trovava emozionante. Meglio così.

«Andatevene», si sentì da dietro la porta. La voce arrivava attutita, ma non era solo la doppia impiallacciatura, o qualunque cosa fosse che la separava dall'intervento delle forze dell'ordine.

«Dobbiamo parlarle un momento», disse Aneta Djanali alla porta. «A proposito di... ciò che è successo.»

Si sentì bisbigliare dall'altra parte.

«Non ho afferrato quello che hai detto», ribatté Aneta Djanali.

«Non è successo niente.» Riuscì a distinguere ora.

«Abbiamo ricevuto una denuncia», disse Aneta Djanali.

Un altro bisbiglio.

«Chiedo scusa?» disse Aneta Djanali.

«Non vi ho chiamato.»

«Non è la prima volta», disse Aneta Djanali. Sentì una porta aprirsi alle sue spalle che si richiuse all'istante. «Non è la prima.» L'agente al suo fianco annuì. «Signora Lindsten...» insistette Aneta Djanali.

«Andatevene.»

Era ora di prendere una decisione. Poteva restare qui. Poteva esigere un'ispezione del viso di Anette Lindsten. Poteva essere distrutto. Poteva essere l'unica cosa giusta da fare. Bisognava decidere. Il futuro bisognava deciderlo qui e ora.

Aneta Djanali si decise. Posò il distintivo che teneva ancora in mano, fece un cenno alla ragazza in divisa e se ne andarono.

Non si scambiarono una parola nell'ascensore. Volendo avrebbero potuto commentare i graffiti sulle pareti, imbrattate di scarabocchi neri e rossi.

Fuori si era alzato il vento, si udiva chiaramente lo sferragliare dei tram della Citytorget. La fila di caseggiati di Fastlagsgatan sembrava estendersi da un orizzonte all'altro. Occupava tutta la superficie, a volte anche il cielo. Una parte era stata abbattuta, lasciando un cratere in mezzo alla collina. Con l'abbattimento delle case costruite quarant'anni fa il cielo era ricomparso, almeno un po'. Oggi era blu, un blu intenso. Un cielo di settembre che sembrava aver accumulato quel colore per tutta l'estate e ora era completamente limpido. Limpidamente completo. Eccomi qui finalmente. Sono il cielo nordico.

Faceva caldo, un caldo più maturo, concentrato.

L'estate di Britt, pensò. Si dice estate di Britt, ma non so perché. Appena torno a casa controllo. Dev'esserci un collegamento con gli onomastici. Ci sarà una santa Britt in settembre?

Per caso il suo sguardo cadde sul nome della via che avevano imboccato poco prima: Brittsommargatan. Oddio. E avevano parcheggiato in via Ognissanti. In questo quartiere le stagioni erano a distanza di pochi passi l'una dall'altra. Verso sud si estendeva la via delle Stagioni. A nord di Kortedala Torg il tempo procedeva in senso orario: il Parco dell'Avvento, via della Vigilia, via XXVI dicembre. Via Aprile, via Giugno. Nessuna via Settembre. Vide quella del Tramonto, seguita da quella dell'Alba e la via del Mattino.

Qui si finisce per essere travolti da tutte le ore del giorno e tutte le stagioni dell'anno, pensò mentre faceva manovra diretta verso un'altra civiltà a sud della città. Era come passare un confine.

Nella Citytorget i bambini giocavano parlando in arabo. Donne col capo coperto uscivano dal minimarket Orvells Livs. C'era una ricevitoria che faceva anche da fruttivendolo. E di fronte un fiorista. Il sole tracciava delle ombre che dividevano la piazza in due, una bianca e una nera.

«L'hai mai vista Anette Lindsten?» domandò all'agente nel sedile del passeggero.

La ragazza scosse la testa.

«Chi l'ha vista?»

«Intendi tra i colleghi?» chiese l'agente.

Aneta Djanali annuì.

«Intendi chi di noi l'ha incontrata?»

Aneta Djanali annuì di nuovo.

«Che io sappia, nessuno.»

«Nessuno?»

«Non fa mai entrare nessuno.»

«Ma non è la quinta volta che qualcuno telefona denunciando un maltrattamento?»

«Sì.»

«Hanno lasciato un nominativo?»

«Eh... Un paio di volte. Una vicina.» La ragazza si voltò verso di lei. «Quella con cui abbiamo parlato.»

«L'avevo capito.»

Aneta Djanali sfrecciò oltre le fabbriche della Gamlestaden. Si stavano avvicinando al centro città. Si scorgevano già le prime case di Bagaregården. Erano state costruite per un'altra civiltà. Belle abitazioni, monofamiliari o al massimo bifamiliari, abitate da quei fortunati che possono permettersi di vivere come se fosse sempre sabato. Si domandò improvvisamente se ci fosse una via del Sabato nella zona che si erano appena lasciate alle spalle. Forse no, forse la pianificazione della città non si era spinta oltre il martedì, si era fermata a lunedì, la via del Lunedì. Quello era il confine. Lunedì sette giorni su sette.

«Non si può continuare così», disse Aneta Djanali.

«A cosa ti riferisci?»

«A cosa mi riferisco? Mi riferisco al fatto che potrebbero esserci gli estremi per un controllo.»

«Davvero?»

«Non conosci il regolamento?» esclamò Aneta Djanali voltandosi bruscamente verso la giovane collega, che la guardò imbarazzata come se fosse stata colta impreparata durante una prova d'esame. «Sono le disposizioni del pubblico ministero», soggiunse Aneta Djanali con un tono più soave. «Col sospetto di maltrattamento ho la facoltà di fare un'ispezione.»

«Quindi la farai?»

«Un'ispezione a casa Lindsten? Forse è arrivato il momento di farla.»

«Sostiene di abitare da sola ora.»

«Ma il marito viene a trovarla?»

«Questo lei non l'ha mai ammesso», replicò l'agente alzando le spalle.

«I vicini invece?»

«Uno di loro sostiene di averlo visto.»

«E i figli?» domandò Aneta Djanali. «Non ne hanno?»

«No.»

«Sarebbe bene interrogare il marito», disse Aneta Djanali. «Quel bastardo...» disse fra i denti.

«Cosa hai detto?» chiese l'agente sorridendo divertita.

Era sera quando Aneta Djanali aprì il portone di casa. Ad accoglierla c'era il solito profumo familiare nell'ingresso. Casa sua. Per la precisione, la sua casa in affitto. Anzi, per essere ancora più precisi, la casa in cui abitava. Ma la sentiva sua. Si trovava bene nella vecchia casa signorile di Sveagatan. Era in centro. Poteva andare dappertutto a piedi. Poteva decidere di non andare da nessuna parte. E poi cambiare idea.

L'ascensore saliva lento. Anche questo le piaceva. Le piaceva aprire la porta e trovare la posta sul pavimento. Le piaceva scrollarsi di dosso il cappotto, scalciare via le scarpe, vedere la vecchia conchiglia gigante che aveva da sempre sul mobile, guardare la maschera africana appesa al muro, andare scalza in cucina, accendere il bollitore, prepararsi un tè, o prendersi una birra, a volte un bicchiere di vino. Le piaceva.

Le piaceva la solitudine.

A volte questo la preoccupava.

Non bisogna stare da soli. Cosa penseranno gli altri? C'è qualcosa di sbagliato in chi se ne sta da solo. La solitudine non è una scelta. La solitudine è una pena. Una condanna.

No. Non stava scontando una pena. Le piaceva starsene qui a decidere ciò che le andava, quando le andava.

Si era seduta su una sedia in cucina, di sua volontà, esercitando il libero arbitrio, l'acqua stava bollendo. Stava giusto per alzarsi a preparare il tè quando squillò il telefono.

«Sì?»

«Che cosa stai facendo?»

Era la voce di Fredrik Halders, un collega, un collega irruente. Ultimamente meno, ma pur sempre più irruente di molti altri.

Due anni prima la sua ex moglie aveva perso la vita, investita da un ubriaco al volante.

Questa volta mi ha lasciato davvero, aveva detto un po' di tempo dopo in uno stato di mezza incoscienza.

Lei e Fredrik stavano lavorando insieme quando accadde. Poi avevano cominciato a frequentarsi. Aveva conosciuto i suoi figli. Hannes e Magda. Che avevano iniziato ad accettare la sua presenza in casa, ad accettarla davvero.

Le piaceva Fredrik. La loro iniziale frequentazione si era poi evoluta in qualcos'altro.

Anche tutto questo la preoccupava. A cosa l'avrebbe portata? Lo voleva sapere? Avrebbe avuto il coraggio di non chiederselo?

Di nuovo la voce di Fredrik dall'altra parte: «Cosa stai facendo?»

«Niente. Sono appena rientrata.»

«Te la senti di andare al cinema stasera?» e continuando prima che lei avesse il tempo di rispondere: «La figlia di Larrinder vuole guadagnare qualche soldo in più come babysitter. Mi ha telefonato lei stessa. Lui me l'ha proposto oggi e io gli ho detto di farmi chiamare». Bo Larrinder era un collega relativamente nuovo del dipartimento di sorveglianza. «E lei mi ha richiamato subito!»

«Ti si stanno spalancando le porte su un nuovo mondo, Fredrik.»

«Vero? E questa sera si spalancano davanti allo Svea.»

Il cinema Svea. Cento metri da casa sua. Si guardò i piedi. Le parvero piatti. Guardò la tazza di tè che l'aspettava sul tavolo in cucina. Si vedeva già a letto con un libro. E addormentata entro breve.

«Fredrik. Stasera non ce la faccio. Sono distrutta.»

«È l'ultima possibilità», disse.

«Stasera? Lo danno stasera per l'ultima volta?»

«Sì.»

«Stai scherzando.»

«Sì.»

«Domani sera. *Bien*. Mi preparo mentalmente già da ora, così domani vedrò di farcela.»

«Va bene, dai.»

«Ti va bene davvero?»

«Ma certo che mi va bene. Cosa ca… Cosa credi? Anzi, cos'hai fatto questo pomeriggio?»

«Possibile maltrattamento coniugale a Kortedala.»

«Sono i peggiori. L'hai preso?»

«No.»

«Nessuna denuncia?»

«Non da parte della moglie. Nemmeno da parte del vicino, si è scoperto. Ma è la quinta volta.»

«Com'è messa?» chiese Halders. «È messa male?»

«Ti riferisci alle ferite? Non l'ho vista. Ci ho provato.»

«Dovrai esigere un'ispezione.»

«Ci ho pensato mentre me ne stavo andando. Ci ho pensato e ripensato.»

«Vuoi compagnia?»

«Sì.»

«Domani?» domandò Halders.

«Domani non riesco. Ho quei furti nei bar di Högsbo.»

«Fammi sapere che mi tengo pronto.»

«Ti ringrazio Fredrik.»

«Riposati per bene e preparati mentalmente per domani.»

«*Bonsoir*, Fredrik.»

Mise giù la cornetta con un sorriso. Preparò il tè. Andò in soggiorno e mise su un disco. Si lasciò sprofondare nel divano e sentì i piedi riprendere forma. Ascoltava il blues del deserto rotto dal vento di Ali Farka Touré, pensando a un Paese a sud del deserto del Mali.

Si alzò per cambiare musica, *Kontomé*, del 1998, di Gabin Dabiré, grande musicista del Burkina Faso. La sua musica. Il suo Paese. Non il Paese in cui era nata e vissuta. Ma comunque la sua patria.

Kontomé è una raffigurazione presente in ogni casa del Burkina. La sua è nell'ingresso sopra al mobile. L'icona rappresenta gli spiriti degli avi, luce guida della famiglia e di tutta la società.

La luce, pensò. Kontomé illumina il sentiero. Ringraziamo Kontomé per quello che siamo e quello che abbiamo, ora e in futuro. E Kontomé ci aiuta quando il destino si muove su questo sentiero.

Sì. Lei ci credeva. L'aveva nel sangue. E così sia.

Gabin Dabiré cantò la sua *Sizà*, la sua verità:

La verità, dimmi la verità
Perché i nostri figli, i nostri anziani, i nostri saggi e
La natura stessa

Non sentano il male
La verità, liberaci dall'innocenza.

Aneta Djanali era nata all'ospedale Östra di Göteborg, i suoi genitori erano originari dell'Alto Volta. Dal 1984 il Paese aveva preso il nome di Burkina Faso, ma la povertà era sempre la stessa. Era un Paese pieno di vento, come la musica che stava ascoltando, dove la steppa era diventata deserto. Il Mouhun, il Nazinon e il Nakambe, originariamente denominati Volta Nero, Volta Rosso e Volta Bianco, erano i tre grandi fiumi che attraversavano il Paese a sud. Comunque ora di acqua non ce n'era più. La siccità causata dal vento caldissimo, l'harmattan, aveva trasformato le savane erbose in deserto. E i fiumi, che in origine avevano dato al Paese il suo nome, scorrevano asciutti. Forse anche l'aspirapolvere aveva preso il nome da quelli, un tempo l'aveva creduto. E aveva sicuramente domandato a suo padre se fosse vero.

Era un Paese esposto.

Il Volta della siccità. Il Volta della povertà. Il Volta delle malattie. Il Volta delle violenze. Il Volta pericoloso.

I suoi genitori erano arrivati in Svezia negli anni Sessanta, qualche anno dopo l'indipendenza del Paese, fuggendo dalle persecuzioni.

Suo padre era stato in prigione per un breve periodo.

Avrebbe potuto semplicemente essere giustiziato. Semplicemente. Certe volte era SOLO questione di fortuna. Facevano parte dell'etnia mossi, che costituiva la maggioranza, ma non avrebbe fatto differenza. Il primo presidente del Paese, Maurice Yaméogo, a capo dell'Union démocratique voltaique, era diventato sempre più dittatoriale e sempre meno *démocratique*, bandendo i partiti di opposizione. Alla fine fu lui stesso deposto in una sommossa militare nel 1966.

E via andare, sempre più giù in una spirale sempre più buia. Siccità devastante, politica devastante. Carestia di massa, moria di bestiame. Manifestazioni, scioperi. Sommosse militari. Esecuzioni, sempre più esecuzioni.

Quella che era stata una colonia francese aveva ereditato dai francesi, che qui avevano ucciso dalla fine dell'Ottocento, la politica del terrore e gli assassini. Ora i francesi non c'erano più, ma la loro lingua era rimasta. Il popolo era africano, ma dalle loro bocche uscivano le parole francesi della lingua ufficiale.

Aveva imparato il francese da piccola, a Göteborg. Era figlia unica. Una volta cresciuta e in divisa, i suoi genitori avevano deciso di tornare nella loro città d'origine: Ouagadougou.

Per Aneta Djanali era naturale restare nel Paese dove era nata e cresciuta, ma capiva perché il papà e la mamma fossero voluti tornare nel Paese dove *loro* erano nati, prima che fosse troppo tardi.

Era stato quasi troppo tardi. Sua madre tornò a casa con un margine di due mesi. Fu sepolta nella dura terra bruciata della periferia a nord della città. Durante il funerale Aneta Djanali aveva visto il deserto, largo milioni di chilometri quadrati, avanzare. Ci abitavano dodici milioni di persone in questo Paese desolato, pochi di più che nella desolata Svezia. Qui erano neri, nerissimi. E i loro abiti bianchi, bianchissimi.

Suo padre aveva rimuginato a lungo sul fatto che fosse stato il viaggio ad aver causato il decesso della madre, anche se indirettamente.

Lei rimase nella capitale a tenergli compagnia, per tutto il tempo necessario. Passeggiò con curiosità per le strade dove avrebbe potuto vivere tutta la sua vita, anziché tornarci come straniera. A Ouagadougou c'è all'incirca lo stesso numero di abitanti di Göteborg.

Era come tutti gli altri qui. Era nerissima e si vestiva di quel bianco bianchissimo. Comunicava in francese – almeno con le persone che avevano avuto un'istruzione scolastica – e con gli altri parlava in moré.

Poteva proseguire senza essere notata fino alla fine della città, dove il deserto la prendeva d'assalto col suo vento, l'harmattan. Riusciva a sentirlo seduta a casa di suo padre. La casa era una capanna bianca, bianchissima sotto il sole. Il sole era bianco. Il cielo era bianco.

Sentiva il vento, quello svedese. Suonava più rotondo, più morbido, più freddo. Ma non faceva freddo là fuori. Era l'estate di Britt.

Appunto. Si diresse verso la libreria e aprì il dizionario:

Periodo di tempo bello e caldo in autunno – denominazione derivante dal giorno di santa Brigida, il 7 ottobre.

Non sapeva molto della santa, probabilmente non lo sapeva nemmeno la maggior parte degli svedesi, bianchi o neri che fossero. 7 ottobre. Ne mancava di tempo. Significa che farà ancora più caldo?

Mise al suo posto il tomo con un sorriso. Andò in bagno e si spogliò mentre la vasca si riempiva di acqua caldissima. Vi si immerse, lentamente. L'appartamento era avvolto nel silenzio. Sentì il telefono squillare e il suono della segreteria. Non si sentiva la voce, solo un bisbiglio, piacevole. Chiuse gli occhi, il corpo galleggiava rilassato nell'acqua caldissima. Pensò al vento caldissimo e al lusso di potersi permettere un bagno. Non voleva pensare a questo. Scacciò via il pensiero dell'acqua e del lusso.

Vide un viso per pochi secondi, una donna. Una porta che si apriva e si richiudeva. La luce del tramonto. Occhi lucidi che sparivano. Occhi spaventati.

Sempre con gli occhi chiusi, vide l'acqua. Nuotava sott'acqua trasportata dalla corrente, il vento del mare.

3

Sarà stata la millesima volta che Winter passava pedalando su Vasagatan. La catena avrebbe avuto bisogno di un po' d'olio, la ruota anteriore andava gonfiata.

I bar del viale erano aperti. Aveva letto da qualche parte che questa era la strada con la più alta densità di bar di tutta la Svezia. Anzi, probabilmente di tutto il Nord Europa. Il Nord Europa... Questa denominazione si usa spesso nelle comparazioni geografiche. Era un'espressione su cui aveva riflettuto parecchio. Dov'è tracciato il confine del Nord Europa? All'altezza di Münster? Anversa? Varsavia? Sorrise all'idea. Forse all'altezza di Göteborg.

I locali *sono* effettivamente tanti e i cittadini di Göteborg seduti ai bar all'aperto sono in metà di mille.

L'anno scorso c'era stata la guerra qui, proprio *qui* sul viale su cui ora stava pedalando serenamente.

Un giovane si era preso una pallottola alla schiena che l'aveva quasi ucciso. Forse aveva cercato di colpire un poliziotto alla testa con un sasso, forse no.

La sera prima i manifestanti si erano scontrati con la polizia. Winter aveva visto tutto dal balcone. Ne era rimasto nauseato. Vasaplatsen era assediata.

Il colpo più duro del Nord Europa.

Tutta l'Europa era rappresentata durante le manifestazioni di quel fine settimana di fuoco a Göteborg. C'erano tutti i rappresentanti dell'Unione Europea. C'era anche il presidente degli Stati Uniti.

C'era anche chi non voleva essere rappresentato.

Erano tutti vittime, in qualche modo. I giovani manifestanti, quelli che lanciavano, quelli che colpivano, quelli che stavano a guardare. Quelli che volevano solo parlare, proclamare i loro diritti.

I poliziotti, quelli gentili, quelli duri, quelli spaventati, quelli matti, gli psicopatici tutto muscoli, i fascisti, i socialisti, i moderati. I pacifisti. I soldati da combattimento. Vittime. Alcuni piangevano, come bambini.

La polizia non riuscì a stendere un rapporto.

Hanne fece gli straordinari. Faceva sempre gli straordinari Hanne Östergaard, l'obiettore di coscienza di servizio al distretto per mezza giornata. Era una struttura all'antica. I tempi moderni necessitavano molto più di una mezza giornata di cure per le anime lacerate dei colleghi. E per le loro coscienze.

La parte peggiore fu l'organizzazione prima dell'incontro dei vertici, anzi la mancanza di organizzazione. No basta, non voleva pensarci. Nessuno voleva pensarci, nemmeno parlarne.

La settimana successiva Halders era stato sul punto di prendere a pugni uno dei poliziotti. Uno dei suoi fratelli. Fratellanza. La reazione di Halders sorprese molti, ma non Winter. Halders aveva sempre avuto un'anima socialista. Se fossi stato lì avrei manifestato a fianco dei giovani ribelli, aveva detto. E ti saresti preso una pallottola in testa, aveva risposto Ringmar. Perché queste complicazioni? Aveva chiesto Halders. Quando sono iniziate queste complicazioni? Quando i colleghi hanno fatto irruzione nella Hvitfeldtska costringendo gli adolescentelli a stendersi mezzi nudi sul pavimento di pietra? Noi dov'eravamo allora? Eravamo a Buenos Aires? A Santiago? A Montevideo? No. Eravamo a GöteDANNATAborg! Sono stati *costretti* a irrompere, aveva precisato Aneta. Credo che fossero in pochi a volerlo. Perché cavolo l'hanno fatto allora? aveva ribattuto

Halders. Stavano semplicemente eseguendo gli ordini? La prego giudice, ero costretto a eseguire gli ordini... Ma si può? Non tutti hanno eseguito gli ordini, aveva precisato Aneta. Certi colleghi si sono tolti l'attrezzatura in piazza.

Era seguito un lungo silenzio. L'estate splendeva perfetta fuori dalla finestra. Winter sognava il mare. Halders aveva appena finito di riassumere i fattacci della settimana trascorsa, dopodiché quasi tutti erano scappati in vacanza, verso il mare, verso il cielo.

Winter camminò lungo Heden, pensando al mare e al cielo, teso come una vela sopra la baia dove forse avrebbe vissuto la sua vita. Una nuova vita, un'altra. Sì. Forse era giunta l'ora per un nuovo inizio.

Ne avevano parlato in macchina, mentre Elsa dormiva sul sedile posteriore e il sole se ne stava andando altrove. Angela guidava con una mano sul volante, con l'altra gli accarezzava la nuca.

«Non è pericoloso guidare così?» le aveva chiesto.

«Non chiederlo a me. Sei tu il poliziotto.»

«Sarà la mossa giusta?»

Lei capì esattamente a cosa si riferisse.

«Non abbiamo ancora fatto niente», gli aveva risposto.

«È solo un terreno», aveva detto lui.

«Sì, Erik. La cosa non mi preoccupa.»

«È un bel appartamento, il nostro», aveva continuato lui.

«È una bella baia, la nostra», aveva ribattuto lei.

«Sì, anche quella è bella.»

«È bellissima», aveva concluso lei.

Entrò nella dimensione piacevolmente familiare del commissariato. Sempre lo stesso odore nell'ingresso nonostante le ristrutturazioni, pensò facendo un cenno alla donna all'accettazione.

«C'è una persona per te», gli disse attraverso il vetro dello sportello.

Si voltò e vide una donna alzarsi dal divano. Vide il suo profilo specchiarsi nelle teche dove avevano messo le visiere e gli elmetti provenienti dai commissariati di tutto il mondo. Come una prova d'amicizia globale. Tra agenti di polizia. C'erano anche i manganelli, a collaudarne l'amicizia. Aveva usato proprio quelle parole, passandoci davanti una volta con Ringmar, quando la teca era nuova, e Ringmar aveva constatato che l'elmetto tropicale italiano era il più bello. Guarda che proviene dall'Abissinia, gli aveva detto Winter. Me ne sbatto, era una perfetta protezione dal sole mentre sterminavano i negretti.

La donna doveva avere la sua età. Aveva i capelli scuri con un tocco di lucentezza estiva, viso largo e sguardo aperto. Aveva la sensazione di averla già incontrata, in un'altra vita. Indossava un paio di jeans, un classico maglione da pescatore e una giacca. Adesso la riconobbe.

«Ci siamo decisamente già incontrati.»

Si strinsero la mano. La sua mano era asciutta e calda. La guardò negli occhi, li riconobbe.

«Johanna Osvald. Di Donsö», disse la donna.

«Ma certo», rispose lui.

Si accomodarono nel suo ufficio. C'era ancora odore di estate lì dentro, odore di chiuso, di asciutto. Sulla sua scrivania erano rimasti i casi della stagione precedente. C'era un odore anche intorno a quei fascicoli, odore di morte.

Si era rifiutato di toccare quel dannato mucchio dopo... l'accaduto.

Voleva solo dimenticare, ma era impossibile. Bisogna imparare dagli errori, dai propri errori, anche se è doloroso, dolorosissimo.

Avrebbe chiesto a Mollerström di portare tutto giù in archivio.

Guardò la donna. Non aveva proferito parola mentre si dirigevano verso il suo ufficio, come se volesse risparmiare la storia per quando sarebbero stati soli.

Dovevano essere passati vent'anni.

Sapeva di non sapere nulla di lei. Niente a parte quel neo sulla coscia sinistra. O destra. Quelle labbra. E quei sassi che gli si erano conficcati nella schiena mentre lei si muoveva sopra di lui con irruenza per infine esplodere insieme in un istante di passione ardente. Lei aveva riso. Si erano tuffati in mare. Avevano remato fino all'isolotto. Un'estate, forse neanche. Un mese. Non la conosceva molto, quasi per niente. Era tutto un mistero, gli pareva quasi di esserselo sognato.

Era in qualche modo il riassunto della giovinezza, pensò.

Misteri sognati. Non l'ho più vista da quell'estate. E ora è qui seduta nel mio ufficio. Anche questo è un mistero. Ecco che inizia a parlare.

«Te lo ricordavi il mio nome, Erik?»

«Certo. Appena me l'hai detto, mi sono ricordato tutto.»

Notò che stava per aggiungere qualcosa, ma restò in silenzio e riprese: «Ti ricordi quello che ti ho raccontato di mio nonno?»

«Sì...»

È vero. Ora mi ricordo di suo nonno. Ricordo perfino il suo nome.

«John», disse Winter. «John Osvald.»

«Te lo ricordi davvero?»

«Non è un nome molto diverso dal tuo.»

Nessun sorriso, non c'era nessun sorriso in quel viso. Si ricordò anche questo, quella espressione.

«Ti ricordi che scomparve durante la guerra?»

«Sì.»

«Non lo dici tanto per dire?»

«No. Tuo nonno si rifugiò in un qualche porto inglese durante la guerra. Mi ricordo che me l'hai raccontato. E che lui poi... scomparve in mare. Mentre era fuori a pescare... In Inghilterra.»

«In Scozia. Era in Scozia. All'inizio cercarono rifugio ad Aberdeen.»

«In Scozia.»

«Mio padre non aveva nemmeno un anno quando lui... salpò», disse. «Per l'ultima volta. Era l'autunno del 1939.»

Winter non disse nulla. Se lo ricordava. Il bruciore delle lacrime di lei sulla sua spalla. Se lo ricordava davvero? Sì. L'aveva sentito. Gliel'aveva raccontato allora. E di lacrime ce n'erano ancora. Forse erano soprattutto le lacrime di suo padre. Era comprensibile, ma non veramente *comprensibile*, non allora. Era diverso sentirlo oggi. Oggi era lui a essere diverso.

«Suo fratello non era ancora nato... Quando partirono per... l'ultimo viaggio. Nacque tre mesi più tardi.»

Un fratello. Non si ricordava di un fratello. Non si era mai parlato di un fratello.

«Morì di rachitismo all'età di quattro anni», disse Johanna Osvald. «Il mio zietto.»

Aprì la borsa e ne tirò fuori una lettera. La teneva sospesa a distanza. Come se stesse prendendo le distanze da quella lettera. Winter l'aveva visto fare molte volte. Lettere che erano arrivate volando come uccelli. Uccellacci. Lettere con un messaggio che nessuno voleva. E certe volte i destinatari venivano da lui con il messaggio. Cosa faceva pensare a queste persone che lui volesse essere coinvolto?

«Che cos'è?» chiese.

«Una lettera», rispose lei.

«Lo vedo», disse sorridendo e forse sorrise anche lei, oppure era solo la luce che si spostava nella stanza in modo imprevedibile. Là fuori l'estate di Britt cominciava a preoccuparsi delle stagioni a venire.

«È arrivata una lettera», disse. «Da laggiù. Questa lettera.»

«Da laggiù? Dalla Scozia?»

Annuì sporgendosi in avanti, appoggiando la busta davanti a lui sulla scrivania.

«È timbrata a Inverness.»

«Mmm.»

«Non c'è nessun mittente sul retro.»

«È firmata?»

«No. Aprila e vedrai.»

«Nessun esplosivo?» disse Winter.

Forse ora stava sorridendo.

«Nessuna polverina bianca.»

Estrasse la lettera dalla busta. Carta a righe, sottile ed economica, sembrava una pagina strappata da un normalissimo blocchetto di appunti. Le parole erano scritte in stampatello, due righe in inglese:

THINGS ARE NOT WHAT THEY LOOK LIKE.
JOHN OSWALD IS NOT WHAT HE SEEMS TO BE.

Winter controllò la busta. Un francobollo con la regina d'Inghilterra. Un timbro. Un indirizzo:

OSWALD FAMILY
GOTHENBURGH ARCHIPELAGO
SWEDEN

«Ed è arrivata», constatò guardando Johanna Osvald. «Tutta la strada fino all'arcipelago.»

«Complimenti agli impiegati dell'ufficio postale.»

«Il nome è scritto sbagliato», notò Winter.

«Sarà lo spelling inglese», rispose lei.

Winter rilesse il messaggio. *Non tutto è come sembra.* No, questo lo sapeva bene, riassumeva praticamente la sua visione del lavoro di sorveglianza. *John Oswald non è quello che sembra.* Quello che sembra, quello che si pensa. Si pensa che sia morto. Non è morto?

«Non è mai stato ufficialmente dichiarato morto», disse lei prima che lui avesse il tempo di formulare la domanda. «Almeno non da parte nostra.»

«Ma dalle autorità?»

«Sì.»

«Ma voi cred...»

«Cosa dovremmo credere?» lo interruppe. «Noi ci speriamo, ci abbiamo sempre sperato ma... La barca è affondata nel Mare del Nord. Nessun superstite, per quanto ne so.»

«Per quanto ne sai?»

«C'era la guerra. Probabilmente sarebbe stato troppo rischioso fare delle ricerche. Ma noi... Mia nonna... Mio padre... A nessuno di noi è mai giunta notizia che il nonno potesse essere vivo. E nemmeno che ci fossero altri superstiti.»

«Questo quando è successo?» chiese Winter.

«Il naufragio?»

«Sì.»

«Poco dopo l'inizio della guerra... Sono riusciti a evitare le mine e a raggiungere la costa scozzese... La barca scomparve nel 1940. Durante la primavera.»

«Quanti anni aveva tuo nonno all'epoca?»

«Ventuno.»

«Ventuno? Con un figlio di due anni?»

«È una famiglia precoce, ci si sposa giovani, si fanno i figli presto. Mio padre ne aveva ventidue quando sono nata.»

Winter fece quattro calcoli a mente.

«1960?»

«Sì.»

«Anch'io sono del '60.»

«Lo so», disse. «Ne abbiamo parlato, non ti ricordi?»

«No.»

Rimase in silenzio.

«Io ho rotto la tradizione», disse.

«In che senso?»

«Sposarsi giovani, avere figli presto. Ho rotto questa tradizione.»

«Non lo sapevo.»

«Non mi sono mai sposata e non ho avuto figli.»

Winter notò che stava parlando al passato. Sembra più giovane di una quarantaduenne. Oggi le donne possono avere figli anche più avanti con l'età.

«Come sta tua madre?»

«Non c'è più. È morta tre anni fa.»

«Mi dispiace.»

«Anche a me.»

Il suo sguardo si spostò verso la finestra. Riconobbe quello sguardo. Di profilo assomigliava a quella giovane ragazza sui sassi roventi, sotto il sole.

«Quando l'avete ricevuta la lettera?» le chiese alzando la busta. Pensò che adesso c'erano sopra anche le sue impronte, insieme a quelle di una decina di altre di persone da entrambi i lati del mare del Nord.

«Due settimane fa.»

«Perché non sei venuta prima?»

E cosa vuoi che faccia io esattamente? pensò.

«Mio padre è partito una decina di giorni fa, nove credo. Per Inverness.»

«Perché?»

«Perché? È così strano? Era sconvolto. Ovviamente. Voleva sapere.» Guardò Winter. «Si è portato dietro una copia della lettera e della busta.»

Cosa pensa di trovare? pensò Winter. Il mittente?

«Non è la prima volta», disse. «Lui... Noi... Abbiamo fatto delle ricerche, che non hanno mai portato a nulla.»

«Ma come fa a trovare qualcosa di nuovo con solo questo in mano?» chiese Winter.

Lei non rispose, non subito. Si capiva che stava pensando a cosa rispondere. Era abituato a individuare queste cose. Certe volte indovinava addirittura quali parole stessero per essere pronunciate, ma non questa volta. Lei spostò lo sguardo verso la finestra, poi verso di lui, per poi posarlo di nuovo sulla finestra.

«Penso che abbia ricevuto... un nuovo messaggio», disse senza guardarlo. «Forse una telefonata.»

«Te l'ha detto?»

«No. Ma questo è ciò che credo.» Guardò la lettera che Winter aveva posato sulla scrivania. «Che abbia ricevuto qualcosa oltre a quella.»

«Cosa te lo fa pensare?»

«La sua... decisione. Non ha detto niente di speciale quando è arrivata la lettera. A parte il fatto che ne è rimasto sconvolto. Lo eravamo tutti. Poi però, improvvisamente, voleva partire. Subito. Ed è partito.»

«Questo quindi è successo dieci giorni fa?»

«Sì.»

«E ha scoperto qualcosa?»

Johanna Osvald si voltò verso di lui.

«Si è fatto sentire tre volte. L'ultima quattro giorni fa.»

«Sì?»

«L'ultima volta che l'ho sentito mi ha detto che avrebbe incontrato una persona.»

«Chi?»

«Questo non me l'ha detto. Ma mi ha promesso che si sarebbe fatto sentire non appena ne avesse saputo di più.» Si sporse in avanti. «Mi è parso... Mah... Quasi eccitato.»

«Quindi com'è andata?»

«Te l'ho detto, quella è stata l'ultima volta che ci ho parlato. Poi più nulla», disse e Winter individuò la paura nel suo sguardo. «Da allora non si è più fatto sentire. È per questo che sono qui.»

4

Era una giornata piovosa e si era fatto improvvisamente più freddo. Forse è arrivato l'autunno, pensò Aneta Djanali, che era di nuovo a Kortedala.

Gli edifici su Befälsgatan e Beväringsgatan sembravano galleggiare nella nebbia come delle navi di pietra. È come un quadro vivente, un film, pensò.

Improvvisamente le vennero in mente i Pink Floyd, *Another Brick in the Wall*. Qui si è circondati dai muri che ti guidano nella nebbia.

We don't need no education.

Ma era proprio quello di cui tutti avevano bisogno. Un'educazione. Una lingua. Comunicazione, pensò.

Parcheggiò in una via che portava il nome di un qualche mese, forse primaverile, forse autunnale. Non vide nessuna insegna. Dietro a uno di quei muri abitava Anette Lindsten. Era un nome che in un certo qual modo si intonava a un posto come questo, in questo quartiere. Lindsten. Un nome molto svedese, una combinazione di elementi della natura. Tiglio e pietra. È così per la maggioranza dei cognomi svedesi, pensò. Tutto è collegato alla natura. Qualcosa di morbido e leggero, insieme a qualcosa di duro e pesante. Una combinazione di elementi contrastanti, come i corpi delle case avvolti nella nebbia. Sassi al vento.

Ripensò agli occhi nello spiraglio della porta, anche quelli erano come sassi. Aveva parlato con suo marito? Avevano comunicato veramente? Era stato possibile? Ce l'aveva una lingua? Una lingua per comunicare? Una cosa Aneta Djanali la sapeva: chi è privo della capacità di esprimersi usa spesso la VIOLENZA. Pugni al posto delle parole. In questo modo la violenza diventa la massima forma di comunicazione, la più bassa, la più mostruosa.

Aveva picchiato Anette? L'aveva minacciata? Chi era poi questo «lui»? E chi era lei?

Il portone era aperto. C'era un camioncino telonato parcheggiato fuori. Si intravedeva l'angolo di un divano sul rimorchio, due seggiole, una cassettiera. Delle piante in una borsa di carta. Qualcuno che arriva o se ne va, pensò.

Un uomo sulla sessantina uscì dall'ascensore con un cartone

imballato, la sorpassò e lo caricò sul rimorchio. Qualcuno che se ne va, pensò.

L'uomo tornò verso l'ascensore dove lei lo aspettava tenendogli la porta aperta.

«Io vado al quinto», le disse.

«Anch'io», rispose Aneta Djanali premendo il pulsante.

C'erano tre appartamenti al quinto piano. Quando furono sul pianerottolo vide che la porta di Anette Lindsten era spalancata.

Ripensò allo spiraglio della volta precedente, che differenza.

Capì che la donna si stava trasferendo altrove.

L'uomo entrò, l'ingresso era pieno di cartoni, vestiti con le grucce, altre sedie. Qualche tappeto arrotolato. Si sentiva della musica, una radio sintonizzata su una frequenza locale. Britney Spears. Sempre Britney Spears.

Aneta Djanali esitò. Meglio suonare il campanello, o semplicemente annunciarsi? Dalla porta si scorgeva la cucina, svuotata di tutto. A parte l'uomo con cui aveva preso l'ascensore sembrava non esserci nessun altro.

«Sì?» la interrogò l'uomo. «Posso esserle utile in qualche modo?»

Non era sgarbato. Sembrava stanco, ma non si trattava di stanchezza da trasloco. Aveva i capelli bianchi e la camicia bagnata di sudore, come una V trasparente sulla schiena.

«Sto cercando Anette Lindsten», disse.

L'anziano non fece in tempo a rispondere che un altro uomo più giovane uscì da una stanza con un sacco nero pieno di lenzuola.

«Cosa vuole?» disse il giovane in tono brusco, spaventato forse.

«Cerca Anette », disse l'anziano. «Anette Lindsten.»

Più tardi Aneta Djanali si sarebbe ricordata questo dettaglio e si sarebbe chiesta perché mai quell'uomo avesse specificato il cognome.

«Tu chi saresti?» chiese il giovane.

Si presentò mostrando il distintivo. E a sua volta chiese loro di fare lo stesso.

«Lui è il padre di Anette e io sono suo fratello e lei cosa vuole?» chiese il fratello.

«Vorrei... scambiare due parole con Anette.»

«Sappiamo benissimo perché le vuole parlare, ma ora è finita, quindi non ce n'è più bisogno», disse il fratello.

«Non ho mai avuto occasione di parlarle», disse Aneta Djanali.
«E ora non ce n'è più bisogno», replicò lui. «Capito?»
Il padre si schiarì la gola.
«Cosa c'è?» gli chiese il fratello guardandolo.
«Potresti anche abbassare un po' la voce, Peter.»
Il padre si voltò verso di lei.
«Sono Lindsten», disse. «E questo è mio figlio, Peter», disse indicando il ragazzo. «Stiamo sgomberando i mobili di Anette. Sì... Anette si trasferisce, se ne va via da qui.»
«Dove si trasferirà?» chiese Aneta Djanali.
«Che differenza fa?» disse Peter Lindsten. «È meglio che meno persone possibili lo sappiano, no? Non sarebbe tanto furbo se tutte le autorità del cavolo venissero a rompere anche nel posto nuovo, no?»
«Perché? Sono venute spesso?» chiese Aneta Djanali. «In passato?»
«No.» Risposta illogica. Ormai era abituata a sentirle nel suo mestiere.
«Ma questo ca...» Il fratello fu interrotto dal padre: «Direi che potremmo parlarne meglio davanti a un caffè», disse guardandola. Sembrava un padre come si deve, uno che non molla la presa. Proprio in quel momento, in quel secondo, pensò alla figura raggrinzita di suo padre, nel buio della capanna bianca nella steppa del deserto africano. Il buio dentro, la luce fuori, un mondo in bianco e nero.
Lui non l'aveva lasciata. Era lei ad aver mollato la presa.
«Non c'è tempo», disse Peter Lindsten.
«Lascia giù le cose e metti su il caffè», disse il padre con un tono tranquillo, e il figlio posò il sacco che aveva tenuto stretto durante l'intera conversazione e ubbidì.

Winter andò a prendere due tazze di caffè e ne posò una di fronte a Johanna Osvald. Sembrava preoccupata e allo stesso tempo sollevata, come se avesse superato qualcosa venendo lì.
«Non sapevo cosa fare», disse.
«Sai dove ha preso alloggio?» le chiese Winter.
«So solo dove alloggiava. Ho telefonato e mi hanno detto che aveva lasciato la stanza. Quattro giorni fa.» Alzò lo sguardo senza

aver bevuto nemmeno un sorso. «Si tratta di un bed & breakfast. In questo momento mi sfugge il nome. Ma ce l'ho segnato.» Cominciò a frugare nella borsa. «Ho il blocchetto qui da qualche parte.» Alzò lo sguardo di nuovo.

«Dov'è?» chiese Winter. «Dove si trova il bed & breakfast?»

«A Inverness. Non l'avevo già detto?»

Inverness, pensò Winter. Il ponte sopra il fiume Ness.

«E poi non si è più fatto sentire?» le chiese.

«No.»

«Ma te l'ha detto che avrebbe lasciato la stanza?»

«No.»

«Cosa ti ha detto quindi nell'ultima telefonata?»

«Quello che ti ho già detto. Che avrebbe incontrato qualcuno.»

«Ma chi?»

«Non me l'ha voluto dire.»

«Gliel'hai chiesto?»

«Certo che sì. Ma mi ha risposto che doveva... verificare una cosa e che poi si sarebbe fatto sentire.»

«Cos'è che doveva verificare?»

«Non me l'ha detto e... no, non gliel'ho chiesto. È fatto così mio padre, è di poche parole, soprattutto al telefono.»

«Ma riguardava la scomparsa? La scomparsa di tuo nonno, intendo?»

«Be' sì... Immagino. Mi sembra la supposizione più ovvia. Altrimenti di cosa poteva trattarsi?»

«Oltre a questo cosa ti ha detto?» le chiese Winter.

«In che senso?»

«Avrete pur parlato di qualcosa. A parte il fatto che avrebbe incontrato qualcuno che forse ha qualche legame con tuo nonno.»

«No... Gli ho chiesto come stava andando in generale. Mi ha detto che stava piovendo.» Gli sembrò di intravedere l'abbozzo di un sorriso. «Cosa non così rara in Scozia.»

«Ti ha telefonato da un cellulare? Dall'albergo? Da un bar?»

«Non saprei. Ho immaginato che chiamasse da...» Aveva trovato il blocchetto, aperto alla pagina con l'indirizzo «...da un posto che si chiama Glen Islay Bed & Breakfast», disse leggendo l'appunto.

«Ross Avenue, Inverness. Il nome della strada è Ross Avenue. Presumo che chiamasse da qui.»

Glen Islay, pensò Winter. Suona come una marca di whisky. Mi suona familiare, ma non è un whisky...

«Perché presumi che tuo padre chiamasse da lì?» le domandò.

«Forse me l'ha detto, adesso che ci penso. E in ogni caso un cellulare non ce l'ha.»

C'è ancora qualcuno senza cellulare, constatò Winter. Nella prossima vita anch'io farò parte di quella schiera.

«Ho provato a lasciargli il mio telefonino, ma l'ha rifiutato», disse Johanna Osvald. «Sostenendo che probabilmente non ci sarebbe stato campo e che sarebbe solo diventato oggetto di frustrazione durante il viaggio.»

«Probabilmente su questo aveva ragione», disse Winter.

«Comunque dopo quel giorno non si è più messo in contatto con me, in nessun modo», disse.

«Lo consideri un lasso di tempo allarmante?» domandò Winter.

«Cosa vorresti intendere?»

«Quattro giorni. Hai comunque aspettato quattro giorni prima di preoccuparti. Signif...»

«Cosa vorresti dire?» esclamò interrompendolo. «Come se non fossi preoccupata ogni ora di ogni giorno. Come ti dicevo mio padre non è proprio un chiacchierone, ma a un certo punto la mia preoccupazione è arrivata al limite ho telefonato a Glen Is... Glen Is...» La voce le si spezzò dal pianto.

Winter era preoccupato, come pietrificato. Sono un idiota. E questa è una cosa che non so gestire. Improvvisamente... La sto prendendo così sul personale. Devo trovare un modo per uscirne.

«Come si chiama tuo padre?» le chiese gentilmente.

«Ax... Axel», rispose lei. «Axel Osvald.»

Winter si alzò, levò di mezzo le tazze per creare una distrazione, qualcos'altro a cui pensare. E tornò a sedersi.

«Tu cosa ne pensi?» le chiese. «Tu cosa credi che sia successo? Cosa pensi in questo momento?»

«Penso che gli sia successo qualcosa.»

«Cosa te lo fa pensare?»

«Non c'è nessun'altra ragione per cui non dovrebbe essersi fatto sentire, a questo punto.»

Winter iniziò a riflettere. Era uno sforzo dopo tutti i pensieri che aveva avuto durante l'estate, tutti i progetti.

«Ha noleggiato una macchina?» le chiese.

«Questo... Non lo so.»

«Ma tuo padre ce l'ha la patente?»

«Sì.»

«Che mestiere fa?»

«È... falegname.»

«Hai esitato», le fece notare Winter.

«Sì... Prima faceva il pescatore... Come tutti in famiglia. E come quasi tutti sull'isola. Ma ha smesso.»

Winter non si soffermò sull'argomento. Proseguì: «Forse gli è venuto in mente qualcosa... Forse ha incontrato qualcuno... E forse non è più a Inverness e tra poco si farà sentire.»

«La speranza è l'ultima a morire», esclamò con una nota d'ironia.

«Cosa vuoi che faccia allora?» le chiese.

«Non saprei», rispose. «Scusami. Credevo che me lo potessi dire tu.»

«Possiamo attivare le ricerche attraverso l'Interpol», propose Winter. «Se è questo che vuoi, ti posso aiutare.»

«L'Interpol... Suona così ufficiale. Porterà davvero a dei risultati? Cos'altro si potrebbe fare?»

«Adesso ascoltami Johanna. Non sono passati poi così tanti giorni. Per il momento non c'è niente che possa far pensare che tuo padre sia in pericolo. Potreb...»

«Come si spiega allora quella lettera?» lo interruppe accennando alla lettera sul tavolo.

«Non so spiegarla», disse Winter.

«Pensi che sia una sciocchezza?»

«Tu lo pensi?» disse Winter ribaltando la domanda.

«Non so più cosa pensare. So solo che mio padre l'ha presa molto seriamente, abbastanza da voler partire. C'è la possibilità che abbia saputo qualcosa in più, oltre alla lettera, come dicevo prima. E comunque trovo strano che non si sia ancora fatto sentire.»

Inverness. Winter si alzò avvicinandosi alla cartina dell'Europa appesa sulla parete verso il corridoio. Inverness, la punta più alta delle Highlands. Ci era stato vent'anni prima. Una volta sola, durante una traversata da nord a sud. Pensò alla donna a cui in questo momento stava dando le spalle. Doveva essere stata la stessa estate...

Osservando la cartina continuò a pensare. Sì, poteva trattarsi della stessa estate, o di quella dopo. Un'estate indiana come questa, in settembre. La sua vita lo stava portando da qualche parte, ma non sapeva dove. Aveva deciso di interrompere gli studi di giurisprudenza dopo il corso introduttivo. L'introduzione gli era bastata, grazie e arrivederci. Era stato prima che avesse maturato la decisione di diventare agente di polizia, con il ruolo di proteggere i cittadini e accrescere il loro senso civico.

Aveva lavorato all'ufficio postale. Questo prima dell'eredità del nonno che gli cambiò un bel po' la vita. Aveva detto *adiós* alla posta e deciso di fare un viaggio in Gran Bretagna, visto che non ci era mai stato. Voleva visitarla come si deve. Prese il traghetto per Newcastle e il treno per Thurso uscendo a Dunnet Head, il promontorio dell'estremità nord, infine aveva proseguito verso sud in treno e in autobus e poi a piedi fino alla punta più a sud, Lizard Point, era la meta che si era prefissato. Capì che sarebbe stato così per il resto della sua vita: era sulla strada giusta, senza sapere esattamente come ci fosse finito... perfino l'insicurezza era metodica e programmata.

Solo ora mi sono concesso di avere fiducia nelle mie insicurezze, pensò guardando la parola Inverness sulla cartina. Ci era rimasto una notte, in un B&B.

Iniziò a pensare a quel posto. Gli era rimasto un ricordo speciale. Aveva fatto una telefonata e gli avevano riservato una stanza. Ricordava il tragitto che aveva percorso a piedi dalla stazione. La strada era lunga, almeno nei suoi ricordi, più lontano di quanto gli avessero detto al centro informazioni della stazione. Aveva camminato e camminato attraverso il centro, superando un ponte e un altro centro, che sembrava parte di un'altra civiltà. Si era addentrato in un quartiere di ville, case di pietra a sinistra e a destra. Sempre dritto e ancora a sinistra, a destra, destra, destra, sinistra. *You can't miss it, dear.* Era stata la sua prima esperienza con la bizzarra popolazione britannica.

Aveva talmente cercato quella strada, dove il suo B&B doveva essere situato, che l'indirizzo gli sarebbe rimasto indelebilmente stampato nel cervello. Si ricordava di aver cercato un viale, ma di viali non ne aveva incrociato nemmeno uno, nemmeno quando alla fine era arrivato al posto giusto: Ross Avenue. Una strada come tutte le altre.

Winter si voltò verso di lei, pieno di meraviglia.

«Hai detto che il suo B&B è situato in Ross Avenue?»

«Proprio così.»

Si voltò nuovamente verso la cartina.

«Ci sono stato», disse. «Ho alloggiato in un B&B in Ross Avenue. Una notte.»

«Che strana coincidenza», la sentì dire.

Winter non voleva dirle che era stato *allora*, dopo *quella* estate. Si voltò di nuovo verso di lei, preso da un altro pensiero.

«Conosco una persona dalle parti di Inverness», disse. «Un collega.»

Lindsten servì il caffè. Suo figlio era rimasto in piedi accanto alla finestra guardando fuori, per poi dileguarsi.

Aneta Djanali era seduta in quella cucina spoglia. Il tavolo era stato smontato e appoggiato al muro.

«Perché sei venuta proprio oggi?» le chiese Lindsten.

«Sono venuta qui qualche giorno fa e non mi è sembrato... Tutto a posto», rispose.

«Cosa non era a posto?»

Aneta Djanali sorseggiò il caffè, bollente e amaro.

«La situazione.»

«Quando i vicini hanno chiamato la polizia?»

«Sì», rispose. «E non era la prima volta.»

«Ma sarà l'ultima», disse lui.

«Almeno da questo indirizzo», constatò lei guardandosi intorno.

«No», disse Lindsten con tono deciso. «Non ci saranno altre volte.» Finì il suo caffè con la stessa decisione. Quel caffè bollente doveva come minimo avergli ustionato l'esofago.

«Dov'è Anette adesso?» chiese Aneta Djanali.

All'inizio non rispose. Si starà riassestando il palato, pensò.

«Al sicuro», disse dopo un po'.

«Resta da voi?»

«Per il momento», rispose guardando altrove.

«Sa dove si trova suo marito?»

«No», rispose.

«Stiamo parlando di una cosa molto importante», disse Aneta Djanali. «Anche da... un punto di vista più generico. Sono molte le donne che temono i loro mariti. O i loro ex mariti. Che si tengono in disparte. Che sono costrette a nascondersi. Oppure... Che forse sperando in un cambiamento, restano.»

«Sì, qui siamo andati oltre», disse Lindsten.

«A chi è intestato l'appartamento?» chiese Aneta Djanali.

«È sempre stato sotto il nome di Anette», rispose lui. «Per contratto ci restano ancora due mesi, ma glieli regaliamo, per così dire. Resterà vacante.»

«Ha parlato con l'uomo? Suo marito?»

«Quel bastardo? Ha telefonato ieri e gli ho detto di andare a quel paese.»

«Lo farà?»

«Se si fa vivo a casa nostra temo che non riuscirò a trattenere Peter dal riempirlo di botte e allora avremmo a che fare con la polizia per cose ben più serie, sbaglio?»

«Sì, non sarebbe una mossa molto saggia.»

«Chi la fa l'aspetti», disse Lindsten. «E lui l'ha fatta grossa.»

Si sentì il tonfo di uno scatolone nell'ingresso seguito da una bestemmia di Peter Lindsten. Lindsten, il padre, fece un cenno con la testa in quella direzione.

«La differenza sarebbe che quel bastardo se la dovrebbe vedere con qualcuno della sua stessa stazza.»

Forsblad, Hans Forsblad. Si chiamava così il marito. Aneta Djanali aveva visto il nome nei fascicoli al distretto e l'aveva sentito pronunciare dai colleghi di Kortedala. Il caso stava per essere trasferito ai servizi sociali.

Anche questo era uno di quei nomi.

Forsblad, un cognome svedesissimo, pensò, ispirato alla natura, proprio come quello della moglie, la forza e l'irruenza di un torrente combinata alla leggerezza di una foglia. Poteva significare qualcosa? Poteva esserci un riscontro fisico?

«Ha le chiavi dell'appartamento?» gli chiese.

«Abbiamo cambiato la serratura», disse Lindsten.
«Dove sono le sue... cose?»
«Se le vuole sa dove venirle a prendere», disse Lindsten.
«Quindi è rimasto senza tetto», disse Aneta Djanali.
Lindsten ridacchiò, una risata senza gioia.
«Non ha passato una notte in questo appartamento da molto tempo», disse. «È stato qui, è vero. Ma solo per... Solo per...» e improvvisamente il suo viso si crepò inondando i suoi occhi, rivolse lo sguardo alla finestra, come se si vergognasse della sua reazione, ma non era vergogna.
«Non è stata emessa nessuna ordinanza restrittiva», disse Aneta Djanali. «Purtroppo.»
«Come se potesse fare la differenza», disse Lindsten con voce cupa e la testa bassa.
«Avremmo potuto emettere un'ordinanza restrittiva se... Anette avesse sporto denuncia», disse Aneta Djanali. «Oppure qualcun altro. Avrei potuto deciderlo io. Ero pronta a farlo oggi. È per questo che sono venuta.»
Lui la guardò, con gli occhi ancora lucidi.
«Non è più necessario», disse. «Nulla lo è più.»
Improvvisamente fu come se il padre non credesse più alle sue stesse parole. Si sentì un altro tonfo nell'ingresso, un'altra bestemmia. Era ora di andare. Queste persone erano nel bel mezzo di un trasloco, un cambio di rotta verso un nuovo inizio. Sperava veramente che sarebbe andata così anche per la donna il cui viso aveva visto per tre secondi.

«Conosci qualcuno di quelle parti?» chiese Johanna Osvald avvicinandosi alla cartina. «Di Inverness?»
«Mi... pare di sì.»
«Un collega? Un agente di polizia quindi?»
«Sì. Abita a Londra, ma è scozzese.»
Winter pensava, setacciando il suo archivio mentale, fatto di molti corridoi. Vide Londra, un commissario della sua stessa età con l'accento scozzese, la foto di una bella moglie e due splendide bambine, gemelle. Il commissario, non lo si poteva definire uno splendore, ma senz'altro un tipo interessante.

Quel viso aveva un'origine, proveniva da una fattoria fuori Inverness. Winter guardò di nuovo la cartina, era incredibilmente precisa.

«Steve Macdonald», disse. «Lui è di lì.»

«Intendi che potresti domandare a lui?» chiese Johanna Osvald.

«Sì.»

Ma domandargli cosa esattamente? pensò Winter.

«Potrebbe verificare se papà ha noleggiato un'auto per esempio?» disse lei.

«Potrebbe farlo», rispose. «Potresti farlo tu.»

«Sì... Ma... Se il tuo collega è di lì allora forse conosce qualcuno che... Non so... Vedere se... No, non saprei.» Era in piedi, accanto a Winter, accanto alla cartina. Non sembrava interessata alla geografia, sembrava che non volesse vedere nulla di quel Paese che aveva portato così tanta sofferenza alla famiglia Osvald. Sofferenza che forse sarebbe continuata, pensò.

Sentiva la sua vicinanza, il suo respiro. Pensò al tempo, a quanto gli anni passano in fretta. Un pensiero banale, ma sincero.

«Se vuoi saperne qualcosa di più, forse Steve sa a chi ci si potrebbe rivolgere», disse Winter voltandosi verso di lei.

In cosa mi sto infilando? pensò. Normalmente una conversazione del genere si sarebbe conclusa ancora prima di iniziare. Adesso era quasi diventato un caso. Un caso internazionale.

5

Stava in piedi sulla vetta più alta. La chiesa ai suoi piedi. Ci aveva pregato qualche volta, negli anni passati, aveva pregato che Gesù salvasse la sua anima. La chiesa era l'unica cosa veramente antica che fosse rimasta a Newtown.

Quando il Lord e la Lady spostarono la cittadella nel 1836, la chiesa restò dov'era. Risaliva al Trecento. Aveva un suono primordiale. Esisteva da prima delle grandi spedizioni navali. Prima delle grandi scoperte.

Che azione brutale, però! Spostare la cittadella. Il Lord e la Lady non la volevano così vicina al castello.

Non volevano la ferrovia così vicina al castello.

Il cavalcavia si arrampicava in aria in cerca di un supporto. Fu costruito laggiù, lontano dal Lord e dalla Lady. Un'azione sovrumana, ma possibile.

Il Lord e la Lady non c'erano più, come molte altre cose se n'erano andati. Il mare era rimasto, ma anch'esso sembrava ritirarsi, poco a poco ogni anno. I pescherecci restavano in secca e la bassa marea esponeva le loro pance lucenti che al tramonto sembravano mascelle, sembravano un banco di squali che intenti all'attacco erano rimasti incagliati.

Stava in piedi affacciato sulla baia del porto. L'odore di zolfo aleggiava nell'aria. L'aria, pensò: ciò che sembra concreto scorre via con il vento.

Il dolore all'anca stava aumentando. Avrebbe dovuto restare a riposo, ma non lo faceva. Ci faceva quello che voleva col suo corpo. Questo poi non era niente. Quando aveva qualcosa lo sapeva. Sapeva cos'era quel qualcosa. Lo sapeva bene.

Quando era arrivato per la prima volta, la città rappresentava il principale porto di pesca sulla costa a sud di Moray Firth.

Più importante di Keith, Huntly, perfino più grande di quello di Buckie.

The Buckie boys are back in town.

Non ci era rimasto a lungo quella volta. Era quando ancora non aveva trovato se stesso. Era come cieco. In uno stato di buio totale, ma sapeva di esserci stato e di aver detto delle cose.

La notte si svegliava urlando. Gli capitava di essere svegliato dal suo stesso urlo e di scoprirsi in piedi nel gelo della stanza, con il fiatone, un cono di alito bianco davanti alla bocca. Le urla erano come catturate in quell'alito ghiacciato. Era una sensazione terrificante, terrificante. Cos'aveva urlato? Chi l'aveva sentito? Era uscito in strada ma non notò alcun movimento dietro le finestre buie sull'altro lato della strada.

Nessuno l'aveva sentito.

Aveva visto le luci della città sopra di lui, poche luci.

Aveva pensato a lei, brevemente.

Aveva guardato la cabina telefonica, che ardeva rossa nella nebbia. Non squillava mai.

Lui l'avrebbe pregata.

Lei l'avrebbe fatto.

Lei aveva rispettato la sua volontà.

Lui non ne era più così convinto ora.

In quest'ultimo periodo lei l'aveva guardato con un sguardo che lui non riconosceva.

Lui non aveva fatto domande.

Si lasciò il porto alle spalle e attraversò Seatown. Le case si stringevano l'una all'altra accovacciate sotto il cavalcavia. Si diresse verso casa sua, attraversando strade senza nome. *This is where the streets have no names*, pensò. Pensava spesso in inglese, quasi sempre.

Certe volte poteva affiorare qualche frammento della sua vecchia lingua, ma solo quando era sconvolto. *Where the streets have no names.* Ci sono solo altri due posti dove è così, in paradiso e all'inferno.

Lui era stato in entrambi. Ora si spostava fra i due.

Le case erano numerate, apparentemente senza un ordine preciso. La numero sette di fianco alla numero venticinque, la sei vicino alla trentotto. Lui abitava nella casa numero quattordici. Era la quattordicesima casa a essere stata costruita a Seatown. Dunque un ordine c'era. La sua era l'unica casa a essere nera.

6

Fredrik Halders era sdraiato sul divano con i piedi appoggiati sul bracciolo. Dal soffitto pendeva una strana lampada. O forse era strana solo da quella prospettiva.

«Questa lampada c'è sempre stata?» chiese indicando il soffitto.

«Bella domanda», rispose Aneta Djanali.

Le rispose con un sorriso, o almeno fu quello che percepì Aneta, che era piegata e concentrata su alcune foto sparse sul pavimento.

Halders cercò di voltare la testa da quella posizione, ma fu uno sbaglio. La mobilità del collo non era più come quella di una volta.

Aveva preso un colpo, quando aveva fatto l'idiota più del solito. Avrebbe potuto essere la sua ultima idiozia. Non avrebbe più riavuto il suo collo taurino. Meglio così. Si sa cosa succede ai colli taurini, alla fine.

«È africana?» le chiese.

«Tu cosa dici?» ribatté lei senza distrarsi.

Lui continuò a osservare la lampada da quella strana prospettiva. Aveva una base a punta che continuava verso l'alto colorandosi di verde.

«È africana», concluse.

«E bravo Fredrik.»

Lui si fece un applauso. Un cosiddetto applauso giapponese.

«Sapresti indovinare da quale Paese?» chiese Aneta dal pavimento. «E per rendere il quesito un po' più difficile, voglio sapere come si chiamava il Paese in origine, prima di assumere il nome che ha oggi.»

«La questione si fa complicata», disse lui.

«Mi rendo conto.»

Certo che si rendeva conto della difficoltà. Avevano parlato della sua patria solo tre volte all'ora ogni giorno da quando avevano cominciato a lavorare insieme e da quando avevano cominciato a frequentarsi nel tempo libero. Parlato, poi. Era sempre Fredrik a spostare la conversazione sulle sue origini esotiche e la sua meravigliosa terra, che non avrebbe saputo indicare sulla cartina, ma che comunque aveva sotto controllo, così come aveva sotto controllo ogni cosa, da sotto quel guscio duro.

«Il nome originale del Paese inizia per la lettera A», disse.

«Aaaa...» esordì lui.

«È un buon inizio», replicò lei.

«Austria», disse lui.

«Dai, non è nemmeno in Africa.»

«Ah, cavolo.»

«La seconda lettera è la L», suggerì lei.

«Aaa... Alaniemi!»

«Dove si troverebbe?»

«In Africa.»

«Non nella mia Africa», rispose lei.

«Non era un film quello?» disse lui. «La mia Africa?»

«Aiutino: il nome del Paese consiste di due parole», specificò lei.

«Aaa... Alto Sucuriù!»

«Una delle due parole è corretta!» disse lei.

«Basso Sucuriù!»

«Deve iniziare per A, te l'ho detto prima no?»

«Cavolo è vero.»

«Niente più aiutini.»

«Dai magari parlando d'altro mi viene in mente», disse Halders. Si raddrizzò. Sentì una fitta al collo. «Che foto sono quelle?»

«Quelle di quest'estate», disse lei.

«Ci sono su anch'io?»

Alzò una fotografia che lei stessa aveva sviluppato. Ritraeva loro due insieme ai figli di Fredrik, Hannes e Magda. Si intravedeva il cavetto dell'autoscatto uscire dalla mano di Hannes, tutto concentrato, ma felice. Sembravano tutti felici nella foto.

Sembravano... una famiglia.

«Dove l'abbiamo scattata?» chiese Fredrik dal divano.

«Indovina», disse lei.

«Dai, non ricominciare», disse lui.

«Le vedi le onde dietro di noi?» gli chiese.

«Certo che sì, ma di che mare si tratta?»

«Il Mare del Nord, ovviamente.»

«Il buon vecchio Mare del Nord che ruggisce e *rrrotola*», disse Halders.

«Non quel giorno», gli fece notare lei. «Calma piatta.»

«Pensi che un africano avrebbe il coraggio di tuffarsi nel Mare del Nord, indipendentemente dalla stagione?» chiese Halders.

«Mi astengo dal rispondere», rispose lei.

«L'hai sentita la barzelletta dell'africano che è venuto in Svezia a studiare?»

«No, non l'ho sentita», disse Aneta Djanali.

«Tornato a casa i suoi amici gli chiedono: "Com'è il clima lassù?" E lui risponde che l'inverno verde può andare, ma quello bianco è terribile. Ah ah aaahhh.»

«Mi pare di capire che stai ancora pensando al nome di quel Paese», disse Aneta Djanali.

Guardò di nuovo la fotografia che aveva in mano. Quella era stata una giornata perfetta. *Such a perfect day.* Quella sera Fredrik aveva messo su Lou Reed. La voce di Lou Reed si intonava perfettamente alla corporatura di Fredrik.

La famiglia perfetta.

Improvvisamente iniziò a pensare ad Anette Lindsten, al sicuro in un posto segreto che poteva essere la sua casa d'infanzia o un altro luogo misterioso.

Ci doveva essere una foto del matrimonio da qualche parte. Il giorno perfetto. Un raggio di luce sui loro visi. Anette e Hans, sbocciati dalla natura, tiglio, pietra, torrente, foglia...

Prendi tu la qui presente... E di amarla in salute e in malattia...

Di picchiarla in salute e in malattia.

Terra alla terra, polvere alla polvere.

«Ti è mai venuta voglia di... picchiare Margaretha?» gli chiese.

Halders perse la testa, PERSE LA TESTA.

«Che cavolo di domanda sarebbe?»

«Dai, non perdere la testa. Lo sai dove sono stata ieri. Cerco solo di... capire... Come possa succedere.»

«Oddio Aneta, le tue domande sono l'apoteosi della parodia: "Salve, ha smesso di picchiare sua moglie?" È una domanda alla quale non puoi rispondere né di sì, né di no.»

«Non è la domanda che ti ho posto.»

Lui non rispose. Lei lo guardò. L'aveva sempre visto come un... uomo *irruente*, ma sempre solo sul piano verbale. Interrompo gli schiamazzi verbalmente, sosteneva. Lo faceva quasi sempre. Era un uomo disperato, e non era l'unico. Era in grado di controllare la sua rabbia. Era arrabbiato con la vita, ma sapeva controllarsi. Molti altri non ce la fanno.

«Una volta, in concomitanza con il divorzio», disse esitando. «Poco prima forse. Una volta, un paio. Mi saliva una rabbia che... avrei potuto... Potuto...» fissò Aneta negli occhi. «Avrei potuto colpire QUALCOSA, ma mai, ASSOLUTAMENTE mai, avrei fatto ricadere su di lei la mia rabbia. Mai.»

«E allora su cosa? O su... chi?»

«Per la miseria Aneta, mi conosci. Nessuno... Cioè... Qualche bandito... Sai cosa intendo. Nessuno di caro. Nessun famigliare.» Cominciò a massaggiarsi il collo, nervosamente. «Potevo tipo affondare il pugno in un'anta, è successo. Una volta ho spaccato la gamba di una sedia con un calcio.»

«Feroce.»

«Era una SEDIA.»

«Ferocissimo.»

La smise di massaggiarsi. Qualcosa nei suoi occhi era cambiato, avevano perso lucentezza, come sprofondati. Era come se lui, tutta la sua persona fosse sprofondata.

«E nel contempo sapevo che... era colpa mia. Capisci? Che ero io la causa della mia... rabbia, o come vogliamo chiamarla. Che ero io la causa principale per cui eravamo finiti in quella... situazione. Che ero IO a distruggere la mia famiglia, che la stavo distruggendo. E facevo a pugni per la disperazione.» I suoi occhi sembrarono ritornare in superficie e ora la stava guardando. «Che paradosso, no? Ci si libera dalle proprie responsabilità facendo a pugni.»

Lei non rispose.

«E comunque, le volte in cui colpivo... qualcosa... Erano corpi inermi.»

Corpi inermi, pensò. Che brutta espressione.

Ne aveva visti di corpi inermi. Anche Halders ne aveva visti. Faceva parte del mestiere. Faceva parte della *quotidianità* di questo mestiere. Quotidianità: cos'è un corpo senza vita?

Tranquilla, Aneta. È una serata lontana dalla quotidianità. C'è un uomo sul tuo divano, sei circondata dalla gioia dell'estate, immortalata nelle fotografie sparse sul pavimento e tra poco vi metterete a tavola a mangiare e a bere qualcosa di buono. La lampada illumina la stanza. Non prestare attenzione alle ombre. Kontomé illumina la stanza, illumina il sentiero.

«Ci si *prova* a liberarsi dalle responsabilità facendo a pugni», ripeté lei. «Ma il senso di responsabilità non molla.»

«Ma sono in tanti a provarci», disse Halders.

Aneta si alzò, lasciando le fotografie per terra. A ventaglio. Ecco una bella espressione. Riassumeva bene il contenuto e le sensazioni di quelle foto.

«E ci proveranno ancora», concluse lei.

Winter si soffermò sulla porta a guardare la piccola Elsa addormentata. Abbracciava stretto il suo pupazzo di peluche di nome Pelle, un panda bianco e nero con una testa gigante, perfino più grossa di quella di Elsa. Pelle fissava Winter, con uno sguardo intenso, pieno di speranza per il futuro.

«Ormai le favole le sa tutte a memoria», disse ad Angela, che era sul divano a sfogliare l'ultimo numero di «Mojo». «Le recita, come un'attrice», disse Winter stiracchiandosi in mezzo alla stanza. «Finché non si addormenta.» Si era fatto male alla schiena nel dare la buonanotte a Elsa. «Penso che le abbia imparate tutte anche Pelle, però non si lamenta. Ed Elsa continua imperterrita il racconto, finché cade addormentata nel bel mezzo di una frase.»

«Oppure sei tu a cadere addormentato», disse Angela.

«Non questa sera», disse Winter.

Angela alzò lo sguardo. «Mi cucini qualcosa?»

«Qualcosa? Tipo cosa?»

«Qualcosa di buono.»

Winter andò in cucina.

C'era della pasta fillo, uova, finocchietto selvatico, burro, un po' di salmone affumicato che era avanzato da domenica. Pepe bianco.

In cucina Wynton Marsalis faceva da colonna sonora sulla piccola Panasonic. La musica andava, mentre Winter si perdeva nei suoi pensieri osservando la millefoglie gonfiarsi intorno al ripieno e sorseggiando un bicchiere di vino bianco.

Portò il vassoio in soggiorno, dove Angela aspettava guardando il cielo limpido e scuro sopra Vasaplan.

«Mmm», disse mentre lui le versava del vino.

«È martedì, salute!» disse Winter alzando il bicchiere.

«Evviva il martedì!» Fecero cin cin.

Tagliò a metà l'involtino.

«Che profumino!»

«Si fa quel che si può», disse Winter. «Mi arrangio coi pochi talenti che ho.»

«Pochi, ma buoni!» disse Angela sorridendo.

Presero il caffè al lume della città. Quella luce c'è sempre, è come un giorno infinito.

«Il crepuscolo della vita», disse Angela. «Una delle infermiere di reparto lo dice a volte.»

«È una bella espressione.»

«Mmm.»

«Si dice così anche in tedesco?» chiese Winter. «Esiste un'espressione simile?»

«Non ne ho idea.»

Angela aveva origini tedesche, per la precisione della vecchia Germania Est, *die sogennante DDR,* e di Lipsia, a detta di suo padre, che con la moglie e il loro primogenito si trasferì a Berlino, una buia cittadina intrisa di tradizioni senza futuro. Berlino Est, dove poco dopo venne innalzato il muro, *die Mauer*, era il 1961. Il chirurgo Gunther Hoffmann vide i finestroni dell'ospedale oscurarsi all'ombra del muro che invadeva i piani più bassi già nel primo pomeriggio.

L'anno seguente riuscirono a passare dall'altro lato, nascosti in due maggiolini Volkswagen. Gunther Hoffmann era sicuro che moglie e figlio ce l'avrebbero fatta, bisognava crederci. Lui li raggiunse poco dopo, era pericoloso, ma fattibile.

Cercò di vivere a Berlino Ovest, ma si sentiva respinto da quella rigida luce al neon occidentale. Non era il suo Paese. Non erano i suoi compaesani. Alla luce delle pubblicità cominciava perfino a mancargli la buia Lipsia, il cui ricordo brillava nostalgico. Era un pensiero assurdo.

Il dottor Hoffmann si sentiva straniero in *entrambi* i Paesi, e ne trasse le dovute conseguenze. Ne parlò con moglie e figlio, dopodiché proseguirono verso nord e oltremare.

Eliminò la seconda «n» nel suo cognome, diventando Hoffman. Un'altra conseguenza, verso un nuovo inizio.

Ottenne un posto all'ospedale Sahlgrenska di Göteborg e lì trovò la pace. La figlia Angela nacque nell'estate del 1967.

«La famosa Summer of Love», aveva detto Angela una volta, spiegando al freejazzista Winter quello che era successo nel Haight-Ashbury district a San Francisco nel 1967, i fiori e il fumo, le grandi esperienze e la musica: Grateful Dead, Jefferson Airplane, Peanut Butter Conspiracy. Si era procurata i dischi di quell'epoca, quelli del suo anno di nascita. Erik aveva riso degli Airplane, ma le chitarre gemelle dei Quicksilver Messenger Service del live *Happy Trails* le aveva ascoltate con un certo interesse. «Questi ragazzi avrebbero potuto funzionare anche in una scena jazz», aveva detto. «Ci sanno fare.» E quella volta che aveva messo su *Eight Miles High* dei Byrds, Erik era scattato in piedi durante l'intro di Roger McGuinn esclamando: «Ma è Coltrane!» In un'intervista che aveva letto, McGuinn diceva che aveva cercato proprio il suono atono del sassofono di John Coltrane per quell'assolo. Il ragazzo sapeva suonare.

Si alzò ad accendere la lampada nell'angolo. Emanava una luce calda.

Avrebbe telefonato a Steve Macdonald.

Prima però doveva dire una cosa ad Angela.

«Oggi mi è venuto a trovare il passato», disse.

«Che fatalità.»

«In forma di una mia ex ragazza.»

«Non so se voglio sentirla questa storia.»

«Sottolineo ex», rispose.

«E cosa voleva?» disse Angela. Il tono della sua voce non era esattamente caldo, non quanto la luce della lampada nell'angolo.

Iniziò a raccontare.

«Non è sparito poi da così tanti giorni...» disse Angela.

«No.»

«Anch'io però mi sarei preoccupata.»

«Mmm.»

«Ma in pratica cosa potete fare?» gli chiese.

«Possiamo denunciarne la scomparsa e poi avviare le ricerche a livello internazionale, coinvolgendo l'Interpol.»

«Lo farete?»

«Lei preferisce aspettare qualche giorno.»

«Lei? Questa "lei" ha un nome?»

«Johanna.»

Angela rimase in silenzio. Si vedeva che stava pensando, ma era incerto su quale direzione stessero prendendo i suoi pensieri.

«Johanna Osvald», specificò.

«Sì, sì.»

Angela prese la sua tazza e si alzò. Prese e andò in cucina, senza dire una parola.

Lui la seguì. Era in piedi vicino al lavello e sembrava aver perso l'orientamento.

«È da vent'anni che non la vedo.»

«Ottimo.»

«Dai Angela.»

Sbatté nel lavello la tazza, che rimbalzò rotolando sull'acciaio, ma senza rompersi.

Devo tirarmene fuori. E aiutare anche lei a uscirne.

«Pensavo di contattare Steve, è una buona idea secondo te?»

Angela si voltò verso di lui.

«Che importanza ha, se tanto lei vuole aspettare.»

Chiudiamola qui, pensò. Forse domani suo padre si fa vivo. La lettera «alla famiglia Oswald» potrebbe essere uno scherzo di cattivo gusto. Chissà quanti ne avranno ricevuti di messaggi simili fin dai tempi della guerra.

Guardò la tazza rovesciata nel lavello.

«Si sarebbe dovuta rompere in mille pezzi», osservò lei.

«Saranno i lavelli a essere diventati più morbidi o le tazze a essere più dure?»

Aneta Djanali era in macchina diretta verso l'appartamento di Anette; non erano ancora le sette. Forse si sarebbe chiamata Anette anche lei se i suoi genitori fossero stati in grado di pronunciare correttamente il nome. Pensavate per caso di chiamarmi Anette? aveva chiesto una volta a sua madre. Sua madre le aveva sorriso in stile africano, uno stile che Aneta non aveva mai saputo interpretare.

Sua madre proveniva da Koudougou, non lontano dalla capitale. Lo *bagra* lo ballava da sola, nonostante fossero canti e danze di gruppo con i flauti *tira* in sottofondo. Erano musiche e danze da matrimonio. Forse c'era uno scopo dietro la danza di sua madre. Aneta, forza, è ora di sposarsi!

Aneta aveva dei dischi con lo *bagra*, era difficile non muoversi ascoltandoli. Ce l'aveva nel sangue, così come sua madre. Possedeva anche un *koso*, un tamburo con un doppio strato di pelle, e la zucca essiccata ripiena di sabbia, il *niabara*, e il *boyo* con gli anellini che si scontrano l'uno contro l'altro a ritmo costante.

I corpi delle case rilucevano illuminati dall'alba. Aveva piovuto quella notte e si erano formate delle pozzanghere nell'asfalto irregolare. Vide donne e bambini avviarsi verso l'asilo o a scuola. Nessun uomo. Un camion attraversò l'incrocio diretto verso qualche supermercato.

Presagiva qualcosa.

Parcheggiò di fretta nella traversa davanti al portone. La sua auto era anonima, come ogni cosa prima che la città si svegli del tutto e il giorno inizi sul serio.

Non c'era lo specchio nell'ascensore. Si aggiustò i capelli come meglio poteva.

C'era odore di cibo sul pianerottolo.

La targhetta col nome era ancora fissata sulla porta.

Abbassò la maniglia e la porta si aprì. Il suo cuore cominciò a battere forte.

Aprì la porta un po' di più, vide un'ombra. Poi il buio.

7

Ci mise un attimo a capire. Nessuno l'aveva toccata. Il buio era parte integrante della stanza, l'ingresso.

La luce era improvvisamente sparita quando la porta si era chiusa alle sue spalle. Udì un rumore provenire dalla camera da letto, un rumore fastidioso. Sentiva il peso della SigSauer nella fondina, una sicurezza al suo fianco.

Qualcuno si era introdotto nell'appartamento. Chiunque fosse non aveva nessun diritto di trovarsi lì. Per legge, la giustizia era dalla sua parte, al suo fianco in tunica nera, parrucca bianca col pomo dorato del governo in mano.

Riuscì a intravedere un'ombra.

Voleva solo fare dietrofront e andarsene da quella casa. Andarsene in fretta.

I problemi di queste persone non erano fatti suoi. E il problema se n'era andato. I due si erano separati, andando ognuno per la propria strada, verso il paese della felicità. La felicità c'è da qualche parte, forse ovunque, è la promessa di un posto dove l'erba è più verde e il cielo è più blu.

Sentì un forte rumore provenire dall'interno della camera. Stava colpendo la porta, uno, due, tre volte. Tra poco la mazza sarebbe sbucata dal pannello. Insieme alla faccia impazzita di Jack Nicholson. Ma qui non ci sarebbe stato nessuno a interrompere la ripresa ordinando: «TAGLIA!»

Qui la regia era compito suo.

La porta si spalancò, occhi selvaggi non ancora a fuoco, tre due uno, ciak si gira: «Chi sei?»

«La polizia», rispose lei mostrando il distintivo.

«Po... Polizia?! E cosa ci fa qui?!»

«Cosa ci fa lei qui?» replicò Aneta Djanali. «Guardi che questo non è il suo appartamento.»

«Suo... Il mio appartamento? Guardi che ci ho abitato qui. Io qui ci ho ABITATO.»

«Ora non più», disse Aneta Djanali. «Le devo chiedere per cortesia di andarsene.»

Sì, pensò. Mettigliela giù gentilmente. Altrimenti le cose si complicano. Sarebbe spiacevole.

«Non ho nessuna intenzione di andarmene», disse Hans Forsblad.

«Vuole venire con me?» replicò lei. «Posso arrestarla.»

«TU?» disse in tono strafottente. «Com'è la procedura, sentiamo?» fece un passo avanti.

«FERMO!» urlò Aneta Djanali con la pistola in mano e il braccio teso. No. Non voleva usarla. Ma ci mancava poco.

«Sei impazzita?» le disse.

La giustizia era un'ombra invisibile. L'unica cosa visibile ora era quella dannata pistola che era stata costretta a puntare. Non proprio costretta. Sperava che non si vedesse quanto stesse tremando nella sua mano.

Aspettò la sua prossima mossa. Dio, fammi sparire. Non voglio uccidere quest'uomo. Non ho tempo per tutte le conseguenze, le indagini, le procedure. Non ho tempo. Il dipartimento di sanità non ha tempo. Il tempo ce l'hanno solo le pompe funebri, un'infinità di tempo.

Lo teneva sotto tiro.

E improvvisamente lui finì a terra, sgonfiato.

A singhiozzare.

Era un rumore forte. Come quello che aveva sentito dalla porta poco prima. Alzò lo sguardo verso di lei. Erano lacrime vere. Il viso era nudo, in testa aveva un parrucchino informe. Indossava un completo che sembrava costoso, uno di quei vestiti di marca che riescono a risultare ancora più eleganti stropicciati.

Si soffiò il naso nel fazzoletto che sbucava dal taschino. Che classe, pensò.

«Non può capire come ci si sente», disse. «Non ne sa niente.»

Aneta Djanali abbassò l'arma.

«Com'è cosa?» gli chiese.

«Restare chiusi fuori dalla propria abitazione», disse singhiozzando. «Da CASA PROPRIA.»

«Ho saputo che non abita qui da un po'.»

«Chi l'ha detto?»

Non rispose.

«Sono loro», disse fissando la porta dietro di lei. «Sono loro a dirlo. Ma loro non sanno niente.»

«Chi sarebbero *loro*?» gli chiese.

«Lo sa benissimo», rispose.

Ripose l'arma nella fondina. Lui seguì il gesto con gli occhi.

«Quindi non sono più in arresto?» le chiese.

«Si alzi.»

«Lei non sa come stanno le cose», le ripeté.

Si alzò barcollando. «Posso andare?»

«Come è entrato?» gli domandò.

Le mostrò una chiave.

«La serratura è stata sostituita.»

«È per questo che mi sono fatto dare la chiave», disse dondolando la chiave tra le dita. Le lacrime erano svanite.

«Come l'ha avuta?»

«Dai, puoi arrivarci», disse. Improvvisamente cresciuto, eretto. Era un altro.

È troppo strano, pensò. Lo vedo trasformarsi davanti ai miei occhi.

«Me l'ha prestata lei, ovviamente», disse. «Posso andare adesso?»

Rientrò nella stanza e ne uscì con una ventiquattrore dall'aspetto costoso, costoso quanto l'abito che indossava.

«Avevo bisogno di questa», disse.

«Mi dia la chiave», disse.

«No, l'ha prestata a *me*», replicò lui con una smorfia quasi infantile.

Quest'uomo è fuori, è pericoloso, è molto pericoloso.

Lui la guardò con uno strano sorriso. Lanciò la chiave dall'altra parte della stanza. Lei la lasciò volare e atterrare ai suoi piedi. Non era mica nata ieri.

«Posso andare? Ho un lavoro da sbrigare», disse indicando la ventiquattrore. «È per questo che sono venuto. Mi serviva questa per lavoro.»

Vattene, vattene via, pensò scostandosi.

«È stato un piacere incontrarla», disse con un inchino e uscì dalla porta, borbottò qualcosa tra sé e sé avviandosi verso l'ascensore, ci entrò e sparì. Aneta Djanali sentì il sudore lungo la schiena, sul petto, tra le cosce, tra le dita. Sapeva di essersela vista brutta. Sapeva di non volere mai più trovarsi da sola in una stanza con quell'uomo.

Improvvisamente capiva quella donna, Anette Lindsten, ma allo stesso tempo non la capiva affatto. Capiva il silenzio. E la fuga. Tutto il resto non riusciva a capirlo.

Uscì chiudendo la porta a chiave.

Fuori il cielo era chiaro, aveva assunto diverse tonalità di marrone. Le file di case sembravano delle navicelle spaziali pronte al lancio verso un cielo di cuoio, verso un mondo migliore.

La routine era ripresa. Implacabile nella sua indifferenza, pensò seduto alla sua scrivania. Questa scrivania usurata dalle pratiche, dalle fotografie cariche di sangue. Pesantissime.

Usurata dai gomiti, dai pensieri, dai sussurri, dagli sfoghi, dalla frustrazione, dalla tentazione, dagli sguardi furtivi, dai furti. Una volta un ladro si era introdotto nel suo ufficio, rubandogli la Panasonic. Era entrato dalla finestra aperta. Naturalmente fu colto sul fatto e finì in manette. Assurdo! Winter si era complimentato col recidivo che era già in detenzione sospettato di furto, incredibilmente riesce a scappare dal commissariato, dove rientra immediatamente per compiere un altro furto! Nell'ufficio del commissario di polizia! Touché! Per lungo tempo era stato un modello d'intraprendenza per le scorribande a sud-est della città, in quei quartieri dove non batte il sole.

Sud-est. Pensò alla zona sud-est di Londra, sotto Brixton, Croydon e sopra Bermondsey, Charlton, quelle aree buie a sud-est del fiume. Millwall, la squadra di calcio dimenticata da Dio. *We are Millwall, no one likes us.*

Pensò al collega che risolveva i crimini di quella zona. Che li aveva risolti tutti, meno uno. E quel fallimento non gli dava pace.

Si erano fatti compagnia giù negli abissi, ALLORA, per quelle strade, e poi anche qui, a Göteborg. Winter non aveva dimenticato, non ci sarebbe mai riuscito. Eppure la vita continuava, implacabile nella sua indifferenza e probabilmente era proprio la routine ad aiutarlo a mantenere la sua umanità.

Guardò l'ora, alzò la cornetta e digitò il numero.

«*Yeah, hello?*»

«Steve? Sono Erik.»

«*Well, well.*»

«Come va?»

«Diciamo che va. Conto i giorni che mi mancano alla pensione.»

«Figurati! Sei ancora giovane», disse Winter.

«Ti piacerebbe...»

Winter sorrise alla battutina del commissario scozzese. Lui e Macdonald erano coetanei.

«La conosci quella canzone, Erik? Erik il mago del rock'n'roll?»

«Quale canzone?»

«*It's been a long, long, long time.*»

«Certo. Steve Macdonald and the Bad News.»

Winter sentì la risata di Macdonald.

«È di George Harrison. Mai sentito nominare?»

«Direi di sì. Ho letto su "Mojo" che lui sì che se n'è andato.»

«Tu leggi "Mojo"?!»

«Angela lo legge.»

Macdonald restò un momento in silenzio.

«Quando qualche membro dei Beatles ci lascia, il mondo non è più lo stesso», disse.

«Ti capisco», disse Winter.

«Provavi la stessa cosa per Coltrane? O per Miles Davis?»

«In un certo qual modo. Anzi, forse no. Se capisco quello che provi.»

«Cambiamo argomento?» disse Macdonald.

«Sì, grazie.»

«Ho letto della festicciola che avete avuto con i vertici dell'UE e George Bush», disse Macdonald. «La notizia non sarà apparsa su "Mojo", ma i quotidiani ne erano pieni.»

Winter non rispose.

«Devo dire che sono sorpreso», continuò Macdonald.

«Da che cosa?»

«Dalla violenza.»

«Quale violenza?»

«Colgo un certo imbarazzo nella tua voce, Erik?»

«Mi chiedo come la violenza sia stata descritta in quegli articoli. Di violenza ce n'è stata tanta, non lo si può negare. Mi chiedo quale violenza sia stata descritta maggiormente nei quotidiani britannici.»

«La tua, Erik.»

«Guarda che è anche la tua», disse Winter pensando alla teca di vetro all'ingresso del distretto, con tutti gli elmetti a simboleggiare la fratellanza tra i corpi di polizia.

«*Kiss my ass*», disse Macdonald. «Provo la stessa solidarietà con i dipartimenti di polizia che doppia vu Bush prova per l'esercito talebano.»

«Chiamala solidarietà», disse Winter.

«D'altra parte spezzerei una lancia per te, Erik.»

«Quello è stato uno dei problemi durante l'insurrezione di Göteborg», disse Winter. Anzi, il party di Göteborg, pensò. Così l'avevano definito i colleghi di Stoccolma. «Il problema era che le lance non le avevamo.»

«Sembrava che non aveste programmato nulla in assoluto», disse Macdonald.

«Un po' come per gli scontri a Brixton, vero?» disse Winter. «*The Clash*?»

«Touché», disse Macdonald.

«Però forse puoi spezzare una lancia per me ora», disse Winter. «In senso figurato.»

«Di cosa si tratta? Sentiamo.»

Winter gli raccontò del suo colloquio con Johanna Osvald.

«Forse è giunta l'ora di dichiararne la scomparsa e far partire le ricerche», constatò Macdonald.

«Ne parlerò con la figlia», replicò Winter.

«Se il padre non si fa vivo tra poco potrebbe essere già troppo tardi», disse Macdonald.

Winter sapeva che Macdonald proveniva da una cittadina poco lontana da Inverness. Non ricordava il nome. Non ricordava nemmeno se Macdonald avesse effettivamente lavorato come agente di polizia a Inverness.

«Steve, tu eri di servizio a Inverness?»

«Ero addirittura assistente ispettore. Sono stato trasferito lì dal distretto di Forres, che era la località più vicina al mio paese.»

«Di dove sei originario esattamente?»

«Casa mia è un buco stile western chiamato Dallas.»

Winter rise.

«È proprio così», disse Macdonald. «Dallas, la terra madre della grande Dallas nel grande Texas. La mia Dallas è costituita da una strada costeggiata da una fila di case. Questo è quanto, a parte le due fattorie sul versante sud, di cui una è nostra. È rimasto mio fratello a occuparsi della fattoria.»

«I tuoi genitori sono ancora vivi?»

«Sì.»

Winter rimase in silenzio.

«Ho anche una sorella che abita proprio a Inverness», soggiunse Macdonald.

«Questo non lo sapevo», disse Winter.

«Fino a sei mesi fa nemmeno io», disse Macdonald. «Eilidh viveva quaggiù *in the Smoke*, a Hampstead, ma è successo qualcosa fra lei e suo marito e se n'è andata. In neanche ventiquattrore si è trasferita in un nuovo ufficio lassù.»

«Un nuovo ufficio?»

«Eilidh è avvocato. Adesso ha aperto un piccolo studio con

un'altra donna. *Macduff & Macdonald, solicitors*. Cosa che ha reso tutti alla fattoria di Dallas molto orgogliosi.»

«Più orgogliosi di quanto non fossero per te?»

«*Jesus*, Erik. Nessuno ha mai provato orgoglio per me.»

«Per fortuna.»

«Ma Eilidh è una vera donna scozzese e si merita tutta l'ammirazione.»

«Quanti anni ha?»

«Perché?» domandò Macdonald e a Winter parve di sentirlo sorridere.

«Lo chiedevo per essere educato», rispose Winter.

«Trentasette», disse Macdonald. «Cinque anni più giovane di noi.»

«Mmm.»

«E dieci volte più bella di noi.»

«Uno schianto insomma», disse Winter.

«Ma dubito che la sua competenza ci sarà utile», disse Macdonald.

«Dipende dagli sviluppi... Ti va se mi faccio sentire più tardi? Intanto potresti chiedere ai colleghi laggiù di fare un controllo», chiese Winter.

«Assolutamente.»

«Benissimo.»

«Quasi quasi faccio un giretto a controllare di persona», disse Macdonald.

«Davvero?»

«No, era tanto per dire. Ma apprezzerei un po' di variazione. Cosa ne dici? Ci diamo appuntamento a Inverness e risolviamo un nuovo caso insieme?»

Winter rise.

«Quale caso?»

Quattro giorni più tardi non avrebbe più riso, perché la battuta di Macdonald sarebbe diventata realtà.

* * *

Aneta Djanali si era ritirata nel suo piccolo mondo, un mondo migliore, a sorseggiare un bicchiere di vino in silenzio. Vino rosso.

Il Burkina Faso potrebbe essere il Paese ideale per la produzione del vino. L'uva è grossa e incredibilmente dolce. Non c'è niente in cui mettere le radici, eppure cresce. Sono in pochi a bere vino nel parzialmente musulmano Burkina Faso. Questa potrebbe essere una delle ragioni. Pochi possono permettersi di comprarne una bottiglia. Pochi ne hanno mai vista una. Lei ne aveva vista servire una all'hotel di Ouagadougou. Una grassa e rumorosa famiglia francese l'aveva ordinata in accompagnamento al cous cous d'agnello. Il cameriere aveva portato in tavola la bottiglia come se contenesse nitroglicerina.

Suo padre era rimasto seduto di fronte a lei, osservando il francese con una saggezza africana che vede al di là della fine dei tempi. Suo padre non era più un europeo, né uno svedese. Aveva cancellato tutto e non sarebbe mai più ritornato indietro. Non praticava più la sua professione medica. Perché non apri un piccolo ambulatorio? gli aveva suggerito. Ci sono appena trecento medici qui. Dio lo sa quanto sei importante. Quale dio? aveva risposto e lei aveva capito che non si trattava di una battuta. Aveva scoperto così tante cose sui suoi genitori quando era tornata a fargli visita. Il numero di musulmani era solo una cifra approssimativa nelle statistiche. Gli dèi di suo padre erano molti, ci credeva ancora. Erano là fuori tra luce e ombra, sotto il sole cocente e le notti freddissime. Suo padre ci parlava con gli dèi, a volte anche con gli spiriti. La differenza fra dèi e spiriti era arbitraria.

Certi spiriti sono forti e potenti come leoni feroci.

Altri sono più deboli e soffusi, come gli spiritelli del bosco.

Alla base di tutto c'è sempre il potere. Ci scontriamo in continuazione con il potere, le aveva detto suo padre. Un leone, un serpente, un lampo, un fiume. Ogni cosa ha il potere di ucciderci, quindi tutto deve essere abitato da spiriti forti.

Il mare può uccidere, pensò improvvisamente Aneta Djanali. Da dove le era venuto quel pensiero? Il Burkina Faso non è bagnato dal mare.

Suo padre le aveva parlato della lingua. L'arte più importante in Africa è quella del racconto. Ci sono più di mille proverbi in ogni lingua, aveva detto.

Oddio, aveva pensato a bordo dell'aereo Air France diretta a casa, *da dove* vengo? Chi sono?

Cosa diventerò?

Continuò a sorseggiare il vino, era un vino pieno con un profumo di quercia e cuoio.

Cosa ne sarà di me?

Ho superato i trenta e sono nera come il peccato. Ce ne sono tante di persone come me in questo Paese, candido come l'innocenza. Le persone sono bianche, la terra è coperta di bianco. La mamma avrebbe voluto vedermi insieme a un bell'africano. Ci sono stata per un po', ma non così a lungo come avrebbe voluto. Ormai non è più importante.

Ripensò alla cena al ristorante dell'albergo, l'ultima che lei e suo padre consumarono insieme. Al tintinnio coloniale nella sala da pranzo. Alla sabbia che si rifiutava di lasciare la stanza, nonostante l'insistenza degli ospiti e del personale. Al vento che si intrufolava attraverso le fessure delle giganti persiane in legno davanti ai ridicoli finestroni. Ridicoli perché non proteggevano da niente.

Gli dèi sanno che TU sei importante, Aneta, le aveva detto suo padre con un sorriso che solo sua figlia poteva capire. I bravi investigatori sono indispensabili in una società moderna. Non ne avete abbastanza di poliziotti in questo Paese? aveva chiesto. Non sono veri poliziotti, le aveva risposto. Lui sapeva tutto, lei nulla. Non erano dei buoni poliziotti. La società ha bisogno di poliziotti buoni, solo così si ottiene una società dominata dalla bontà.

Era una battuta? Non sembrava. Cosa voleva dire? Negli ultimi tempi, anche prima del suo ritorno in Africa, il modo di parlare e pensare di suo padre aveva cominciato ad assomigliare sempre più a un insieme di aforismi e indovinelli, come se vedesse cose che nessun altro notava o ricordasse, cose che molti avevano dimenticato. Lo trovava affascinante e anche un po' sconcertante. Sua madre lo trovava assurdo e non sembrava darci troppo peso.

La società ha bisogno di poliziotti buoni, solo così si ottiene una società dominata dalla bontà. Pensaci, Aneta. Avrebbe potuto aggiungerlo all'ordine del giorno del congresso di polizia e proporre che la massima venisse incisa in oro o in argento sui cappellini della divisa, e anche su quelli esposti al distretto: una massima intorno alla quale ci si potesse riunire.

La bontà. Lottiamo tutti per raggiungerla e chi non ce la fa a lottare lo prendiamo in braccio e lo portiamo in un mondo migliore.

Questo è il nostro compito qui sulla terra. Prese un altro sorso di vino. Non c'è niente da scherzare, niente cinismo. Eppure risulta così stupido per iscritto e suona ancora peggio a voce. La bontà scritta e orale suona più stupida del male. Il male siamo io e te. Era così che la pensava ora. Era un pensiero sincero e personale.

Quella notte sognò porte che si chiudevano e che non si aprivano più. Vide delle facce, una metà sorrideva e l'altra piangeva. Le facce diventavano maschere. Una voce le diceva di non fidarsi di nessuno. Nemmeno di te? chiese, si sentiva così al sicuro nel sogno.

Suo padre le aveva detto che esistono degli dèi nel deserto che nessuno conosce. Come fanno allora a essere degli dèi? gli aveva chiesto. Le aveva risposto col silenzio.

Volava a bordo di un aereo Air France sopra Kortedala, facendo scalo in mezzo alle stagioni, senza però mai scendere dall'aereo. Volò dentro a un castello fortificato, che da vicino non erano altro che le fondamenta di un edificio.

Sognò tutti i pensieri e le esperienze degli ultimi giorni, interpretandole una a una, finché tutto le parve chiaro.

Poi sognò qualcosa che non le parve chiaro e si svegliò di soprassalto, svegliata dalle sue stesse grida.

8

Lo schiaffo del vento gli riportò alla mente tutti i ricordi. Era sempre così. Luce o buio. Nei ricordi è lunga la notte che non trova mai il giorno. Il mare è un mondo a sé. Si lavora tra le reti, su e giù ogni cinque ore, raramente di notte, anche se lui l'avrebbe preferito. È comunque dura dormire nella stiva in sette. Tutta l'umidità, tutte quelle notti insonni, il lavoro corrode il corpo di ogni pescatore. Gli mancavano il calore e la pelle asciutta. La sognava spesso durante le settimane al largo: la pelle asciutta.

La notte in cui Frans era uscito con le reti il vento era cambiato. Non sentì il grido, nessuno lo sentì. Frans sparì senza un grido. Un altro ciottolo andato a fondo, ma non proprio. Chi cadeva nel Mare del Nord, tra Stavanger e Peterhead, tornava a galla sulle coste della Norvegia settentrionale. Un viaggio solitario nelle correnti buie. Frans.

Era andata così?

Pregarono durante il viaggio di ritorno e, appena approdati, andarono direttamente al pub. Si ricordava di esserci entrato, ma non quando era uscito. Ne aveva fatte tante di serate così, tutte finite senza ricordi.

Al largo non si riusciva mai a sciacquare via la stanchezza, e quando tornava sulla terraferma faceva del suo meglio per farla durare.

La sera in cui rimase schiacciato dai deviatori avrebbe potuto essere la sua ultima.

Cercò di andarci piano col bere dopo quella volta, almeno per un po'.

Da casa sua si riusciva a vedere la vecchia chiesa. Si vedevano le auto andare e venire dalla chiesa, andare e venire dalla pista da golf sulla penisola al di là della chiesa. Quegli idioti tiravano le palline in acqua senza un perché.

La sopraelevata sbucava sulla sinistra diventando parte integrante della chiesa, o forse era la chiesa a fondersi con la sopraelevata. Aveva studiato questo paesaggio molte volte. C'era una continuità. Le sopraelevate sono le cattedrali dei tempi moderni, dei tempi arrivati *più tardi*, ed è naturale che si fondano con le chiese.

Sputò sulla chiesa. Si pentì. Si asciugò la bocca e si alzò. Camminò lungo quella strada senza nome. Un bimbo gli passò vicino senza guardarlo. Era invisibile anche a lui.

Quando nemmeno i bambini vedono l'invisibile non c'è più speranza.

Incrociò due uomini di mezz'età sulle scale, nemmeno loro si accorsero di lui. Si fece da parte per non essere travolto. Distingueva le loro voci, ma non la lingua, o forse non la distingueva per via del vento.

Ordinò la sua *ale* al Three Kings. Stette a lungo davanti al suo bicchiere che nessuno vide. Fece un cenno alla donna dietro il bancone, ma lei guardò dall'altra parte. Altri giorni ci aveva parlato, lo sapeva.

Lei lo sapeva.

Non poteva sapere cosa stesse pensando ora.

Lei aveva cercato di parlargli, ma lui non aveva voluto ascoltare. Lei gli aveva detto una parola, ma lui quella parola non la voleva sentire. Aveva pronunciato la parola bugia. Aveva pronunciato la parola vita. Una vita di bugie.

Aveva detto troppo.

I due uomini che aveva incrociato sulle scale entrarono nel pub. La donna dietro al bancone s'irrigidì, come se temesse un'ordinazione. No, non era quello il motivo. La coppia si guardò intorno. L'uomo disse qualcosa, ora riusciva a sentirlo e anche a distinguere la lingua. Se la ricordava. Non ci pensava spesso, ma capiva le parole ed era in grado di metterne insieme qualcuna se fosse stato costretto.

Non sarebbe stato costretto.

Ordinò un altro bicchiere, lo sorseggiò dando le spalle ai due uomini, che si erano seduti al tavolo vicino alla finestra, con la vista sulle sopraelevate e sul mare.

Frans non era il primo.

I corpi si abbracciano nella corrente.

Jesus. Jesus!

Quando uscì passò un camion carico di pesce. Sapeva da dove proveniva e dove fosse diretto. Il camion proseguì, lasciando una scia di cattivo odore. Attraverso le esalazioni di benzina ebbe l'impressione di distinguere l'odore del pesce. Naturalmente era solo un'impressione.

Il camion si tuffò nel tunnel, mettendo in pericolo chiunque fosse sulla sua rotta. Aspettò lo scontro, ma non sentì nulla, non questa volta. Sentì solo quel tipico urlo stridente quando si ingrana il motore su per le colline del lato opposto.

Di là non ci metteva più piede. Mai più!

Proseguì verso est. Aveva un appuntamento.

9

Aneta Djanali si preparò la colazione come avvolta in una nebbia, aveva un groviglio di brutti sogni in testa, come una nebbia persistente. Riempì il bollitore, dimenticandosi di inserire la spina. Dopo un'attesa vana in piedi davanti al lavello, se ne rese conto. Si voltò per vedere se qualcuno stesse ridendo della sua sbadataggine.

Non c'era nessuno. Era sola.

A volte le mancava una risata fragorosa. Le mancava la presenza di qualcuno. A volte c'era Fredrik con la *sua* fragorosa risata, ma non sempre.

E lei non era sempre davanti al suo lavello, nella sua cucina.

Potevano definirsi una coppia separata? Erano una coppia separata?

No. Questo presupponeva una relazione, di essere in una *relazione*, ovvero qualcosa di accettato e... E, cioè, confermato, constatato, conci...

Qualcosa... di naturale. Per entrambi. Non lo era ancora tra di loro. Perché non lo era? Forse lo sarebbe diventato senza che fosse necessario constatarlo né pensarci?

Complicata la vita.

Mise due fette nel tostapane. Era più complicato che tostarne una alla volta, ma in confronto alle complicazioni della sua vita era il meno. Imburrò il pane, formaggio e marmellata. Azioni chiare e semplici, come il rito del tè. Un po' di latte sul fondo della tazza, poi il tè, due zollette di zucchero, mescolare, aspettare che si intiepidisca.

Bere il tè, mangiare il toast.

Svuotare il cervello.

Per un quarto d'ora.

Quando uscì c'era ancora la luna, esitava pallida dietro alle nubi sottili, come in una nebbia. La sua auto era parcheggiata all'ombra, al riparo dal sole che splendeva felice in un altro scorcio di cielo. L'auto era fresca, dentro era rimasto il profumo della notte impregnato nella pelle dei sedili. Com'è esitante la notte questa mattina, pensò.

Guidò in direzione sud. C'era coda nei paraggi di Linnéplatsen. Tre corsie a passo d'uomo. Un idiota sulla sua destra premeva incessantemente sull'acceleratore, ammiccando dalla sua Audi.

Era il caso di rispondere all'ammiccamento mostrandogli il distintivo?

Scattò il verde e l'idiota sfrecciò, verso Le Mans, il Nürburgring, guadagnando sette metri, tagliò a destra, tagliò a sinistra, accelerò, per arrivare comunque in ritardo alla partenza del Gran Premio di Monte Carlo, superò due asfaltatrici con una folata che fece volare via il cappellino di un addetto ai lavori.

Aneta Djanali si mise in contatto con l'ufficio di viabilità della polizia municipale dettandogli il numero di targa della carretta ormai quasi sparita all'orizzonte.

Oggi non raggiungerai nessun traguardo, cara Audi.

Aveva colto l'ammiccamento razzista nel suo sguardo.

Si sviluppa presto una sensibilità a questo tipo di comportamento. Un'abbronzatura africana provoca spesso delle reazioni, indipendentemente dall'anno, dal decennio, dal secolo, dal millennio. Lo sai no che tutta l'umanità ha origini africane? aveva detto una volta quando Fredrik aveva giocato a fare il razzista. Sì, per lui era un *gioco*. Poi aveva smesso.

Sorpassò l'ospedale Sahlgrenska in salita, su Toltorpsdalen, la valle che sembrava uscita dal mondo delle favole. Girò a sinistra all'altezza della chiesa strisciando su tutti i maledetti dossi, a cinquanta metri l'uno dall'altro. I guidatori di autobus, i tassisti, i fattorini, i poliziotti, chi lavora con l'auto i dossi non li può sopportare. Si guardò intorno. Anche gli abitanti della zona odiano i dossi; il tasso d'inquinamento tende ad aumentare a causa delle accelerate, e Toltorpsdalen raggiungeva il peggior tasso d'inquinamento della città, il peggiore del Nord Europa.

Da Krokslätt in poi era tutto in discesa. Rotolò giù fino alla Parkgatan e parcheggiò dietro alla scuola Sörgårdsskolan.

Qui è tutto un idillio, qui la città esita, qui domina la pace. Fridkullagatan, la via dei colli pacifici, si estende da ovest a nord come un abbraccio protettivo, qui è tutto tranquillo come nell'occhio del ciclone. Chi si ferma qui trova la serenità.

Anette Lindsten non si era fermata qui. La scelta di lasciare il nido protetto di Fredriksdal per una condanna a morte a Kortedala era un mistero che solo l'amore poteva spiegare. Anette si era trasferita nel quartiere turbolento delle stagioni per amore, un quartiere tra le macerie. E quando anche l'amore era andato in frantumi, Anette era tornata qui, a casa.

La siepe che circondava la villa era impenetrabile. La casa era di legno, una casa tradizionale costruita nel periodo tra le due guerre, ampliata nell'epoca del benessere, restaurata nell'epoca del consumismo, fino all'aspetto attuale. Aneta Djanali esitò un momento fuori dal cancelletto, che era appena stato carteggiato e aspettava di essere ridipinto. Perché non posso lasciarli in pace? Quali risposte spero di trovare? Sono stanca di questo schifo, stanca che le donne debbano vivere nel terrore, in esilio nel loro stesso Paese, anzi peggio, vivere sotto protezione come profughi, nascoste a causa delle sentenze dettate dallo Stato e dal potere esecutivo, che sarei io... Noi... La polizia. Loro, pensò. Io no, sono stati gli altri. Io non trascinerei fuori dei bambini da una chiesa per via di un ordine. Ma è successo e quelle immagini non faranno parte dell'album delle migliori azioni dell'uomo sulla terra. Ora Anette se ne sta nascosta in casa. Si dovrebbe accontentare?

Allungò le dita verso il campanello. Voglio solo vedere se Anette sta bene.

Suonò di nuovo. Sentì abbaiare. La porta si aprì, con un ringhio. Sapeva riconoscere un rottweiler quando ne vedeva uno. Il trucco è attaccare per primi.

«ZITTO, Zack!»

Vide la nuca dell'uomo abbassarsi verso quel mostro muscoloso. Come reagisce la gente di Fredriksdal quando li incontra in giro?

«Desidera?» le chiese lo sconosciuto alla porta, ancora semichiusa.

«Vorrei... scambiare due parole con Anette», disse Aneta Djanali, sentendosi come colta di sorpresa, pur senza capirne il perché.

«Non è qui», rispose l'uomo.

Il cane ringhiò in senso di conferma, poi si voltò e sparì.

«Ma è tornata a casa, mi pare», disse Aneta Djanali.

«Cosa? Cosa dici? E chi sei, innanzitutto?»

Finalmente gli mostrò il distintivo e si presentò.

«Cosa vuoi da lei?» domandò l'uomo, senza degnare il distintivo di uno sguardo.

Aneta Djanali aveva uno strano presentimento, una sensazione di vertigine.

Nell'ingresso c'era solo il cane, che aspettava un boccone del suo corpo. Il mostro aveva già l'acquolina in bocca.

Cercò di assumere un tono più deciso.

«Vorrei parlare con suo padre.»

«Cosa?»

L'uomo sembrava onestamente sorpreso.

«Sigge… Lindsten», disse Aneta Djanali. «Vorrei parlargli.»

Lesse il dubbio nello sguardo dell'uomo, che a questo punto sbirciò il distintivo che lei aveva ancora in mano.

«È vero quello lì?» chiese con un tono che poteva tradursi con «Sei un vero poliziotto?»

«È in casa suo padre?» insistette Aneta Djanali. «Sigge Lindsten? È in casa?»

«Per la miseria sono IO Sigge Lindsten», disse lo sconosciuto alla porta. «IO sono suo padre!»

Ripensò all'altro viso, quello dell'altro Lindsten, quello che aveva tranquillamente portato via tutto ciò che era rimasto nell'appartamento di Anette. Il papà, quello tranquillo e composto. E il fratello scontroso.

«Pe… Peter», disse Aneta Djanali e la sensazione di vertigine era sempre più tangibile.

«Cosa? Cosa sta farneticando adesso?» disse l'uomo.

«Peter Lindsten. Suo fratello. Il fratello di Anette.»

«Mi faccia il piacere, Anette NON ha nessun fratello!»

Bertil Ringmar se ne stava appollaiato alla finestra con lo sguardo rivolto verso Fattighusån, il fiume dei poveri. Gli edifici sull'altra riva erano di nuova costruzione, abitazioni private per privilegiati. Gli ospizi di carità non esistono più, pensò. Gli edifici non ci sono più, ma i poveri sì.

«Non ti deprimi a guardare Fattighusån tutto il giorno?» disse rivolgendosi a Winter che era seduto alla sua scrivania a fare niente.

«Assolutamente.»

«Facci qualcosa allora.»

«Va bene», disse Winter ridendo.

«Nel senso che va bene deprimersi?»

«Sì.»

«Perché?» chiese Ringmar.
«Perché tutto sembra più semplice poi uscendo di qui.»
«È per questo che esci di qui così spesso?»
«Sì.»
«Mmm.»
«Ci ho pensato spesso», disse Winter, «in questo maledetto ufficio.»
«Cosa hai pensato?»
«Che non ci voglio più stare. Seduto qui.»
«Ah no?»
«Trasferisco l'ufficio in centro.»
«Ah sì?»
«In un bar. O in un pub.»
«Il tuo ufficio in un bar?»
«Certo.»
«Gli interrogatori in un bar?»
«Perché no?»
«Geniale.»
«Vero?»
«Ne hai parlato con Birgersson?»
«Dovrei?»

Ringmar sorrise. Birgersson era il capo del dipartimento di polizia criminale. Winter era commissario e vice capo. Ringmar era solo commissario, ma gli andava bene così. Sapeva comunque di essere indispensabile, senza di lui non funzionava niente. Guardate Winter. Guardatelo! Seduto sulla sua sedia senza combinare assolutamente niente e sarebbe andata avanti così se non ci fosse stato Ringmar. Se per esempio non avesse mantenuto viva la conversazione.

Guardate questa stanza. C'era un lavandino dove Winter poteva farsi la barba, una cartina di Göteborg appesa alla parete, con dei misteriosi cerchi e linee da qualche indagine precedente. Le linee su quella cartina rappresentavano la Göteborg criminale che si estendeva in molte direzioni, verso punti cardinali sconosciuti.

Winter era seduto in una sedia troppo comoda, troppo nuova. Aveva cambiato la tappezzeria di recente. Ci aveva messo nuovi scaffali e lampade che illuminavano come fari i bui corridoi del commissariato. Aveva trascinato fin lì un divano.

E ora voleva andarsene, in un bar o in un pub.

Sul pavimento, a un passo da Ringmar, c'era l'eterna Panasonic e l'eterno sassofono che muggiva un blues atono. Coltrane? No. Qualcos'altro, qualcuno di più moderno. Era bravo. Bravo e deprimente.

«Chi è?» chiese Ringmar facendo un cenno alla radiolina portatile.

«Michael Brecker», disse Winter. «E non solo. Pat Metheny, Jack DeJohnette, Dave Holland, Joey Calderazzo, McCoy Tyner, Don Alias.»

«Alias? Quindi qual è il suo vero nome?»

Winter si accese un Corps ridendo. Il corpo sottile del sigaro dondolò tra le sue labbra.

«Hai declamato tutta la squadra di ricognizione», disse Ringmar.

«Si può dire così.»

«Posso prenderlo in prestito?»

Winter ruotò la sedia e si allungò verso la sua raccolta afferrando un cd. Lo lanciò a mo' di frisbee a Ringmar, che lo afferrò elegantemente. Sulla copertina c'era un uomo di schiena con un cappotto nero che camminava lungo un fiume. E il titolo in fondo, *Tales from the Hudson*. Il pensiero del pigro fiume fuori dalla finestra lo portò a pensare a un'altra cosa.

«Il fiume Hudson», disse.

Winter sapeva a cosa stesse pensando.

«Come sta Martin?» chiese Winter.

«Bene.»

«È ancora a New York?»

«Sì.»

Martin, il figlio di Ringmar, era capocuoco in un bel ristorante a Manhattan. Sulla Third Avenue. Aveva una relazione complicata con suo padre. O forse era il contrario. Non era a conoscenza dei dettagli, ma se n'era fatto un'idea. Non aveva osato chiedere, non tutto. Bertil aveva riallacciato i rapporti con suo figlio. Avevano ripreso a parlarsi, prima che fosse troppo tardi. Per Winter era stato troppo tardi, o quasi. Aveva parlato con suo padre pochi giorni prima che morisse. Bengt Winter era morto all'Hospital Costa del Sol fuori Marbella, Winter era al suo fianco. Era la prima volta che si vedevano dopo cinque o sei anni, la prima volta che si parlavano. Era stato difficile superare il lutto, l'aveva vissuto come una tragedia, una di quelle per cui ci si addormenta tra le lacrime notte dopo notte.

«Stai pensando di andarlo a trovare?» chiese Winter.

«Ci sto pensando.»

«Parti, per la miseria.»

Ringmar ondeggiava la testa al ritmo della musica del pianoforte che riempiva la stanza. Si sfregò il naso.

«Facevano catering per una ditta nel World Trade Center», disse.

Winter restò in silenzio, in attesa del seguito.

«Martin faceva da supervisore a volte, curava la presentazione del buffet o qualcosa del genere.»

«Questo quando te l'ha raccontato?» chiese Winter.

«Dopo l'undici, ovviamente. Prima non ce n'era motivo, ti pare?»

Winter annuì.

«Ma quel giorno non ci è andato.» Ringmar andò verso la finestra e si sedette sulla sedia dall'altro lato della scrivania. Winter fece un tiro. Sembrava che il volume si fosse alzato, ma la musica aveva semplicemente cambiato ritmo, diventando ancora più nervosa. Disperata. *Tales of New York.*

«Santo cielo. Avrebbe dovuto essere lì QUEL GIORNO, se quello studio di consulenza non avesse spostato la data del ricevimento al giorno dopo.» Dalla bocca di Ringmar uscì una specie di risata gracchiante. «Non c'è stato nessun ricevimento il giorno seguente.»

«Come… Come l'ha presa Martin?»

«Ringrazia Dio, immagino.»

«Mmm.»

«Ha preso a frequentare la chiesa del quartiere», disse Ringmar, ora con un volto più disteso. «Dice che se ne sta là, senza pregare né niente. Sostiene di sentire tanta pace. E gratitudine, così dice.»

«Vallo a trovare», disse Winter.

«Stavo per farlo», replicò Ringmar. «Ma ora torna a casa.»

«Davvero?»

«È solo una pausa. Tra due settimane. Se l'aereo decolla.»

«Decollano come non mai», disse Winter.

«La differenza è che non ci sono più i passeggeri», disse Ringmar.

«Basta che ci sia lui a bordo, no?»

Winter uscì presto, andò al Saluhallen dove comprò quattro etti di formaggio fresco della Bretagna e due focacce estoni, a posto così.

Un bar su Södra Larmgatan emanava una luce invitante. Era nuovo, non era ancora stata montata l'insegna. Entrò, ordinò una birra alla spina e prese posto a un tavolo in vetrina. Oltre a lui c'era un solo ospite, un uomo vicino al bancone. Il barista era alle prese con i bicchieri, con le olive, i piattini, le bottiglie e tutto quello con cui hanno a che fare i baristi nell'ora blu, appena prima che scatti l'ora dell'aperitivo. Winter si accese un Corps godendosi quel momento nel bar, ancora semivuoto e carico di aspettative per la serata, un rumore immobile impossibile da identificare. Si guardò intorno. Il design di tendenza del nuovo millennio non era più mini-mini-minimalista, con quel tipo di arredamento che ti dava l'impressione di stare seduto in un hangar abbandonato.

C'era della pelle, del legno, una luce calda. Nessuna lampadina nuda penzolante dal soffitto.

Era un'ottima location per il suo ufficio. Qui, vicino alla finestra. Durante gli interrogatori poteva spostare la candelina più vicino al sospettato, per leggerne meglio l'espressione del viso. La videocamera la si poteva posizionare sulla cornice della finestra.

I colleghi della custodia cautelare potevano attendere al bancone.

Tirò fuori il cellulare dalla tasca interna della giacca e chiamò casa.

«Sto arrivando», disse.

In quel momento il barista fece cadere un bicchiere. Il pavimento era di pietra. L'uomo al bancone gridò «*Cheers!*» alzando il calice.

«Che vita che c'è sul tram stasera!» disse Angela.

«Ah ah.»

«Adesso fai il bravo e torna a casa», disse Angela.

Winter si guardò intorno.

«Cosa ne dici di un aperitivo?» le disse.

«Dipende dal posto.»

«È nuovo e io sono praticamente l'unico ospite», disse mentre l'uomo accanto al bancone scendeva dallo sgabello e, dopo aver fatto una specie di saluto verso il barista, uscì con quel passo esageratamente controllato di chi è un po' brillo.

«Dovrei consultare Elsa», disse Angela.

«Devi chiederle il permesso per ogni cosa?»
«Ah ah ah.»
«Ti prometto che non fumo», disse Winter.
«Dice che posso, ma vuole venire anche lei, per tenerci d'occhio.»
«Södra Larmgatan, di fronte al Saluhallen.»
Mise giù e finì la birra. Fuori tutti erano diretti da qualche parte. Il sole si stava dirigendo nell'emisfero australe. Il cielo era infuocato, segno che il sole sarebbe tornato domani. La luce era blu, eccola l'ora blu. La notte è lunga. Le avrebbe lasciato seguire il suo corso, non si sarebbe immischiato.
Il telefono squillò di nuovo. Numero sconosciuto. Considerò l'idea di non rispondere. Sarebbe stata la prima volta.
C'è sempre una prima volta.
Non rispose.
Ebbe un presentimento quando gli squilli cessarono.
Era successo qualcosa.
Fece un cenno al barista.
Bisognava festeggiare.

10

Angela arrivò con Elsa al seguito, che ordinò subito un drink con le bollicine. Angela ordinò un Martini secco e Winter un Longmorn. Angela aveva un cerchio nero sotto l'occhio, a testimoniare la sua stanchezza. Le venivano le occhiaie solo sotto a un occhio e solo per poche ore, poche ore prima di una nuova giornata. Tra poco sarebbe iniziato un nuovo giorno.
«Saluti e salute», disse Elsa.
Winter alzò il bicchiere guardando Angela negli occhi. Che razza di abitudini stiamo dando a nostra figlia? Come andrà a finire quando noi non saremo presenti a tenerla d'occhio? Con tutte quelle bollicine?
«Va giù bene Elsa?» chiese Angela.
«Mi fa il solletico al naaaso», rispose lei.
In quel momento Winter si sentì prudere il naso e un secondo dopo starnutì.

«Salute!» gridò Elsa.
«Grazie, bimba.»
«Solletica anche a te il naso, papà?»
«Sì, proprio come a te.»
«Ma io non ho starnutito.»
«Ho starnutito io per tutti e due.»
«Ah AH!»
«Se continuate così dovrò starnutire anch'io», disse Angela.
«C'è una spiegazione medica per questo tipo di reazione?» le domandò Winter.
«Cosa intendi?»
«Sei un medico. Come spieghi il riflesso di starnutire quando qualcuno parla di uno starnuto?»
«Dubito che la medicina abbia approfondito la ricerca in questo campo», disse Angela. «E anzi, non saprei nemmeno dirti che campo di specializzazione se ne sarebbe dovuto occupare.»
«Medicina generale: orecchie, naso, bocca. Otorinolaringoiatria», disse Winter.
«No.»
«Fisiologia.»
«No.»
«Starnutologia!»
«No.»
«Etimologia», disse Elsa.
I genitori la guardarono.
Sono il padre di un genio, pensò Winter.
«Da dove ti è venuta?» chiese Angela.
«Dalla maestra. Bisognava dire una parola che finisce per logia, no?»
«Quindi non intendi che papà e io stiamo discutendo l'etimologia del termine starnuto?»
Winter vide che Elsa non stava capendo la domanda e si rilassò.
«La maestra ve l'ha spiegato cosa significa?»
«Ma l'ho dimenticato», disse Elsa.
«Etimo, cosa significa esattamente?» chiese Angela rivolgendosi a Winter.
«Genuino, il vero significato della parola.»

«C'è un limite a tutto», disse l'uomo che sosteneva di chiamarsi Sigge Lindsten e di essere il padre di Anette Lindsten. «Anche per la polizia.»

Aneta Djanali non rispose. Aveva ancora le vertigini e cercava qualcosa a cui aggrapparsi.

«Non sta bene?» chiese l'uomo.

«Posso chiederle un bicchiere d'acqua?»

L'uomo era ancora titubante, ma aveva smesso di opporre resistenza. Forse non l'aveva mai opposta.

«Si accomodi», disse infine.

Si tolse le scarpe ed entrò. C'era un odore familiare nell'ingresso, come di una pianta, le ricordava qualcosa, ma non sapeva bene cosa.

Sì ecco, aveva sentito lo stesso odore nell'appartamento che quei due uomini avevano svaligiato in sua compagnia. Un vero e proprio colpo. Di testa. Le tornarono le vertigini.

«Prego, si sieda», disse l'uomo porgendole un bicchiere d'acqua. «Tenga», disse.

Bevve un sorso, osservando l'albero mosso dal vento, forse un acero. Il vento si era alzato negli ultimi giorni, una ringhiante promessa d'autunno. Non vedeva l'ora.

Un'altra vertigine. Sto per ammalarmi seriamente? pensò.

«Com'è questa storia di Anette?» chiese Sigge Lindsten.

Dovrei essere io a porgli questa domanda.

«Anette è in casa?» gli domandò.

«Non al momento», rispose l'uomo.

Si guardò intorno.

«E... sua moglie?»

«Al momento nemmeno lei è in casa», rispose.

«Potrei vedere un documento d'identità?» chiese Aneta Djanali.

«Chiedo scusa?»

«Un documento. Mi scusi, ma tutta questa storia è un po'... confusa. Le spiegherò tutto, ma prima devo essere sicura che voi siate chi...»

«Santo cielo», la interruppe l'uomo. «Vado a prendere il portafoglio.» Tornò con la patente, nome Sigvard cognome Lindsten e una foto piuttosto recente dell'uomo che le stava davanti.

«La ringrazio», disse restituendogli il documento.
«Ha per caso visto Hans Forsblad di recente?» gli chiese.
«Non tocca a me fare le domande adesso?» disse Lindsten.
«Risponda prima a questa.»
Alzò le spalle.
«Quel maiale non oserebbe farsi vedere qui. Ci deve solo provare ed è finito.»
«Quand'è che Anette ha lasciato l'appartamento di Kortedala?»
«Quante domande.»
«Tra breve le spiegherò tutto», gli assicurò Aneta Djanali.
Lindsten sembrò improvvisamente aver perso interesse per la conversazione, si voltò verso il lavello facendo scorrere l'acqua. Poi la spense.
«Quando?» chiese di nuovo Aneta Djanali.
«Cosa?»
«Quando ha fatto il trasloco?»
«Non ha fatto nessun trasloco», disse Lindsten. «Non formalmente. Ha lasciato l'appartamento, ma non ha ancora disdetto il contratto.»
Oddio, pensò Aneta Djanali.
È ora di dare delle spiegazioni.

Sigge Lindsten si fece un caffè. Aneta Djanali l'aveva rifiutato. Aveva chiamato la centrale per denunciare il furto. Poi aveva contattato i colleghi della polizia locale.
Si sentiva un'idiota.
Chissà se a Fredrik, incontrando nell'appartamento di Anette Lindsten un padre gentile e preoccupato e un fratello nervoso, sarebbe venuto lo scrupolo di verificarne l'identità? Chissà. Gliel'avrebbe domandato.
Sul piano psicologico era una situazione particolare. E lei ci era cascata in pieno. L'uomo che aveva sostenuto di essere Sigge Lindsten aveva dimostrato una coerenza incredibile. L'aveva gestita egregiamente. E aveva saputo gestire l'uomo più giovane. Sì, ripensando all'oretta che aveva passato in quell'appartamento si rendeva conto della maestria con cui aveva gestito il tutto. Tutto in un'oretta! Cioè, stanno svaligiando un appartamento quando la polizia bussa

alla porta. E lui cosa fa? Ti offre un caffè, quattro chiacchiere, grazie e arrivederci.

Della serie: Paperino nei panni di fotografo di volatili esotici travolto nel susseguirsi incessante di gag del dispettoso uccello tropicale con cui alla fine si trova inspiegabilmente accasato nel cuore della giungla.

Comico? Mica tanto.

Si era esposta.

Si era esposta ai due uomini.

E a Hans Forsblad. Se era LUI, a questo punto.

Nemmeno quell'uomo era chi diceva di essere?

«Ha per caso una foto di Hans Forsblad in casa?»

Lindsten tornò con una foto senza cornice. Vi erano immortalati una giovane donna e un giovane uomo, strasorridenti. Dovevano essere passati anni, riconobbe a ogni modo Forsblad dal loro incontro in quel maledetto appartamento.

Questa era effettivamente la prima volta che vedeva il viso di Anette, che lo vedeva per davvero. Fino a ora l'indagine non aveva avuto un volto. Strano. Non le era mai successo. Ma in qualche modo era arrivata fino a qui. Qualcosa l'aveva GUIDATA fino a qui. Questo qualcosa la sconcertava.

Improvvisamente iniziò a pensare alla morte. Alla sua morte. Avvertì di nuovo quella vertigine, decisa e sfuggente, che la trascinava negli abissi, nell'oscurità.

Qualcosa le diceva di allontanarsi da queste persone, da questi avvenimenti. Allontanarsi da tutti, IMMEDIATAMENTE, a gambe levate, da questo caso, da questa indagine, prima che tutto si ingigantisca, si complichi, diventando sempre più assurdo, o peggio, pericoloso.

Anette Lindsten aveva un viso simmetrico che avrebbe dovuto essere sinonimo di bellezza, in teoria. In pratica aveva dei lineamenti più lunghi che larghi e un mento poco accennato, i capelli sciolti contribuivano ad accentuare ulteriormente il viso allungato. Indossava un vestito che le andava largo. Non si riusciva a valutarne la statura, Anette e Hans erano seduti su una panchina. L'uomo era di costituzione normale, uno e ottanta, forse qualche centimetro meno.

Aneta Djanali procedette con un'accurata analisi della fotografia.

Anette teneva in mano un gelato che si stava squagliando.

La foto era stata scattata in una via con delle macchine parcheggiate ai lati. Alle spalle della coppia c'era un negozio, la cui insegna era illeggibile. Un bimbo ci stava entrando, forse a comprarsi un gelato. Le ombre erano molto accentuate. Da qualche parte, fuori campo, doveva esserci il sole.

«È stata scattata un paio di estati fa», disse Sigge Lindsten.

Aneta Djanali annuì.

«È tempo di fare un salto a Kortedala a vedere la devastazione», disse Lindsten.

«Le do un passaggio.»

In macchina pensò ad Anette.

Aveva già iniziato a picchiarla? L'uomo tutto sorrisi seduto accanto a lei nella foto?

Ci sperava ancora?

Glielo chiederò. Se mai la incontrerò.

La famiglia Winter-Hoffman stava rincasando. Stavano percorrendo il ponte, quando il cellulare di Winter iniziò a squillare.

«Sì?»

«Ciao Erik, parla Möllerström.»

«Sì?»

Möllerström si schiarì la voce. Möllerström era segretario generale del dipartimento di investigazione criminale. Ogni informazione passava da lui e da Winter. Con la differenza che Möllerström classificava tutto nei suoi file supertecnologici. Mentre Winter riponeva le sue teorie, le ipotesi, le cause e le conseguenze nel suo powerbook mentale. Möllerström aveva più di un computer. E più di un telefono.

«Ti ha cercato una donna. Ha chiamato un paio di volte. Sembrava disperata.»

«Come si chiama?»

«Osvald. Johanna Osvald.»

«Ti ha lasciato un numero?»

Möllerström gli dettò il numero.

«Ha lasciato detto qualcosa?»

«Solo che voleva essere richiamata appena possibile.»

«Stasera?» chiese senza perdere di vista Elsa e Angela cinque metri più avanti. La manina di Elsa sporgeva dal passeggino. Angela aveva il passo veloce.

Compose velocemente il numero che gli aveva dettato Möllerström. Fece un sospiro di sollievo quando sentì la linea occupata. Non appena riattaccò, gli squillò di nuovo il telefono. Riconobbe il numero sul display.

«Ha richiamato», disse Möllerström. «Proprio ora.»

«Cosa c'è di così urgente?» disse Winter.

«Ha detto solo che vuole parlare con te.»

«Mmm.»

«Il modo migliore per scoprirlo sarebbe richiamarla, immagino.»

«Grazie del consiglio Janne e buona serata, di lavoro.»

«Grazie e altrettanto», rise Möllerström e riattaccò.

Angela era ferma al semaforo del viale.

«L'ufficio ambulante», disse.

«Eh...»

«Guarda che esiste il pulsante di spegnimento.»

Non rispose. Le sembrò ingiusta. Lei non sapeva che stava proprio cercando di *rifiutare* una conversazione. Era la prima volta anche per questo.

«Lo usano tutti, meno che tu», continuò Angela.

«Cosa?»

«Il pulsante, c'è per tutti meno che per te.»

«Angela, per favore...»

Scattò il verde e attraversarono. Elsa dormiva profondamente. Sarebbe stato difficile anche per lui restare sveglio se l'avessero portato in giro in passeggino dopo l'ora blu.

«Possono mandarti a prendere se fosse così urgente, non è così?»

«A meno che io non abbia lasciato la città», disse Winter.

«Lasciato la città! Non avrai mica il permesso di lasciare la città?!»

«Con richiesta scritta e tre mesi d'anticipo.»

«In pratica ti vengono a cercare se non ti trovi presso la tua abitazione», concluse Angela.

«Come adesso», concluse Winter.
«Sai cosa intendo.»
Guardò l'orologio.
«A dire il vero, sono ancora in servizio», disse.
«Anche durante l'ora al bar?»
«È il mio nuovo ufficio.»
Il telefono squillò di nuovo.
«Forza rispondi», disse Angela. «Visto che sei ancora in servizio.»
Era di nuovo Möllerström.
«Per la miseria Janne, cosa c'è ancora?!»
«Scusi capo, ma ha richiamato di nuovo dicendo che riguarda suo padre.»
«So benissimo che riguarda SUO padre.»
Riattaccò guardando Angela. Erano arrivati al loro portone.
«Ce l'ho veramente messa tutta», disse.
«Cos'è successo?» gli chiese aprendo il portone con una mano. Winter tirò dentro il passeggino. Elsa dormiva tranquilla, russando piano. Adenoidi. Bisogna operarla, aveva deciso Angela. Per forza? aveva detto lui. Purtroppo, gli aveva risposto. Anch'io le ho dovute togliere.
«Riguarda il padre di Johanna Osvald», le disse.
«Santi numi, richiamala subito!» disse Angela con un viso aperto e privo d'ironia.
Telefonò dall'ingresso. Due squilli, tre, quattro, cinque, sei. Richiamò. Nessuna risposta.
In cucina Angela preparava la pappa per Elsa che si era svegliata in ascensore. Era impossibile dormire in quell'ascensore, era antico e saliva con mille proteste e cigolii.
«Niente, non risponde», disse.
«Strano.»
«MOLTO strano», enfatizzò Elsa con un risolino.
Winter sorrise.
«Vuoi della pappa, papà?»
«Grazie ma non adesso, bimba mia.»
«Tra poco non ce n'è più!»
«Riprova ancora», disse Angela imboccando Elsa.
Andò in soggiorno e ricompose il numero. Tre, quattro, cinque,

sei squilli. Riattaccò e accese lo stereo riprendendo l'ascolto da dove l'aveva interrotto la sera prima, le trombe di Miles Davis e Freddy Hubbard e la loro *The Court*. Il tribunale. O il cortile, a seconda. L'assolo di Miles suonava come un'ombra dai contorni netti sotto un sole imperterrito. Esattamente, un'ombra lunga sul campo da gioco.

Winter batteva il ritmo col piede. Non era una cosa da principianti. Aveva cercato di insegnarlo ad Angela, che ci aveva rinunciato, ridendo. Datemi del rock'n'roll, aveva esclamato. Ok, le aveva detto. Qualcosa di leggero e facilmente digeribile per la mademoiselle. Ma dai, non sai nemmeno cosa sia! Certo che lo so. Avanti, dinne una. Dire cosa? Il nome di una band, di una rock band! Ci aveva pensato e aveva risposto.

Elvis Presley.

Quanto sei aggiornato, sei impareggiabile! Aveva esclamato in preda al ridere.

Sorrise al ricordo. Era più che aggiornato. Stasera avrebbe ascoltato Pharoah Sanders, *Save Our Children*. Santo cielo, si era appena procurato *The Complete In A Silent Way Sessions*.

Era sempre aggiornatissimo, sempre con ciò che richiedeva la concentrazione dell'ascoltatore.

In questo momento Miles stava strombettando con Clark Terry: *Stop, Look and Listen*. Era questa la tattica.

Provò a richiamare di nuovo, niente. Provò a richiamare Möllerström, niente anche lì.

Pazienza. Il mio dovere l'ho fatto. Ho fatto tutto ciò che era in mio potere. La mia coscienza è a posto.

* * *

Un'ora più tardi provò di nuovo a chiamare, l'ultimo tentativo della serata mentre Angela si stava facendo un bagno caldo. Poteva sembrare che cogliesse l'occasione di telefonare mentre lei era occupata, ma non era così. Nessuna risposta comunque.

Angela entrò in soggiorno proprio sull'intro frenetico della chitarra di Bill Frisell.

«Perdinci», disse. A volte le uscivano queste espressioni anacronistiche, come «santi numi», retaggio di un'illustre tradizione linguistica dell'epoca in cui gli Hoffman si erano trasferiti nel loro nuovo Paese. Una volta glielo aveva fatto notare, e lei gli aveva risposto: «Non ti permettere di prendermi in giro, bamboccio».

«Che modo hanno di suonare?» disse Angela indicando lo stereo.

«A dire la verità non so a quale MODO tu ti riferisca.»

«Chi suona così dovrebbe essere rinchiuso», disse Angela avvolta nell'asciugamano. Emanava calore.

«Eccola di nuovo a sparare pregiudizi.»

«Quali pregiudizi? Quello ha bisogno di cure.»

Bill Frisell si stava scatenando più che mai, meglio che mai. Viktor Krauss al basso, Jim Keltner alla batteria in veste di angeli custodi mentre il matto con la chitarra rimbombava contro i muri, irrefrenabile. Winter alzò il volume. *Lookout for Hope*. Occhio alla speranza.

«AIUTO», esclamò Angela. «Dai che Elsa sta dormendo.»

Winter abbassò.

Angela prese il cd e lesse sulla copertina: «*Gone, Just Like a Train*».

«Bel titolo», disse Winter.

«Speriamo che il treno parta in orario.»

Winter abbassò il volume quasi del tutto.

«Sei nuda sotto l'asciugamano?»

Angela lo guardò posando il cd.

«Dai vieni a sederti sulle mie ginocchia.»

11

Aneta Djanali era di nuovo nel quartiere delle quattro stagioni. Vivaldi era lontano da qui. Queste erano case e strade da heavy metal. Una casa era appena stata abbattuta, c'era ancora l'eco sorda e la polvere del cemento nell'aria. La palla da demolizione ondeggiava come un pendolo.

Girava in un territorio devastato dalla guerra. Svoltò a sinistra e di nuovo a sinistra. Verso la periferia a nord.

«Meno male che demoliscono questo schifo», disse Sigge Lindsten.

«Trova?»

«Chi ci vorrebbe vivere in un posto come questo?»
«Sua figlia per esempio?»
Non disse nulla. Dovettero fermarsi davanti a un blocco stradale, si avvicinò un soldato armato di uzi. No, era un addetto ai lavori che con la pala le indicò la strada alternativa. Rimbombo lontano. L'auto parcheggiata dietro all'addetto aveva dei graffi nella vernice. La detonazione era stata imponente. I sassi piovevano dal cielo.
«È stato un errore.»
«Trasferirsi qui?»
«Sì.»
«Perché hanno scelto di trasferirsi qui?»
«Hanno scelto di tornare alle origini.»
«Non la seguo.»
«Sono tornati qui, lei e... Forsblad», spiegò Lindsten. Si percepiva quanta fatica facesse a pronunciare quel nome. Lo sputò fuori tutto d'un fiato, poi si asciugò la bocca. «Abitavamo qui... prima di trasferirci a Fredriksdal.» La guardò. «Questo è per così dire il quartiere della famiglia Lindsten.» Rise, una risata metallica pesante e senza speranza. Heavy metal, pensò Aneta Djanali. «Non aveva l'aspetto di oggi. Non è mai stato un bel quartiere, ma c'era qualcosa qui... Un tipo di cultura intorno alle fabbriche.» Voltò la testa. «Una comunità rurale.»
Aneta Djanali annuì.
«Tutto ruotava intorno alle fabbriche», partì un'altra risata con una pioggia di limatura di ferro. «E le fabbriche ruotavano intorno a noi.»
«In che senso?»
«Be', ci vuole un miracolo per riuscire ad andarsene da questo posto.»
«Ma lei ci è riuscito.»
«Sì.»
«È così che la vede? Come una liberazione?»
«No.»
«Come mai vi siete trasferiti allora?»
«Mah... Mia moglie ereditò un po' di soldi e voleva tanto abitare in una casa tutta sua, lei è originaria di Mölndal.»

Questo è quanto, pensò Aneta Djanali. Il resto è facilmente deducibile.

«Qualche anno fa, quando Anette voleva andare a vivere da sola... Qualche anno fa... Nello stesso periodo... Si liberò l'appartamento dei miei cugini e la decisione fu semplice.»

«Si è trasferita a un bel pezzo da casa», disse Aneta Djanali.

«Sosteneva di trovarlo emozionante.»

«Lei e Forsblad hanno iniziato a vivere insieme da subito?»

«No.»

«Ma stavano già insieme?»

«Sì.»

«Cosa ne pensava della coppia?»

Lui la guardò di nuovo.

«Dobbiamo parlare di quel maledetto Forsblad tutto il tempo?»

«Non è a lui che pensa? Tutto il tempo?»

Lindsten non rispose.

«Quando è stata l'ultima volta che ci ha parlato?»

«L'ho dimenticato.»

«Represso?»

«Eh?»

«Forse l'ha represso?»

«Represso... Sì... Represso. Sì. Proprio così.»

Il viso di Lindsten si era fatto più sereno. Per qualcosa che aveva detto. Cosa aveva detto? Che aveva represso il ricordo del marito di sua figlia?

Più tardi si sarebbe dovuta ricordare questa conversazione. Probabilmente però sarebbe stato troppo tardi.

Giunsero davanti all'edificio, era un blocco unico, enorme, al di là della nuvola di polvere da sparo.

«Questi bestioni non c'erano ai miei tempi», spiegò Lindsten, proseguendo il discorso di prima. «Sono stati costruiti più tardi, con l'intenzione di ammassare mezzo milione di schiavi in una riserva», disse guardando in alto, verso il tetto. «Costruiscono questo schifo per poi demolirlo. Ah!»

Si fermò davanti al portone, dove era parcheggiata l'auto dei colleghi.

«Piazza pulita», disse l'agente.

«Pulita nel senso di *pulita*?» chiese Aneta Djanali.

«Affermativo.»

Aneta Djanali e Lindsten presero l'ascensore.

«Se permette le devo fare un'altra domanda», disse. «Anette è stata qui dopo che ha deciso di trasferirsi?»

«Non la seguo.»

«Quando è tornata ad abitare da voi... È venuta qui qualche volta, dopo? A prendere qualcosa? A controllare l'appartamento?»

«No.»

«Ne è sicuro?»

«Assolutamente. Non OSA avvicinarsi a questo posto!»

«Nessun nuovo inquilino?»

«No.»

«Nessun parente?»

«No.»

«Ah no?»

«Non è di sua proprietà. E al giorno d'oggi è complicato subaffittare e fare affari di quel tipo.»

Durante il viaggio in macchina aveva cercato di descrivere i due uomini a Lindsten. Non era stato in grado di aiutarla. Poteva essere un vecchiaccio qualunque, un monello qualunque, aveva detto gesticolando come se stesse disegnando i loro visi in aria.

Uscirono dall'ascensore e si avviarono verso la porta. Aneta l'aprì con le chiavi che le aveva consegnato il collega. C'erano due serrature.

Piazza pulita nell'appartamento.

«Vuoto», constatò Lindsten.

«Come mai non avete fatto il trasloco appena Anette ha lasciato l'appartamento?» gli chiese.

«L'avremmo fatto la settimana prossima», disse Lindsten facendo qualche passo nell'ingresso. «Immagino che non sia più necessario.»

L'ispettore Lars Bergenhem inseguiva i ladri, o meglio la loro ombra. Göteborg era stata presa da un'ondata di furti con scasso. L'ispettore l'aveva definita così davanti al dipartimento di sorveglianza: un'ondata di furti.

Le case venivano svuotate, sviscerate. Dove andavano a finire tutte quelle cose? Doveva esserci un deposito da qualche parte in città. Non poteva essere trasportato tutto in carovana verso il continente.

Le ricerche procedevano a cerchi.

Bergenhem era abituato a girare in tondo, lo faceva anche durante il suo tempo libero, non era una libertà, ma piuttosto una costrizione, una compulsione. Girava a zig zag.

Cosa sta succedendo? aveva pensato in più di un'occasione. Cosa mi sta succedendo? Cosa sta succedendo nella mia vita?

Dovrei essere felice. È meglio definirsi felice o tranquillo? Tranquillo.

Faceva gli straordinari. Non doveva, ma li faceva lo stesso: girava per la città in cerca di indizi, veniva pagato per questo.

Sono diventato un altro? pensava. Sto diventando un altro?

Lo sguardo di Martina si era fatto sempre più cupo. Preoccupato, forse.

Lo sguardo di Ada era luminoso, non capiva, non capiva ancora. Questa era la cosa peggiore: come poteva vagare così per le strade, quando a casa c'era la sua figlioletta?

Non ne avevano parlato, lui e Martina. Lei ci aveva provato, lui no.

Continuava a inseguire i ladri. Fino al mare, non erano là.

Si spinse giù fino a Hjuvik, tanto per. Non era lontano da casa, ma comunque sull'altra sponda. Scese dalla macchina e andò in spiaggia a specchiarsi nell'acqua.

Chi sono?

Che senso ho?

Chi sei TU?

Si chiese vedendo il suo viso da una prospettiva diversa. Forse la più sincera?

Continuò a pensarci sulla via verso casa. Si era sempre portato dentro una sorta di irrequietezza, ma questa non era semplice irrequietezza, era qualcosa di peggio.

Oppure semplicemente non sono fatto per vivere insieme a nessuno.

Ma non è così semplice.

Dovrei prendere degli antidepressivi? Se devo prendere *quel* tipo di pastiglie dovrei consultare un neurologo.

Di cosa ho bisogno?

Parcheggiò in garage, indeciso se uscire dalla macchina o no.

Mi sta venendo un esaurimento? pensò quando sentì un rumore sul finestrino e vide le piccole dita di Ada.

12

La mattina seguente Winter chiamò di nuovo Johanna Osvald, ma non rispose nessuno. Nemmeno la segreteria telefonica.

Era sabato. Era libero. Mercoledì notte c'era stato un omicidio e conseguente suicidio. Niente di strano, non c'era nulla da investigare. La vittima e il colpevole erano stati identificati, erano legati in maniera figurata e letterale dal matrimonio. Finché morte non ci separi. Alcuni quella promessa la prendono proprio sul serio, era stato il commento di uno degli agenti, che avrebbe voluto mordersi la lingua accorgendosi della presenza di Halders ancora in lutto. Halders non si era scomposto e aveva detto: «Non fa niente Birkman, l'avrei detto anch'io».

Finché morte non ci separi.

Non erano parole vuote.

Winter aveva chiesto ad Angela di sposarlo e lei aveva detto sì: mi renderai una donna rispettabile, finalmente.

Poi il tempo era passato. Lei non era più tornata sull'argomento, lui nemmeno.

Prenditi le tue responsabilità, Winter. Basta con le chiacchiere. È una grossa responsabilità ed è giusto che tu la prenda.

Saltò in macchina diretto verso sud. Il sole stava sorgendo. Era ancora presto e una foschia trasparente aleggiava nell'aria.

Vai, gli aveva detto Angela. Vai se pensi che possa servire. Spero davvero che serva a qualcosa.

Lunedì avrebbero concluso l'affare. Sì, avrebbe fatto il salto. D'altra parte era solo un terreno e non ci si sarebbero trasferiti subito.

Erano decisioni pesanti, pesanti come sassi, che non potevano essere prese a cuor leggero.

Il sole si era alzato all'altezza dei tetti illuminando i campi circostanti fuori Askim. Inserì un cd nel lettore, era di Angela, Bruce

Springsteen. Aveva dato una possibilità al ragazzo e in effetti meritava. Springsteen non è Coltrane, ma non finge nemmeno di esserlo. Le sue melodie sono piene di dolore e di una luce malinconica che Winter apprezzava. La morte nelle sue canzoni è una costante, come nella quotidianità di Winter. Springsteen canta senza veli:

Everything dies baby, that's a fact.

È un fatto. La morte. È il mio lavoro. A volte in quell'ordine, più spesso nel senso contrario.

Everything dies baby, that's a fact.

But maybe everything that dies, some day comes back.

Ritorna.

Non sempre nella forma desiderata. La morte torna ogni volta con un mantello diverso. Torna per noi che siamo ancora… in vita?

Ritorna in superficie, sotto mentite spoglie. Nessuno si può nascondere.

Prima o poi ti tocca.

Nemmeno nel profondo del mare restano i segreti. Oltrepassò la zona balneare, tutti i parcheggi erano liberi, non c'era nemmeno una bici. Intravide il mare, anche quello era vuoto. Le onde si riavvolgevano verso la bassa stagione. Digitò nuovamente il numero di Johanna Osvald. Nessuna risposta. Non si dava pace, non abbastanza da dimenticarsene. Sentiva di aver tradito qualcosa o qualcuno quando non aveva risposto, quando aveva rifiutato la chiamata la prima volta. In quel momento si era sentito bene, ora non più. Cos'aveva tradito? Il dovere? Se stesso?

Per la miseria, cos'è tutto questo bisogno di rincorrere l'avventura?

Il mistero arriva a te quando è effettivamente un mistero.

Insegui il crimine? Richiami perché hai bisogno di conferme?

Qual è la prossima mossa? Un annuncio sul giornale?

Cercasi crimine. Contattare commissario impaziente.

Everybody's got a hungry heart.

Commissario affamato. No, dai.

Interruppe l'ascolto dello Springsteen affamato d'amore. Era arrivato. Il mare rotolava sicuro e pesante come sempre. Lasciò l'auto all'altezza del boschetto.

L'erba era ancora verde da entrambi i lati del sentiero che lui, Angela ed Elsa avevano tracciato di recente. Avevano tracciato il loro destino. Si tolse le scarpe avviandosi verso la spiaggia, immerse i piedi nell'acqua fredda, ma che, superato il primo impatto, gli parve già più calda. Si voltò verso la riva immaginando la loro casa. Poteva essere una realtà tra un anno, forse meno. Sarebbe stato... felice, lì? Qui. Cosa avrebbe comportato il fatto di vivere così vicino al mare? Come poteva non comportare qualcosa di positivo?

Guardò il mare. Ripensò alla conversazione che aveva avuto nel suo ufficio con Johanna Osvald. Lei sì che aveva vissuto vicino al mare, molto più vicino di quanto lui sarebbe mai arrivato. Come tutta la sua famiglia. Non solo vicino al mare, ma SUL mare. Il mare faceva parte della loro vita, ERA la loro vita. La loro vita e la loro morte. La realtà della morte è diversa per una famiglia di pescatori, questo lo capiva. Un lavoro costellato di pericoli, una vita d'ansia per chi resta a casa ad aspettare.

In passato doveva essere stato molto pericoloso. La guerra. Le mine disseminate nel mare, i sottomarini, le navi corazzate, la guardia costiera. Le tempeste, le onde, le collisioni, le ferite, le responsabilità, la preoccupazione. La pressione doveva essere stata molto forte. Come facevano a sopportarla?

I compagni di lavoro. Che tipo di vita facevano?

Aveva ascoltato i racconti di Johanna Osvald e iniziava a capire cosa aveva cercato di dirgli. Dietro le sue parole c'era un'angoscia che non aveva saputo capire. Un'angoscia che si era trasmessa di generazione in generazione in generazione.

Si sedette sulla sabbia, ancora carica del calore estivo. Sentì la risata di due gabbiani, una battuta d'intesa fra amici. Li vide in fase di atterraggio sulla SUA proprietà, quella che presto sarebbe stata la sua proprietà. Erano compresi nel prezzo? Era per questo che ridevano così? Risero di nuovo spiccando il volo, scivolando guidati dal vento verso il mare aperto. Li seguì con lo sguardo, finché sparirono e restarono solo i contorni degli isolotti dell'arcipelago meridionale. Prese il cellulare e chiamò una di quelle isole oltre la baia, ma nessuno rispose.

Johanna era la ragazza più bella che lui avesse mai visto. Era scura come nessun altro, come se provenisse da un'altra civiltà, e in un certo senso era così.

Aveva incontrato suo fratello, che si stava preparando a salpare. Anche lui si chiamava Erik.

Non l'aveva nominato quando avevano parlato nel suo ufficio.

Winter ed Erik avevano bevuto una birra insieme nei pressi del ponte di Brännö. Non ci erano andati per ballare. Avevano parlato, ma non ricordava più di cosa. Ricordava che Erik non bestemmiava mai. Ricordava di averlo detto a Johanna. Nessun isolano bestemmia. Sulle isole non esistono le bestemmie.

La vita è dura, ma non è necessario sottolinearlo con una brutta parola.

Ricordava che la religione è molto importante per la gente delle isole; più si è esposti al mare e più è importante. Vrångö è la più esposta. E Donsö ancora di più, gli aveva detto con un sorriso malizioso e un luccichio negli occhi. Lo stesso luccichio delle onde che bagnavano gli scogli di Styrsö dov'erano seduti, lei sopra di lui. Certo, la chiesa controllava la sua vita, ma era fatta pur sempre di carne e ossa, una peccatrice quanto lui.

Di nuovo in auto: con Springsteen. *You better look around you, that equipment you got's so outdated, you can't compete with Murder Incorporated, everywhere you look now, Murder Incorporated.*

No, dai, non sono così pessimista. Non ancora. Il crimine non c'è dappertutto, non ancora. E io mi confronto di continuo con la Omicidi S.p.A.

Il cellulare vibrò sul cruscotto.

«Sì?»

Ancora Möllerström, sempre Möllerström.

«Ha telefonato di nuovo, ne deduco che tu non l'abbia richiamata.»

«Ti posso assicurare che non ho FATTO altro!»

«Va bene, va bene.»

«Sei ancora in ufficio?» chiese Winter.

«Dove altrimenti?» rispose Möllerström.

«È ancora raggiungibile sul numero che mi hai dato l'altra sera?»

«Sì.»

«Grazie Janne, cerca di goderti il fine settimana.»

Möllerström riattaccò senza nemmeno un saluto. Winter richiamò quel numero, che ormai sapeva a memoria. Rispose al primo squillo.

13

Le mani gli tremavano quando rientrò.

Pregava.

Jesus!

Si affacciò alla finestra. Passò un bimbo in bicicletta. Il vento soffiava dal mare e tirava i capelli neri del bimbo. Qui non c'erano bimbi biondi. Ci aveva fatto caso. Niente capelli biondi, né occhi azzurri. Non come sull'altra sponda. Chissà perché? In fondo era lo stesso cielo, lo stesso mare.

Gli altri distavano solo un giorno e una notte, il mare era calmo, forse ci avrebbero messo ancora meno ora che non era più un campo minato.

Qualche volta il vento forte costringeva le navi da crociera a portarsi più vicino alla terraferma. Le osservava dalla riva, non sapeva dove fossero dirette e non gli importava.

Aveva chiuso col mare.

Ci viveva vicino, ma non sopra, né attraverso, mai più.

Si trovava a bordo quando il peschereccio affondò. Si portava dentro tutto. Tutto ciò che aveva fatto. Tutta la sua colpa. Era imperdonabile. Era LÌ. Ne sapeva più di chiunque altro.

Non era sopravvissuto nessuno.

Jesus non l'avrebbe perdonato.

Ma è strano:
E spesso per indurci al male,
Gli strumenti della Notte ci dicono qualche verità.
Ci seducono con oneste inezie, per tradirci
Nelle cose più gravi.

Il mare sbatteva contro gli scogli e sul suo viso. La sua pelle era impregnata del sale di una vita. Quello che gli arrivava addosso ora non faceva presa, il vento lo soffiava via.

Aveva il corpo pieno di ferite.

Gli eczemi dovuti all'impermeabile erano guariti, lasciandogli una serie di cicatrici su tutto il corpo. Come una mappa della sua vita sul mare.

Al buio poteva ricostruire la sua vita passandosi le dita sulle spalle e lungo le gambe.

Lucide e lisce al tatto, le cicatrici erano i suoi ricordi, che erano numerosi. Le superfici lisce erano più numerose di quelle ruvide. Si ritrovava con il corpo liscio di un giovane, ma per i motivi sbagliati.

Non toccava a lui. Non toccava a lui vivere una vita da anziano.

Jesus, JESUS!

Rimase a guardare il tramonto, il bimbo in bicicletta passò di nuovo. Abitava nella casa vicino alle scale dove c'erano sempre stesi i vestiti. Di solito usciva a stenderli una giovane donna con i capelli neri come quelli del bambino e il viso pallido e annacquato, colpa del mare. Il mare plasma le persone, le segna. Su al nord, a Thurso, Wick... La gente è piegata come le betulle nane sul pendio di una montagna. Nera, pallida, sciupata dal vento, squarciata.

Il sole era andato a illuminare altri continenti. Si allontanò dalla finestra, ora la stanza era buia al punto giusto. Si sedette in poltrona e finì il suo whisky scadente.

Si guardò intorno col liquore ancora in bocca. Deglutì.

No. Non me ne vado da qui.

Questa era l'ultima volta.

Resto qui.

L'orrore del reale
è nulla contro l'idea del reale.
I miei pensieri, solo virtuali omicidi.

Passò le dita sul braccio destro, sulla pelle liscia e morta da così tanti anni. Non c'era più vita sulla sua pelle, era solo una superficie liscia sopra un corpo duro, duro come la pietra.

Si allungò verso l'arma.

La teneva a bada.

LEI gli aveva detto che la sua violenza era rimasta la stessa. Non si era dileguata.

Le finestre del Three Kings erano sformate dal vento. Ora soffiava da nord-ovest, sentiva la corrente stando seduto al bancone. Si rivolse alla donna che stava lì impalata, senza rispondergli, senza ascoltarlo.

A volte lo ascoltava. Aveva aspettato a dirle certe cose. Sapeva che avrebbe avuto bisogno di lei.

La porta si aprì, la donna impalata riprese vita. Sentì una voce sederglisi accanto.

«*Whisky, please.*»

«Blended?»

«Dammi... Dammi quello che piace a te.»

«A me non piace il whisky.»

«Allora dammi... un Highland Park», disse lo sconosciuto facendo un cenno verso le bottiglie sul ripiano.

La donna afferrò una bottiglia panciuta e gli versò il liquore nel bicchiere.

«Questo viene dalle Orcadi, lo sapevi?» gli disse con il suo accento sempliciotto.

«No.»

«Pensavo lo sapessi», disse.

I movimenti della donna ripresero la rigidezza originaria. Lo sconosciuto finì di bere guardando fuori dalla finestra, non c'era nulla là fuori. Eppure sembrava cercare qualcuno.

Qualcuno incrociò il suo sguardo. Gli fece un cenno di saluto.

Lo sconosciuto era più giovane di lui, ma non era più un ragazzo. Aveva una strana espressione negli occhi e il volto corrugato, gli tremava la mano con cui teneva il bicchiere. Lo posò sul bancone e si asciugò sbrigativamente la bocca.

La donna si era allontanata.

Devo smetterla di venire qui, pensò. Perché ci vengo?

Lo so perché.

«Sei di qui in giro?» gli chiese lo sconosciuto.

14

Winter fece appena in tempo a imbarcarsi sul battello, la *Silvertärnan* delle 10:20, lasciando la Mercedes al porto di Salthamnen, parcheggiata sbrigativamente con il pass della polizia ben in vista sul parabrezza.

Una volta qualcuno si era introdotto nella sua auto e gliel'aveva rubato. L'aveva cercato e ricercato a lungo.

A bordo si prese una tazza di tè. Il sole splendeva indisturbato. Gli scogli rilucevano grigi argentei. Il tragitto era costellato di scogli. Pietre su pietre, isola su isola oltre le quali iniziava il mare aperto.

Il mare era calmo. Lo era sempre a Asperö Östra. Scese una donna col passeggino e furono caricati dei pacchi spigolosi legati con del filo metallico. La merce sembrava diretta all'altra parte del mondo, verso un Paese tropicale.

Gli scogli erano aridi, non offrivano alcun riparo. Tra quelli e l'acqua cresceva un canneto. Una campagna marina. La strada portava a delle case che non si vedevano dal pontile.

Non ci era più tornato da quella volta che aveva distrutto un caminetto in cima al promontorio e aveva trovato i più terribili documenti che avesse mai visto e che avrebbe mai visto. Era una registrazione video.

Era stato spettatore delle peggiori bassezze.

Non l'avrebbe mai dimenticato, non questo. Il ricordo avrebbe dovuto sbiadirsi come un giornale, una fotografia a colori, un poster. Affievolirsi, svanire. Non questo.

Gli scogli erano ancora bruciati dall'estate. La barca era carica di pensionati sempre a zonzo per l'arcipelago, impiegati diretti a qualche conferenza, ragazzi che non avevano voglia di andare a scuola. Il cielo era teso tra le isole come una vela sporca. Approdarono presso Styrsö Skäret. Da qui si vedeva il mare in tutta la sua estensione. Oltre le isole nel Kattegatt, oltre lo Skagerrak, oltre il Mare del Nord fino alle spiagge di Aberdeen e poi sempre più a nord, circumnavigando la testa della vecchina, ovvero la Scozia. Se si pensa alla Gran Bretagna vista dall'alto ha la forma una vecchina con lo scialle in testa.

C'era proprio una vecchina con lo scialle in testa all'ormeggio di Styrsö. Le si avvicinò un uomo che glielo levò, rivelando una giovane venticinquenne. La coppia si allontanò a braccetto lungo la strada che ai suoi tempi era stata solo un sentiero, ai tempi in cui la famiglia Winter per un breve periodo aveva preso in affitto una casa sull'isola. Quanto gli era mancata. ADESSO improvvisamente se ne rese conto, di quanto si sentiva imprigionato nel deserto di pietra del centro città. Di quanto sentisse il bisogno di liberarsi da quelle quattro mura.

Mentre la *Silvertärnan* attraversava la baia, a quattro minuti da Donsö, si rese conto che il tempo era quasi scaduto. Non ne era del tutto convinto poco prima sulla spiaggia vicino al terreno col sentiero, ma in questo istante fu improvvisamente tutto chiaro.

Quanto tempo era passato. Johanna Osvald lo aspettava al molo di Donsö, la stessa di sempre nello stesso punto di sempre.

Dietro di lei si delineava il centro abitato. Il paese sembrava scolpito nella pietra. La piccola comunità si stringeva intorno alla chiesa. Le persone si rimettono nelle mani di Dio. Sia fatta la sua volontà. Più in là c'erano le ville tradizionali in legno pregiato. La marina mercantile era importante per l'economia dell'isola, come anche la pesca. C'era un peschereccio piuttosto massiccio ormeggiato al porto, con due aggeggi ciondolanti a poppa. Era blu con la scritta GG 381 MAGDALENA dipinta a prua. Al timone c'era un uomo con un cappellino che sembrava guardarlo.

Johanna Osvald gli fece un cenno di saluto. Lui ricambiò dalla prua. I passeggeri iniziarono a scendere, un gruppo di ragazzi aspettavano sulle loro bici, aspettare era il loro passatempo. I gabbiani erano a caccia di qualche scarto di pesce. C'era odore di rifiuti, di olio, di olio di balena, di benzina, di alghe, di catrame. Tutto il mare del mondo non sarebbe bastato a lavare via quella puzza.

Lei non puzzava di olio di balena. Gliel'aveva detto una volta, scherzando sugli scogli. Perché le ragazze di campagna a cui sei abituato puzzano di letame immagino, gli aveva risposto fingendosi offesa.

Non ne ho la più paaallida idea, aveva detto lui.

«Guarda che non è stato per niente facile rintracciarti», le disse scendendo sulla banchina.

«Senti chi parla», rispose Johanna Osvald.

Avevano preso qualche accordo sbrigativo al telefono. Si sedettero sulla prima panchina libera.

Non c'erano notizie di suo padre.

«Temo che gli sia successo qualcosa», disse. «Altrimenti si sarebbe fatto sentire. Vero?»

«Dimmelo tu, io non lo conosco.»

«Ti assicuro, non è da lui.»

«Sporgo denuncia», disse Winter. «Nel senso denuncio la sua scomparsa e contattiamo l'Interpol.»

«Va bene.»

«Ho già parlato con un collega di Londra, che ha origini scozzesi, delle parti di Inverness. Lui può darci una mano.»

«Come?»

«Conosce gente da quelle parti.»

Lei rimase in silenzio a fissare il mare.

«Bene allora...»

«Bene cosa?»

«Be', per il momento questo è ciò che poss...»

«Ti ho chiesto di venire per un'altra ragione.»

«Ah sì?»

«C'è qualcosa che... non capisco. Che non ho mai capito. Vorrei che ne parlassimo, è per questo che ti ho chiesto di venire.»

«Cosa c'è?»

Alzò lo sguardo. «Riguarda tutta questa storia. A partire dalla scomparsa del nonno... Fino a ciò che success...»

«Guarda chi si vede!» disse una voce in controluce.

Gli ricordava qualcosa quella voce, quell'accento. L'accento dell'arcipelago con la sua particolare melodia e totale libertà nella pronuncia, per esempio la loro predilezione per le doppie che rotolavano fuori dalla bocca come le onde del mare. Quest'isola era a pochi chilometri da Göteborg, ma era come se ci fossero interi continenti in mezzo.

«Da quanto non ci si vede», disse la voce ancora senza volto.

Winter si alzò spostandosi dal sole, l'uomo divenne visibile. Era alto quanto Winter, circa la stessa età.

«Ma ciao.»

«Da quanto non ci si vede», disse di nuovo l'uomo stringendogli la mano. Osvald. Erik Osvald. Indossava un cappellino con la visiera e una tuta da lavoro, era proprio lui l'uomo sul peschereccio blu.

Anche Johanna Osvald si era alzata dalla panchina.

«È una brutta storia», disse Erik Osvald. Il suo dialetto marcato sembrava voler dimostrare qualcosa. Sua sorella parlava come un'abitante della terraferma, lui viveva sul mare.

Winter annuì, come se capisse perfettamente a cosa si stesse riferendo Erik Osvald.

«Di notizie non ne abbiamo ricevute più», disse Erik Osvald.

«Mi è stato detto», disse Winter.

«Non è da lui.»

«Come dici?»

«Non è da lui», ripeté la sorella con un lieve sorriso sulle labbra. «Nostro padre si sarebbe fatto sentire. Ma questo l'ho già detto.»

«Non è da lui», ripeté nel suo dialetto marcato. Winter non riusciva a spiegarsi perché insistesse a parlare con quell'accento, l'uomo non era un idiota.

Johanna Osvald fece un cenno in direzione del peschereccio blu ormeggiato una cinquantina di metri più in là.

«Erik ci offre il caffè a bordo della sua *Magdalena*.»

Erik Osvald parve sorpreso, ma sorrise facendogli strada.

«Fammi capire, ci siamo appena autoinvitati sulla sua barca?» chiese Winter a Johanna Osvald.

Si tolsero le scarpe prima di salire. A bordo era tutto moderno e curato con i pavimenti in legno e altre finiture di pregio. Il caffè era finito, Erik Osvald fece una scappata al negozio a comprarne dell'altro. Pareva più disinvolto ora, come pure la sua pronuncia.

«Il nonno era figlio di contadini di Hisingen», disse Erik Osvald mentre versava il caffè. «Si è trasferito sull'isola ed è diventato pescatore», continuò. «Pescava i bianchetti e le sarde da vendere agli abitanti di Donsö per la traina alle palamite, una tecnica di pesca locale.»

«Con la lenza a più ami?» disse Winter.

«Esattamente», disse Osvald meravigliato. «Sei un appassionato?»

«No, ma conosco la pesca a traina, ne sentivo parlare molto quando abitavo a Styrsö.»

Il caffè era amaro, roba da uomini duri, se avesse chiesto del latte avrebbe senz'altro perso la reputazione.

«Il nonno s'innamorò di una donna di qui... O meglio di una ragazzina... E una cosa tira l'altra», disse Johanna Osvald. «Venne qui per lavorare su un peschereccio, conosceva un marinaio.»

«Era molto giovane», disse Winter.

«In che senso?» chiese Erik Osvald.

«Per sposarsi e avere figli», disse Winter.

Nessuno dei fratelli rispose. D'altra parte non l'aveva formulata come una domanda. E forse non c'era nulla da dire perché forse non c'era nulla di strano. Chi viveva qui la vita voleva iniziarla presto e senza indugi.

E sparire, pensò Winter. Un bel rischio per chi aveva una famiglia sulle spalle, un figlio e un altro sul punto di nascere.

«Aveva due fratelli», disse Johanna Osvald.

«Davvero?» disse Winter.

«Due fratelli che lo raggiunsero», rispose lei. «Bertil ed Egon. Erano sulla stessa barca.»

«Sulla stessa barca? La stessa barca che sparì?»

«Uno di loro tornò», aggiunse Erik Osvald. «Bertil.»

«Per favore, continua.»

I fratelli Osvald erano tra gli audaci che si erano spinti al di là del mare durante le fasi iniziali della guerra. I pescherecci in grado di spingersi fino all'Inghilterra e alla Scozia guadagnavano una fortuna. La fortuna li aspettava al di là della barriera minata, dove la pesca era buona. Ancora più a ovest c'erano i porti e un mondo in guerra.

Molti «rendevano l'anima a Dio» per citare le parole di Erik Osvald, ma i soldi erano la forza motrice.

All'inizio della guerra era stato fissato il prezzo del pesce, un prezzo alto.

«Ma l'altro prezzo da pagare lo era ancora di più», puntualizzò Johanna Osvald.

Winter annuì, l'altro prezzo si pagava con la morte.

«Chi ce la faceva diventava ricco», disse Erik Osvald. «La gente di qui ha potuto costruirsi la casa dei sogni. E, a lavori finiti, gli operai se ne andavano con i soldi in mano, tutto pagato e fatturato.»

«Chi ce la faceva», puntualizzò Johanna Osvald.

«Ma vostro nonno non ce la fece», disse Winter. «Cosa successe?»

La barca ondeggiò. Era un peschereccio mastodontico e molto moderno e probabilmente altrettanto costoso. Peserà un centinaio di tonnellate e il motore avrà un centinaio di cavalli, pensò Winter. A prua c'erano i dispositivi per due reti. Osvald aveva intercettato il suo sguardo interessato e con tono fiero gli aveva spiegato che si trattava di un *twinrigger*.

«Il *Marino* era fuori a pesca sul Mare del Nord, in realtà non erano diretti a ovest, ma i tedeschi stavano arrivando da sud e decisero in fretta e furia di andare», disse Erik Osvald.

«Il *Marino*?»

«Era il nome del peschereccio.»

Marino, non Marina, non un nome femminile, come Magdalena.

«In quanti erano a bordo?» chiese Winter.

«Di solito in otto.»

«In quanti siete su questa barca?»

«In quattro.»

«Il doppio dell'equipaggio in una barca grande la metà di questa?»

Erik Osvald annuì.

«Come facevano?»

«Be'... Si trattava di stringersi sotto coperta, in un ambiente umido e opprimente. Non c'erano le cuccette singole come qui», disse indicando la porta verso il corridoio della zona notte. «Be'... Non riuscivano a gestirsi come al giorno d'oggi. Molto dipendeva dalle condizioni meteorologiche, che ormai non sono più una limitazione.»

«Perché no?»

«Si tratta di un'imbarcazione che sopporta qualunque tempesta», disse Erik Osvald.

«Nel senso che saresti in grado di gestirla da solo?» chiese Winter. «Saresti in grado di starci da solo a bordo?»

Erik Osvald annuì in silenzio.

«Non erano in otto quella volta», disse Johanna Osvald rivolgendosi al fratello. «L'equipaggio non era al completo. L'hai dimenticato, Erik? Erano in cinque.»

«Già, è vero.»

«Partirono solo coloro che... osarono partecipare all'ultimo viaggio da Donsö, i più coraggiosi», disse Johanna Osvald guardando Winter.

«Ovvero i tre fratelli e altri due», concluse Winter.

«Proprio così.»

«Che fine hanno fatto tutti?»

Winter era a conoscenza del destino dei fratelli. Egon era annegato insieme al fratello John, Bertil sopravvisse. Era deceduto pochi anni prima a Donsö.

«Sparì anche Frans Karlsson», disse Johanna Osvald. «L'abbiamo saputo da Arne, Arne Algotsson, che tornò a Donsö insieme a Bertil.»

«Arne Algotsson?»

«Abita qui sull'isola. Faceva parte dell'equipaggio.»

«Capisco.»

«Purtroppo è in uno stadio di senilità avanzata», disse Erik Osvald.

«Capisco.»

«Di lui è rimasto solo il guscio», disse Johanna Osvald.

«Dimentica i pensieri prima ancora di averli pensati», disse Erik Osvald abbozzando un sorriso. «Forse non pensa affatto.»

Il *Marino* era sfuggito ai tedeschi, attraversando il campo minato fino alla costa scozzese.

«Giunsero ad Aberdeen, e non era la prima volta, ma questa volta non avevano con sé un carico di pesce», disse Erik Osvald.

«E non erano del posto», soggiunse Johanna.

«Era pericoloso», spiegò il fratello.

«Quindi dovettero restare fermi», continuò Johanna.

«Ad Aberdeen?»

«All'inizio sì, poi si spostarono a Peterhead, che divenne la loro base portuale quell'anno. Uscivano in mare di tanto in tanto, ovviamente.»

«Ma non si spingevano mai troppo lontano da lì?»

«Non proprio... Arrivavano anche fino al promontorio nei pressi di Fraserburgh e oltre lo stretto, verso Inverness, credo.»

«Inverness?» disse Winter guardando Johanna Osvald.

«Sì... Ma non fino al porto, secondo la testimonianza di Arne, che non sappiamo fino a che punto sia affidabile. Comunque arrivavano in zona dello stretto, Firth qualcosa.»

Winter annuì.

«E poi andarono su a Island un paio di volte», disse Erik Osvald. «Erano piuttosto audaci.»

«Erano piuttosto scapestrati», aggiunse Johanna.

«Su a Island?»

«Le zone di pesca lungo la costa meridionale di Island», spiegò Erik Osvald. «La sogliola atlantica si vendeva bene in Scozia.»

«Sì, ma il gioco non valeva la candela», disse Johanna Osvald.

«Fu durante un viaggio di questi che successe», disse Erik Osvald.

Non c'era un filo di vento quando Winter uscì sul ponte di coperta. La *Magdalena* era stabilissima.

«Vuoi dare un'occhiata alla timoniera?» gli domandò Erik Osvald.

La cabina era piena di monitor, telefoni, fax, tecnologia, lampadine e segnali lampeggianti.

«Sembra la centrale operativa del quartier generale della polizia», commentò Winter scherzando.

«La tecnologia serve a verificare la posizione della guardia costiera», disse Erik Osvald sorridendo. «Soprattutto quella norvegese.»

Winter annuì con un sorriso d'intesa.

«È la minaccia maggiore del pescatore moderno», disse Osvald. «Oggi ci sono così tanti confini entro i quali bisogna tenersi... Così tante linee immaginarie sul mare. I pesci invece sono liberi di nuotare dove vogliono... Ed è frustrante sapere che sono lì che sguazzano a meno di un miglio di distanza, mentre noi siamo bloccati qui al confine.»

Osvald premette un paio di bottoni sul pannello di controllo, si sentì il suono di un verricello.

«E certe volte ti viene la tentazione di valicarlo quel confine... E allora bisogna spegnere il radar», disse Osvald. «Sai com'è.»

Winter annuì.

«Non andrai mica a dirglielo?»

«Alla guardia costiera norvegese? Non conosco nessuno alla capitaneria di porto», disse Winter.

«Non sono tipi gentili», disse Osvald sempre sorridendo. «Improvvisamente ti trovi tre ufficiali nella timoniera... Lasciano la nave di pattuglia a sette miglia di distanza, perché sanno benissimo che i pescherecci viaggiano su una scala di sei miglia sul radar, ci inseguono con un canotto e salgono a bordo di nascosto per un'ispezione. Ci è già successo due volte!»

«Davvero maleducati», disse Winter.

«Inoltre hanno preteso che gli cucinassimo del merluzzo per cena», raccontò Osvald.

«Cos'avete fatto?»

«Si sono dovuti accontentare del filetto di maiale», disse Osvald. «Chi si può permettere un pasto a base di pesce al giorno d'oggi?»

Erik Osvald andava fiero del suo *twinrigger*. Ne condivideva la proprietà, insieme a due pescatori di Donsö. 320 tonnellate lorde, 1300 cavalli.

Quando Osvald gli ebbe raccontato tutto delle trasmittenti a impulsi, di come siano sensibili a tutto ciò che si muove là sotto, alle correnti, al fondale, a tutto ciò che incontrano sulla loro rotta e descritto tutti gli automatismi, gli strumenti di controllo, perfino l'apparato idraulico, lasciarono la cabina di comando.

Ciò che Osvald disse sul ponte di coperta sotto il sole settembrino, Winter se lo sarebbe ricordato qualche tempo dopo. C'erano ancora molte cose da scoprire e altrettante ne stavano per succedere.

«La competizione è costante», disse Osvald. «Sul mare. E qui sull'isola.»

«Cosa intendi?»

«Quando mio padre iniziò il mestiere di pescatore, quando insieme ai suoi fratelli cercò di comprarsi una barca... L'isola non glielo permise. Ai lavoratori non era permesso possedere una barca. Manovale sei, manovale resti.» Osvald fece una pausa, guardando Winter negli occhi. «Con mio nonno cambiò tutto, lui stravolse gli equilibri.»

«E la gara continua», concluse Winter.

«Sempre. È sempre una gara là fuori, tra le barche, per le zone... E la competizione c'è sempre stata, anche sull'isola, tra gli abitanti.»

«Mmm.»

Lo sguardo di Winter si perse nell'insenatura del porto dove un battello stava salpando, diretto verso sud, verso Vrångö, l'ultima isola. Non ci andava da anni. Oltre c'era solo il mare.

«Per quanto mi riguarda sono in competizione anche con gli spedizionieri», disse Osvald. «Le spedizioni hanno un ruolo rilevante qui a Donsö. Oltre il quindici per cento della marina mercantile svedese fa di Donsö la sua base portuale. Lo sapevi?»

«No.»

«Sono compagni di vecchia data», disse Osvald. «Coetanei, che oggi sono spedizionieri e ufficiali su quei bastimenti.»

«Capisco», disse Winter.

Con questo discorso sulla concorrenza, Erik Osvald aveva esposto un nuovo lato di sé e della sua famiglia. Avevano iniziato da zero e col tempo erano diventati qualcuno. Winter si rendeva conto di quanto questo sentimento di rivincita fosse importante per Erik Osvald. Importante fino a che punto? Osvald sembrava tenerci molto alla competizione, alla concorrenza. Forse anche ai soldi e ai grandi rischi che è necessario prendersi per raggiungere il successo ed eventualmente arricchirsi.

Winter si domandava quali fossero i rischi che Erik Osvald era disposto a correre per guadagnarsi una posizione sul mare e sull'isola. Oltre ovviamente ai rischi a cui si va incontro ogni volta che ci si trova esposti all'imprevedibilità del mare, alla solitudine... Era una vita di solitudine, una vita non comune. Le persone vanno fuori di testa se stanno troppo sul mare.

«Bisogna difendersi da quella gente e imbottire i più matti di carne di maiale.»

15

Aneta Djanali aprì i cassetti della cucina, erano vuoti. Si ricordò di essere stata seduta a bere il caffè con uno sconosciuto intorno a un tavolo con delle sedie, che ora non c'erano più. Santo cielo.

«Adesso che cosa si fa?» le chiese Lindsten.
«Si denuncia il furto.»
Lindsten scoppiò a ridere.
«Come farete a trovare i responsabili?»
«Mi ricordo le loro facce.»
«Sì, e i loro nomi», e scoppiò di nuovo a ridere.
«Evidentemente la cosa diverte più lei che me», commentò Aneta Djanali.
«Deve ammettere che c'è un non so che di comico in tutta questa storia.»
«La pensa così anche Anette?»
«Trova che sarebbe il caso di domandarglielo?» disse Lindsten, che era rimasto fermo all'ingresso. «Perché lei non è ancora al corrente di quanto è successo, vero?»
«Non credo che scoppierà a ridere quando verrà a saperlo», disse Aneta Djanali.
«Non diciamoglielo allora, non diciamole nulla.»
Aneta Djanali lo fissò.
«Voltiamo pagina», disse Lindsten. «Almeno ci siamo liberati del ricordo di quello lì.»
«Quello lì sarebbe Forsblad?»
«E chi sennò?»
«Forse li ha presi lui», disse Aneta pensando ad alta voce.
«Che cosa?»
«Tutti i mobili. Forse sono a casa di Forsblad.»
«Il problema è capire dove diavolo abita quello lì», disse Lindsten. «Avete un indirizzo?»
Aneta scosse la testa.
«Quanti misteri da risolvere», disse Lindsten.
«Di cosa si occupa lei signor Lindsten?»
«È rilevante per il caso?»
«Si rifiuta di rispondere?
«Rispondere... Certo che posso rispondere», disse Lindsten entrando in cucina. La sua voce rimbombava nella cucina spoglia, priva di mobili, tappeti, lampade, quadri, soprammobili, vivande, utensili, radio, televisione, vestiti, scarpe, animali domestici.
Era tutto spoglio.

Qui è più spoglio del solito. Era stata in molte case svaligiate, ma mai come questa. Mai così ripulita.

«Viaggio», disse Lindsten

Aneta Djanali tornò sul filo del discorso.

«In che senso?»

«Viaggio... per affari.»

Le sue parole echeggiavano contro le pareti, dove erano rimasti i segni di ciò che c'era stato appeso.

I fori dei chiodi. Era stata in case tempestate di fori di tutt'altro tipo. Fori d'entrata, fori d'uscita, alcuni dei quali fatali. Affari di famiglia. A essere coinvolti sono spesso i famigliari più stretti, dai quali è difficile difendersi. Gli agenti di polizia sono preparati a queste circostanze. La prassi è iniziare sempre dal cerchio più stretto. Spesso è sufficiente, purtroppo. È una buona tattica per sveltire l'indagine preliminare, ma dal punto di vista umano non c'è niente di buono.

Non bisogna mai lasciarsi coinvolgere sul piano umano, dove si trova la forza di continuare a lavorare altrimenti?

Sigge Lindsten viaggiava per affari. Avrebbe voluto chiedergli che affari fossero, ma non ora.

«Forsblad ce l'ha un lavoro, mi pare», disse Aneta Djanali.

«Già. Non ha una casa, ma un lavoro sì. Assurdo, no?»

Hans Forsblad stava uscendo quando Aneta Djanali gli si presentò davanti. Aveva in mano tre raccoglitori. Non era solo. Era in compagnia di una donna.

«Ha un minuto?»

Guardò l'orologio come se la stesse cronometrando.

«Sono già passati dieci secondi», puntualizzò Forsblad, e la donna al suo fianco sorrise, incerta.

Aneta Djanali avrebbe voluto afferrare e sbattere a terra i suoi raccoglitori, ma si diede un contegno.

«Possiamo andare da qualche parte a parlare in privato?» gli chiese in tono tranquillo.

Ci pensò su un attimo, guardando la donna in sua compagnia, dopodiché indicò una delle porte in fondo a sinistra. «Non posso dedicarle più di un minuto», disse facendole strada. La sala riunioni non era finestrata. Qui le decisioni si prendono alla svelta, nessuno ha voglia di stare chiuso a lungo in una stanza senza finestre. Le offrì di accomodarsi, ma Aneta Djanali preferì restare in piedi.

«Quand'è stata l'ultima volta che ha parlato con Anette?» gli chiese.

«Non saprei dire.»

«Cosa intende?»

«Che non mi ricordo.»

«La prego, faccia uno sforzo, ci pensi.»

Sembrò davvero pensarci su. Aveva appoggiato i raccoglitori sul tavolo, non c'era nessuna etichetta scritta sopra.

«Probabilmente qualche mese fa», disse avvicinandosi. Aneta Djanali si scostò istintivamente. «Santo cielo, stia tranquilla», le disse.

«Di cosa avete parlato?»

«Mah... Delle solite cose.»

«Sarebbe?»

«Mah... Di come le cose non funzionano», disse sfogliando tra i documenti nei suoi raccoglitori. Questo è un tribunale distrettuale dove le cose funzionano, dove i documenti hanno una funzione di vitale importanza. Quest'uomo è una specie di legale e ha fretta.

«Ha ancora alcune cose che mi appartengono, che mi servono», disse riprendendo in mano i suoi raccoglitori. «È un mio diritto, nemmeno la polizia mi può impedire di riprendermele.»

«Apparentemente a impedirglielo ci ha già pensato qualcun altro», disse Aneta Djanali.

«Eh? In che senso?»

Gli raccontò del furto, omettendo il fatto che lei stessa avesse incontrato i ladri.

«No, ma sul serio?»

«Ogni aiuto è ben accetto», disse Aneta Djanali.

«Ma certo, cosa posso fare?»

«Può iniziare dicendomi dove abita allo stato corrente.»

«Cosa c'entra scusi?» disse riappoggiando i raccoglitori sul tavolo, forse contenevano l'inventario di tutto ciò che era sparito dall'appartamento di Anette.

Aneta Djanali non gli rispose, lasciando che ci arrivasse da solo.

«Dai, non crederà che io abbia rubato i mobili di mia proprietà?» disse con quel sorriso enigmatico che suscitava paura. «Mi faccia il piacere.»

«Le ho chiesto il suo indirizzo di casa», insistette Aneta Djanali.

«Al momento non ho nessun domicilio», disse.

«Vuole dirmi che dorme sotto i ponti?» Non c'era una piega sui suoi pantaloni, in quel caso doveva aver dormito su dei sassi lisci come un ferro da stiro.

Fece di nuovo quel suo strano sorriso.

«Dai, non avete bisogno del mio indirizzo», disse.

«Poco fa sosteneva di non averne uno.»

«Di conseguenza non ve lo posso dare.»

«Si tratta di un'indagine preliminare», disse. «Lei sa bene che è suo dovere collaborare con la polizia. Dovrebbe saperlo meglio di chiunque altro.»

«Indagine preliminare su cosa?» le chiese.

«Se non smette di fare il finto tonto e non collabora saremo costretti a continuare questa conversazione da un'altra parte», disse.

«Suona come una minaccia.»

Aneta Djanali, rassegnata, tirò fuori il cellulare dalla tasca della giacca.

«Va bene, va bene. Abito da una ragazza», disse inumidendosi le labbra. Aneta notò che il labbro inferiore era ferito.

«Per ora. Nel senso... Non ho...»

«L'indirizzo, per favore.»

«Non c'è nessuno a casa in questo momento», disse di nuovo con quel sorriso spiacevole.

Dammi la forza, pensò Aneta Djanali. Spiriti africani, so che posso invocarvi, ma non conosco la vostra lingua, non conosco le parole che bisogna ripetere quattro volte perché vi manifestiate. Lo spirito non ascolta il francese e questo gli fa onore. Oppure LE fa onore, chi può dirlo? Stasera telefonerò a papà per chiederglielo. Anzi, sarò io a dirglielo. Ascolta, Paramanga Djanali, il tuo spirito del deserto è donna.

Hans Forsblad stava ancora sorridendo.

«Signor Forsblad, glielo chiedo per l'ultima volta...»

«Infatti non c'era nessuno», disse Aneta Djanali. «Ma la maniglia della porta era ancora calda.»
Fredrik Halders scoppiò a ridere.
«Adoro il tuo carattere, più di ogni altra cosa.»
«Quali sarebbero le altre cose che ti piacciono di me?»
Si guardò attorno.
«Non posso dirtelo, i bambini ci potrebbero sentire», disse.
«Ma se sono a casa loro, dall'altra parte della città.»
Si alzò dal divano, finendo l'ultimo sorso di birra.
«Avremmo potuto essere lì con loro, ora», le disse.
«Ma allora ci avrebbero sentiti, non è vero?»
«Avrei misurato le parole», disse.
«Mmm.»
«Cosa intendi con "mmm"?»
«Stavo cercando di immaginarmi un Fredrik Halders in grado di misurare le parole», disse con un sorriso.
Rimase in silenzio come se davvero stesse pensando a quali parole scegliere.
«Lo sai dove voglio arrivare, Aneta.»
«Fredrik.»
«Lo sai cosa voglio. Cosa sento.»
«Lo so», sussurrò.
Halders agitò la lattina di birra, era vuota.
«Vuoi dell'altro vino?»
Aneta scosse la testa.
«Vado a prendermi un'altra birra.»

«Dico sul serio», disse Halders. «Lasciala perdere quella storia.»
Da sotto le coperte non vedeva niente, ma sentiva la sua voce, al di là della coperta. La voce dell'al di là. Fece una risatina, dovuta in parte al vino. Alla fine ne aveva bevuto un altro bicchiere.
«Può essere pericoloso», disse scoprendole il viso. «Mi ascolti Aneta?»
La luce della lampada sul comodino la stava accecando. Il viso di Halders in controluce sembrava nero, come un africano. Chi non lo conosceva avrebbe pensato che fosse pericoloso. Alcuni di quelli che lo conoscevano lo pensavano. Non sempre era una buona cosa.

«Non hai nessuna vera prova su cui investigare. E uno come quel Forsblad può crearti problemi, è meglio lasciarlo stare.»

«Cosa intendi?»

Si riavvolse nella coperta ascoltando la musica che Fredrik aveva scelto per la serata, James Carr e il suo *southern soul. The Dark End of the Street, that is where we always meet.*

«Da come lo descrivi dev'essere uno psicopatico. Se continui a perseguitarlo senza nemmeno una ragione potresti vedertela brutta.»

«Sarà lui a vedersela brutta.»

«Lo dico per te, Aneta.»

«Cosa cambierebbe? Se è uno psicopatico si sentirà perseguitato indipendentemente dalle ragioni che posso avere o non avere.»

Halders restò in silenzio.

«O sbaglio?» disse Aneta Djanali.

«Non fare la furba... Sempre con la risposta pronta», le disse scompigliandole i capelli. «Ascoltami questa volta, anche se per i tuoi gusti ti sembrerò goffo.»

Si mise a sedere, aveva freddo senza la coperta.

«C'è qualcosa di feroce in lui», disse Aneta Djanali. «Lo vedo, lo sento.»

«È proprio quello che cerco di dirti.»

«Ma non capisci? Lui è pericoloso per *lei*. Le si avventerà addosso di nuovo.»

«Questo non puoi prevederlo.»

«Certo che posso.»

Halders si diresse verso lo stereo, a rovistare goffamente tra i cd. Riconobbe subito il ritmo e quella voce, d'altra parte era il suo disco. Gabin Dabiré. *Afriki Djamana – Music from Burkina Faso.* Afriki Djamana le assomigliava.

La musica si muoveva come una carovana attraverso il deserto, dondolava, saliva e scendeva. Il brano s'intitolava *Sénégal* e raccontava della mancanza, forse della mancanza del mare a occidente:

Dici di voler tornare in Senegal
Lavare via la vergogna che ci tocca tutti
Con la speranza che nessuno voglia tornare indietro
Al male che è stato

Sentiamo la mancanza del nostro Senegal
Sono qui... Sotto il sole cocente... Con la mia storia.
Teniamoci per mano e dimentichiamo le ostilità
Incamminiamoci insieme come un solo popolo.

«Capisci quello che cantano?» domandò Halders.
«Sì.»

«Lui non la lascerà mai in pace», disse Aneta Djanali.
«Cosa? Chi?»
«Forsblad ovviamente. Non riesce ad accettare il fatto che lei non lo rivoglia nella sua vita.»
«Be', però vive già insieme a un'altra.»
«Così dice.»
«Lasciaglielo dire. Anche se non fosse vero, forse l'illusione lo fa stare meglio.»
«Come?»
«Non saprei, non sono uno psicopatico io», disse Halders. «Non so come funzionino i suoi pensieri, ma se fossi in lui...»
«Sono tutte bugie», lo interruppe Aneta Djanali.
«Non sono nemmeno uno psicologo, ma se si fosse creato un mondo dove crede di avere una nuova donna, be' forse è una buona cosa.»
«Una nuova donna da picchiare?»
Halders non rispose.
«Quell'uomo è pericoloso», disse Aneta Djanali. «Su questo siamo d'accordo.»
«Lascialo stare», disse Halders. «Lascia stare lui e tutta quella famiglia, vera o finta che sia.»
Aneta rimase in silenzio.
«La stessa cosa vale per i mobili», aggiunse Halders con un sorriso.
«Non l'ho nemmeno mai incontrata, Anette», bisbigliò Aneta, ma Halders la sentì forte e chiaro. «Non ha mai nemmeno sporto denuncia.» Halders sospirò rassegnato. «Ma i vicini si sono fatti sentire, in più di un'occasione. E la donna dell'appartamento di fronte ha visto il suo viso pieno di lividi.»
«Aneta, lei non abita più lì. Lui non ci *abita* più insieme. Lei è al

sicuro a casa dei sui genitori. Lui forse vive con un'altra donna. Se stesse molestando anche lei lo acciuffiamo subito. Ma ora non...»

«Lo sai quanti discorsi così possiamo fare mentre là fuori continuano a verificarsi crimini di ogni tipo? Crimini che dovremmo essere capaci di prevenire, invece di starcene qui a valutare se è davvero il caso di intervenire o no. E intanto le cose continuano a succedere.»

«Vuoi qualcos'altro da bere?»

«Ma mi stai ascoltando? Capisci quello che sto cercando di dirti, Fredrik?»

«Ti capisco eccome.»

«Cosa mi rispondi allora?»

«Onestamente non so come si potrebbe procedere in una situazione come questa», disse prendendole la mano. «Allo stato attuale, non c'è modo di arrestarlo.»

«Potremmo tenerlo sotto sorveglianza.»

«Chi lo farebbe?» disse Halders.

«Io.»

«Ma smettila. Tu meno di chiunque altro.»

«Allora qualcun altro, non è una questione personale, se è questo che credi.»

«Ah no?»

«Non personale come pensi tu.»

«Lo sai meglio di me che Winter non impiega gli agenti per cose così», disse Halders.

«Ma qui si tratta di prevenire un crimine. Winter è favorevole alla prevenzione.»

«È anche favorevole al realismo.»

«Cosa c'è di più reale di una donna piena di lividi?»

«Cosa vuoi che ti dica, Aneta?»

«Non lo so, Fredrik.»

«E anche se Winter ti desse il permesso, Birgersson direbbe di no.»

«Birgersson? È ancora in giro? Non lo vedo da anni.»

«Preferisce così», disse Halders.

Aneta si alzò.

«Vado a farmi una doccia.»

La doccia l'aveva scaldata, rilassata e si sentiva piacevolmente intorpidita dopo tutti i pensieri pesanti avuti durante la giornata. Halders aveva preparato dei panini caldi.

«Non ho trovato l'ananas. C'era del formaggio, del prosciutto, della senape, ma niente ananas.»

«Non bisogna *per forza* metterci l'ananas, Fredrik.»

«Meno male. Almeno non sono un completo fallimento.»

«Te la sei cavata benissimo, Fredrik.»

«Un po' di tè?» le chiese tenendo la teiera come farebbe un maggiordomo con la sua contessa.

«Tutta un'altra musica», disse Aneta riferendosi effettivamente alla musica.

«Non smetto mai di ammirare la tua collezione di chitarre», disse mentre in sottofondo si sentiva l'assolo di chitarra di *Comfortably Numb*. Piacevolmente intorpidita, *there is no pain you are reciding, a distant ship's smoke on the horizon, you are only coming through in waves*.

La colonna di fumo di una nave all'orizzonte, esiste un'immagine più bella?

«Secondo me li conosce quelli che hanno svaligiato l'appartamento», disse Aneta Djanali.

«Aneta, ti prego.»

«Chi altro avrebbe interesse a fare una cosa simile? Come ci sono entrati altrimenti?»

«Bevi il tuo tè e rilassati un attimo.»

«Sono semplicemente entrati.»

«E altrettanto semplicemente usciti.»

«Esatto.»

«Comunque non credo che a lui interessino quelle cianfrusaglie.»

«Io invece credo di sì. Non potendo riprendersi la donna, si è preso tutto ciò che le appartiene.»

Halders non rispose.

«Non mi rispondi.»

«Non pensavo che fosse una domanda.»

«DAI, Fredrik.»

«Mi sembra un'analisi un tantino… artefatta. Questa è la mia onesta opinione. E a dirla tutta…»

«Dilla tutta.»

«Be'... Anche se quel Forsblad è mezzo matto non è detto che lo sia anche tutto il resto del mondo, vero? È comunque stato in grado di convincere quei due a svaligiare l'appartamento.»

«Come se quelli lì avessero bisogno di essere convinti! Ma stai scherzando? Pensi davvero che oggi, in questo Paese, sia difficile trovare dei criminali disposti a svaligiare un appartamento? La gente è pronta a vendersi per qualunque cosa.»

«Il mondo è davvero così marcio?» chiese Halders.

«Non fare il finto ingenuo adesso.»

«Sai Aneta», disse Halders allungandosi verso la teiera. «Nessun uomo nato da donna è in grado di tenerti testa in una discussione.»

«Quale discussione? Questa secondo te sarebbe una discussione?»

Bergenhem attraversò Sveaplan sospinto dal vento. Gli edifici della piazza si stagliavano neri contro la luce del tramonto. Due gazze spiccarono il volo all'avvicinarsi del freddo bagliore di un tram. Un foglio di giornale si muoveva incerto sul marciapiede a ogni folata.

Premette il bottone, una voce lontana rispose al citofono.

Proprio come l'altra volta.

Con la differenza che questa volta non era di servizio.

Non sapeva perché fosse venuto qui.

«Sto cercando Krister Peters. Sono Lars Bergenhem...»

«Chi?»

«Lars Bergenhem. Sono stato qui un anno fa. Sono della polizia.»

La voce non disse nulla, ma il citofono emise un ronzio e la porta si aprì.

Salì le scale, suonò il campanello. L'uomo che gli aprì aveva l'età di Bergenhem.

I suoi capelli scuri ciondolavano sulla fronte, proprio come la volta prima. La stessa pettinatura, la stessa barba incolta, la stessa canottiera bianca, fresca e luminosa contro le braccia abbronzate e muscolose di Peters.

«Ciao», disse Peters. «Sei tornato.»

«Stavolta lo prendo quel whisky», disse Bergenhem.

Bergenhem aveva seguito l'indagine su una serie di aggressioni. Un amico di Krister Peters, Jens Book, era stato aggredito nelle vicinanze dell'abitazione di Peters e gravemente ferito.

Bergenhem era stato da Peters per interrogarlo. Peters era risultato innocente, gli aveva offerto un whisky, che aveva rifiutato.

«Questa volta passo», aveva detto. «Sono in macchina e sto andando a casa.»

«Peccato, ti perdi uno Springbank di qualità», aveva detto Peters.

«Forse ci sarà una prossima volta.»

«Chissà.»

Peters gli fece strada verso un divano dal rivestimento grigio scuro. Sul tavolino basso di cristallo erano sparsi dei giornali, tre bicchieri e una bottiglia. Bergenhem si accomodò sulla poltrona, grigia anche quella.

«Come va?» gli chiese Peters.

«Non così bene», rispose Bergenhem.

«Vuoi parlarne?»

«Sì.»

«Sei venuto nel posto giusto.»

«È tutto così confuso.»

16

I raggi del tramonto illuminavano Donsö, il sole ardeva basso sul mare. Il sole si spegne quando tocca l'acqua? gli aveva chiesto Elsa quest'estate sulla spiaggia di Vallda Sandö, dove erano rimasti fino a tarda sera. Bella domanda.

«Ti sarà capitato di vederne tanti di tramonti così sul mare?» disse Winter a Erik Osvald in piedi accanto a lui sul ponte di prua della *Magdalena*.

«Be', sì. Certo, non stiamo lì ad applaudire ogni tramonto», rispose Osvald.

«Però ne noti la bellezza?»

«Be', certo...» Winter capì che il tempo, il sole e la pioggia e le ore del giorno e la bellezza della natura avevano un significato diverso per lui, diverso da chi vive sulla terraferma.

«Si sta avvicinando la stagione in cui ci mancherà questa luce. Tra poco dovremo tenere i fari accesi dalle tre del pomeriggio fino alle dieci del mattino», disse Osvald guardando il sole che ormai stava sparendo. «E in estate ci si irrita perché i raggi del sole ci pungono negli occhi già alle quattro del mattino.»

Winter annuì.

«Sul mare è lunga la notte che non trova mai il giorno.»

Il sole era sparito.

«È lunga la notte che non trova mai il giorno», ripeté Osvald.

Suonava come una poesia, forse lo era. Sono il lavoro e la quotidianità a essere poetici, quando tutto il superfluo viene rimosso.

«Al largo non sono le mattine e le sere a scandire la giornata, il tempo si misura con le volte che tiriamo su le reti, ogni cinque o sette ore.»

«Indipendentemente dalle condizioni meteorologiche?» chiese Winter.

Osvald socchiuse gli occhi, blu mare. Aveva dei bei lineamenti, un viso molto armonico, e un'abbronzatura che non sarebbe sbiadita nemmeno durante la stagione buia. Chissà come si sta in un mare di solitudine, in un mare in tempesta? pensò Winter.

«Le condizioni atmosferiche non ci creano grossi problemi», disse Osvald. «Una volta le navi travolte da una tempesta affondavano. Certe volte esplodevano sopra una mina...» disse fra sé e sé. «Lo scorso autunno il tempo è stato brutto, ma ci siamo astenuti dal pescare solo due notti. Se il vento soffia più forte di venti metri al secondo non gettiamo le reti... Poi dipende anche dal fondale. Non è un gran piacere quando le reti s'impigliano e il vento soffia a venti metri al secondo», disse sorridendo.

Si voltò per vedere se sua sorella fosse tornata, Johanna Osvald si era assentata un attimo sparendo dietro le case in fila lungo la banchina.

«D'altra parte più il tempo è brutto, più si guadagna, perché siamo in meno ad arrischiarci», disse Osvald. «Non c'è pescatore che non ci abbia guadagnato a uscire durante una tempesta. I prezzi salgono e il mare sta bene. La tempesta rimescola la minestra.»

La tempesta rimescola la minestra, proprio così. Smuove tutto, rivolta i sassi, porta a galla il vecchio che diventa nuovo, il nuovo diventa vecchio, gira e rigira, tutto sottosopra.

Proprio come nel suo mestiere, pensò Winter. Era così che voleva che fosse. Il passato non è mai veramente passato, lo è solo a livello astratto. Perché in realtà resta sempre presente nella realtà, presente quanto il presente, come un stato parallelo da cui nessuno può sfuggire.

Guardò Osvald, il suo coetaneo che viveva qui, al porto, o forse la sua casa era il mare. Il mare, sempre così vicino.

«Qual è la cosa migliore al largo?» gli chiese Winter. «In mezzo al mare?»

Osvald pareva non aver sentito la domanda, fissava il mare come se aspettasse una visita, che la luce di una nave facesse capolino all'orizzonte là dove il sole era tramontato, una colonna di fumo. *A distant ship's smoke on the horizon.*

«Ti senti come un dio», rispose finalmente, un po' ridendo. «Stai sul ponte e ti guardi intorno e domini su tutto. A perdita d'occhio. È una sensazione quasi... spirituale.»

Osvald era credente, ma voleva anche essere un dio, un dio in terra... Un dio in mare. Winter si domandava cosa fosse disposto a fare per mantenere il suo regno e questo peschereccio, che era il suo trono. Quali rischi sarebbe stato disposto a correre? Davanti a cosa si sarebbe fermato?

«Pensa che contrasto col bosco», disse Osvald. «Mio cognato ha una radura in mezzo al bosco, nell'entroterra. E là, in mezzo agli alberi, ti senti PICCOLISSIMO.»

«Hai ragione...» disse Winter. «La natura ti rende umile, in un certo senso.»

«Umile... Mmm... Certo, umile. Venticinque anni sul Mare del Nord ti rendono umile, ti formano il carattere... Anno dopo anno, giorno dopo giorno. Diventi spavaldo in alcune cose, ma non in tutto. Certe cose richiedono umiltà.»

Osvald era serio, era come se stesse parlando direttamente al mare. Non era un chiacchierone di natura, ma a volte aveva bisogno di parlare, come in questo momento. Aveva un modo di parlare particolare, seguiva una sua logica interiore.

Il vento stava aumentando. Winter annuì, iniziava a capire la logica di quei pensieri. Erano pensieri diversi da quelli della terraferma, provengono da un altro mondo. È la vita di quel mondo che ha senso qui. E tutto ciò che è al di sopra della vita stessa. *Larger than life*. Ecco dove sta cercando di arrivare Osvald. Se continua su questa linea… È una logica che anch'io devo seguire.

«Esiste una supremazia», disse Osvald, come se avesse letto i pensieri di Winter. «Senza nulla togliere a quella della guardia costiera», disse ridendo, ma tornando subito serio. «Se mancasse la supremazia sarebbe tutto inutile.»

Winter guardò verso il centro abitato, verso le case, alcune grandi, altre piccole, le strade strette, le motorette che erano il mezzo di trasporto più diffuso nell'arcipelago. Vide la croce, quella della congregazione di cui la famiglia Osvald faceva parte.

«Dicevi che sei al di sopra di tutto là fuori», disse Winter. «Più in alto del cielo?»

«Be'… che cielo intendi?»

«Quello di cui parlavi poco fa.»

«Quello supremo?» Osvald sembrava sorridere ripensando alle sue parole, più in alto del cielo, più in alto dell'altissimo, creatore del cielo e della terra. «No, la religione non ha niente a che fare con la pesca.»

«Ah no?»

Osvald scosse la testa.

«Ero convinto che ci fosse un collegamento.»

«Cosa intendi?»

«La religione è così importante qui. Ci sono chiese dappertutto.»

«Mmm.»

Winter non era certo se Osvald avrebbe aggiunto altro, ma era certo dell'importanza della religione sull'isola.

«Nessuno da queste parti troverebbe strano il fatto di recarsi nella chiesa di un porto straniero dove ha trovato rifugio durante una tempesta, per esempio», disse Osvald dopo un po'. «Nessun pescatore della costa occidentale esiterebbe.»

Winter annuì.

«Tutti i pescatori della costa occidentale credono in Dio.»

«Quindi a bordo domina un sentimento di rispetto nei confronti di Dio?» chiese Winter.

«Abbiamo tutti rispetto nei confronti di Dio», disse Osvald.
«E non si compiono peccati a bordo?»
Osvald non rispose.

«Non si bestemmia a bordo di un peschereccio.» Osvald annuì alle parole della sorella. Si era fatto buio ed erano andati tutti a casa di Johanna Osvald. Winter sarebbe rientrato a Saltholmen a bordo dello *Skarven*, il battello delle 19:02.
«Nemmeno incrociando le dita?» disse Winter.
«Nemmeno così», disse Osvald. «Devo dire che si reagisce davvero a sentire qualcuno che bestemmia... Sulla ricetrasmittente a volte... Devono essere pescatori della costa orientale, o danesi probabilmente.»
«Avete molti rapporti con la Danimarca?»
«Scarichiamo tutto il pesce in Danimarca», disse Osvald. «A Hanstholm nello Jutland, a ovest della baia di Jammer, sul lato opposti di Hirtshals.»
«Quindi a ovest di Blockhus?»
«Esatto, Blockhus è poco più avanti lungo la baia.»
Blockhus gli era familiare, qualche anno prima, durante un'indagine, aveva trovato molte delle risposte proprio a Blockhus. Una donna era stata assassinata. Seguendo le tracce del suo passato era arrivato in Danimarca e alla baia di Jammer. Da là il passato aveva proiettato le sue ombre lunghe verso il futuro, fino al presente.
«La *Magdalena* non è mai ormeggiata al porto di Donsö», disse Erik Osvald.
«Ah no?»
«No, no. È qui per la revisione, altrimenti ci diamo il cambio a Hanstholm.»
Erik Osvald spiegò. La routine è questa: la *Magdalena* resta fuori per sei giorni, a pesca di merluzzi e naselli. Rientra a Hanstholm il settimo giorno, alle cinque del mattino, col pesce già pulito, «spanciato» era la parola che aveva usato Erik Osvald. Pesato, imballato e suddiviso in sei diverse misure di merluzzo e quattro di nasello. Per un totale di 15-20 tonnellate di pesce. Alle sette si aprono le aste, lo stesso orario vale in tutti i mercati del

Mare del Nord e del Nord dell'Atlantico. La mattina è dedicata alla manutenzione e al razionamento. Gli altri quattro gli danno il cambio verso sera e si buttano direttamente in mare. I quattro rimasti a terra prendono l'auto guidando oltre lo Jutland fino al battello di Fredrikshamn.

«Che fine fa il pesce?» chiese Winter.

«Fish & chips per gli scozzesi», disse Erik Osvald.

«Davvero?»

«Il nasello dev'essere tenerello, come si suol dire. La carne non dev'essere stopposa. Se è di piccolo taglio anche il merluzzo può andare bene per il fish & chips. Il pesce poi viene caricato sui tir e trasportato in traghetto fino in Scozia. Strano, vero? Noi peschiamo il pesce appena fuori dalla Scozia, lo scarichiamo in Danimarca e da lì viene caricato su dei tir per ritornare da dov'è venuto. A Hanstholm tra l'altro c'è un traghetto che va diretto a Thurso.»

«Interessante», disse Winter.

«Mah, neanche poi tanto», replicò Erik Osvald.

Winter era incuriosito, aveva captato qualcosa dal racconto di Erik Osvald, qualcosa che non riusciva ancora a capire.

Più tardi, quando iniziò ad alzarsi il vento, Winter chiese: «Qual è la cosa peggiore al largo?»

«Be'...» iniziò Erik Osvald guardando la sorella, che nell'ultima mezzora era stata piuttosto silenziosa. Winter contava di poterci parlare più tardi. «Be'... La forza distruttrice delle tempeste non mi fa un graffio», disse. «Mai nessun guasto o danno... Basta stringere i denti e si supera tutto...»

«Il silenzio», disse improvvisamente Johanna Osvald.

Suo fratello s'irrigidì.

«Quale silenzio?» chiese Winter.

«Il silenzio tra i membri dell'equipaggio», disse Johanna Osvald. «Non è così? Dimmi se sbaglio, Erik.»

Erik Osvald annuì, senza parole. Improvvisamente fu come se fosse diventato l'esempio in carne e ossa del silenzio di cui parlava Johanna.

«Quello sì che è una forza distruttrice», disse. «Il silenzio e l'aria pesante che si viene a creare a bordo, dopo una discussione ti distrugge in un attimo.»

Winter annuì.

«In un attimo sei solo un comandante.»

«In che senso?»

«Che in un attimo resti solo», ripeté Erik Osvald.

«Come comandante?»

«Come comandante, sì.»

Dunque è Erik Osvald a comandare sulla *Magdalena*. Come suo nonno, forse?

«John Osvald era comandante a bordo del *Marino*?» gli chiese.

Erik Osvald guardò sua sorella, che evitò di esprimersi.

«Non all'inizio», disse Erik Osvald.

«Non all'inizio? Cosa intendi?»

«È successo così... Appena prima di... Non so... Il nonno comunque era capitano durante il viaggio in Scozia.»

«È successo così, come? Cosa è successo?»

«Ma niente, non lo so», disse Osvald.

«Quelli che rientrarono dal viaggio non raccontarono nulla?»

«Non ci vollero dire nulla», disse Erik Osvald.

«Ma avete chiesto spiegazioni?»

«Certo», disse Erik con un tono vago.

«E niente?»

Erik Osvald alzò le spalle.

«Niente di niente quindi», disse Winter.

«Davvero, non sappiamo niente di niente», disse Johanna Osvald accompagnando Winter al battello per Vrångö. «Ha importanza?»

«Forse sì, forse no», disse Winter. Che importanza ha per cosa? pensò. «Dicevi che tuo padre ha cambiato mestiere?»

«Gli mancava poco alla pensione, era materiale da museo navale, per dirlo con le sue parole.»

«In che sezione?»

Lei sorrise.

«La verità è che è impossibile tagliare i ponti col mare, non si smette mai di preoccuparsi per quelli che sono là fuori», disse Johanna Osvald.

«Nel senso che non ha mai smesso di manifestare la sua preoccupazione per Erik e il suo equipaggio?»

«Pur non mettendosi mai in contatto con la barca, ascolta le previsioni meteo danesi dalla mattina alla sera, dal primo annuncio delle sei all'ultimo di mezzanotte meno un quarto.»

Winter notò che Johanna Osvald parlava di suo padre al presente, come se fosse accanto alla radio in questo momento ad ascoltare tutto assorto una voce monotona che elenca i dati, dati d'importanza vitale.

«Di solito dove stanno a pescare?» chiese Winter.

«Mah... A ovest di Stavanger credo, una sessantina di miglia da lì. Certe volte si spingono fino alle trivellatrici, a est della Scozia.

Lo *Skarven* si avvicinò con un morbido rimbalzo alla banchina di Donsö, tra quattro minuti sarebbe salpato.

«E tu, sei preoccupata quando Erik è in mare?»

«Ovviamente sì», disse Johanna. «Ma ora sono più preoccupata per mio padre.»

«Farò quello che posso, faremo tutto il possibile. Insieme.»

«Dev'essere successo qualcosa. Qualcosa di brutto.»

«Fai mente locale, cerca di ricordarti tutto ciò che ha fatto prima di partire, cos'ha detto, con chi ha parlato, se ha telefonato qualcuno, se ha lasciato qualcosa di scritto, se è arrivata un'altra lettera, tutto.»

«Pregava. Mio padre prega sempre», disse Johanna indicando la barca. «Guarda che ti conviene salire a bordo», disse poi abbracciandolo sbrigativamente.

Johanna Osvald rimase ferma sulla banchina mentre lo *Skarven* si allontanava in direzione di Styrsö Skäret. Winter pensò a tutte le donne che nel corso dei secoli erano state lì a guardare il mare, aspettando con la preoccupazione nel cuore. Ora era la volta di Johanna. Ne avevano parlato brevemente una volta, della preoccupazione di sua madre, della sua e di quella di suo fratello, che poi avrebbe seguito la stessa strada.

Il vento tirava gelido, due fari illuminavano la *Magdalena*, riusciva a distinguere alcuni uomini in cerata e stivaloni di gomma sul ponte di prua e uno al timone, più in alto dell'altissimo.

Hagenkorsningen era un incrocio che Winter conosceva bene. Svoltò proseguendo verso nord, davanti alle finestre illuminate delle case di Långedrag. Parcheggiò davanti a una di queste.

Era una casa che conosceva bene, avendoci passato tutta la sua infanzia. Sua sorella ci era rimasta, prima con il marito e le figlie, poi solo con le figlie, Bim e Kristina.

Ormai erano cresciute: Bim abitava per conto suo e Kristina stava per lasciare il nido. Lotta Winter affrontava il presente con ferma razionalità, ma emotivamente non riusciva ad accettare il cambiamento. Vedrai, gli aveva detto. Vedrò cosa? Vedrai com'è difficile. Com'è difficile cosa? Il distacco? Vienimi a trovare quando Elsa ti dirà bye bye. Lotta, la fai sembrare una cosa così drastica. Perché? Non lo è? aveva risposto. Lo sai cosa intendo. Sì, sì, scusami. È questo silenzio, improvvisamente la casa si svuota e resta solo il silenzio.

Suonò il campanello. Lo stesso suono di sempre, da trent'anni a questa parte. Dovrebbe cambiare musica, qualcosa di nuovo, di allegro e pimpante.

Suonò il campanello una seconda volta. Tre. Quattro.

«Guarda chi si vede.»

«Passavo da queste parti», disse Winter. «Non mi inviti a entrare?»

Winter appese la giacca al *suo* solito posto.

«Qui è tutto come sempre, silenzioso e immobile.»

«Un'oasi di pace», disse lui.

«Un inferno», ribatté lei.

«Mia cara, sento che invecchiando sei diventata più incline alle bestemmie», disse Winter in tono scherzoso. «Come mai?»

«Eh mio caro, a chi abita a cinque minuti di Mercedes dal mare può capitare che il linguaggio ne subisca l'influenza diventando più salace.»

«Sul mare non si bestemmia.»

«Eh?»

«I pescatori salaci della costa occidentale non bestemmiano.»

«Come fai a saperlo?»

Le raccontò dov'era stato.

Erano seduti in soggiorno, lo stesso di sempre. Fuori dalla finestra c'era ancora la casetta dove da piccolo andava a nascondersi.

«Il mio linguaggio è così salace perché tanto le bambine non mi possono più sentire», disse. «È il mio modo di ritrovare me stessa, la mia essenza primordiale.»

«Mmm.»

«Sento che sei d'accordo.»

«Mmm.»

«Cosa ne pensa Angela del fatto che sei in giro di sabato sera?»

Winter guardò l'orologio.

«Non avevo previsto di fare così tardi.»

«Eppure sei passato qui a trovarmi nella mia solitudine durante questo *saturday night.*» Fece un cenno verso il bicchiere di vino sul tavolo. «E mi hai colto sul fatto.»

«Lotta, fammi il piacere.»

«Sono come la mamma? Forse c'è un'alcolista nascosta in me che sta solo aspettando l'occasione giusta per manifestarsi.»

«Già.»

«Appunto.»

«Lotta, sul serio. Avresti bisogno di... qualcuno. Un nuovo marito.»

«Risposarmi? Ahahahah.»

«Nel senso...»

«Sposati tu. Fallo, dai! E poi torna qui a farmi la predica.»

«Quanto hai bevuto esattamente?»

«Appena quattro bottiglie di vino e un barile di rum.»

«Dov'è Kristina?»

«L'hanno presa in custodia le autorità.»

«Ho capito, ho scelto il momento sbagliato per venirti a trovare.»

«*You picked the wrong time to come.*»

Winter si mise comodo accavallando le gambe, era abituato a comunicare così con sua sorella. Ma questa volta era diverso, le battute mancavano di gioia.

«Lo sai chi è? Chi stavo citando prima?»

«Quando?»

«*Picked the wrong time*... È Dylan. Lo stiamo ascoltando. Anzi, è proprio questa la canzone, *Highlands*. La senti?»

Sentì la voce indistinta di Dylan cantare, *well my hearts in the Highlands... Bluebells blazing, where the Aberdeen waters flow.*

Proprio Aberdeen, chissà perché. Doveva essere un segno del destino. Da non sottovalutare. Certe volte non si deve far finta di niente, certe volte è giusto lasciarsi guidare dalle circostanze. Significava senz'altro qualcosa.

C'è una spiegazione a tutto. Assolutamente.

Una supremazia.

La voce di Dylan si perdeva nel tunnel di una città in rovina, senza vita.

«Certo che questa musica sprizza di gioia», disse Winter con tono ironico.

Lei rise, rise di gusto.

«E scusa tanto, tu quando saresti passato al genere gioioso?» gli chiese. «Alla musica festaiola.»

«Hai ancora l'allacciamento del telefono, o te l'hanno tagliato le autorità?»

«Perché?»

«Perché vorrei invitare anche Angela ed Elsa a questo party.»

«Mi ha fatto piacere la tua visita, Erik», disse Lotta.

Annuì. Aveva telefonato. Angela ed Elsa non sarebbero venute. Elsa dormiva. Angela era perplessa. Non sono una senza cuore, aveva detto. Ma davvero non capisco. È strano che io non capisca?

Sarebbe andato verso casa tra un paio di minuti.

«Non so cos'ho», disse sua sorella. «Mi devo dare una regolata, ma ultimamente è come se nulla... avesse senso.»

Aveva il viso stanco sotto la luce pallida dell'ingresso.

«Tutto ha un senso», disse Winter. «Ogni cosa che ti circonda ha senso.» Winter si rendeva conto di quanto insensate e vuote dovessero suonare le sue parole.

«Certo, sì. È solo che in questo momento non la vedo così... Non ci riesco.»

«Vieni a casa con me.»

«Adesso? Così? No, dai.»

«Per stanotte puoi stare da me, tanto Kristina resta in custodia delle autorità, no?»

Lotta sorrise.
«È fuori, sull'isola di Brännö. Da un amico.»
«Capisco.»
«Già.»
«Dai, vieni. Lascia stare quel bicchiere di vino, a casa mia ho diciassette barili di rum.»

17

Lotta insistette che Winter chiamasse a casa per avvisare. Che bella sorpresa, aveva detto Angela. Certo che è la benvenuta.
«Se almeno avessimo avuto qualcosa di speciale da offrirti», disse quando arrivarono a casa.
«Erik mi ha promesso diciassette barili di rum», disse Lotta.

Ripartì all'alba.
«Quello che non riusciamo a fare durante il giorno, lo facciamo di notte», disse Angela osservando dalla finestra l'allontanarsi lungo il viale dei fari posteriori del taxi.
«Lunga è la notte che non trova mai il giorno», disse Winter.
«Ma va là.»
«Guarda che è così.»
«Non riesco a capire se lo intendi in senso positivo o negativo», disse Angela.
«È un dato di fatto, in mezzo al mare.»
«Non ne posso più di sentirti parlare di mare, Erik.»
«Pensa che tra poco abiterai a un passo da lì.»
Non rispose, rimase ferma alla finestra. C'era un leggero chiarore a est, il sole stava sorgendo, niente vista mare.
«Non so», disse Angela. «Non so proprio», ripeté dopo un po'.
«Cos'è che non sai?»
«Questa storia del mare. Del terreno, la casa», disse voltandosi improvvisamente verso di lui. «Ho paura... della solitudine. Io ed Elsa in quel posto così isolato, lontano da tutto.»
«Non sarete sole, guarda che ho previsto di trasferirmi anch'io con voi.»

Angela non rispose.
«Hai sentito cosa ti ho detto?»
Si avvicinò al divano, dov'era seduto lui.
«Pensiamoci su», gli disse.
«Per il momento è ancora solo un terreno», disse Winter. «Sei ancora dell'idea di comprarlo, vero?»

Domenica pomeriggio fecero una passeggiata nel Trädgårdsföreningen. Elsa mangiò un gelato e si addormentò. Anche Winter era stanco, probabilmente a causa dell'ultimo barile di rum che si era tracannato all'alba.

Si sedettero sull'erba. Una coppia in canoa passò lungo il canale, le loro risa galleggiavano sull'acqua.

Angela aveva un cerchio nero sotto l'occhio.

Il suo turno iniziava alle diciassette. Lunga è la notte in ospedale, pensò, che non trova mai il giorno. Tutto dipende dalla fragilità del corpo, il tempo è scandito dalla frequenza con cui l'infermiera distribuisce le medicine e il ritmo può improvvisamente essere interrotto dal suono perforante delle sirene dell'ambulanza fuori dal pronto soccorso.

Ciurma, all'arrembaggio.

«Questo tuo improvviso interesse per la pesca, poi... Chissà come mai.»

«Angela...»

«Lo so che eravamo d'accordo di non parlarne più, ma ora lo faccio lo stesso.»

«Mi sentivo in colpa... glielo dovevo, almeno questo.»

«Il tuo senso di colpa l'ha sempre vinta, su tutto.»

«E con questo?»

«Quante denunce entrano ogni giorno per la scomparsa di un famigliare, il furto di una bici, di qualcuno che è finito giù per le scale in una rissa?»

Winter non rispose.

«Santo cielo, saranno un centinaio a settimana. Riuscire a interrogarli tutti personalmente e a psicoanalizzare nel dettaglio i loro problemi è umanamente impossibile. Non oso immaginare le proporzioni del tuo senso di colpa.»

Elsa si mosse sulla coperta, Angela aveva alzato la voce abbastanza da disturbare la tranquillità del suo sonno.

«Possiamo parlarne più tardi, Angela?»

«Più tardi? Più tardi quando? Io sono di turno più tardi, perdinci.»

«Ha cercato di contattarmi più volte e si tratta comunque di una scomparsa.»

«Ah, certo. E da quanto tempo sarebbe scomparso, quest'uomo adulto e vaccinato? Avete attivato le ricerche? Hai contattato l'Interpol?»

«Sì.»

«Eh già, adesso sì. Ma non quando sei andato a Donsö.»

«Solo dopo quella vista mi sono reso conto che era il caso... di procedere.»

«E niente di tutto questo sarebbe stato fattibile telefonicamente?»

Si udì di nuovo la risata accompagnata dal rumore di remi sull'acqua.

«Temo proprio che l'esserci andato abbia fatto la differenza.»

«Temi? In che senso?»

«Non so. Ho un presentimento. Un brutto presentimento.»

Aneta Djanali svoltò nel parcheggio del distretto. Aveva deciso di liberare Anette Lindsten, liberarla da quel marito e da una vita di violenze. Anette avrebbe trovato la sua nuova strada passando per la casa d'infanzia.

Sigge Lindsten aveva iniziato a starle simpatico. Sigge Lindsten, l'ambulante. Sorrideva pensandoci. Non le aveva più raccontato cosa vendesse. Enciclopedie, sul calcio inglese magari, un genere molto popolare tra le donne di una certa età delle campagne circostanti. Sorrise ancora. Anche lei era un'ambulante, quanto tempo passava in macchina per lavoro? Tanto.

Fredrik suonò il clacson mentre le rubava il posto. Gliel'avrebbe fatta pagare. Le toccò fare l'ambulante per un altro giro in cerca di parcheggio. Era lunedì mattina, al di là delle porte a vetri c'erano le solite facce tristi, i soliti consulenti legali, con la solita espressione e i soliti incartamenti. Pensò a Forsblad, lui non lavora per la giustizia, non in questo modo.

Le facce tristi attendevano ciondolando, starnutendo, gridando, piangendo, ridendo, bestemmiando. Un poveretto col cappotto sgualcito fissava gli annunci in bacheca: cercasi investigatore a Uddevalla. Interessante. Sostituto centralinista, contratto a tempo determinato. Ottima soluzione, per un vagabondo senza fissa dimora.

I colleghi entravano e uscivano dall'ascensore, salutandola.

Questa era la sua vita, il suo mondo. Era questo il suo destino? Quali erano le alternative? Sarebbe stata meglio da qualche altra parte? Che altri sentieri esistono?

Pensò improvvisamente alla musica di Gabin Dabiré, ultimamente ascoltava spesso la musica tradizionale del Burkina Faso, dei Lobi, Gan, Mossi, Bisa e dei Paesi circostanti, il Mali, il Ghana e il Niger. La musica è come un sentiero che la gente percorre allo stesso ritmo.

«Dai che ti offro il caffè», disse Halders.

«Il caffè è gratis qui.»

«È il pensiero che conta.»

Le porte dell'ascensore si aprirono, le venne incontro Möllerström.

«Ti cercava un signore», disse. «Ha chiamato poco fa.»

«Ha lasciato il nome?»

«Sigge qualcosa», disse. «Ti do il numero.»

«Grazie, ce l'ho», disse andando verso il suo ufficio, che al momento condivideva con Halders aspettando che i lavori sul suo piano fossero conclusi... Non prima del prossimo secolo, a essere ottimisti. Compose il numero di casa Lindsten, la casa d'infanzia.

«Facciamo fatica a liberarcene a quanto pare», disse Sigge Lindsten nel suo solito tono tranquillo.

«Cos'è successo?»

«Telefona facendo minacce.»

«Minacce? Dirette ad Anette?»

«Dirette ad Anette... e a me se non gliela passo subito. Si è messo a urlare a mia moglie.»

«Potrei parlare un momento con Anette?»

«Credo che... stia dormendo.»

«Posso passare anche subito a...»

«Poi ha iniziato a chiamarla sul cellulare», disse Lindsten ignorando la domanda di Aneta Djanali.

«Le dica di spegnerlo.»
«Già fatto.»
«Forsblad sosteneva che fosse stata Anette stessa a prestargli la chiave dell'appartamento», disse Aneta Djanali.
«Sì, me l'ha detto. Doveva recuperare qualcosa.»
«Cosa?»
«Non lo so, ma sarà stato lui a dare la chiave a quelli che poi hanno ripulito l'appartamento», disse Lindsten.
«In realtà la chiave l'ha data a me. Cioè, me l'ha lanciata addosso.»
«Le chiavi sono riproducibili», disse Lindsten.
«Può dire ad Anette di richiamarmi appena si sveglia?»
«Sì.»
«Vorrei proprio scambiare qualche parola con lei.»
«Si può fare qualcosa?»
«Vorrei innanzitutto parlare con la diretta interessata», disse Aneta Djanali.
«Guardi che quello che le sto dicendo non me lo sto mica inventando», disse Lindsten con il cane che abbaiava in sottofondo.
«Certo che no.»

Aneta Djanali aspettò la telefonata, invano. Quando alla fine si decise a chiamare lei non rispose nessuno.
«A casa Lindsten non risponde nessuno. Questa storia non mi piace, c'è qualcosa che non mi torna», disse a Halders, che intanto era arrivato in ufficio.
Gli raccontò della conversazione che aveva avuto con Sigge Lindsten poco prima.
«Possiamo farci un salto, se vuoi», propose Halders.
«Non so... Ho bussato già una volta alla loro porta. Senza invito.»
«Il tizio ti ha telefonato chiedendoti aiuto, è praticamente un invito.»
«Ok, andiamo.»

Quando suonarono il campanello nessuno venne ad aprire la porta. Il garage era vuoto.
«Hanno abbandonato il campo.»
Un'auto passò lenta sulla strada alle loro spalle. Aveva i vetri oscurati e contro sole il conducente era solo una sagoma.

«Sorveglianza?» disse Halders notandola a sua volta.

«Andresti giù in strada a controllare?»

«Fifa?»

«Non mi piace questa storia.»

Fredrik scese in strada, appostandosi vicino al cancello, con quel suo fare autorevole come se PRETENDESSE che chiunque passasse dì lì rallentasse.

L'auto passò di nuovo. Ad Aneta sembrò di averla già vista da qualche parte. L'auto accelerò e si allontanò, verso sud. Halders non aveva fatto segno di fermarsi, non portava nemmeno l'uniforme. Era in *plain-clothes*, come lo definiva lui. Decisamente *plain*, aveva commentato Winter. Tornò verso la casa annotando qualcosa sul blocchetto.

«Non sono riuscito a vederlo in faccia, ma ho la targa. Mi faccio dare i dati dalla centrale?»

«Perché no?»

«Subito?»

Aneta non rispose.

«Lo faccio subito?» ripeté Halders.

«Quella tenda si è mossa, l'hai visto?»

«Davvero, quale?»

«La finestra d'angolo, la tenda ha tremolato.»

«Hai provato a suonare di nuovo?»

«Sì.»

«La ragazza si sarà svegliata», disse Halders.

«Avrebbe dovuto svegliarsi già da un pezzo», disse Aneta Djanali.

Halders si avvicinò alla finestra, avventurandosi tra l'erbaccia che cresceva alta sotto gli abeti che costeggiavano il muro. Dev'essere proprio buio in quella stanza, anche in un giorno di sole. Le stagioni non contano là dentro.

«Non vedo niente», disse Halders a voce alta, la sua voce si sentiva fino alla strada.

«Ti assicuro che qualcuno c'è.»

Halders bussò sul vetro, anche quello si sentì forte e chiaro. Bussò ancora.

«Non possiamo mica fare irruzione», disse Halders tornando indietro.

Aneta chiamò il numero di casa Lindsten, non sentì nessuno squillo provenire dall'interno.

«Forse hanno messo giù male la cornetta», disse Halders. «Hai provato il suo cellulare?»

«Sì.»

«L'avrà spento.»

«Non ci vedo chiaro. C'è qualcosa di tetro che...»

«È un giardino tetro», disse Halders. «Qui di certo non ci si abbronza.»

«È una storia tetra.»

Halders la guardò di colpo con un'espressione diversa, strana.

«L'hai incontrata Anette Lindsten, vero?»

«A malapena... tre secondi.»

«Hai almeno una foto che la ritrae?»

«No, ma l'ho vista in foto, una foto di qualche anno fa.»

Ripensò alla Anette giovane della foto, col gelato in mano e il bimbo sullo sfondo che stava entrando in un negozio.

«Quindi non sai com'è il suo aspetto adesso?» le chiese Halders.

«No, ma...»

«Ma niente. Come pensi di riconoscerla il giorno in cui la incontrerai?»

«Quel giorno, a quanto pare, non arriverà mai.»

«Se una ragazza aprisse questa porta e si presentasse come Anette Lindsten, tu non sapresti nemmeno distinguere il vero dal falso.»

«Fredrik, ci sono già passata una volta, non si ripeterà.»

Udirono un rumore alle loro spalle, un'auto parcheggiò a lato del giardino.

Winter promosse l'immediato avvio delle ricerche inserendo Axel Osvald nella banca dati delle persone scomparse. Compilò le schede con i dati che aveva ricevuto da Johanna Osvald e le fotografie di un uomo che non aveva mai incontrato.

L'estate in cui aveva frequentato sua figlia, Axel Osvald era fuori, diretto o di ritorno dalla Scozia.

Aveva conosciuto Erik Osvald, ma non in veste di pescatore, nonostante già lo fosse.

«Forse Osvald ha incontrato qualcuno lassù nelle Highlands e ha deciso di svanire nei bassifondi», disse Ringmar.

«Svanire nei bassifondi nelle Highlands?» disse Winter divertito. «Sarebbe stato più semplice sparire nelle Lowlands.»

«Io quivi prometto che non pronuncerò più pigri giochetti linguistici in cotesto luogo», disse Ringmar.

«Grazie Bertil.»

«Ma cosa ne pensi, potrebbe essere stata una scelta attiva?»

«Non credo sia il tipo. E non penso che fosse questo il motivo per cui è partito.»

«Come mai è partito allora?»

«Per mettersi sulle tracce di suo padre.»

«Non sarebbe la prima volta.»

«Avrà scoperto qualcosa di nuovo», disse Winter.

«Il messaggio misterioso.»

«Lo trovi poi così misterioso?» chiese Winter.

Ringmar si avvicinò alla scrivania, prese la fotocopia del messaggio e lesse:

THINGS ARE NOT WHAT THEY LOOK LIKE.
JOHN OSWALD IS NOT WHAT HE SEEMS TO BE.

«Mah...» commentò.

«Ti pare misterioso?»

«Se non altro è criptico», disse Ringmar.

«Abbastanza da decidere di partire?»

«Mah...»

«Sei chiaro e diretto, Bertil, così mi piaci.»

«C'è un non so che di tautologico in questo messaggio che mi infastidisce», disse Ringmar. «Ripete la stessa cosa due volte.»

Winter annuì.

«Le cose non sono quello che sembrano. Ovvero: John non è quello che sembra essere, non è come gli altri lo vedono, non è quello che gli altri pensano che sia.» Ringmar fece una pausa. «Cosa pensano che sia? Morto, vero? Annegato.»

«Non si sa con certezza se sia annegato.»

«Il messaggio cerca di dirci questo, quindi? Che non è annegato? Che è sì deceduto durante la guerra, ma non per annegamento?»

«E allora come?»

Ormai erano scesi in pista, via ai palleggi liberi. A volte questo metodo dà dei buoni risultati, non si può mai sapere.

«Un delitto», suggerì Ringmar.

«Assassinato?»

«Magari sì. Una morte... per negligenza, disattenzione. Un incidente.»

«Ma qualcuno è a conoscenza della verità.»

«Sì.»

«Qualcuno che ha scritto una lettera.»

«Qualcuno che non necessariamente è la persona che ha a che fare con la sua scomparsa, o la sua morte.»

«Le cose non sono quello che sembrano», ripeté Winter.

«C'è la possibilità che non lo stiamo interpretando correttamente», disse Ringmar. «Forse non siamo in grado di cogliere tutte le sfumature.»

«Ci vorrebbe un madrelingua inglese», disse Winter.

«Ce l'abbiamo», replicò Ringmar. «Il tuo amico Macdonald.»

«Non è inglese», disse Winter. «È scozzese.»

«Meglio ancora, visto che la lettera proviene dalla Scozia.»

Winter rilesse il messaggio.

«Non è detto che si riferisca esclusivamente a John Osvald», disse. «Forse la prima riga riguarda qualcos'altro.»

«Spiegati meglio.»

«Potrebbe riferirsi al suo ambiente, alla sua storia, alle persone che lo circondavano, in passato e oggi.»

«I suoi parenti», disse Ringmar. «I suoi figli e nipoti.»

«I suoi figli e i suoi nipoti non sono ciò che sembrano?»

Ringmar alzò le spalle.

Winter rilesse il testo per la diciassettesima volta: «La domanda da porsi è: cosa significa tutto ciò?»

«In che senso?»

«La lettera in sé, perché è stata inviata? Perché ORA? Sessant'anni dopo la scomparsa di John Osvald?»

18

Udirono la voce di Lindsten ancora prima che uscisse dall'auto, poi i suoi passi sulla ghiaia. Ad Aneta Djanali parve di vedere la tenda muoversi di nuovo, ma Fredrik sosteneva che fosse il vento, il serramento è pieno di spifferi.

«Be', qui non troverete proprio nessuno», disse Lindsten.

Che strano commento, pensò Aneta Djanali.

«Ho detto che sarei passata, pensavo di trovarvi tutti qui.»

«Sono dovuto uscire a fare una commissione», disse facendo un gesto vago con la mano. «Ho portato Zack dal veterinario.»

«Niente di grave?»

«Non si sa, l'hanno voluto tenere sotto osservazione, vedremo.»

«Anette è in casa?» chiese Halders.

«No.»

«No?»

«No, è al mare con sua madre.»

«Al mare?»

«Abbiamo una villetta giù a Vallda», disse Lindsten.

«Quando sono partite?» chiese Halders.

«Che differenza fa?» disse Lindsten, ma vedendo i visi seri dei due poliziotti si rese conto di dover dare qualche spiegazione. «Non c'era altra scelta, Anette non ce la faceva più... Lui continuava a chiamare.»

In fuga da un posto a un altro, pensò Aneta Djanali. Al mare, dove finisce la terraferma.

«Forsblad sa dell'esistenza di questa vostra casa al mare?»

«Immagino... di sì.»

«Allora non mi pare sia stata una mossa furba andarci.»

«Là non c'è la linea telefonica. E Anette farà in modo di tenere il cellulare spento.»

«Forse quando smetterà di chiamare sarà per presentarsi lì di persona», disse Halders.

«Dubito... che ne abbia il coraggio», disse Lindsten.

«Saprebbe dirci che auto guida Forsblad?» chiese Halders, ma fu interrotto dallo squillo del telefono. Rispose, ascoltò, riattaccò.

«L'auto appartiene a un certo Bengt Marke», disse ad Aneta.

Poi, rivolgendosi a Lindsten: «Quando siamo arrivati abbiamo visto un'auto sospetta. È passata qui di fronte un paio di volte, una Volvo V40, modello vecchio. Nera, ma lo sono tutte. Registrata a nome Bengt Marke. Le dice qualcosa?»

«Mai sentito.»

«Meglio verificare», disse Aneta a Halders.

«Faccio una telefonata... ad Anette e a mia moglie, per avvisarle che siete stati qui.»

«Come?» chiese Halders. «Se non c'è il telefono.»

«Lascio un messaggio sulla segreteria del suo cellulare.»

«Ma se ha appena detto che non lo accende mai?»

«Questo non l'ho mai detto», disse Lindsten.

«Vabbè.»

«Potete fare qualcosa per risolvere questa situazione?» chiese Lindsten.

«Possiamo scambiare quattro chiacchiere con l'egregio signor Forsblad», disse Halders.

«Potete farlo, davvero?»

«Noi possiamo tutto», disse Halders.

Halders fissava dritto davanti a sé, mentre Aneta guidava. Era un'espressione che lei conosceva bene.

«Vedo che inizia a interessare anche te questa storia», gli disse.

«Sono curioso», replicò Halders, «di incontrare questo signor Haupsturmfuhrer Hans Forzblatt e il resto della combriccola. E soprattutto mi incuriosisce la ragazza che si nascondeva dietro la tenda.»

«Stai scherzando?»

«Negativo.»

«L'hai vista davvero?»

«Affermativo.»

* * *

«Il naufragio doloso è stato accuratamente documentato?» chiese Ringmar.

«Si dice davvero naufragio doloso?» disse Winter.

«Non perdiamoci in parole, voglio i fatti», disse Ringmar.

«Non lo so», disse Winter. «La barca, il *Marino*, è affondata a sud di Island, sulla via del ritorno.»

«Cos'è successo?»

«Non lo so.»

«Ma due uomini ce l'hanno fatta.»

«Così pare, il fratello di John Osvald e un altro membro dell'equipaggio.»

«Che erano a bordo durante il fatto?»

«Non lo so.»

«O erano rimasti al porto?»

«Non lo so.»

«È stato trovato il relitto? Qualche frammento?»

«Non lo so.»

«Deve aver fatto notizia a quel tempo. Qualcosa dev'essere uscito sui giornali.»

«Non lo so.»

«Ma sono state fatte delle ricerche con i sommozzatori per ritrovare il relitto?

«Non lo so.»

«In realtà cosa sai di questa storia, Erik?»

«In realtà non so niente, Bertil.»

Hans Forsblad affittava una stanza da qualcuno sulla Norra Älvstranden, almeno così diceva. Ciò significa che deve attraversare il ponte dall'Hisingen per raggiungere Anette. È già qualcosa, pensò Aneta.

«Guarda chi si vede», disse Halders indicando i nomi sul citofono. «Un membro della dinastia Marke abita qui.»

Susanne Marke, quarto piano, pensò Aneta guardando in alto. Potrebbe essere quel balcone, oppure quello. Dev'esserci una bella vista sul fiume e su tutti i campanili della città. E il mare è talmente vicino che ci si potrebbe tuffare, stramazzando al suolo probabilmente, ma ci si può sempre fare un pensierino.

«Abiterà con lei?»

«Non lo so.»

Winter era solo nel suo ufficio. Ascoltava Haden & Metheny, *Beyond the Missouri Sky*. Il basso di Haden era come un viandante, avvolto dalle corde della chitarra di Metheny, du-du-du-du-du-du-du-du-du-du-du. *Spiritual* è di un bellezza pari al tramonto settembrino con una sottile scia di fumo all'orizzonte, come il sorriso di sua figlia, come la spiaggia dove la loro cas...

Squillò il telefono, du-du-du-du-du-du-du-du, prese la chiamata senza abbassare il volume, fu contento di sentire la voce dell'agente immobiliare. Sarebbe ora di prendere una decisione, vero? Cosa vorr...?

Lo so.

19

Nessuno rispose al citofono. Aneta Djanali guardò verso l'altra sponda del fiume, verso i campanili e la Sjömanshustrun, la scultura della moglie del marinaio che aspetta con lo sguardo rivolto verso l'estuario del porto e che si trova in cima alla torretta fuori dal museo navale. Occhi di pietra, corpo di pietra, era una scultura che riassumeva un angolo di vita in questo angolo di mondo. Per sempre.

«Ti chiedi mai cosa stia a simboleggiare quella scultura?» chiese a Halders.

«Non è ovvio?» le rispose.

«Cosa è ovvio?»

«La preoccupazione, mentre aspetta che il marito torni dal mare. Non per niente l'opera è intitolata *La Moglie del Marinaio*», disse Halders. «È cultura generale, lo sanno tutti gli abitanti di Göteborg.»

«Me compresa», disse Aneta.

«La torretta fu costruita negli anni Trenta. Prima la torretta e poi la donna», disse Halders. «Risale all'epoca tra le due guerre, nel '33, mi pare.»

«Ma come sei informato.»

«Ci tengo.»

«A cosa? Al marinaio?»

«Alla storia di questa città.»

Due rimorchi stavano trainando una chiatta all'attracco. Un traghetto diretto in Danimarca passò sotto al ponte. C'era una luce pallida e incerta sul mare oltre il ponte, oltre il porto. Lo sguardo della moglie del marinaio sembrava rivolto proprio in quella direzione.

«In realtà guarda dalla parte sbagliata», disse Halders indicando la statua.

«In che senso?»

«È una cosa che ho notato, chissà se si riesce a vedere da qui... Non guarda verso il mare, ma verso Norra Älvstranden. Sta guardando in QUA, dritto verso di noi», disse sorridendo.

«Pensi che ci sia un significato nascosto nel suo sguardo?»

«Tipo che la donna sull'altra sponda ci sta indicando la strada verso l'abitazione di Forsblad?»

«È una teoria interessante», rispose Aneta Djanali.

«Pare che lo scultore abbia avuto qualche problema a localizzare il mare», disse Halders. «Magari c'era la nebbia il giorno in cui la statua è stata posizionata»

Aneta Djanali rise. Passò il catamarano della Stena, pieno di passeggeri sulla prua che guardavano verso la sponda nord, dalla stessa prospettiva della moglie del marinaio, proprio dove si trovavano Aneta Djanali e Halders. Le venne l'impulso di salutarli, l'aveva fatto spesso da piccola quando il porto era talmente pieno di barche ormeggiate che quasi non si vedeva oltre.

«In realtà l'hanno posizionata lì in memoria dei marinai e dei pescatori caduti durante la Prima guerra mondiale e di tutte le imbarcazioni distrutte», disse Halders.

«Allora aspetta invano.»

Winter tornò a casa in bici per pranzo. Angela aveva tre ore libere, nel pomeriggio avrebbe fatto un giro in centro con Elsa. Aveva cucinato il pesce, semplice e buono con un filo d'olio d'oliva, limone, burro e dragoncello e un'altra spezia fresca che non riusciva a identificare così su due piedi.

Era tutto sudato dopo la corsa in bicicletta.

«Con chi hai fatto a gara?» gli chiese Angela.

«Con me stesso, come al solito», rispose sorridendo a Elsa che stava assaggiando il pesce con fare dubbioso.

«E chi ha vinto?»

«Io.»

«Non male come avversario, vero?»

«Facciamo un giro in bici questo fine settimana?» disse Winter. «Fino al terreno?»

«Hai voglia, Elsa?» le chiese Angela. «Di andare al mare in bici?»

«Sì sì.»

Winter tolse la pentola dal fuoco.

«La nostra spiaggia», specificò. «La trattativa è andata in porto.»

«Allora è deciso!» disse Angela.

Già, pensò. Avevano aspettato tutti la sua decisione, pazientato davanti alla sua indecisione. Ora la decisione era stata presa. In realtà non si trattava solo di un terreno, la questione era più profonda.

Aveva visto se stesso attraverso gli occhi della sua famiglia e ciò che aveva visto non gli era affatto piaciuto. Non voleva che gli altri dovessero sempre stare col fiato sospeso in attesa che lui si decidesse.

Che una delle sue personalità multiple si decidesse.

Mi perdo ogni volta e poi devo recuperare terreno.

Ma ci provo. L'altro giorno ho cercato di non rispondere al telefono.

Non è servito a nulla.

Cos'è che sbaglio?

Dovrebbe essere più semplice.

Diventerà più semplice. Sto migliorando. Sono più presente del solito. Sono un po' qua e un po' là, ma sto iniziando a trovare un equilibrio. Grazie a lei. E a lei. Grazie a tutte e due.

Stanno parlando con me?

«Eh...?» disse Winter.

«Elsa ha preparato il dessert», disse Angela.

«Gnam!»

«Gelato con le merinnnghe», disse Elsa.

«Il mio preferito», disse Winter.

«Sì!» esclamò Elsa.

«Ottimo contro la denutrizione.»

«Ti... mancano... le tue origini?» le chiese mentre sorseggiava l'espresso.

«Perché me lo chiedi?»

«Non so... Ne senti la mancanza?»

«Non so se la si possa definire una mancanza. A volte mi chiedo come sarebbe stato se mi fossi ritrovata a vivere lì, se fossi rimasta lì, se fossi NATA lì», disse Angela. «Se fossi nata a Lipsia avrei avuto una vita piuttosto turbolenta. È successo di tutto alle persone di lì.»

«È stata comunque una vita piuttosto turbolenta per la famiglia Hoffman», disse Winter.

«Non per me. Non allo stesso modo, visto che sono nata qui.»

«Indirettamente turbolenta per te, allora.»

«Forse sì.»

Sentirono Elsa che giocava nella sua cameretta, costruiva qualcosa che poi distruggeva, costruiva e distruggeva, costruiva e distruggeva. E ci rideva sopra. Non è poi così strano, è il corso della vita, ciò che si costruisce prima o poi va in rovina e crolla.

«Penso che sarei diventata medico anche in Germania», disse Angela.

«Gunther non avrebbe sentito ragioni.»

«Certo. Ma lo sarei diventata comunque.»

«Perché?»

«Ci sono così tante persone ad avere bisogno di aiuto e di cure.»

«Chi?»

«Tu, per esempio.»

«Già.»

«Quando possono iniziare a costruire?» gli chiese Angela passando il dito intorno alla tazza, creando un suono, una sorta di musica sottile.

«Quando gli diremo di iniziare.»

«Quando glielo diremo?»

«Quando lo riterremo opportuno.»

«Quando lo riterremo opportuno?»

Ripensò a quello che aveva appena pensato sull'indecisione, l'attesa, chi aspetta chi, la decisione di chi.

«Quando vuoi tu.»

Uscirono da casa percorrendo un pezzo di strada insieme fino a

Vasaplatsen. Angela ed Elsa avrebbero proseguito verso Kapellplatsen e la libreria.

«Facciamo un viaggio?» disse Winter spingendo la sua bici. «Presto, per festeggiare la nostra decisione.»

«Un giro al mare per esempio, facciamo sabato?»

«Oppure da un'altra parte, un altro mare.»

«Quando?»

«Presto.»

«Volentieri. Ho un po' di ferie arretrate.»

«Ottimo.»

«Tu di ferie arretrate non ne avrai, immagino.»

«Perché credi che lavoro durante il fine settimana e la sera lontano dalla famiglia?» disse Winter.

«Ah ah ah.»

«Adesso sarò ricompensato.»

«Marbella?» chiese Angela.

«Perché no?»

«Telefoni a Siv?»

Fece cenno di sì salutandole con la mano, mentre s'immetteva zigzagando nel traffico dell'incrocio di Vasagatan.

Halders e Aneta Djanali stavano andando verso la loro auto, quando si videro sfrecciare davanti una V40 nera. Parcheggiò poco più avanti. Una donna uscì sbattendo la portiera.

«Quella lì l'ho vista insieme a Forsblad», disse Aneta Djanali. «In tribunale.»

«In tribunale?»

«Lui lavora al tribunale distrettuale. Ed era in compagnia di quella donna.»

«La targa corrisponde.»

«Mi scusi!»

La donna passò davanti a loro, guardandoli, ma senza veramente capire che Aneta Djanali stesse parlando con lei. Era bionda, ma la ricrescita era più scura. Aveva un viso dai tratti decisi, ma non marcati. Era alta, con un bel vestito di classe, probabilmente costoso, e un cappotto leggero di un colore che non si adattava al vestito. Le scarpe sembravano scomode, aveva fretta.

«Mi scusi un...» Halders le bloccò la strada col distintivo e la donna si fermò, guardando i due agenti. Non parve riconoscere Aneta Djanali.

«Susanne Marke?» chiese Halders.

«Scusi?»

«Non ha niente per cui scusarsi», disse Halders. «Lei è Susanne Marke?»

«Eh... sì», rispose guardando Aneta Djanali, sempre senza riconoscerla.

Dovrebbe riconoscermi, una negra in tribunale, deve essere daltonica, se non altro spiegherebbe il suo cattivo gusto nel combinare i vestiti.

«Cos'è successo?» chiese Susanne Marke.

«Stiamo cercando Hans Forsblad», disse Halders. «Lei sa dov'è?»

«Hans Fors... Perché dovrei saperlo?»

«Perché abita da lei.»

«Hans Forsbl... Abiterebbe da me?»

«Lei abita qui, no?» le chiese Halders facendo segno alla bella casa dietro di lei. Disse anche l'indirizzo, a scanso di equivoci.

«Certo che abito qui.»

«Hans Forsblad ci ha indicato questo come domicilio», disse Aneta Djanali.

Susanne Marke non si espresse, ma dentro sembrava maledirlo in silenzio.

«Questa non è casa sua.»

«Però non nega il fatto che abita qui?» disse Halders.

Non rispose, guardò fuori verso l'acqua come in cerca di nuove risposte. Come se cercasse di incrociare lo sguardo con la moglie del marinaio. Passò un altro traghetto, questa volta rientrava. Aneta Djanali si chiese come mai Hans Forsblad vivesse presso degli indirizzi che spacciava per suoi. Che motivo c'era? Era premeditato?

«È per caso un problema per lei rispondere a una semplice domanda che le viene posta dalla polizia?» disse Halders.

«Vorrei capire... cosa riguarda», disse cercando di sembrare più decisa di quanto non rivelasse la sua voce.

Halders cominciò a perdere la pazienza, guardò Aneta Djanali che annuì. I gabbiani volavano bassi sulla città, strillando. Si udirono dei colpi di martello o di una mazza. Sarà Forsblad che prende a mazzate l'ennesima donna, pensò Aneta Djanali. *Here we go again.*

«È stata sporta una denuncia contro Hans Forsblad», spiegò Halders. «Vorremmo parlargli. Sarebbe così gentile da rendersi utile e dirci dove possiamo trovarlo?»

Disse il poliziotto cattivo, pensò Aneta Djanali.

«Una den... denuncia? Per cosa?»

«Di questo ne vorremmo parlare direttamente con Hans Forsblad», disse Halders al limite della pazienza. «Ora vorrebbe essere così gentile da rispondere alla domanda o no?»

«Qual era la domanda?»

Halders cercò di darsi un contegno. In questo mestiere è fondamentale avere polso, senza mai perdere la testa.

«È stato da me un paio di giorni», disse. «Ma ora non abita più qui.»

«Quando?»

«Quando cosa?»

«QUANDO è stato qui da te?» disse Halders sorridendo e cercando di non alzare la voce.

«Eh... Settimana scorsa. Durante il fine settimana.»

«Cosa ci facevi su a Krokslätt, un'ora e mezzo fa?» chiese Halders.

«Non so propr...»

«Cosa-ci-facevi-su-a-Krokslätt-un'ora-e-mezzo-fa?» ripeté Halders scandendo bene la domanda.

«Non sono stata lì.»

Lo sappiamo, lo sappiamo, pensò Aneta. Altrimenti ci avresti riconosciuti e non avresti saputo nasconderlo, a meno che tu non sia una psicopatica o soffra di Alzheimer.

«La tua auto era là», disse Halders.

«Co... Come lo sapete?» Sembrava stupita, ma Aneta Djanali notò anche che sapeva qualcosa in più di quanto desse a intendere.

«Pattugliavamo una via tranquilla di Krokslätt quando la tua macchina è passata e ripassata con fare sospetto a pochi metri da noi», disse Halders mostrandole il blocchetto col numero di targa annotato.

«Ho fatto... un giro.»

«Stia attenta!» disse Halders in tono minaccioso.

«Eh... Cosa...»

«Stia attenta a quello che dice. Dica solo come sono andate le cose», disse guardandola negli occhi. «Come sono andate veramente le cose.»

Guardò l'acqua. Ma cos'è questa storia, pensò Aneta Djanali, in che storia ci siamo andati a ficcare? Perché lo protegge? Ha minacciato anche lei?

Cercò di vedere se ci fossero delle abrasioni sul viso di Susanne, nulla. Vide solo la paura nei suoi occhi, probabilmente aveva paura di Fredrik, anzi delle sue parole, della... verità. Lo sa che non bisogna mai mentire alla polizia, poi è difficile uscirne puliti, è difficile rimanere fedeli alle bugie, quasi quanto mantenere una promessa.

«L'ho data in prestito», disse con lo sguardo rivolto verso uno dei campanili di Masthugget.

«A chi?»

Susanne guardò Halders come se si aspettasse che avrebbe urlato «Attenta!» prima che lei facesse in tempo a inventarsi qualcosa da dire.

«Hans aveva bisogno dell'auto per fare una commissione», disse rovistando nella borsa in cerca delle chiavi. «Posso andare a casa adesso, sono un po' di fretta.»

«Certamente», disse Halders facendosi da parte come se finora la sua presenza le avesse precluso ogni possibilità di fuga, cosa che in effetti aveva fatto. «Grazie della collaborazione.»

La videro entrare nell'edificio che sembrava una fortezza moderna e carina. Con le barchette nel fossato.

«Amo il mio lavoro», disse Halders senza un'ombra d'ironia.

«Sarebbe ora di fargli il funerale a quella roba», disse Halders indicando una pianta rinsecchita non meglio identificabile sul davanzale dell'ufficio di Ringmar dove si erano radunati in riunione.

«Già fatto», rispose Ringmar. «È interrata, no?»

«Questa è bella, Bertil.»

«Quindi, cosa vorreste fare?» chiese Winter.

«Convocarlo qui per un interrogatorio», disse Aneta.

«Fredrik?»

Halders aveva cambiato pettinatura. Quando i capelli iniziano a farsi più radi c'è una sola cosa da fare, tagliarli corti, cortissimi, a spazzola, assumendo un aspetto più giovanile e più pericoloso, la combinazione perfetta, secondo Halders.

«Non ho ancora avuto l'onore d'incontrarlo questo Franz Flattenführer.»

«Desideri incontrarlo?»

«Perché no?» rispose lui. «Visto che la moglie, Agneta, è impossibile da trovare.»

«Anette», lo corresse Aneta Djanali.

«Dato che la moglie Anette è introvabile», si corresse Halders, «potremmo iniziare con l'interrogare questo Hans Fritz. Non lo conosco di persona, ma un soggetto così dopo un interrogatorio potrebbe diventare ancora più violento.»

«Violento nei confronti di chi?» chiese Ringmar.

«Nei confronti della moglie, ovvio.»

«Lei si chiama Lindsten, non ha preso nessuno dei cognomi che tu stai affibbiando a Forsblad.»

«È vero, lo fai sempre», disse Ringmar,

«Faccio cosa?»

«Questa cosa coi nomi», rispose Ringmar. «Che sembrano tratti da un romanzo di guerra di Sven Hassel.»

«Questo mestiere me lo permette», disse Halders. «E adoro Sven.»

«Lasciate perdere questo caso», disse Ringmar. «Almeno per un po'.»

«No.»

«Perché no? Qual è il tuo punto di vista Aneta?» le chiese Winter.

Sembra più incuriosito che esitante, pensò lei.

«Dovremmo parlargli», disse. «Sono così stufa di questi casi in cui si lascia correre finché è TROPPO tardi per intervenire.»

«Innanzitutto voglio che parliate alla donna», disse Winter.

«Ma è quello che ho cercato di fare fino adesso...»

«Anch'io ci ho provato», intervenne Halders.

«Evidentemente non vuole parlare con noi», disse Ringmar.

«Ah, ci hai provato anche tu?» gli chiese Halders.

«Intendevo noi come corpo di polizia.»

«Era a casa, ma non voleva uscire a parlare con noi», disse Halders.

«Forse era la madre», disse Winter.

«No, era più giovane.»

«Va bene. Se volete interrogarlo, fatelo.»

«Già che ci sei non potresti emettere anche un'ordinanza restrittiva?» disse Aneta Djanali.

«Tanto non riuscirà ad avvicinarsi comunque», disse Halders. «Quella lì è sigillata in casa.»

«Alla casa al mare però...»

«Interrogatelo, dai», concluse Winter. «Forse basterà questo a dargli una calmata.»

Winter andò nel suo ufficio a fare una telefonata. Ripensò alla casa bianca a Nueva Andalucía aspettando che sua madre posasse lo shaker e tirasse su la cornetta. No, che pensiero ingiusto. Ha diminuito il consumo da quando è morto papà. Certo perché l'alternativa sarebbe stata il precipizio sul fondo di una bottiglia di Larios, il gin di produzione locale.

Era stato laggiù quando suo padre stava morendo. Non nel precipizio, ma all'Hospital Costa del Sol con vista sulla Sierra Blanca. Suo padre spirò poco dopo la loro ultima breve conversazione, dopo tanti anni di silenzio.

Le ore seguenti erano state le più difficili della sua vita, le più dure, le più taglienti, le più pesanti... Come blocchi di pietra.

Suo padre era sepolto sotto la terra di quella montagna. Da lassù si vedeva il mare a perdita d'occhio, fino al deserto africano dall'altra parte.

Sul volo di ritorno sarebbe voluto crollare, a picco.

No, non aveva nessun bel ricordo dei suoi viaggi in Costa del Sol.

Finalmente sua madre rispose.

20

«Mi sto squagliando», disse Siv Winter. «Ci sono trentaquattro gradi. E ce n'erano più di quaranta la scorsa settimana.»

«Immagino quanto tu stia soffrendo», disse Erik Winter.

«No, be', dai, non sto proprio soffrendo.»

Winter sorrise tra sé e sé, sua madre non era mai stata in grado di capire l'ironia. Forse è una qualità, pensò. Troppo spesso si va in giro spargendo ironie difficili da interpretare. Ah, scusa, non sono molto sveglio, avrei dovuto capire che intendevi il contrario di quello che hai detto.

Nel suo campo gli capitavano spesso persone che intendevano l'opposto di quello che dicevano. Nel loro caso però non si tratta d'ironia, loro mentono e basta.

Viveva in un mondo di bugie, il suo lavoro consisteva nell'interpretarle. Come si diventa alla fine se si parte dal concetto che tutti mentono? Come si fa a fidarsi ancora di qualcuno?

«Che tempo farà nei prossimi giorni?» chiese a sua madre.

«Mah... Le temperature saranno queste per le prossime settimane, poi inizierà a fare un po' più fresco.»

«Niente pioggia?»

«No, purtroppo.»

«Ottimo.»

«In che senso?»

«Pensiamo di venire giù qualche giorno.»

«Hai usato il plurale, verrete TUTTI e tre?»

«Sì.»

«Che gioia! Non vedo l'ora di vedervi.»

«Anche noi.»

«Anche Elsa?!»

«Non lo sa ancora, volevo sentirti prima di decidere.»

«Ma Erik, lo sai che siete sempre i benvenuti. E tu non sei più venuto da quando... Quando...»

Non concluse la frase, non ce n'era bisogno.

C'era stato l'anno prima, il giorno di Santo Stefano. Aveva bevuto sette bottiglie di whisky, di quelle piccole che ti danno sull'aereo, e una birra. C'era voluto metà del personale dell'aeroporto di Malaga per portarlo alla macchina. Era venuta perfino la polizia ad aiutarlo. Ringmar aveva informato il collega spagnolo su cosa stesse per atterrare a Malaga. *Muy borracho, sí compriendo.*

Winter non aveva capito niente, lasciandosi alle spalle le festività natalizie di Göteborg. Chi avrebbe potuto capirlo, capirlo veramente? Voleva capirlo, prima o poi. Era possibile capirlo. Niente di male succede senza motivo. Il male deriva da qualcosa, da qualcuno. Questo rende il male più comprensibile, ma allo stesso tempo ancora più terribile.

Ringmar si era occupato di tutto il terribile lo scorso natale. Bertil era stato forte, più forte di lui, nonostante anche lui stesse vivendo il suo inferno personale. Bertil era un grande uomo, un uomo vero. Senza Bertil il mondo si fermerebbe, aveva pensato Winter e lo pensava ancora a volte. Io sono un debole, lui è forte, sempre più forte. Riuscirò a diventare forte anch'io? Cambierò? Voglio cambiare? Voglio essere forte?

«Mi faccio vivo più tardi con i dettagli», disse a sua madre.

«Pensate di venire a breve?»

«Speriamo di sì.»

«Immagino che da voi ci sia il solito tempaccio.»

«Già», rispose – mentendo – sotto il cielo azzurrissimo dell'estate indiana.

Aneta Djanali era in macchina, diretta verso sud. A Krokslätt tutto sembrava uscito dal passato: le case, le strade, i cartelli, i negozi. Gli edifici dove era caduto l'intonaco erano stati risistemati, i bar con due tavoli avevano sedie in abbondanza.

Non era alla guida della sua solita Saab, ma di una macchina anonima del garage della polizia. Stava pedinando una V40 nera un centinaio di metri davanti a sé.

Aneta Djanali era confusa. Non si trattava più di quel senso di vertigine, ma qualcosa di simile.

Al volante della V40 c'era Susanne Marke, l'aveva vista salire a bordo in una delle stradicciole della vecchia Nordstan. Aneta Djanali l'aveva aspettata, sapeva dove sarebbe stata durante il pomeriggio, avendoglielo chiesto. Aveva immaginato che sarebbe uscita da lavoro verso le quattro, ma non poteva immaginare dove sarebbe andata. La seguì fino a Fredriksdal, fino al cancello dei Lindsten. L'auto di Sigge Lindsten non c'era. Aneta Djanali proseguì oltre. Nello specchietto retrovisore vide Susanne Marke uscire dalla macchina e dirigersi verso la casa, poi la strada fece una curva e lei non vide più nulla.

Fece inversione all'incrocio cinquecento metri più avanti. Il tempo di tornare indietro e l'auto di Susanne Marke era sparita.

«Forsblad non si è fatto vedere al lavoro oggi pomeriggio», disse Halders al telefono. «E non c'è nessuno al nido degli innamorati di Älvstranden.»

«Lei l'ho vista dieci minuti fa», disse Aneta Djanali.

«Dove sei?»

«L'ho seguita fino a casa Lindsten.»

«Pazzesco.»

«Una toccata e fuga.»

«Come fai a saperlo?»

Gli raccontò dell'inversione di marcia.

«Non sai ancora che aspetto abbia questa Anette Lindsten, vero?»

«No, perch...» capì dove Halders volesse arrivare. «No, sarebbe assurdo.»

«Neanche poi tanto, visto che stiamo incappando in un'assurdità dopo l'altra», disse Halders.

«Lo pensi DAVVERO? No dai, non può essere cambiata così tanto.»

«Meglio fare un controllo, tanto per essere sicuri.»

Susanne Marke era Anette Lindsten che era Susanne Marke...

E Sigge Lindsten allora, è VERAMENTE chi dice di essere? Forse le aveva mostrato un documento falso. Forse la casa a Fredriksdal era solo una messa in scena. Forse era tutto un film. Ripensò al cinema di Ouagadougou, un bunker dove la luce esterna penetra dalle mille fessure sullo schermo di proiezione. C'era stata una volta a vedere un film di produzione locale, incentrato sugli abitanti del deserto, in una città senza dèi né spiriti. I dialoghi erano in moré, coi sottotitoli in francese. Riusciva a capire le parole, ma non il loro significato profondo. Era un'altra cultura, un altro mondo.

Forse i due uomini che aveva incontrato nell'appartamento erano davvero il padre e il fratello di Anette Lindsten. Comunque l'appartamento di Anette Lindsten è davvero intestato ad Anette Lindsten. E l'appartamento di Susanne Marke è davvero intestato a Susanne

Marke. E l'auto è intestata a Bengt Marke. Chi è Bengt Marke? Si chiamerà anche Hans Forsblad? Oppure Heintz Fritsfrutz? Rise tra sé e sé. Poi le vennero i brividi.

Schiacciò sull'acceleratore e proseguì verso sud, molto più a sud.

Winter telefonò a Steve Macdonald all'ora di pranzo.

«Indovina cosa sto mangiando», disse Macdonald.

«Posso immaginarne la provenienza», replicò Winter.

«Del fish o delle chips?» chiese Macdonald.

«Conosco il pescatore che ha pescato il nasello.»

«Sarà dura verificarlo, a meno che non ci sia un marchio da qualche parte qui sotto l'impanatura.»

Winter gli raccontò della sua vista a Donsö.

«E adesso suo padre è in giro per le Highlands.»

«È scomparso, o almeno non si è più fatto vivo.»

«È stata formalmente denunciata la scomparsa?»

«Sì.»

«Mandami tutti i dettagli che faccio una chiacchierata con la gente di Inverness.»

«Steve, ti ringrazio.»

«A parte questo?»

«A parte questo sto pensando di costruirmi una casa sulla spiaggia», disse Winter con tono esitante. «Credo, forse.»

«Adoro la tua fermezza», disse Macdonald ridendo.

«È un bel terreno», raccontò Winter. «Si sente l'odore del mare.»

«Bello.»

«Torni a casa ogni tanto?»

«Intendi in Scozia?» chiese Macdonald.

«Sì.»

«Raramente. E la nostra fattoria comunque non è vicina al mare.»

«Mi ricordo, me l'hai raccontato una volta.»

«Già, Dallas è un piccolo mondo a sé.»

«In che senso?»

«Lo vedrai il giorno in cui verrai qui.»

«Perché dovrei venire lì?»

Un nanosecondo dopo aver posto quella domanda sapeva che

ci sarebbe andato. Presto, molto presto. Era quella spiacevole sensazione, quell'inspiegabile intuizione da detective.

Sentì un brivido freddo. Qualcosa stava per arrivare, qualcosa di ancora intangibile. Ebbe il desiderio di andare a sud, molto più a sud.

* * *

Aneta Djanali rabbrividì. La temperatura si era fatta decisamente autunnale, ma pensava meglio col finestrino abbassato. Il sole splendeva pallido sui campi. Sarebbero stati verdi per ancora una settimana, poi sarebbe ingiallito tutto.

Passò davanti a una fattoria, incrociò un contadino a bordo di un trattore che marciava tranquillo nel bel mezzo della strada masticando una spiga. Avrebbe potuto travolgerla senza fare una piega. C'era odore di sterco, ma non chiuse il finestrino. Questa era la campagna, quella delle mucche e dei maiali, la terra d'origine di tutti. Forse non esattamente la sua, ma di tutti i contadinotti di questa terra rincongelata, come l'aveva definita Halders una volta. Siamo rincongelati, rinsecchiti fino al midollo, ma appena ci danno qualcosa da bere ci scaldiamo e ritroviamo la linfa vitale ci gonfiamo tutti. Non era sicura di aver afferrato bene il senso di quelle parole, ma suonavano bene. Sì, quello che diceva Halders spesso suonava assurdo, ma almeno era divertente. A parte le sue battute razziste, ma quelle adesso aveva smesso di farle.

Si fermò sul ciglio della strada a controllare le indicazioni che Sigge Lindsten le aveva dato per raggiungere la casa al mare. In quel momento una macchina le passò accanto a tutta velocità, facendo schizzare la ghiaia ovunque, contro la macchina e dentro dal finestrino aperto. Dallo specchietto retrovisore vide solo un gran polverone e una gocciolina di sangue sulla sua fronte.

In campagna si guida come degli sregolati, è la loro terra e lì vigono le loro leggi. È la terra dei ricercati che sfuggono la legge. *Wanted dead or alive.*

Si accorse di aver superato il punto indicatogli da Sigge Lindsten, fece inversione ripercorrendo la stessa strada, l'aria era ancora piena di polvere.

Infine arrivò al posto giusto. L'erba era alta, parcheggiò in una naturale rientranza della parete rocciosa. I gabbiani strillavano dall'altra parte del pendio. C'era odore di mare, anche se non riusciva a vederlo da quanto i pini crescevano fitti. Iniziò ad arrampicarsi su per il pendio. La terra sprigionava calore.

21

Si fermò sulla cima del pendio, sopra l'immensità del mare, che da quella prospettiva pareva immobile, pietrificato, come un'enorme formazione rocciosa che si estendeva in lungo e in largo. Non era né blu né verde, non aveva alcun colore.

Al di là del pendio crescevano i pini. Tra i pini si poteva scorgere una casa. E un'auto che riconobbe subito.

C'era una donna accanto all'auto, rivolta verso il mare. Aneta Djanali riconobbe anche quella.

La donna continuò a guardare il mare, come se nulla fosse. Capita tutti i pomeriggi che la polizia scenda giù per il pendio.

«Non sono affatto sorpresa», disse Susanne Marke.

«Anette è qui?» chiese Aneta Djanali.

«Qui c'è una gran pace», rispose Susanne Marke.

«Lei ci viene spesso?»

«È la prima volta.»

«Ma non ha avuto problemi a trovare il posto», disse Aneta Djanali abbastanza sorpresa dalla conversazione e dalla situazione in generale.

«Hans mi ha spiegato la strada, per cui è stato facile.»

«Hans? Hans Forsblad?»

«Mi ascolti bene, è stato fatto un errore che stiamo cercando di sistemare», disse Susanne Marke con tono deciso.

Aneta Djanali non disse nulla, sarebbe stato un grosso errore dire qualcosa in questo momento. Le sembrò di vedere un movimento dietro la tenda, questa gente è talmente ripetitiva.

«Mi ascolta? È stato fatto un errore e sarebbe meglio se voi della polizia non vi immischiaste.»

Certo, sarebbe meglio se la polizia dicesse a tutti coloro che sporgono denuncia per furto, per maltrattamenti, per omicidio colposo di darsi una calmata. È stato un errore, eventualmente avvisi il vicino.

«Abbiamo il dovere di intrometterci quando il vicino di Anette ci chiama», disse Aneta Djanali. «E ci ha chiamati più di una volta.»

«È stato un errore», ripeté Susanne Marke.

«Anette aveva il viso sfregiato», disse Aneta Djanali.

«È finita al pronto soccorso?» Era una domanda retorica.

«A noi non risulta», rispose Aneta Djanali.

«No, che non c'è finita.»

«Potrei chiederle di vedere il suo documento d'identità?»

«Che cosa?»

«Un documento per favore», disse Aneta Djanali. «Per verificare la sua identità.»

«Perché... Non penserà che...»

Aneta Djanali non rispose, restando irremovibile sulla sua richiesta.

Susanne Marke sorrise, un sorriso spiacevole. Improvvisamente Aneta Djanali riconobbe quell'espressione, quegli occhi, quel VISO.

Era lo stesso viso, avevano la stessa origine.

Susanne Marke rovistò nella sua borsa, alla ricerca del portafoglio. Strappò fuori la patente mostrandola ad Aneta Djanali sempre con quello strano sorriso. Il sorriso era come pietrificato sul suo viso, aveva assunto la freddezza del colore sfuggente del mare e del cielo.

La patente era stata rinnovata un anno prima, la foto corrispondeva al nome.

«Chi è Bengt Marke?» le chiese Aneta Djanali.

«Il mio ex marito.»

«Hans Forsblad è tuo fratello?»

Il sorriso di Susanne Marke restò inalterato, Aneta Djanali non ebbe bisogno di conferme verbali. Sentì la paura e il peso dell'arma, una sicurezza, inaspettata... E inutile, non ce ne sarebbe stato bisogno. Si rese conto di aver commesso un errore a venire fin là da sola. Il tipo di errori che commetteva Fredrik, che aveva commesso e che per poco non gli erano costati la vita. Aveva avuto fortuna, gli ingenui e i duri spesso hanno fortuna. Ma lei non era né dura, né ingenua, quindi poteva finire male.

Con questa gente non si scherza.

«Sarà sempre mio fratello», disse Susanne Marke.

Qualsiasi cosa accada, pensò Aneta Djanali. Su questo non c'è dubbio.

«Si tratta di un grosso errore», continuò Susanne Marke.

«In cosa consisterebbe questo errore?»

«Hans... Non ha fatto niente.»

«Davvero?»

«Vuole sistemare le cose.»

«Se non ha fatto niente, cosa ci sarebbe da sistemare?»

Forse era vero, che volesse fare del bene. Che ciò che era successo non si sarebbe più ripetuto. Ciò che era successo era come se non fosse mai successo. Era tutto un grosso errore, le percosse erano un malinteso, la colpa è sempre di qualcun altro. Aneta Djanali aveva documentato un gran numero di malintesi durante la sua carriera, aveva visto come si smette di parlare e si inizia a picchiare, percosse al posto delle parole, i disperati incapaci di comunicare iniziano a picchiare. Gli uomini sono duri, le donne sono molli. Gli uomini dominano, credono di poter possedere, di poter avere il controllo su tutto. È una questione di... Onore. Bisogna mantenere alto l'onore. Succedeva anche qui, nella bianchissima campagna rincongelata. La pratica era la stessa di sempre, quella dei patriarchi medievali che in men che non si dica uccidevano le loro figlie per una questione d'onore.

«Lui non ha fatto niente, sono stati gli altri», disse Susanne Marke.

«In che senso?»

«Sono stati gli altri», ripeté Susanne Marke. «Mi riferisco all'errore, ma mi sta ascoltando o no?»

«E tu lo stai aiutando a sistemare questo errore?»

Susanne Marke non rispose, anche lei aveva notato l'ombra dietro la tenda.

«Vorrei solo avere la possibilità di spiegare chi è veramente Hans a chi non lo capisce.»

«Spiegarlo a chi? Alla persona dietro quella finestra?»

Susanne Marke annuì.

«C'è davvero Anette dietro quella tenda?»

«Come faccio a saperlo? Non faccio in tempo a bussare alla porta che la polizia si cala giù dal pendio e s'intromette.»

«Dov'è Hans in questo momento?» chiese Aneta Djanali. «Lo stiamo cercando.»

«Sarà nascosto nel bagagliaio!» esclamò Susanne Marke scoppiando in una risata terrificante che riecheggiò per tutta la baia.

Aneta Djanali non credeva a una parola di quello che le aveva detto la donna, ma credeva alla sua risata selvaggia.

Bertil Ringmar era in veranda a fissare l'erba del vicino, un amministratore ospedaliero che tra tagli e bilanci aveva fatto a pezzi la sanità pubblica e la sua sanità privata, era un pazzo. E adesso era passato a effettuare dei bei tagli al suo giardino. La siepe era troppo bassa, cosa che rendeva impossibile a Bertil Ringmar ignorare le modifiche amministrative del vicino. Quella vista lo mandava in bestia.

A Natale aveva trasformato il suo giardino in un luna park che avrebbe fatto impallidire Piccadilly Circus e Times Square, facendo assomigliare queste metropoli a un piccolo villaggio sperduto dello Småland dove la corrente dell'unica casupola abitata era saltata. A questi pensieri si spense anche il suo sorriso, non c'è luce in un posto così. Si stavano avvicinando l'inverno e il Natale, la festa delle luminarie. L'anno scorso Ringmar era stato sul punto di farlo fuori quel pazzoide, rimpiangeva quasi di non averlo fatto. Di non aver provato l'ebbrezza di un gesto impulsivo e disumano.

La ragione genera mostri.

L'anno scorso era andato in crisi, era uscito di testa, trasformandosi in una persona che non voleva mai più diventare.

Ora suo figlio Martin era tornato a far parte della sua vita, non fisicamente, ma in qualche modo erano riusciti a riallacciare i rapporti. Martin era uscito da quell'inferno fintamente cristiano in cui era precipitato, un precipizio dove pensava di ritrovare suo padre, il mostro. Ringmar non ci aveva mai fatto caso, non se ne rendeva conto. Forse era stato un padre assente, ma per la sua generazione era naturale così. La verità era che amava i suoi figli e non aveva mai smesso.

Pensò di nuovo a Times Square.

Questo Natale sarebbe stato diverso.

Questo capodanno lui, Martin, Moa e Birgitta avrebbero potuto essere proprio in Times Square a intonare *Auld Lang Syne*, a braccetto insieme a tutti gli scozzesi di New York. Il viaggio gli sarebbe costato un po', ma ne sarebbe valsa la pena e voleva godersi la vita mentre ancora gli funzionavano le gambe e il cervello. Tra dieci anni forse non sarebbe nemmeno stato in grado di starsene qui in veranda, tutto pacifico, calmo e razionale. Un giorno lo uccido, fosse l'ultima cosa che faccio. Mi troveranno già morto con le mani saldamente irrigidite intorno al collo del vicino, non mollo la presa.

Squillò il telefono.

«Spero di disturbarti», esordì Halders.

«Come sempre», rispose Ringmar.

«Sei al corrente di dove sia appostata Aneta questo pomeriggio?»

«Come farei a saperlo?»

«L'ho chiesto anche a Erik e nemmeno lui lo sa», spiegò Halders con tono stranamente preoccupato.

«Telefonale.»

«Credi che non l'abbia già fatto?»

«Perché la stai cercando?»

«Stiamo portando dentro il marito molesto per l'interrogatorio, penso che sarebbe interessata a partecipare. Abbiamo trovato *das Schweinhund.*»

«Non si dice *der Schweinhund*?»

«*Die der das*, fatto sta che abbiamo incontrato un articolo unico nel suo genere oggi pomeriggio.»

«Tu e il tuo sconfinato amore per il genere umano.»

«Certo, sono il protettore del genere umano.»

Ringmar vide il vicino uscire di casa e percorrere il vialetto illuminato e costeggiato da una particolare composizione di pietre che avevano l'aspetto di tombe vichinghe ognuna col suo lumino. La prima volta che aveva visto l'opera compiuta, non più di due settimane prima, aveva riso come il capo dell'ispettore Clouseau in uno degli ultimi film sulla Pantera Rosa, prima che perdesse del tutto la testa. A Ringmar piacevano molto quei film, soprattutto il modo poco ortodosso dell'ispettore di risolvere i casi.

«Aneta non è stupida», disse Ringmar.

«Ma tutti commettiamo degli errori», disse Halders.
«Ha lavorato così a stretto contatto con te che ha imparato.»
«Che ha imparato a commettere errori?»
«A evitarli, osservando il tuo esempio e facendo l'opposto.»
«Non sono tranquillo», disse Halders. «Ho l'impressione che stia agendo d'impulso.»
«Si farà viva, vedrai», replicò Ringmar guardando l'orologio. «Ormai non è più di servizio.»
Halders borbottò qualcosa e riattaccò.
Si stava facendo sera. Ringmar posò la cornetta con una delicatezza carica d'irritazione, alla vista del vicino intento a disseminare il vialetto di candeline. Vedila così Bertil, è il suo modo di compensare il buio della sua mente.

«Vuole bussare?» disse Susanne Marke facendo un gesto come se si stesse offrendo di farla passare avanti nella coda.
Erano rimaste a una decina di metri dalla casa, che era molto più grande di quanto non sembrasse dall'alto. C'erano diverse finestre che davano sul mare e una veranda, doveva essere bellissimo stare seduti lì al tramonto. Un tramonto che oggi tardava ad arrivare.
Cosa mi aspetta? pensò Aneta Djanali. C'è qualcuno là dentro.
Non c'erano altre auto parcheggiate, non c'era un garage.
Percepì un leggero movimento nell'acqua con la coda dell'occhio, ma quando si voltò non vide nulla.
Era come se l'acqua le volesse comunicare qualcosa, qualcosa di un'importanza vitale.
L'acqua era un pericolo.
Non ti avvicinare!
Vattene!
C'era un pontile, a cui era legato un canotto che galleggiava pacifico al ritmo delle onde.
Susanne Marke intanto si era avviata verso la porta, Aneta Djanali la raggiunse. Bussarono e la porta si aprì lentamente. Dallo spiraglio aperto si distingueva appena il contorno di un volto.
«Andatevene!» disse il volto.
Susanne Marke stava per dire qualcosa, ma Aneta Djanali la precedette col distintivo in bella vista.

«Può essere così gentile da farci entrare?»

Il volto si ritrasse, lasciando la porta semiaperta. Susanne Marke lo interpretò come un invito a entrare, Aneta Djanali la seguì.

L'ingresso era buio, lungo e stretto. Si poteva scorgere il tramonto dalla finestra della stanza in fondo al corridoio. C'era qualcuno in quella stanza, era il volto di una donna anziana.

«Signora Lindsten?» disse Aneta Djanali, senza ricevere risposta.

«Signe», disse Susanne Marke.

Ah, queste due si danno del tu, pensò Aneta Djanali. Allora è me che non vuole far entrare.

«Anette non è qui», disse la signora nella stanza.

Allora per quale motivo si trova qui da sola? pensò Aneta Djanali.

L'unica luce della stanza era il riflesso del mare, i giorni in cui fa bello dev'essere una stanza molto luminosa, pensò Aneta Djanali. Oggi si vede a malapena il volto della donna.

«Signe, devi lasciare che Hans parli con Anette», disse Susanne Marke.

«Proprio non ce la fate a lasciarla in PACE?!» urlò Signe Lindsten.

«Vuole solo PARLARLE», disse Susanne Marke.

Chissà cos'aveva voluto le altre volte? pensò Aneta Djanali.

«Si sente minacciata da queste persone?» le chiese Aneta Djanali. «Di me si può fidare.»

«Santo cielo», esclamò Susanne Marke.

«Ha capito che sono della polizia, vero?» continuò Aneta Djanali. Le sembrò che Signe Lindsten annuisse. «Dov'è Anette?»

Signe Lindsten rimase in silenzio. Ovvio che non avrebbe detto niente con la fedelissima sorella di Forsblad nella stanza.

«Le devo chiedere di lasciarci sole un momento», disse rivolgendosi a Susanne Marke.

Non si mosse. Pareva voler ribattere qualcosa, una ragione a cui appigliarsi per restare, ma non trovandone alcuna, si voltò e uscì battendo i piedi e gridando: «È un ERRORE».

Poco dopo si sentì l'auto partire sgommando sul vialetto. Aneta Djanali non aveva visto l'accesso al vialetto mentre si arrampicava giù per la scarpata di pini, a dire la verità non l'aveva nemmeno cercato.

Winter attraversò Heden, dove degli uomini di mezza età giocavano a pallone, urlando di dolore. Presto, una barella! Bomboletta d'ossigeno in arrivo! Tutto regolare, sono gli acciacchi dell'età che avanza.

Si accese un Corps, il primo della giornata. Stava cercando di fumare meno, ma meno di così si muore. Si limitava al lavoro, ma astenersi anche dopo che senso aveva? Che senso ha il tempo senza una sigaretta che lo scandisce?

Era la logica assurda del fumatore a parlare.

Ma aveva senso, cercava di vivere una vita diversa dopo una giornata incentrata sul crimine e ciò che ne consegue.

Di non fumare durante. Di fumare dopo, quello ha senso.

Aveva cercato di spiegarlo ad Angela.

«Lo posso capire», aveva detto, «durante un periodo di transizione, ma poi... Sai, Elsa sarebbe felice di avere un padre in forma quando avrà venticinque anni. E tieni presente che tu non ne avevi venticinque quando è nata Elsa, ne avevi quaranta.»

«Ero comunque il più giovane ispettore del Paese», disse Winter con tono di rivincita. Angela aveva sorriso.

«Sarà vero? L'hai mai verificato?»

«Se lo dice la mia mamma mi fido.»

«Ci sono due professioni in cui si può essere giovani e promettenti a qualunque età», disse Angela. «Quella degli ispettori e quella degli scrittori.»

«Io mi sento ancora giovane.»

«Tu continua a fumare, ne riparleremo tra qualche anno.»

«Sono sigari sottilissimi, praticamente innocui.»

«Cosa posso dirti», disse facendo un gesto come se stesse parlando con un sordo.

«Va bene, hai ragione lo so, ma fumo sempre meno.»

«Non lo devi fare per me, non principalmente almeno. Mi preoccupo per la tua salute, la salute del papà di Elsa.»

Una pallonata storta interruppe i suoi pensieri, fece un bel tiro di sigaro e con un tiro altrettanto bello rimandò la palla elegantemente nel campo. Così giocavano i *gentlemen* nell'Inghilterra dell'Ottocento, un bel calcio con la caviglia allungata e la sigaretta in mano.

Gli squillò il telefono mentre stava percorrendo Södra vägen. Il semaforo era ancora verde, si affrettò ad attraversare quando uno in Mercedes gli suonò. Winter rispose al telefono: «Sì?» fissando il tizio col motore su di giri. La città non è un posto sicuro, è pieno di frustrati che girano in Mercedes. Avrebbe dovuto arrestarlo quel pazzo.

Andò su per Vasagatan, per evitare il rombo del traffico.

«Hai saputo qualcosa?» gli chiese Johanna Osvald.

«Ancora niente, se avessi avuto notizie ti avrei chiamata subito», le rispose.

«Mi preoccupo ogni giorno di più», disse lei. «Forse dovrei recarmi sul posto.»

La terza generazione Osvald a zonzo per le Highlands scozzesi sulle tracce del padre, pensò Winter.

«Se fossi nei miei panni cosa faresti?»

Se fosse stato in lei probabilmente sarebbe partito, pensò.

«Aspetta ancora qualche giorno», disse. «Le ricerche sono state avviate e ho parlato col mio collega.»

«Cosa può fare?»

«Ha delle conoscenze nella zona.»

«Non hai la sensazione che sia successo qualcosa di grave?» gli chiese. «Un reato?»

«Potrebbe semplicemente essersi ammalato», disse Winter.

«Allora ci avrebbe avvisati», disse Johanna Osvald. «O chi per lui.»

«Noi siamo qui per aiutarvi», disse Aneta Djanali.

«Non ci serve il vostro aiuto», replicò Signe Lindsten.

Era la risposta che Aneta Djanali si aspettava, ma davvero non riusciva a capirla.

«Noi TUTTI vogliamo essere lasciati in pace», continuò Signe Lindsten.

«Anette si trova qui?»

Signe Lindsten guardò fuori dalla finestra, come a indicare che sua figlia fosse proprio là fuori, da qualche parte su quel mare di pietra. O sotto, pensò Aneta Djanali.

Stava diventando buio, il cielo e il mare avevano assunto lo stesso colore. Si riusciva ancora a distinguere il pontile vicino alla casa e il canotto. Una piccola striscia d'erba separava la casa dalla spiaggia.

«Anette è rimasta a Göteborg?» chiese Aneta Djanali.

La madre continuò a fissare la spiaggia e la riva, Aneta Djanali fece lo stesso.

«È vostro quel canotto?» le chiese.

Signe Lindsten rabbrividì, guardò Aneta Djanali e disse: «Anette è a casa».

«A Göteborg? Nella casa di Fredriksdal?»

La madre annuì.

«Non ci ha aperto quando siamo passati l'altro giorno.»

«È vietato?»

Tecnicamente sì, pensò Aneta Djanali.

«Ha molta paura di Hans Forsblad?»

Signe Lindsten rabbrividì di nuovo. «Anche se così fosse, cosa potete farci?»

«Possiamo fare molto», rispose Aneta Djanali. «Dico sul serio.»

«Per esempio cosa?»

«Tanto per cominciare possiamo emettere un'ordinanza restrittiva», disse rendendosi conto dell'irrilevanza delle sue parole. «Possiamo ottenerla in tempi brevi e poi procedere con un avvocato. Lo possiamo sottoporre a un interrogatorio. Anzi, questo è già deciso.»

«Un interrogatorio? In cosa consisterebbe?»

«Praticamente lo portiamo in commissariato per fargli delle domande riguardo alle sue... minacce.»

«E poi? Cosa succede dopo?»

«Non sa...»

«Poi lo lascerete andare, vero? Ci parlate un attimo e poi basta.»

«Forse poi non avrà più il coraggio di venire a...»

«Di venire a trovare Anette, se così si può dire. È questo che pensate? È questo che crede la polizia? Che basti scrivere su un foglio che non può avvicinarsi e che il vostro interrogatorio lo spaventerà? Allora non sapete con chi avete a che fare.»

Esprimeva pura frustrazione, non c'era dubbio.

Ma c'era dell'altro.

Oltre a Hans Forsblad c'era qualcos'altro che la preoccupava. Aneta Djanali lo sentiva, lo vedeva.

«È proprio questo il motivo», disse Aneta Djanali. «Vogliamo capire che tipo è.»

«Questo ve lo posso raccontare qui e ora», disse Signe Lindsten. «È un uomo pericoloso, che non si arrende, è come posseduto, se così si può dire. Non riesce ad accettare il fatto che Anette non voglia vivere con lui. Non vuole accettarlo. NON PUÒ CAPIRLO. Capisce cosa intendo? Che non gli entra in testa!» Detto questo guardò il mare, come per ritrovare le forze. «È impazzito.»

«Perché non vi siete rivolti alla polizia?» le chiese Aneta Djanali.

Signe Lindsten sembrò ignorare la domanda, Aneta Djanali dovette insistere per ottenere una risposta.

«Non lo so.»

Strano, non sa che suo marito mi ha telefonato, pensò Aneta Djanali.

«Non ne avevate il coraggio?»

«No.»

«Vi ha minacciato?»

«Sì.»

«In che modo?»

«Non voglio... Non fa differenza... Potrebbe...»

Aneta Djanali cercò di ricostruire il puzzle delle parole di Signe Lindsten, era il suo lavoro quello di interpretare le frasi interrotte dalla paura, dal terrore, a volte per scelta, a volte per lutto, a volte per cattiveria, in cerca della bugia più credibile. Spizzichi e bocconi che lei doveva riuscire a ricomporre per capirne il senso.

Spesso, come in questo caso, si trattava di parole frantumate pronunciate da una persona terrorizzata.

22

«Andava tutto così bene all'inizio», disse Signe Lindsten.

Il suo viso si distese mentre lo raccontava, i bei ricordi hanno il potere di lisciare le rughe. Non tutto il male viene per nuocere, la quiete dopo la tempesta, *every cloud has a silver lining* e tutti quei modi di dire. Le nuvole erano fitte sopra la baia, sulle rocce, sulla sabbia e sulla spiaggia. Niente nota argentata, a parte qualche raro luccichio tra quelle onde di pietra.

«Sembrava così gentile», disse Signe Lindsten.

Gentile, odio quella parola, pensò Aneta Djanali. È così generica, così falsa. Eccone la conferma.

«Di solito all'inizio è così», disse Aneta Djanali.

«Dovrebbe vedere la foto del loro matrimonio», disse Signe Lindsten. «Ma non ce l'ho qui purtroppo.»

«Anette ha fratelli o sorelle?»

«No.»

Aneta Djanali ripensò all'uomo che si era spacciato per il fratello di Anette. Chi era veramente? E suo «padre»? Descrisse i due ladri a Signe Lindsten.

«Che cosa?!»

«Suo marito non gliel'ha raccontato?»

«No...»

«Non le pare strano che gliel'abbia tenuto nascosto?»

«Sì... Ma probabilmente non voleva farmi preoccupare.»

«L'ha raccontato ad Anette?»

«Come faccio a sapere cosa sa Anette di una questione della quale io sono la prima a non saperne nulla?»

Bene, la donna è sveglia.

«Ha notato delle ferite... sul corpo di Anette?»

Signe Lindsten non rispose. La vedo grigia, pensò Aneta Djanali, la risposta sarà vaga. Sa parlare di minacce così a grandi linee, ma in concreto. È troppo presto, funziona quasi sempre così, non me ne meraviglio più. La paura della donna contagia tutta la famiglia, si stringono tutti intorno alla paura e non lasciano entrare nessuno.

Paradossalmente l'unico che può entrare è colui che suscita questa paura. C'è sempre la speranza che le cose migliorino e che la paura svanisca e l'unico che può farla svanire è LUI, che all'inizio era così dannatamente GENTILE. Basta dargli quell'ultima possibilità, e a volte la ottiene, e poi è finita.

L'aveva visto dove porta quell'ultima possibilità, di solito alla morte. A volte non ce n'è nemmeno bisogno di quell'ultima possibilità. Vide l'espressione corrucciata di Signe Lindsten e pensò che questa storia sarebbe finita, ma senza lieto fine.

Scacciò via quel cattivo pensiero. Ci deve essere una soluzione, io sono qui per questo.

«Può stare tranquilla signora Lindsten.»

«Mi chiami pure Signe.»

Signe, un nome di derivazione norrena, che letteralmente significa benedetta.

«Signe, a me puoi dire tranquillamente come stanno le cose, o come stavano le cose.»

Ti benedica il Signore e ti protegga, illumini il Signore il Suo viso e ti conceda la grazia. Aveva bisogno di una grazia? Della grazia del Signore? Aneta Djanali pensò a suo padre, il politeista. Gli aveva mai domandato del concetto di grazia nel suo credo? L'avrebbe chiamato e avrebbe cercato di parlargliene sulla disturbatissima linea telefonica del centro Africa. Tra poco la linea satellitare sarebbe stata l'unica soluzione possibile per comunicare con l'Africa nera. Confisca un satellitare dal magazzino, le aveva suggerito Fredrik.

Signe Lindsten stava giusto per dire qualcosa quando udirono arrivare una macchina. Aneta Djanali notò che la donna aveva riconosciuto il suono, la sua espressione non cambiò di molto. Restò immutata anche quando sentirono la voce dell'uomo all'ingresso. Non s'illumina all'arrivo del marito.

«Ecco dove siete», esclamò Sigge Lindsten entrando in cucina.

Aneta Djanali gli fece un cenno di saluto.

«Ci siamo mancati per un soffio noi due», proseguì.

«Mi ha telefonato, ma non c'era quando sono passata», replicò Aneta Djanali.

«Già, d'altra parte è così», rispose lui senza fornire ulteriori spiegazioni.

«Anette è venuta qui insieme a lei?» gli chiese Aneta Djanali.

«No.»

«In precedenza sosteneva che si trovasse qui, ma qui non c'è.»

«Sì... Ha ragione... L'ho detto... Ma alla fine ha deciso di restare a casa.»

«A casa, nella casa di Fredriksdal?»

«Quella è casa sua ora.»

«Desidererei parlarle», disse Aneta Djanali.

«Lasci che sia lei a decidere il da farsi», disse Sigge Lindsten.

«È proprio per decidere il da farsi che vorrei entrare in contatto con lei.»

«Può provare a telefonarle.»

Aneta Djanali vide sua moglie che tentava di dire qualcosa, ma rinunciò e uscì di scena. Suo marito le fece un cenno, un'intesa muta.

È un teatrino.

«Non credo che avremo altri problemi d'ora in poi», disse Sigge Lindsten.

«Può comunque sporgere denuncia», disse Aneta Djanali.

«Non ce n'è bisogno.»

«Possiamo esaminare la scena del crimine.»

«Dove?»

Preferibilmente non alla casa di Fredriksdal, quello presupporrebbe un nuovo crimine.

«Presso l'appartamento di Kortedala.»

«Dubito che ci sia ancora qualcosa da esaminare là. Ormai.»

«Poco fa mi era parso che foste pronti a collaborare», disse Aneta Djanali.

«Non credo che avremo altri problemi d'ora in poi», disse di nuovo Sigge Lindsten.

Si sentirono due tonfi sul pavimento dell'ingresso, era Moa Ringmar che si stava togliendo gli stivali. Suo padre apparecchiò la tavola. Pane, burro, formaggio, salame e cetrioli.

«Possibile che non esista un modo più delicato di togliersi le scarpe?» disse.

«Dai, papà.»

«Quando si sente il tonfo del primo stivale è un'agonia finché non si sente il secondo.»

«Stavolta ti ho liberato in fretta dall'agonia.»

«È un po' come quel fastidio quando in albergo senti i passi dell'ospite nella stanza al piano di sopra.»

«E quanto spesso ti capita?»

«Finora non mi è mai capitato.»

Moa Ringmar si mise a ridere domandandogli se fosse rincasato da tanto.

«Abbastanza da aver potuto ammirare il giardinaggio artistico del vicino.»

«Papà, lascialo in pace poverino.»

«Infatti non l'ho ancora ammazzato.»

Moa Ringmar si sedette a tavola.

«Ho trovato un appartamento.»

«Alleluia!»

«Lo sapevo che la notizia ti avrebbe rattristato.»

«Sì, ma sono felice per te.»

«È grave che un figlio abiti ancora con i genitori a venticinque anni compiuti», disse Moa Ringmar.

«Era una soluzione temporanea», disse Ringmar. «E di fatto hai ottenuto la libertà vigilata già quattro anni fa.»

«Pensa se ti sentisse la mamma.»

«Non indosserai mica una microspia?» disse Ringmar.

«Le usate al lavoro?»

«No», rispose Ringmar mentendo. «È illegale.»

«È la verità?»

«Certo», mentì di nuovo mentre preparava il tè. «Com'è l'appartamento?» le chiese posando la teiera sul tavolo.

«Un ampio bilocale, carino, ma la zona forse non è il massimo.»

«Che zona sarebbe il massimo?» le chiese Ringmar.

«Vasastan, direi.»

«Vasastan? Lì è pieno di locali, un gran fermento durante il fine settimana e d'estate. Terribile.»

«Erik abita lì, no? Si è mai lamentato del fermento?»

«Praticamente tutti i giorni.»

«Non ci credo ma neanche...»

«Erik Winter abita così in alto tra le nuvole che non si accorge dei disastri che succedono là sotto», disse Ringmar.

«È appunto un posto così che sogno», disse Moa Ringmar. «Su tra le nuvole, al settimo piano.»

«Dove sarebbe invece l'appartamento che hai trovato?»

«A Kortedala.»

«A Kortedala?!»

«Altro che Vasastan, che dici?»

«Sono senza parole», disse Ringmar.

«Mi basta che tu dica alleluia», disse Moa Ringmar.
«Kortedala», ripeté Ringmar scuotendo la testa.
«Dai, non mi sto mica trasferendo nel Bronx.»
«Martin stava per trasferircisi», disse Ringmar.
«Ma poi ha optato per il Lower East Side.»
Ringmar annuì.
«L'ex quartiere più malfamato di Manhattan», disse Moa.
«Ex, appunto. Adesso è l'oasi dei creativi.»
«Dei creativi, come il nostro vicino?»
«Sarei tentato di finanziargli il trasloco», disse Ringmar.
«Altrimenti potresti finanziare il mio di trasloco.»
«Moa, sei proprio convinta riguardo a questo posto a Kortedala?»
«Hai idea di quanto sia difficile trovare un appartamento a Göteborg? Sai da quanto tempo è che cerco?»
«Risposta affermativa a entrambe le domande.»
«Allora hai già capito la risposta.»
«Dov'è situato esattamente questo nido? Kortedala è piuttosto grande.»
Gli diede l'indirizzo, il nome della via non gli diceva niente.
«Hai almeno verificato che non intendano buttare giù quel diavolo di edificio tipo settimana prossima?»
«Il condemonio?»
Scoppiarono a ridere.
«Come l'hai scovato?» le chiese Ringmar.
«Una mia compagna di corso conosce qualcuno che... Mi pare che fosse un professore che le aveva detto che forse si sarebbe liberato qualcosa. Così ho avuto il numero e ho chiamato... E forse me lo affitta.»
«Affitto di seconda mano?»
«Non saprei, forse per iniziare. Era tutto un po' confuso, credo che non si aspettasse la mia telefonata. Non avevano ancora pubblicato un annuncio né niente. Era tutto un po' confuso.»
«Confuso, non promette bene.»
«E dai, mi ha risposto un signore carinissimo, sua figlia si è appena trasferita, lasciando l'appartamento temporaneamente vacante.»
«Come mai?»
«Non gliel'ho chiesto.»

«Come si chiamava quest'uomo carinissimo? Ha voluto rivelare la sua identità o era confuso anche su quello?»

«Papà, perché sei sempre così sospettoso? La gente o la odi o sei sospettoso nei loro confronti», disse Moa Ringmar tirando fuori un piccolo blocchetto di appunti.

«Già... Deformazione professionale... Cosa ci posso far...»

«Sigge Lindsten, l'ometto carino si chiama Sigge Lindsten.»

A Ringmar quel nome non diceva niente.

Con le indicazioni di Sigge Lindsten Aneta Djanali ritornò alla macchina facendo il giro intorno alla collinetta. Non intendeva arrampicarsi al buio nella pineta, rischiando che le finisse un ramo in un occhio.

Percorse la strada sterrata con gli abbaglianti accesi, non incontrò nessuno. Sentiva il rumore del mare alla sua destra.

Signe Lindsten non si era più fatta vedere alla fine. C'è qualcosa che non mi è chiaro. Nulla è mai chiaro in questo mestiere. E quando finalmente tutto è chiarito nulla ha più senso.

Aveva dei colleghi che si rifiutavano di chiarire le cose per evitare una crisi nervosa. La nevralgia è un concetto assodato all'interno del corpo di polizia.

Provò un certo sollievo quando finalmente raggiunse la strada asfaltata in direzione nord, la piacevole sensazione di tornare alla civiltà.

Svoltò dopo lo stop e accese il cellulare. Aveva scelto di spegnerlo mentre parlava con Sigge Lindsten, sperava di scoprire qualcosa di importante durante quella conversazione, invece nulla. Aveva la sensazione che ci fosse qualcosa che non era stata in grado di cogliere.

C'erano tre messaggi nella segreteria telefonica, tutti da parte di Fredrik, le aveva anche mandato un sms.

«Sarebbe bene farsi sentire prima di sparire nel nulla», le aveva scritto in modo sommario nel messaggino.

Aveva perfettamente ragione: cos'avrebbe potuto fare se fosse successo qualcosa? Halders lo sapeva bene, gli era capitato, non si era comportato come ora insegnava a lei di fare e una volta si era trovato in pericolo.

In queste circostanze aveva comunque deciso così.
Lo richiamò.
«Porca miseria!» rispose Halders.
«Grazie altrettanto», ribatté lei.
«Una cosa così irresponsabile non l'avevi mai fatta.»
«È successo qualcosa?»
«Dovrei essere io a chiedertelo.»
«Sono stata giù alla casa al mare dei Lindsten.»
«Porca miseria, Aneta.»
«Lei non c'era, Anette intendo.»
«Non potevi saperlo. Avrebbe potuto esserci LUI.»
«Sarà da sua sorella adesso.»
«Ha una sorella?»
«Susanne Marke.»
«La tipa della Volvo?»
«È una fanatica sostenitrice di Hans Forsblad», disse Aneta Djanali.
«Allora cosa facciamo, andiamo a prenderlo?»
«Sarò in commissariato tra una ventina di minuti.»
«Qui sono rimasto solo io.»
«Chi cura i bambini?»
«La mia fidata babysitter», disse Halders.
«Faccio un giro a Fredriksdal», disse Aneta Djanali.
«Ti raggiungo sul posto», disse Halders. «Tanto per vedere se c'è qualche luce accesa.»

Tutto il quartiere era illuminato e accogliente. Aneta Djanali lasciò attraversare una comitiva, probabilmente diretta a una festa. Non è né venerdì né sabato, ma questa ormai è una metropoli piena di intrattenimenti ogni giorno della settimana, per qualcuno è sempre sabato. La piccola comitiva se la prendeva comoda, ridendo e scherzando e bloccando il traffico. Una macchina in arrivo dalla direzione opposta fu costretta a rallentare. Dopodiché si attaccò al clacson. Aneta Djanali riconobbe il guidatore, era Fredrik.
«Tu e la tua solita discrezione», gli disse dopo aver parcheggiato la macchina di fronte a casa Lindsten.
«Devono solo essere contenti che non li ho tirati sotto», disse

lui. «A parte quelli non ho notato nulla arrivando, tutto tranquillo e buio.»

Aneta non rispose.

«Vedi qualche luce accesa?»

«Controlliamo sul retro.»

Proseguirono lungo il lato della casa dove la vegetazione cresceva selvaggia. La finestra dove Halders aveva visto la sagoma di una ragazza era un rettangolo buio nel muro. Fredrik bestemmiò in silenzio quando un ramo lo colpì in faccia. In lontananza si sentivano ancora le voci scherzose della comitiva.

«Guarda guarda, qui la luce è accesa», disse Halders.

La veranda sul retro era illuminata. La luce proveniva da una lampada a stelo davanti alla finestra. Il vetro era rotto.

«Ti pareva», disse Halders correndo su per la scaletta. Aneta Djanali tirò fuori la SigSauer, Fredrik aveva la sua Dio solo sa cosa puntata in avanti. Un bel giorno sarebbe finito dentro, magari una bella sera come questa. Avrebbe ferito qualcuno e il verbale avrebbe rivelato l'arma con la quale aveva sparato e addio professionalità. Si era chiesta se in fondo tutti già lo sapessero. Dovrebbero saperlo tutti. Chissà se Erik lo sapeva? Gliel'avrebbe proibito se ne fosse stato al corrente? Halders si infilò un guanto e, facendo attenzione ai frammenti appuntiti, aprì la porta della veranda dall'interno, spalancandola.

All'interno era tutto silenzio, la luce sopra il lavello era accesa.

«Chiamo i rinforzi», disse Aneta.

«Non ce n'è motivo.»

«Ma potreb...»

«ATTENZIONE FERMI TUTTI SIAMO DELLA POLIZIA!» urlò Halders perforando i timpani di Aneta Djanali.

«SIAMO DELLA POLIZIA!» urlò di nuovo mentre passava in rassegna le stanze.

Dalla cucina Aneta Djanali sentiva i suoi passi muoversi al piano di sopra, tre stanze probabilmente.

«Deserto.»

Aneta Djanali si diresse verso l'ingresso, la porta era chiusa a chiave.

«È entrato e uscito attraverso la porta sul retro», constatò.

«Attraverso, appunto», disse Halders.

Accesero la luce della stanza a destra dell'ingresso. C'era un letto disfatto e una scrivania vuota. La scrivania era bianca, come la sedia. Nell'angolo c'era una poltroncina in pelle bianca e un tavolino basso, bianco anche quello. La tenda, le persiane, la tappezzeria, tutto bianco. Sulla parete sopra il letto erano appese due fotografie nere come la pece incorniciate di bianco. Le lenzuola erano bianche e in disordine. Aneta Djanali si aspettava di vedere una chiazza rossa sul pavimento, ma per terra c'era solo un tappeto, bianco ovviamente.

«Per un attimo ho creduto di essere diventato daltonico», disse Halders. «Ti piace questo stile?»

«No.»

«Almeno il bianco è il colore dell'innocenza.»

«Cosa vorresti dire?»

«Che forse non è successo niente», disse Halders.

«Ma qualcuno ha rotto un vetro e si è introdotto.»

«O altrimenti qualcuno è uscito», disse Halders. «Forse era la sua unica via d'uscita.»

«Stai dicendo che Anette è prigioniera a casa sua?»

«Mah... Magari è impazzita stando in questa stanza. Chi non lo diventerebbe?»

«Comunque ora non è qui», concluse Aneta Djanali. «Quindi dov'è?»

Halders fece spallucce. Cos'ha? pensò Aneta Djanali. Ha perso l'interesse? Si sente frustrato? Io l'ho accettato da tempo, elaborando decine di fallimenti.

Aneta Djanali tornò in soggiorno. Tutto sembrava essere al suo posto, qui non c'era quasi nulla di bianco.

Ispezionò la finestra, i frammenti di vetro e il pavimento che in quel punto non era illuminato, ma non voleva compromettere la scena ruotando la lampada a stelo.

«Ce l'hai una torcia?» chiese a Halders alle sue spalle.

«È in macchina.»

«Puoi andarmela a prendere?»

Lui uscì senza fare domande. Aneta Djanali lo sentì allontanarsi, aprire la portiera, richiuderla e bestemmiare fra i cespugli. Rientrò nella stanza porgendole la torcia elettrica.

«Che macchie sono queste?»

«Così su due piedi non saprei», disse Halders.

«Potrebbe essere sangue.»

«Potrebbe essere qualunque cosa.»

Puntò la luce sul vetro rotto, niente.

«Passami la torcia», disse Halders facendo luce sul lato esterno, un po' più in alto. C'era qualcosa.

«Qualcuno si è tagliato», disse Aneta Djanali.

Questo comporta un'analisi sulla scena del crimine, anche se non mi aspettavo che avrei dovuto farla qui, pensò Aneta Djanali.

«Guarda, dev'essere arrivato un messaggino», disse Halders raddrizzandosi e indicando la libreria alle spalle di Aneta Djanali.

Fra i libri si era illuminato il display di un telefonino, senza emettere suono.

23

La prima volta che era stato ad Aberdeen non aveva creduto ai suoi occhi. Pensava di essere diventato daltonico. Il colore del mare non lo poteva più vedere e ciò che gli toccava vedere ora era una città ricavata da un unico blocco di granito.

The granite City.

Abitavano in barca.

Frans per un po' aveva alloggiato al Brentwood, ma non faceva per lui.

Andavano sempre allo Schooner, che apriva alle sette del mattino. Si ricordava ancora lo slogan all'ingresso: *Where life begins at 7 o'clock.*

Life.

La vita che inizia e finisce.

Avevano incontrato quegli uomini. Arne li aveva incontrati e gli avevano fatto qualcosa. Era cambiato. È meglio se ci teniamo alla larga per un po', aveva detto.

Nessuno era d'accordo.

Frans aveva... Aveva...

Jesus. Jesus.

Si alzò e andò verso l'auto che aveva imparato a guidare senza particolari problemi. Era ancora in forma, se ne accorgeva dalla facilità con cui riusciva a piegarsi in avanti nel mettere in moto la macchina. Era sulla via del ritorno, in direzione est. Le strade erano migliori di quanto non fossero quando ci era venuto per la prima volta. A quei tempi la merce veniva trainata dai cavalli, i soldati marciavano e tutti puntavano gli occhi al cielo. E al mare.

Erano altri tempi.

Si fermò presso una trattoria, entrò e si diresse subito verso il bagno.

Lavò via il peggio, si guardò allo specchio e riconobbe se stesso. Si asciugò la faccia con un fazzolettino di carta grezza dopodiché proseguì il suo viaggio.

Un'altra mezzora di macchina e avrebbe avuto il mare sotto di lui.

Ripensò ai primi tempi.

A quando passeggiava lungo Albert Quay. Passeggiava e aspettava. Aveva proseguito per Clyde Street, temporeggiato fuori dalla Caley Fisheries. Era passato davanti alla Seaward Marine Engineering Co, alla Hudson Fish, alla North Star Shipping, al Grampian Fuels. Ricordava bene i nomi e tutto ciò che era successo lì attorno.

Erano ormeggiati di fianco alla *Cave Sand*, che veniva da Grimsby. Gli uomini dell'equipaggio erano abbronzati come dei negri, era questa la loro vita. Lavoravano come dei negri!

Aveva visto molti militari, ma mai dei militari neri, nemmeno quando sbarcarono gli americani.

Le gru nel porto erano gialle e blu. Anche questo non si dimentica. Era tutto giallo e blu.

Chissà se erano state riverniciate nello stesso colore.

Si fermò a prendere un caffè. Non ricordava di essere passato per questa città all'andata. Gli erano state date delle indicazioni, ma ormai non importava più.

Proseguo dritto in mare?

Basta un'accelerata.

Aberdeen. Ricordava di aver risalito Union Street oltre Virginia Street e proseguito verso la spiaggia dove la città si apriva sul mare.

La spiaggia era larga, il mare era immenso e la visibilità buona. La ricordava avvolta dalla foschia e dal vento.

Com'ero giovane.

Avevo ancora il mio nome.

C'erano le bancarelle dei gelati in mezzo ai prati dell'Amusement Park. Là era sempre buio di sera. C'era stato spesso a guardare le giostre che ruotavano nel buio sopra le persone. L'unica luce che c'era proveniva dal mare. Non era normale, i luna park dovrebbero essere sommersi di luce.

Avevano proseguito per Peterhead.

Ora era il porto europeo più grande per il pesce bianco. Ai suoi tempi doveva essere stato il più grande del mondo.

Peterhead Congregational Church.

Royal National Mission to Deep Sea Fishermen.

Fishermen's Mission.

Tutto girava intorno ai pescatori, all'industria ittica, ai pescherecci, all'odore di mare e a tutto ciò che proviene dal mare.

E a Dio. Tutto girava intorno a Dio.

24

Aneta Djanali telefonò alla casa al mare di Vallda. Sigge Lindsten rispose al secondo squillo, con una voce pacata e tranquilla.

«Anette è lì da voi?» gli chiese Aneta Djanali.

«Dovrebbe venire qui stasera, la stiamo aspettando», rispose Lindsten.

«Qui sono entrati i ladri.»

«Di nuovo?»

«A casa vostra questa volta.»

«Anette è lì?»

«No.»

«La chiamo sul cellulare.»

«Mi dia il numero», disse Aneta Djanali.

«La chiamo subito», rispose Lindsten e riattaccò.

Aneta Djanali tentò di richiamarlo, ma il telefono dava occupato.

«Chiamo i tecnici della scientifica per un sopralluogo», disse Halders uscendo in corridoio a fare delle telefonate.

Aneta Djanali ricompose il numero di Sigge Lindsten, che questa volta suonava libero.

«Non risponde», disse lui.

«Dove potrebbe essere?» gli chiese Aneta Djanali.

«Cos'è che è successo esattamente?»

«Non lo sappiamo con certezza.»

«Hanno... rubato qualcosa?»

«Non sappiamo nemmeno questo con certezza», disse Aneta Djanali. «Sono passata di qui di ritorno da Vallda e ho visto che il vetro della finestra sul retro era rotto.»

«E Anette non era a casa?»

Che razza di domanda è? pensò Aneta Djanali. Avrei telefonato ponendogli tutte quelle domande se fosse stato così?

«Avete trovato delle... tracce?» chiese Lindsten.

Tracce di sangue, ma questo non lo vengo a rivelare a te, almeno non prima di avere tutte le risposte e non prima di sapere dove ti trovavi questo pomeriggio.

«Ha lasciato un messaggio a sua figlia?»

«Certamente.»

«Dicendole cosa?»

«Niente di che... Di farsi viva al più presto e che siamo preoccupati.»

«Anche noi vorremmo parlarle al più presto», disse Aneta Djanali.

«Mia moglie e io veniamo a casa immediatamente», disse Lindsten.

«Ottimo», disse Aneta concludendo la telefonata.

«Sta arrivando uno della scientifica, controvoglia», annunciò Halders.

«L'importante è che arrivi entro breve», disse Aneta Djanali. «L'hai informato del fatto che si tratta di una scomparsa e che potrebbe essere la scena di un crimine?»

«Sì, ma forse gli sono suonato poco convincente.»

«Ho un brutto presentimento», disse Aneta Djanali.

«Anch'io», disse Halders.

«Hai telefonato a Susanne Marke?»

«Sì. *No reply*.»

«Insisti.»

Halders sospirò. «Intanto che aspettiamo il verdetto del tizio della scientifica potremmo farle una visita.»

«Dovremmo andarci subito.»

«Uno di noi dovrebbe restare qui», disse Halders. «Anzi no, basta gite in solitaria. Facciamo venire un paio di agenti a sorvegliare la villa, mentre noi andiamo dalla Marke.»

«Chiamo in centrale», disse Aneta Djanali.

Attraversarono il ponte, il fiume era illuminato da entrambi i lati, i traghetti andavano e venivano.

«Dicono che quello di Göteborg sia un porto morto, ma a vederlo ora non si direbbe», disse Halders.

«Forse i dati si riferivano ai cantieri navali?» disse Aneta.

«Hanno smesso di martellare», rispose Halders.

«Ti dispiace?»

«A chi non dispiacerebbe?» disse Halders. «Il suono del martello fa felice chiunque.»

«Qui renderebbe felici tutti», disse Aneta Djanali mentre parcheggiavano vicino ai nuovi edifici che luccicavano e si pavoneggiavano alla luce dei lampioni.

«Dev'essere piuttosto dispendioso abitare qui», constatò Halders.

«Già.»

«Come se lo può permettere? Che lavoro hai detto che fa Susanne Marke?»

«Impiegata in magistratura.»

«Al dipartimento anti-frode fiscale?»

«No.»

«Allora non me ne capacito», disse Halders.

«Mi pare di aver capito che il suo ex marito sia uno coi soldi», disse Aneta Djanali. «Verificheremo.»

«Se sarà necessario», disse Halders.

«La sua macchina è qui.»

Susanne Marke aprì subito, come se fosse stata dietro la porta ad aspettarli.

Non mi pare più così spavalda, pensò Aneta Djanali notando un'espressione d'incertezza nel suo sguardo, o forse era solo perplessa.

Susanne Marke li fece entrare in soggiorno, da quelle finestre si vedevano tutte le luci sull'altra riva del fiume e *La Moglie del Marinaio* che guardava dritto verso di loro.

C'era una donna seduta in una delle poltrone di pelle bianca, aveva il polso sinistro fasciato, Aneta Djanali la riconobbe subito.

«Cos'è successo per la precisione?» le chiese immediatamente.

«Quando?» disse Anette Lindsten.

«A casa... Dai tuoi genitori.»

«In che senso?»

«C'è un vetro rotto.»

«Ah quello... è stato un incidente», disse indicando il polso fasciato con un paio di giri di garza.

«Dovevo aprire la portafinestra... A volte s'incastra... E spingendo ho spaccato il vetro e... mi sono tagliata.»

«Giù in basso sulla soglia?» chiese Halders.

«È proprio lì che... si era incastrata», rispose guardando Susanne Marke in cerca di conferma.

Si è preparata la versione dei fatti d'accordo con Susanne Marke? Si sente minacciata? Perché ha scelto di venire qui?

«Perché sei venuta qui?» le chiese Halders.

«Sarà pure libera di andare dove vuole», intervenne Susanne Marke.

«Zitta!» esclamò Halders.

«Ho dovut...»

«Abbiamo cercato di parlare con te in parecchie occasioni», disse Halders interrompendo Susanne Marke. «Perché ti sei rifiutata di collaborare?»

«Non mi sono... rifiutata.»

«Secondo le denunce di alcuni tuoi vicini di Kortedala sei stata soggetta a molteplici episodi di violenza», disse Halders. «Violenza e minacce. Volevamo parlarne con te per averne conferma. Non tolleriamo la violenza, soprattutto non quella contro le donne.»

«E come definirebbe questa irruzione in casa mia e il modo in cui mi sta trattando?» disse Susanne Marke.

L'incertezza di poco prima sul suo viso sembrava scomparsa. Anette era venuta da lei di sua spontanea volontà? O era stata Susanne Marke a chiederle di venire?

«Perché sei venuta qui?» le chiese Anette Djanali gentilmente.

Anette Lindsten non rispose, intenta a incrociare lo sguardo della moglie del marinaio o concentrata sui campanili illuminati che si perdevano su nel cie...

«Non ho nient'altro da dire», disse Anette Lindsten. «Dov... Dovete lasciarmi in pace.»

«E io vi devo chiedere di USCIRE», disse Susanne Marke.

«Anette, se hai bisogno di un passaggio ti accompagniamo volentieri», disse Aneta Djanali.

Appunto, com'era venuta fin qui? In taxi?

«Le do uno strappo io quando vorrà andare», disse Susanne Marke.

«Vuoi andare a casa?»

Anette Lindsten scosse la testa.

«Possiamo portarti dai tuoi genitori a Vallda, se vuoi», disse Aneta Djanali.

«Stanno arrivando... Tornando a casa», disse Anette Lindsten.

«Hai parlato con loro?»

Anette annuì.

«C'è qualcosa che vorresti dirci in privato?» chiese Halders.

Anette scosse la testa.

Mi sento così inutile, pensò Aneta Djanali. C'è qualcosa di profondamente disfunzionale in questa storia, ma non ci possiamo fare niente a questo punto, non possiamo pretendere che venga via con noi, né costringerla a raccontarci quello che le è successo, ancora meno mettere tutto a verbale così su due piedi su questo parquet.

«Dov'è tuo fratello?» chiese Aneta Djanali a Susanne Marke.

«Non ne ho idea», rispose.

Aneta Djanali cercò lo sguardo di Anette, ma era girata.

«Non abita più qui?»

«No.»

«Vorremmo interrogarlo», disse Halders. «Abbiamo la facoltà di portarlo al distretto per un interrogatorio», disse rivolgendosi principalmente ad Anette, che continuava a dargli le spalle. «Anette? Mi senti? Per tua informazione, Forsblad dovrà presentarsi in distretto, volente o nolente.»

«Non è qui», disse Susanne Marke.

«Quindi dove abita ora?» chiese Aneta Djanali.

«Non ne ho idea.»

Fuori al buio si sentiva ancora il profumo caldo dell'estate. Ci saranno quindici o sedici gradi. Voci in fermento da un locale sul lato del palazzo, una risata scivolò lungo il fiume.

«Clima continentale», disse Halders.

«Non sei furibondo?» gli domandò Aneta Djanali.

«Stavo per dare in escandescenze prima, con la sorella di Forsblad.»

«Sarebbe stato fuori luogo», disse Aneta Djanali. «Soprattutto per come la tratti.»

«Mmm.»

«Potrebbe querelarti.»

«Dai, magari potrebbe ispirare quell'altra a denunciare il marito.»

Salirono in macchina, l'auto di Aneta Djanali era rimasta dai Lindsten. «Saranno a casa ormai.»

«Certo che è proprio spaventata», disse Halders.

«Sì, ma perché si rifiuta di dirci il motivo? Perché non racconta niente a nessuno?»

«Come fai a saperlo? Magari a qualcuno lo racconta.»

«No, certo potrebbe...»

«Alla matrona di sopra, per esempio», disse Halders.

«Susanne? Pensi che la stia proteggendo?»

«Sarebbe assurdo, vero?»

Aneta Djanali non rispose, attraversarono nuovamente il ponte. Le luci della città formavano una cupola dorata sopra le pianure a nord e i boschi a est, un riferimento per le barche e per chiunque fosse in grado di vedere. Vedere.

«C'è qualcosa che non vediamo», disse Aneta Djanali.

«Ma c'è sempre qualcos...»

«Qualcosa di elementare», disse Aneta Djanali interrompendolo. «Qualcosa di talmente ovvio che lo stiamo ignorando.»

«Come cosa per esempio?»

«Non vediamo cosa c'è DIETRO, cos'è successo prima?»

«Forse possiamo pre-vedere cosa succederà.»

A casa Lindsten era tutto spento e non c'era nessuna macchina parcheggiata fuori. Halders e Aneta Djanali si guardarono perplessi: a quest'ora i genitori avrebbero dovuto essere rientrati.

«A questo punto mi arrendo», disse Halders.

I colleghi che erano rimasti in appostamento li avevano salutati scherzando – «Dai, almeno abbiamo preso una boccata d'aria» – e se n'erano andati ridendo dalla noia.

Non c'era niente da ridere. Aneta Djanali compose il numero di Sigge Lindsten, ma non rispose nessuno.

«Hai voglia di fare un altro giretto?» chiese a Halders.

«Andiamo a casa, hai detto che saresti venuta da me stasera», rispose lui guardando l'orologio. Aveva telefonato alla babysitter, dando il permesso a Hannes e Magda di guardare un quiz alla tv, ma poi subito a letto. Sperava di rincasare in tempo per dargli la buonanotte, insieme ad Aneta. La guardò negli occhi e capì al volo.

«No Aneta, non stasera.»

«Perché no?»

«È tardi, siamo stanchi. Non ne uscirebbe un buon...»

«Un buon interrogatorio? Chi ti dice che troviamo Hans Forsblad?»

Parcheggiò la macchina sotto casa sua a Kommendantsängen. Il suo quartiere era un'oasi di pietra, un'oasi felice. Si sentivano voci ubriache provenire dal Gyllene Prag all'angolo, tutti parevano godersi quel bis dell'estate. C'era il profumo di carne grigliata, due locali avevano rimesso fuori i tavolini. I cittadini passeggiavano lungo le strade. Sentirono il rumore di sirene sulla Övre Husargatan.

«*Someone else is in trouble*», disse Halders mettendo in moto. «*In the night I hear a sirene. Someone else is in trouble. I am not the only one*. Eric Burdon and The Animals.»

Percorsero il viale.

«Sono contenta che tu abbia deciso di accompagnarmi, Fredrik.»
«La curiosità è troppo forte.»
Il mondo delle stagioni era spento, un contrasto abissale con la vita del centro. Il fumo delle fabbriche si confondeva con la nebbia che saliva, conseguenza dell'ondata di calore autunnale. Gli edifici si innalzavano come navi da crociera nel bacino di carenaggio, con tutte le cuccette illuminate.
Non c'era anima viva per strada, solo ombre. Ogni tanto passava qualche macchina, guidata da qualche automa. Non c'erano locali all'aperto.
«Zona carina», disse Halders.
«Guarda che è molto trendy abitare qui», disse Aneta Djanali.
«Lo so, altrimenti perché bazzicheremmo da queste parti?»
«Eccoci arrivati», disse Aneta Djanali indicando il condominio.
«Santo cielo, dove finisce questa mostruosità infinita?»

L'ascensore era imbrattato di scritte. Qualcuno li chiamava graffiti. Halders li osservò con disprezzo. Non molto tempo prima la SVT aveva contattato il dipartimento di sorveglianza chiedendo la disponibilità di un rappresentante della polizia in un dibattito televisivo, che avrebbero trasmesso in prima serata, incentrato sui graffiti, tra arte e vandalismo. Qualche spiritoso al centralino aveva passato la chiamata su a Möllerström, che con prontezza di spirito l'aveva rimbalzata a Halders, che aveva accettato l'invito.
Birgersson era riuscito a evitare la catastrofe all'ultimo minuto. È per il tuo bene, aveva detto a Halders. Ma qualcuno deve pur dire come stanno le cose, aveva ribattuto lui. Sarà per la prossima volta, gli aveva promesso Birgersson. Alla fine ci era andato chissà chi di un dipartimento vattelapesca e Halders si era rifiutato di guardarlo quello stupido programma.
«Hai mai visto uno specchio in un ascensore di un condominio di questo tipo?» disse Halders. «Prima che tu nascessi forse», continuò ridacchiando. «A quel tempo mettevano specchi ovunque. Quegli ingenui che l'hanno progettato si meriterebbero un applauso!»
«Dai, non fare il cinico», disse Aneta Djanali. «Erano fiduciosi. Allora si credeva ancora nella correttezza dei cittadini.»

«Cinico io?»

«E comunque ci sono ancora gli specchi negli ascensori», disse Aneta Djanali.

«Certo, negli alberghi in centro e a casa di Winter!»

«Sei pronto?» gli chiese Aneta Djanali.

Halders annuì, l'ascensore si fermò, le porte si aprirono. Il pianerottolo era buio, dalla fessura sotto la porta dell'appartamento proveniva una luce.

25

Il commissario Lars Bergenhem avrebbe compiuto trent'anni l'anno prossimo. Osservava il suo futuro attraverso la finestra appannata. Non vedeva fuori, ma riusciva a sentire il rumore delle auto in coda per il traghetto diretto verso le isole dell'arcipelago.

Cercò di pensare a ciò che sentiva. Pensare, pensare, pensare.

Era già sera, ma non era tardi.

Non sarebbe stato di servizio per i due giorni successivi, avrebbe avuto tutto il tempo per schiantarsi contro una parete rocciosa con gli Allman Brothers Band a fargli da colonna sonora per l'eternità.

Era quello che voleva? O... voleva essere felice? Libero arbitrio.

Libero di fare cosa?

Ada ci sarebbe sempre stata. Aveva cinque anni. Anche Martina ci sarebbe sempre stata.

Andare a sbattere contro un muro è un modo vigliacco di passare a miglior vita, lontano da tutti i problemi.

«Così non funziona», gli aveva detto.

«Cosa non funziona?»

«Sei sordo? Sei cieco?»

Ripensò a quelle parole mentre fissava il vetro appannato. Sì, era cieco, ma non sordo. Pensò a quelli che sono sia ciechi che sordi, chissà se diventano anche muti col tempo?

Forse sto dormendo? Magari riuscissi a dormire.

«Non sono né sordo, né cieco», le aveva risposto.

«Quindi secondo te... Va tutto bene fra noi?»

Bene, cosa comporta esattamente?

«Quand'è stata l'ultima volta che abbiamo parlato, io e te?» gli aveva domandato.

Parlare, cosa comporta esattamente?

«Quand'è stata l'ultima volta che abbiamo parlato veramente?»

«A proposito di cosa?»

«Vedi, non te lo ricordi nemmeno.»

«Cos'è che mi dovrei ricordare?»

Faceva il finto tonto.

Non capiva niente, proprio niente. Ada stava dormendo, o fingeva? No, dormiva proprio.

«C'è qualcun altro?» le aveva chiesto.

«Santo CIELO!»

«Dimmelo!»

«Credi che io non abbia pensato lo stesso di TE?» rispose Martina. «Era proprio lì che volevo arrivare.»

«Martina, fammi il piacere.»

«Cos'altro mi resta da pensare?»

Già, cos'altro le restava?

Passò la manica del maglione contro il vetro. La vista rimase offuscata, distingueva solo il contorno degli alberi che si muovevano al vento. Sentiva il vento.

Cos'altro si poteva pensare di lui e dei suoi giri solitari col rock anni Settanta a tutto volume, su e giù per le strade, oltre i ponti, senza mai fermarsi? Non si era fermato nemmeno quando era nata la sua piccola Ada. Perché si comportava così? Era colpa del lavoro? Di tutta l'assurdità che lo circondava? Il sangue, le urla, la PAZZIA, l'odio, la violenza, la morte, le bugie. Non TOLLERAVA più quelle bugie, voleva urlare NE HO ABBASTANZA, non ne posso più e uscire dalla sala degli interrogatori, SCAPPARE lontano dal commissariato di Ernst Fontells Plats, via da tutti gli idioti che tenevano duro, scappare urlando e nudo per le strade in modo che qualcuno capisse.

Oppure era qualcosa di insito in lui? Erano le sue bugie personali?

Non puoi parlarne con qualcuno? gli aveva detto Martina. Parlare con qualcuno? Come si fa? Non voleva, non ci riesco e basta.

Martina dove sei? Si voltò ma non la vedeva, non la sentiva.

Si allontanò dalla finestra, prese la giacca e chiuse la porta piano in modo che Ada non si svegliasse. Mise in moto l'auto con le mani tremanti.

Parlare con qualcuno, parlare, parlare, parlare.

Partì, guidando attraverso una silenziosa Torslanda. Non si sentivano rumori, fischi o sirene. Guidava forte col finestrino abbassato. Scelse un cd fra quelli che aveva sparsi sul sedile del passeggero, senza staccare gli occhi dalla strada. Si rilassò dietro al volante aumentando la velocità e il volume degli Steppenwolf.

Aneta Djanali suonò il campanello. Non emise alcun suono, forse era rotto. Si sentì un fruscio provenire dall'interno, rumore di passi, saranno i ladri dell'altro giorno? Si sa che i colpevoli tornano sempre sul luogo del delitto.

«Scostati dalla porta», le disse Halders mentre bussava con la sua solita cautela.

Il fruscio smise, Halders bussò ancora, si sentirono dei passi avvicinarsi alla porta.

«Chi è?» disse una voce che Aneta Djanali conosceva bene.

«La polizia», rispose Halders.

La voce borbottò qualcosa di indistinguibile e la porta si aprì.

«Ci rincontriamo», disse Aneta Djanali.

«Cosa ci fa lei qui?» gli chiese Halders.

«Pensavo di trovarci Anette», disse Sigge Lindsten.

«Dalle parole di Anette mi è sembrato di capire che vi foste sentiti per telefono.»

«Anette ha parlato con voi?»

«Poco fa», disse Aneta Djanali. «A casa della sorella di Forsblad.»

«Ero convinto che fosse qui», disse Lindsten.

«Perché sarebbe dovuta venire qui?» gli chiese Halders.

«Dato che non era a casa nostra, né giù a Vallda... Be'... Dove altro poteva essere? Questo era l'unico posto possibile che mi è venuto in mente.»

«Non le ha sfiorato la mente di cercarla da Susanne Marke?»

«No.»

«No cosa?»

«Non l'avrei mai creduto possibile.»

«Perché no?»

«Non dopo... tutto quello che è successo», disse Lindsten.

«Dove potrebbe essere Forsblad ora?» gli chiese Aneta Djanali.

«Non dalla sorella, spero...» disse Lindsten.

«No.»

«Ci aspettavamo di trovarlo qui», disse Halders.

«Ma non ha la chiave», disse Lindsten.

Come fa a essere così ingenuo? pensò Aneta Djanali. Forsblad avrà fatto fare decine di copie di quella chiave.

«Scusatemi, ma veramente me ne stavo andando a casa», disse Lindsten.

«Cos'è quest'odore?» chiese Halders sorpassando Lindsten e irrompendo nella prima stanza a sinistra. «Caffè appena fatto!» gridò Halders dalla cucina.

«Avevo semplicemente voglia di un caffè», disse Lindsten ad Aneta Djanali.

«E il frigorifero è PIENO DI VIVERI!»

«Avevi semplicemente fame?» gli chiese Aneta Djanali.

Lindsten gettò un occhiata verso la cucina.

«È tutto per Anette.»

«Come?»

«Nel caso in cui dovesse avere bisogno di venire qui. All'improvviso. Se dovesse succedere qualcosa.»

«Questo non sarebbe l'ultimo posto in cui sceglierebbe di andare?»

Lindsten non rispose.

Halders uscì dalla cucina dirigendosi verso la camera da letto.

«Anche il materasso gonfiabile e il sacco a pelo sono per Anette?»

«Sì.»

«Lei è molto previdente, signor Lindsten.»

«È ancora il mio appartamento in fondo», replicò lui. «Ci posso fare quello che voglio.»

«Anette, quando torna a casa?» chiese Aneta Djanali. «Quella di Fredriksdal, intendo.»

«Stasera, immagino», disse Lindsten.

«Sua moglie è lì in questo momento?»

«Sì.»

«Vorrei che verificaste se vi è stato rubato qualcosa», disse Aneta.

«Rubato? Anette mi ha detto che è inciampata sbattendo contro il vetro, non ha detto lo stesso a voi?»

Nessuno dei due rispose.

«Non ha detto così?» chiese di nuovo Lindsten.

«Sì», ammise Aneta Djanali

«Ma qualcuno potrebbe essersi introdotto in un secondo momento», aggiunse Halders.

«Difficile a credersi», disse Lindsten.

Halders si guardò intorno. «Cosa ve ne farete di questo appartamento poi?»

«Niente di che.»

Bergenhem guidava in direzione nord, passando per Olskroken, Gamlestaden. Guidava senza meta, dando la precedenza ai tram. Lo scorso Natale erano dovuti intervenire in seguito a una questione con un autista. Molto più di una questione, per la verità. Come sarebbe finita? *Your wall's too high*, la voce di John Kay riempiva la macchina. *I can't see, I can't seem to reach you, can't set you free.*

Si udirono dei tuoni in lontananza. Stava arrivando un temporale, suonavano come delle cannonate o dei fuochi d'artificio. Passò davanti all'edificio della SKF. La facciata della fabbrica aveva un aspetto minaccioso, come un buio ricordo. Eppure la gente ha solo bei ricordi di questo posto, pensò. Gli italiani vennero qui negli anni Sessanta e costruirono il welfare svedese. Furono anni da record. Ormai di record da battere non ce ne sono più, a parte il mio. Chi ha fatto il maggior numero di giri qui intorno in una settimana, in un mese, in un anno? John Kay ora stava cantando *Born to be Wild*. Non passò nessun chopper. Eppure era a Chopperland. Quassù vigevano tutt'altre leggi, le leggi dei bikers. Ecco cos'erano QUEI tuoni, ora lo sentiva chiaramente l'eco delle Harley nei cortili delle case demolite o che lo sarebbero state a breve. Il rombo dei motori sarebbe rimasto, i cilindri, le ruote, gli ingranaggi, nonostante la SKF fosse stata trasferita nell'Europa del Sud, magari nell'Italia del Sud. Gli abitanti di Kortedala si sarebbero potuti trasferire in Calabria a costruire il welfare di un altro Paese e battere nuovi record.

Born to be wiiiiiiiild. Bergenhem cantava a squarciagola, in qualche modo doveva sfogarsi mentre sfrecciava davanti a quei giganteschi edifici. In uno di quelli Aneta aveva avuto una strana esperienza. Degli impostori avevano svaligiato un intero appartamento sotto gli occhi vigili di un agente di polizia. *Gothenburgh's Finest.* Sarebbe potuto capitare a lui. Sarebbe potuto capitare qui. Rallentò per leggere il nome della via, guardò la casa che s'innalzava nel buio fino a toccare il cielo. Il numero civico… Per la miseria, era proprio QUI.

L'indirizzo era quello, al numero cinque. Era un caso così assurdo che gli erano rimasti impressi tutti i dettagli. C'era un'auto parcheggiata in divieto di sosta, poteva essere l'auto di servizio di Halders. Si fermò a venticinque metri di distanza. Gli Steppenwolf avevano smesso di cantare. Si sentiva il rumore di qualche tram in lontananza, ne percepiva i fari come dei flash.

Vide un altro flash provenire dal sedile anteriore di un'auto parcheggiata una decina di metri davanti a lui. Il guidatore si era appena acceso una sigaretta.

Bergenhem prese il binocolo dal cruscotto, sì quella era proprio la carretta di Halders. Nell'altra c'era un uomo con la sigaretta che ardeva ogni volta che faceva un tiro. Ora parla al cellulare, ora riattacca, ora fa un tiro. Mi sembra un comportamento perfettamente normale. Ora fa un altro tiro, guardando dritto davanti a sé, dritto al portone numero cinque.

Aspetterà qualcuno, starà decidendo se entrare o no.

Oppure sta aspettando che qualcuno esca.

Per poter a sua volta entrare.

Sono ridotto peggio di Winter. Mi immagino le situazioni prima che accadano, me lo sento quando i conti non tornano, quando le cose non stanno come dovrebbero. Quando non va tutto BENE. Quando c'è qualcosa di sospetto.

Si parte sempre dal presupposto che tutti siano colpevoli e da lì si procede.

Partire dal presupposto che tutti mentono e procedere da lì.

Seguiva la Lex Winter. E la Lex Halders, ovviamente.

Ora accende un'altra sigaretta.

Bergenhem tirò fuori il cellulare e fece una telefonata.

Il telefono di Halders si mise a squillare mentre si stavano avviando all'ascensore. Lindsten aveva chiuso la porta, il tempo di bere un caffè e sarebbe rincasato. *Voilà du café oh la la*, aveva ironizzato Halders allontanandosi.

Halders tirò fuori il cellulare dal taschino, squillava forte sul pianerottolo di pietra, spoglio e pasticciato di scritte.

«Sì?»

«Sì pronto, sono Bergenhem. Dove sei?»

«Cosa vuoi? Sono in una tenera casupola a Kortedala dall'indirizzo stagionato. Non ti so dire esattam...»

«Sono qui fuori.»

«Ripetere prego», disse Halders volgendo gli occhi al cielo.

«Ascoltami bene Fredrik. Non so quanto sia rilevante, ma stavo guidando nei paraggi e mi è venuto in mente lo strano caso di Aneta. Poi ho riconosciuto la tua macchina e mi sono fermato. Dai cioè, hai parcheggiato in sosta viet...»

«Dove vuoi arrivare Lars?» lo interruppe Halders.

Bergenhem sentì il suono delle porte dell'ascensore che si aprivano.

«Fredrik, stammi bene a sentire. Fermatevi un attimo quando scendete dall'ascensore, a ragionare. Io sono qui fuori, dietro un tizio che forse sta curando la tua macchina, o forse sta aspettando qualcuno. Forse è stato buttato fuori di casa, non lo so. È solo un presentimento.»

«Che macchina ha?»

«Una Volvo. V40. Potrebbe essere nera, ma in questo buio sembrano tutte nere.»

Bergenhem sentì una specie di fischio, poteva essere Halders o l'ascensore che strideva scendendo. C'era campo nell'ascensore quindi, oppure era un telefono satellitare. Una volta Aneta aveva espresso il desiderio di averne uno.

«È solo?» chiese Halders.

«Sì, a meno che non ci sia qualcuno nascosto sotto il sedile posteriore.»

«Ci sta curando», disse Halders. «È Hanzi Fanzi.»

«Chi?»

«Forsblad. Hans Fors... Vabbè, fa lo stesso. È ancora lì?»

«È seduto in macchina, si è appena acceso un'altra sigaretta.»

Bergenhem sentì di nuovo le porte dell'ascensore che si aprivano.

«Facciamo così...»

Quando Halders e Aneta Djanali uscirono dal numero cinque, Bergenhem scattò spalancando la portiera della Volvo prima che il guidatore riuscisse a mettere in moto.

La vita è piena di sorprese, pensò Bergenhem tornando a casa quella sera. Tutt'a un tratto la città gli pareva diversa, era come avvolta da una luce. Gamlestan, Bagaregården, Redbergsplatsen, Olskroken. Niente polizia locale qui, è territorio nemico dove vigono le leggi dei bikers, *get your motor running*.

Provò un senso di libertà, quasi di felicità.

Dopo un'attesa di un quarto d'ora lo condussero in una sala attrezzata per interrogarlo. Attraversarono una serie di corridoi squallidi, simili al pianerottolo del palazzone di Kortedala, tolte le scritte. È solo questione di tempo, pensò Halders. Un giorno finiranno dentro anche quei teppistelli graffitari.

«Che trattamento indecente», sbottò improvvisamente Hans Forsblad. «Ve la farò pagare.»

In macchina era stato in silenzio. Ad Aneta era parso di sentirlo ridacchiare, o piagnucolare.

Quando gli avevano spalancato la portiera era rimasto immobile. Sorpreso certo, ma non del tutto.

Li aveva seguiti senza proteste. Forsblad conosceva bene la legge, almeno sulla carta.

26

Forsblad sapeva che lo potevano trattenere per sei ore, più altre sei. Tempo che non intendeva passare in quella squallida sala interrogatori.

«Qual è la tua occupazione Hans?» gli chiese Halders.

«Non capisco, cosa c'entra?»

«Rispondi alla domanda, prego.»

Forsblad rimase in silenzio.

«È un segreto?»

«Cosa significa? Non capisco.»

«Non ce lo vuole proprio rivelare, allora.»

«Faccio... l'avvocato d'ufficio in tribunale.»

«Che tipo di avvocato esattamente?»

«Come?»

«Sei specializzato in diritto civile, penale, commerc...»

«Ero convinto che la polizia li conoscesse tutti gli avvocati del tribunale», disse Forsblad.

«Così come lei conosce tutti noi della polizia?»

«No... In effetti.»

«Abbiamo chiesto un po' in giro e sei sconosciuto tra i tuoi colleghi quanto lo sei a noi. Come avvocato, s'intende. Mi segui Hans?»

«Cosa... Questo è... Non capisco.»

«Sei archivista, non è vero? Non c'è niente di male, semplicemente per quel tipo d'impiego non è necessaria la laurea in giurisprudenza.»

«Sono avvocato», disse Forsblad. «Ho studiato anch'io.»

Aneta Djanali capì che stava dicendo la verità, una verità tutta sua.

«Il tuo lavoro è in archivio», disse Halders. «Ma recentemente hai richiesto di poter presenziare durante le trattative in tribunale. Richiesta singolare.»

«Ho capito come si può fare meglio questo lavoro», disse Forsblad. «Sono io che mi sbatto a trovare tutti i cavilli, a leggermi tutti i fascicoli, a fare un centinaio di copie della documentazione.»

E ti sarai letto anche tutte le copie poverino, pensò Halders.

«E cosa ricevo in cambio?» disse Forsblad. Aneta Djanali notò il rivolo di saliva a un angolo della sua bocca. Lui per tutta risposta le lanciò un'occhiataccia. Una di quelle che non perdonano. Non la perdonava per il modo in cui lo guardava, per come lo giudicava, per come lo giudicavano tutti, un essere spregevole. Lui trovava lei altrettanto spregevole, la odiava, lei era il nemico, uno dei tanti dell'armata che marciava contro di lui.

È possibile? Leggo tutto questo nel suo sguardo? È uno sguardo terrorizzante. Mi guarda di nuovo, mi sta lanciando un messaggio.

Forsblad s'inumidì le labbra.
«Il tuo lavoro non ti soddisfa?» gli chiese Halders.
Forsblad sbuffò, due volte.
«I tuoi colleghi non ti rispettano?»
Forsblad sbuffò di nuovo.
«Sono in tanti a non rispettarti?» chiese Halders.
Forsblad fissava il muro, che era stato dipinto di un verde slavato. Nemmeno noi adoriamo stare chiusi qui dentro, pensò Aneta.
«Anette non aveva rispetto per te?» chiese Halders.
«Lasciatela stare, lei non c'entra», disse Forsblad.
«Davvero?»
Forsblad guardò il piccolo registratore incassato nel tavolo. Non c'era nessuna videocamera questa volta, sarà per la prossima.
«Lasciatela stare», ribadì.
«Sei consapevole del motivo per cui ti stiamo interrogando?»
«No», rispose lui sorridendo.
Halders guardò Aneta. No Fredrik, non puoi prendertela solo perché ti ha risposto così, anche tu lo stai provocando.
«Abbiamo parlato con Anette», disse Halders.
«Ci ho parlato anch'io», disse Forsblad.
Halders decise di ignorare quel commento.
«Le abbiamo detto che siamo qui per aiutarla.»
«Aiutarla con cosa?»
Halders fissò Forsblad. Forsblad fissò Halders. Non sembra neanche partecipare alla conversazione, a volte c'è a volte è assente, pensò Aneta.
«Per proteggerla», disse Halders.
«Proteggerla? Da cosa?»
«Da te.»
Forsblad borbottò qualcosa.
«Non ho sentito, scusa», disse Halders
«Io non c'entro», disse Forsblad. «Non sono stato io.»
«C'è qualcun altro che minaccia Anette?»
Forsblad annuì due volte, su e giù, come un bambino. Si comporta come un bambino, pensò Aneta Djanali. È come fare l'interrogatorio a un bambino. Ripensò ai terribili avvenimenti del Natale precedente, ai colloqui con tutti quei bambini. Erano gli unici rimasti.

Anche lei ne aveva interrogato qualcuno, provando un dolore indescrivibile. Erik era stato... Unico. Aveva ascoltato la registrazione dei suoi interrogatori, come si avvicinava e allentava, per infine riavvicinarsi. Ottima tattica, da manuale. Come pian piano arrivava a QUALCOSA di utile, che potevano usare. Sommando quelle informazioni sarebbero stati in vantaggio, eppure avevano fallito.

Forsblad annuì di nuovo. Aneta sapeva quello che stava pensando Fredrik: Hanzi non dovrebbe essere rinchiuso qui, il suo posto è al manicomio.

Peccato che di manicomi non ce ne siano più ormai.

E i matti vengono rinchiusi qui.

Willkommen Bienvenue Welcome.

«Chi è che sta minacciando Anette?» gli chiese Halders.

Forsblad non lo stava guardando, guardava Aneta che era seduta alla sua sinistra.

Improvvisamente puntò il dito contro di lei!

«La mia collega? Cosa intendi, Forsblad?»

«È lei la minaccia, con tutte queste domande e intromissioni. È dappertutto. E non capisce niente.»

«Cos'è che non capisce?» gli chiese Halders.

Forsblad ridacchiò, una risata agghiacciante.

«Spiegamelo, cos'è che IO non capisco?» chiese di nuovo Halders.

«Un sacco di cose», rispose Forsblad.

«Anette ha subito violenza, c'è chi può testimoniarlo. Chi l'ha aggredita?»

«Violenza fisica?» chiese Forsblad.

Ogni domanda è un'avventura, pensò Aneta Djanali. Di domanda in domanda, risposta dopo risposta, per arrivare a cosa? Forse Forsblad non sta mentendo, forse c'è sotto qualcosa di peggio.

«Non esiste la sola violenza fisica», disse Halders. «Le due cose sono concatenate.»

«Interessante», replicò Forsblad. «È interessante che lo dica.»

Gli stava salendo la collera. Stai tranquillo Fredrik, calma.

«Non abbiamo ancora finito di parlare con Anette.»

«Nemmeno io», disse Forsblad.

«Sappi che ti teniamo d'occhio», disse Halders. «Ovunque tu vada.»

«È una minaccia?» chiese Forsblad sorridendo.

Halders stava per esplodere.

«Fredrik!» lo fermò Aneta Djanali. «Suggerisco una pausa.»

«Mi sta facendo saltare i nervi. Ma l'hai visto? Mi prende in giro, quel miserabile», disse Halders mentre cercava di sorseggiare un caffè appena sfornato dalla macchinetta.

«È impaurito», disse Aneta Djanali.

«Ha paura di me?»

«Ha paura di tutto.»

«Questa me la devi spiegare.»

Halders fece un altro tentativo di bere quel caffè bollente, con una smorfia di dolore.

«Non è a suo agio sul lavoro, tra la gente... Teme qualcosa, non so che cosa», disse Aneta Djanali.

«Potrebbe esserci qualcuno che lo minaccia?»

«Chissà.»

«Sta proteggendo qualcuno?»

«Sono sempre più convinta che ci sia qualcun altro coinvolto in questa storia.»

«Il padre? L'omino Lindsten?»

«Forse.»

«Già quel tipo è proprio strano.»

«Ripensavo al furto, al saccheggio o come vogliamo chiamarlo, all'appartamento di Kortedala. Forsblad ne sarà stato al corrente?»

«Perché no?»

«Oppure il padre, Sigge Lindsten.»

«Perché non entrambi?» disse Halders.

«Ma perché rubare la sua roba?»

«Non era roba sua», disse Halders. «Ha rubato da sua figlia.»

Aneta Djanali ripensò alle parole di Halders, che finalmente riusciva a sorseggiare il suo caffè senza pericolo di ustionarsi.

«Dove stiamo cercando di arrivare esattamente, Fredrik?»

«Di certo non alla questione del furto, non per quanto mi riguarda, almeno.»

«Non pensi che le due cose possano essere concatenate, che il furto possa in qualche modo essere collegato a questa storia?»

«Se per "questa storia" ti riferisci agli episodi di violenza, allora no, non lo credo.»

«Per te quindi "questa storia" intorno a cosa ruota?»

Halders gettò il bicchierino di carta. Non si era fatto la barba da un giorno, la luce impetuosa dei corridoi del commissariato accentuavano il blu delle sue occhiaie e il cuoio capelluto della sua testa rapata. Aveva richiamato a casa per assicurarsi che la babysitter avesse trovato tutto l'occorrente per restare là a dormire.

«Sto iniziando a pensarla un po' come te riguardo a questo caso, Aneta», disse Halders guardandola con occhi stanchi. «Ma non sono così certo che Forsblad sia un violento e che proteggiamo sua moglie trattenendolo.»

Halders rimase in silenzio per un po', intento ad ascoltare intensamente il rumore dell'aria che fuoriusciva dal condizionatore. Era un rumore irritante. Si passò le dita sulla pelata. «Tutta questa storia è losca come tutte le persone coinvolte.»

Aneta annuì.

«Qualcuno è a conoscenza dei fatti», disse Halders. «Qualcuno è più informato di noi.»

«Forsblad?»

«Non ne sono così sicuro.»

«Lindsten?»

«Il padre? Sì, è possibile.»

«Anette?»

Halders non rispose, era ancora tutto preso ad ascoltare il brusio del condizionatore.

«In realtà non sappiamo niente di Anette.»

Forsblad sembrava essersi appena svegliato quando un collega lo riportò su nella sala interrogatori. Indossava ancora la giacca e la cravatta, una camicia bianca e dei pantaloni neanche particolarmente stropicciati, le scarpe però avevano perso lucentezza. I suoi capelli erano in ordine, folti come quelli di Kennedy. Anche se il presidente era gravemente malato e ha ricevuto quella chioma in omaggio coi medicinali, pensò Halders. È un dettaglio che mi è rimasto impresso, una di quelle cose che ho il privilegio di sapere. Un'altra cosa che ho notato è che sono sempre i malati gravi, i matti e i tossici ad avere la chioma più folta. Che ingiustizia. Provate a passare in un parco tra gli alcolizzati che parlano a vanvera, che ridono fragorosamente sbattendo le braccia, santo cielo che spettacolo, ma c'è un uomo calvo nella compagnia? Risposta: no. Hanno tutti i capelli come quelli di Kennedy, magnifiche pettinature con la riga a destra o a sinistra. Capelli come quelli del qui presente Hårblad, ecco che si passa le dita fra la massa.

«Perché te ne stavi seduto nell'auto di tua sorella a Kortedala?» chiese Halders.

«È un mio diritto come libero cittadino», rispose Forsblad.

«Perché proprio in quel punto?»

«È una zona che conosco bene.»

Halders controllò che il registratore stesse registrando, voleva essere sicuro di poter riascoltare e analizzare ogni risposta più tardi.

«Perché proprio in quel momento?»

Forsblad alzò le spalle.

«Forse perché la mia collega e io ci trovavamo là?»

«Come avrei fatto a sapere che voi foste là in quel momento?»

«Dove abiti ora, Hans?»

«Da mia sorella.»

«Lei sostiene di no.»

«Davvero?»

«Non hai una fissa dimora?»

«Tra poco l'avrò.»

«Dove?»

«Si vedrà.»

«Sarai al corrente del fatto che sono state emesse delle misure restrittive nei tuoi confronti», disse Halders mentendo, ma presto sarebbe stata verità. «L'ordinanza è entrata in vigore.»

Forsblad non sembrò affatto turbato dalla notizia, sembrava non aver nemmeno sentito le parole di Halders. Ascoltava altre voci sotto i suoi folti capelli oppure il sibilo del condizionatore.

Alzò lo sguardo e lo posò su Aneta Djanali.

«Potrei venire ad abitare a casa tua», disse Forsblad.

Aneta Djanali fece finta di niente, evitando il suo sguardo. Bisogna sempre evitare il contatto visivo. In Africa ci sono delle scimmie selvatiche portatrici di rabbia che se incrociano il tuo sguardo diventano pericolose, molto pericolose.

«Tu mi hai puntato fin dall'inizio. Cosa vuoi tu da me veramente?»

Lo mandarono a casa intorno a mezzanotte. A casa per modo di dire. O forse una casa ce l'aveva, almeno un letto, un divano, un materasso gonfiabile.

«Tra un'ora dovremmo presentarci all'appartamento di Kortedala e svegliarlo di soprassalto, interrompendo il suo sonno di bellezza», disse Halders.

Erano diretti all'appartamento di Aneta Djanali. Halders guidava veloce curandosi di non investire i festaioli che rincasavano barcollando e inciampando a bordo strada.

«Se dovessimo investirne qualcuno facciamo finta che sia un tasso», disse Halders.

«Se dormisse in quell'appartamento dovremmo dedurne che il padre di Anette è d'accordo», disse Aneta Djanali. «Però non possiamo fare irruzione là un'altra volta.»

«Certo che possiamo», rispose Halders. «Ma non stanotte.»

Aneta Djanali si guardò attorno mentre parcheggiavano, non vide nessuna sigaretta ardere nel buio, nessuna sagoma strana.

«Pensi che dicesse sul serio?» disse Aneta.

«Di venire a stare da te?»

«Lo trovi divertente?»

«Dai Aneta, era l'ennesima provocazione.»

«Tu non hai visto i suoi occhi.»

«Certo che li ho visti.»

«Cercava di incrociare il mio sguardo», disse Aneta Djanali.

Halders aprì il portone.

«Non oserà venire qui.»

«Come puoi esserne così sicuro?»

«Perché mentre lo congedavo gli ho detto che l'avrei ammazzato se si fosse avvicinato a te.»

* * *

Il mattino splendeva tiepido, la gente su Vasagatan sorrideva. Il sole era tondo e buono, il cielo azzurro e con tanti uccellini cinguettanti.

Winter si stava incamminando verso il Palazzo, passando attraverso Heden. Il termometro segnava quindici gradi, già a quest'ora. La temperatura perfetta per una partita a calcio, ma il campetto era deserto. Peccato, si sarebbe volentieri sgranchito le gambe.

Il dipartimento di sorveglianza aveva formato una squadra tre anni prima. Birgersson stava in porta, immobile. Era una posizione che rispecchiava il suo ruolo. Avevano cercato di trovare un nome alla squadra per giorni. Pia Fröberg, il medico legale, li aveva sentiti discutere, e aveva suggerito il nome Per Rectum, piuttosto equivoco. Potrebbe andare bene alla simpatica combriccola giù in prigione, aveva detto Möllerström. In realtà c'è già un gruppo di medici che si fa chiamare così, si ricordò Pia.

Non erano riusciti a fare una scelta unanime, così avevano giocato la prima partita con il nome provvisorio di Ougadougou FC, secondo il suggerimento di Halders. Aneta Djanali avrebbe partecipato, se non le fosse venuto il raffreddore. Forse era stato meglio così. A due minuti dal fischio d'inizio Halders si era preso il cartellino rosso e in tutta risposta aveva preso a calci l'arbitro. Il cartellino rosso non se lo meritava, in fondo aveva solo scambiato la testa di un avversario per il pallone. Avevano giocato contro una squadra del Pronto soccorso del Sahlgrenska, si facevano chiamare Gli Imbevuti Di Sangue. Winter conosceva la maggior parte degli avversari, come poliziotto si bazzicano spesso gli ospedali. In questo caso la vittima era un medico che ci sarebbe finito come paziente. Gli sta bene, aveva sostenuto Halders. La testa di quello lì aveva bisogno di una raddrizzata, però certo il calcio era stato un errore.

Halders era stato espulso dalla squadra per quattro anni. Furono tutti sorpresi che non fosse stato condannato a vita o almeno rinchiuso. L'avvocato sarebbe stato pronto a costruire un caso, ma la vittima non aveva voluto sporgere denuncia. Era stato un incidente, l'avevano visto tutti, vero? Halders e il ferito si erano lasciati da amici e Birgersson aveva parlato con l'avvocato, il vecchio Molina, testimoniando quello che aveva visto perché lui sul posto C'ERA. Molina aveva fatto una smorfia chiedendogli se indossasse le sue lenti a contatto e Birgersson aveva mentito con un entusiastico CERTO!

E l'arbitro, anche lui malmenato, era uno del centralino al distretto e stava zitto per questione di lealtà, e anche perché aveva bisogno di tempo per pensare a una vendetta. Che era arrivata. Winter sorrise ripensandoci.

L'Ouagadougou FC fu squalificata dal campionato, con all'attivo un totale di due minuti di gioco. Non era un buon risultato. Winter era il capitano e venne accusato di non essere in grado di tenere in riga la squadra, ovvero Halders. Provateci voi a tenerlo a bada. Il prossimo campionato si gioca in Africa! aveva esclamato Halders. Abbiamo già una negra in squadra e noialtri siamo tutti neri nell'anima. Winter poteva immaginarselo, Halders espulso da ogni continente. Il prossimo campionato si gioca in Oceania! Il prossimo campionato si gioca nella Terra del Fuoco!

Il sole illuminava l'ufficio. Winter era seduto alla scrivania a riordinare i casi, cartella per cartella: furti, assalti, omicidi colposi, rapina, minacce, altri furti, atti vandalici, altro omicidio, altri due furti. Segnalazioni, testimonianze, dichiarazioni. Documenti, audiocassette, videocassette. Tanti casi, tutti in una volta. Un omicidio, conseguenza di una resa dei conti in stato di ebbrezza a Gamlestan. Gli omicidi sono tutti uguali. Caso aperto e chiuso in un giorno.

Ringmar cacciò dentro la testa.

«Hai un minuto?»

«Anche due», rispose Winter mollando la cartelletta che aveva in mano.

Ringmar si accomodò di fronte alla scrivania. Aveva dodici anni in più di Winter e due rughe nette sul volto, che testimoniavano gli anni duri che presto sarebbero arrivati anche per Winter. E Ringmar aveva ancora davanti a sé ALTRI dodici anni al servizio dell'ordine e della sicurezza pubblica. Il suo viso si sarebbe trasformato in una ruga unica. A Winter ne mancavano ben ventiquattro di anni di servizio nello stesso ruolo, v-e-n-t-i-q-u-a-t-t-r-o. Un altro terzo di vita in queste condizioni. *Lift me up, take me away.*

Tuttavia, questa ERA la sua vita, era l'unica possibile per lui. Sapeva gestirla bene, aveva la conoscenza, l'abilità e l'aggressività. Forse non tantissima aggressività quanta quella di Halders, ma di sicuro aveva la conoscenza. E la pazienza. Sapeva cos'è la fatica, sapeva riflettere. Ecco cos'era. Qui si riusciva a pensare, si poteva ancora prendersi il tempo di pensare. E i pensieri portavano a un risultato. Non i grandi risultati, semplicemente quelli che si raggiungono pensando fuori dagli schemi, fuori dalle belle melodie. Winter ascoltava Coltrane, le melodie più disarmoniche. Ed era su una base atonale che Winter partiva nelle sue indagini. Non pensava mai su una linea retta. C'era sempre una logica, ma era molto personale. Così come la logica di Coltrane non è la stessa di Pharoah Sanders o Miles Davis. Aveva ordinato un libro online su bokus.com e gli era arrivato il giorno prima, *Kind of Blue – The Making of the Miles Davis Masterpiece* di Ashley Kahn. Avrebbe iniziato a leggerlo la sera stessa, ma prima voleva ascoltare di nuovo il disco. La Panasonic era accesa e riproduceva in repeat *Kind of Blue*.

«*So What*», disse Ringmar.

Era il primo brano del cd, Ringmar conosceva *Kind of Blue*. Questo album dovrebbe far parte della cultura generale. Winter non capiva chi non capiva questa musica. Non c'è niente da capire poi: basta ascoltare.

«La donna di Donsö ha chiamato una mezzoretta fa», disse Ringmar. «Möllerström mi ha passato la telefonata.»

«Ottimo.»

«Mi riferisco a quella Johanna.»

«Ho capito, Bertil. Continua, cosa voleva?»

«Solo sapere se ci sono novità.»

«Ci sono?»

«No.»

«Come ti è sembrata?» chiese Winter.

«Tranquilla, penso. Rassegnata. In fondo ormai sono passate due settimane dalla scomparsa del padre.»

«Sì, è chiaramente successo qualcosa.»

«*Deve* essere successo qualcosa», disse Ringmar.

La musica continuava, *Freddie Freeloader*. Winter pensò a Johanna Osvald, a suo fratello, a suo padre, a suo nonno. Pensava alla Scozia e a Steve Macdonald.

Ringmar si passò la mano sulle rughe.

«Come stai, Bertil?»

«Bene, dai. Moa sta traslocando. Buon per lei, anche se non mi sarebbe dispiaciuto averla a casa ancora per un po'.»

Winter lo guardò negli occhi.

«Capirai cosa intendo tra una ventina d'anni», disse.

«Come vuoi, ne riparleremo tra vent'anni», replicò Winter cercando il pacchetto di Corps. No, doveva resistere. Aveva ancora tanti anni davanti a sé.

«Dove si trasferisce?»

«A Kortedala.»

27

La notizia da Inverness arrivò a metà mattina. Möllerström entrò nell'ufficio di Winter con il comunicato.

«Dimmi cosa dice», disse Winter.

«È morto.»

Winter cercò di telefonare, ma la linea era occupata. Riprovò cinque minuti più tardi. Il commissario si chiamava Jamie Craig della Northern Constabulary, Inverness Area Command. Non aveva l'accento scozzese, aveva una pronuncia pacatamente inglese, clinica e tecnica.

«Sembra che sia andato in giro per la città per un po'», disse Craig.

«Intendi Inverness?»

«No, Fort Augustus. Si trova sulla punta meridionale del lago. In realtà è solo un paesino.»

«Lago? Quale lago?»

«Loch Ness, *of course*.»

Of course, il famoso lago a sud-ovest di Inverness. Quello di Nessie. Winter lo aveva visitato, ma purtroppo non era riuscito a vedere il mostro marino.

«L'hanno trovato un po' più a est, sulle colline, vicino a una strada secondaria e a un laghetto artificiale chiamato Loch Turff. Almeno, credo sia artificiale.»

«E l'auto?»

«Niente auto.»

«Dove l'ha noleggiata?» chiese Winter.

«Non lo sappiamo. L'auto non c'era, quando l'abbiamo trovato. E non era nemmeno vestito.»

«Come?»

«Sembra strano, lo so. Sembrava confuso mentre vagava per la città, ma era vestito ed è anche entrato in un pub. Ha preso una pinta e qualcosa da mangiare, mi pare.»

Craig raccontò tutto ciò che sapeva.

Un uomo sulla sessantina era arrivato in città girando per Fort Augustus come uno sbandato. La gente del posto era abituata agli eccentrici che vengono da ogni parte per catturare il mostro marino e diventare famosi, ma quest'uomo era diverso. I suoi spostamenti erano bizzarri e andava in giro facendo strane domande alle persone che incontrava. Era entrato al pub vicino al benzinaio e si era bevuto una *ale* scozzese avanzando un po' del suo *Ploughman's Lunch* a base di pane, formaggio e cetrioli.

L'avevano visto allontanarsi verso est. Poi Craig aveva ricevuto la telefonata di qualcuno che l'aveva visto su Longman Road.

Dopodiché era stata solo questione di tempo. Avevano percorso la vecchia strada B862, a est del lago in direzione di Inverness perlustrando la zona. Non avevano nemmeno dovuto arrampicarsi tra le montagne, in meno di mezza giornata l'avevano trovato.

«Era disteso dietro quel laghetto», disse Craig. «Nascosto dalla strada.»

«Nudo?»

«Non aveva nemmeno le calze», disse Craig. Suonava come una di quelle strane espressioni idiomatiche inglesi, ma in questo caso era da intendere in senso letterale.

«E cosa vi fa pensare che si tratti proprio del "nostro" uomo, Axel Osvald?»

«Questa parte è ancora più bizzarra», disse Craig. «Non è ancora confermato al cento per cento, fatto sta che i suoi vestiti sono sparsi in giro dalla punta meridionale del lago fino a quassù dove l'abbiamo trovato, in un'area di un paio di miglia. Ti comunico la distanza precisa poi, è chiaro.»

È chiaro, pronunciato con ovvia pacatezza. Winter non era certo che Steve Macdonald conoscesse quest'uomo, non personalmente comunque. Sembravano essersi scambiati di posto. Craig era di Londra e commissario a Inverness. Steve era di Inverness e commissario a Londra.

«Praticamente abbiamo trovato un uomo nudo e una serie di vestiti, giacca, scarpe, sparsi per la zona. E abbiamo pensato, qui ci dev'essere un collegamento», disse Craig. «Raccattiamo tutti i vestiti e troviamo un portafoglio con dentro la patente di un certo Osvald la cui fotografia assomiglia molto all'uomo morto.»

«Com'è morto?» chiese Winter. «In via preliminare almeno. Il comunicato dell'Interpol menzionava possibili cause naturali.»

«Il cuore», disse Craig. «Questo secondo l'indagine preliminare. I risultati patologici non sono ancora pronti, ma non ci sono segni di violenza sul corpo, nessuna ferita. Il medico legale ha scommesso due pinte che si tratta di un attacco cardiaco. Fa freddo lassù fra le montagne, per un uomo anziano... Nudo... E in stato confusionale... Be', non poteva finire che così.»

«Attacco cardiaco», ripeté Winter.

«Nemmeno io sarei sopravvissuto lassù tutto nudo per una notte», disse Craig. «Almeno non da solo», disse sempre con lo stesso tono piatto.

«Quando sarà pronto il rapporto completo?» chiese Winter.

«Riguardo a cosa?» sempre con la stessa voce clinicamente indagante.

«In particolare quello sulla causa del decesso.»

«Questo pomeriggio, credo.»

«Grazie.»

«Tutto il resto sarà scritto nella documentazione pronta domani, spero. Almeno con tutto ciò che sappiamo, che non è molto. Ma il caso, se così vogliamo chiamarlo, è chiuso.»

Winter si aspettava che avrebbe pronunciato le parole «*open and shut*» riguardo al caso, invece no. In effetti quell'espressione non si sarebbe intonata con la sua pronuncia.

«Quindi l'auto non è ancora stata ritrovata?» chiese Winter.

«Sì, abbiamo parlato con il personale della Budget. Ci hanno detto che è stata noleggiata due settimane fa e che la licenza era scaduta due giorni fa. Hanno sporto denuncia pensando a un eventuale furto. Questa denuncia, più l'allerta dell'Interpol, ci ha fatto prendere seriamente questa scomparsa. E con le testimonianze degli abitanti di Fort Augustus poi...»

Winter notò un impercettibile cambiamento di tono nella sua voce, come se stesse giustificando le sue azioni, come se si stesse scusando perché c'era voluto così tanto a far partire le ricerche. Winter non aveva niente da rimproverargli, conosceva bene le condizioni e non era di certo la prima volta che uno sconosciuto gironzolava intorno al lago di Loch Ness.

«La macchina dovrebbe essere lì in zona», disse Winter. «In quella città... Fort Augustus.»

«Sì, non averla trovata mi insospettisce», disse Craig. «Il fatto è che se è rimasta ferma nello stesso posto per più di due giorni è probabile che sia stata rubata. A Loch Ness ci sono molte macchine e molti ladri di macchine.»

«Capisco», disse Winter.

«Abbiamo segnalato la targa e contiamo di ritrovarla da qualche parte in questa zona, smembrata come al solito», disse Craig. «Denudata, come si dice da queste parti.»

«A quando risale il decesso?»

«A un paio di giorni fa, così mi ha detto il medico legale.»

«Il corpo potrebbe essere stato spostato?» chiese Winter. «Può essere deceduto altrove?»

«No», disse Craig. «Siamo abbastanza certi del fatto che sia arrivato fin lassù con le sue gambe.»

«Allora la domanda da porsi è: perché?» disse Winter.

«È sempre quella.»

«Il grande perché.»

«Steve mi aveva avvertito che saremmo andarti a parare lì quando avessi parlato con te.»

«Steve? Steve Macdonald? Lo conosci?»

«Sì, abbiamo lavorato insieme per un certo periodo a Croydon. Ha messo una buona parola per me quando cercavo un posto come commissario quassù.» Craig fece una pausa e rise, una risata asciutta come la sabbia. «Non so se io debba ringraziarlo o meno.»

C'era una scintilla di calore nella voce di Craig. Winter sorrise. Aveva avuto una lezione di... inglesità. Craig non era il tipo che iniziava la conversazione chiacchierando di amici in comune. Questo è essere professionali.

«Cosa dicono i testimoni?» chiese Winter.

«*Well*... Quello che ti ho detto, *more or less*. Che era... confuso, che non sembrava pienamente cosciente di dove fosse. E poi diceva delle cose... Poneva delle domande. Questo secondo le testimonianze della gente e del proprietario del pub. Pare che continuasse a ripetere la stessa cosa, ma nessuno riusciva a capirlo.»

«Come mai?»

«Perché... Non era in inglese, né in scozzese. Immagino parlasse in svedese e nonostante questa sia una vecchia terra vichinga è una lingua decisamente poco parlata a Fort Augustus.»

La Scozia è piena di termini nordici, nomi di città e altro.

«Quindi vagava tutto confuso parlando in svedese alla gente?» chiese Winter. «Non può essere che parlasse tra sé e sé?»

«*Well*... A dirti la verità non abbiamo indagato così a fondo sul contenuto dei suoi discorsi, ma alcuni testimoni sostengono che si rivolgesse direttamente a loro, che ponesse loro delle domande.»

«Mmm.»

«Non so fino a che punto io possa aiutarti qui. Al massimo posso cercare di capire il modo con cui si rivolgeva loro e se le sue parole suonassero come delle domande, più di così non so.»

«Certo, capisco.»

«Altrimenti ti tocca venire qui a sottoporci un test di vocaboli svedesi», disse Craig. «Ho sentito che non ce ne sono poi così tanti.»

28

«Lo comunichi tu ai parenti?» gli aveva chiesto Craig, e Winter aveva detto di sì. Era un aspetto del suo lavoro a cui non l'avevano preparato durante il percorso di formazione. Ma con un po' di pratica ci si faceva l'abitudine.

Chiamò Johanna Osvald sul cellulare, gli rispose la voce metallica della segreteria telefonica. Non è una notizia che si lascia dopo il bip.

Guardò l'ora e la tabella con gli orari delle barche per l'arcipelago meridionale. Guardò di nuovo l'orologio. Avrebbe fatto in tempo a prendere lo *Skarven* delle 10:20 sperando che non ci fosse traffico sulla Oskarsleden.

Winter rimase sul ponte di prua col vento fra i capelli. Qualcuno pescava sugli scogli proprio dietro al porto, di pesce ce n'era a giudicare dai gabbiani che volavano in circolo urlanti sopra all'uomo, che indossava un cappello a tesa larga per proteggersi dagli escrementi che potevano piovergli in testa come neve dal cielo.

Lo *Skarven* salpò, niente servizio bar a bordo questa volta. I passeggeri diretti alle isole erano pochi a quest'ora e in questa stagione. Due mesi prima la barca sarebbe stata sovraccarica. Durante i mesi estivi i battelli avevano l'aspetto delle chiatte galleggianti sul Fiume Giallo, un ammasso di gente, bambini, passeggini. L'estate passata lui, Elsa e Angela erano partiti per una gita a Vrångö, ma alla fine erano scesi a Brännö Rödsten. *Too many people...* Ogni volta che il sole comincia a scottare è come se i cittadini impazzissero. Sole, mare, sale, sabbia.

La pazzia. Winter ripensò alla chiacchierata che aveva avuto con Erik Osvald.

«La mucca pazza non è una cattiva idea», aveva detto vedendola dal punto di vista di un pescatore di professione. «Una volta ogni tanto è un piacere vedere una mucca confusa in tv!»

Lo *Skarven* viaggiava diretto per Köpstadsö. Il vento era forte, il tempo stava cambiando. C'erano dei nuvoloni grigi a ovest.

Laggiù su quelle acque c'erano Erik Osvald e il suo equipaggio.

C'è una supremazia, aveva detto Erik Osvald, senza nulla togliere a quella della guardia costiera norvegese! Era una battuta, ma c'era un fondo di verità. Una supremazia. Se non c'è quella è tutto inutile, aveva detto.

Questo stile di vita ti segna, venticinque anni sul mare, tutti i giorni di tutto l'anno. C'è la libertà, ma c'è anche la solitudine.

È uno stile di vita poco moderno.

A dire la verità noi pescatori svedesi ci siamo un po' modernizzati lavorando a settimane alternate, una settimana fuori e a casa quella successiva. Sono praticamente solo gli svedesi a gestirsi così, e di conseguenza guadagnano meno dei danesi, degli scozzesi e dei norvegesi.

E un tempo. Aveva parlato di un tempo: mio padre usciva il lunedì mattina e rientrava il sabato mattina.

Una vita sul mare, finché non si stancò e rimase a riva... ascoltando il bollettino meteo per i naviganti, tra cui suo figlio.

L'uomo trovato dalla squadra di Craig... Poteva davvero trattarsi di Axel Osvald? Che morte tragica: solo e nudo vicino a un laghetto e non lontano da un grande lago, nel mezzo di una terra montagnosa a qualche miglio dal mare.

Cosa ci faceva lì? Come ci era finito? Che genere di pensieri si erano avventurati nella sua mente mentre lui si avventurava su per il pendio?

Winter non era mai stato a Fort Augustus, ma poteva immaginarsi la natura selvaggia del posto.

Come era potuto succedere? Perché? Eccolo di nuovo «the big one», così Craig aveva definito il grosso interrogativo che ogni buon investigatore a un certo punto si deve porre.

L'acqua era calma tra Styrsö Skäret e Donsö. Il peschereccio blu di Erik Osvald non era ormeggiato al porto. Probabilmente erano usciti per un'altra settimana a ovest di Stavanger e a est di Aberdeen a caccia del pesce bianco. Tra sei giorni sarebbero approdati a Hanstholm e sarebbero tornati a casa lo stesso pomeriggio, soldi in mano. Ma questa volta Erik Osvald sarebbe rientrato prima e sarebbe stato Winter a dargliene la ragione. Sarebbe venuto un elicottero a prelevarlo dalla barca? Oppure avrebbe direttamente preso la rotta per la Scozia e Murray Firth percorrendo il River Ness fino a Loch Ness e Fort Augustus? No, primo perché sarebbe stato impossibile con quel bestione di peschereccio. E due perché suo padre lo aspettava in una cella frigorifera a Inverness. Avrebbe potuto ormeggiare al porto.

Winter scese puntuale alle 10:55, la banchina era deserta. C'erano dei vecchi pescherecci ormeggiati qua e là, chissà se qualcuno di quelli era appartenuto a Axel Osvald, o se risalissero addirittura ai tempi del nonno John Osvald.

John Osvald c'era e non c'era. Aveva quell'aura che assumono le persone scomparse e mai più ritrovate, le cui anime non trovano pace. E non trovano pace nemmeno i superstiti.

Ma se fosse ancora vivo? Se John Osvald fosse ancora in vita?

Chi era rimasto, chi era rimasto qui, poteva definirsi ancora un superstite? Johanna Osvald era una superstite?

Winter si fermò al negozio a chiedere indicazioni per la scuola, la donna rispose spiegandogli la strada con un gesto.

Percorse una via stretta senza marciapiede profumata di mare, ascoltando il silenzio. Il vento era sparito, le nuvole erano sparite, il cielo era completamente blu e il sole gli scaldava il viso.

Nel cortile della scuola c'erano molti più bambini di quanti avesse creduto vivessero sull'isola. Sentiva le loro grida, ma non riusciva a distinguere le parole. Un pallone gli rotolò incontro, lo rimandò indietro. Volò oltre la rete, oltre la recinzione, oltre il cortile, e finì nella fessura di uno scoglio.

«*Uj, uj*», disse un ragazzo che aveva l'aspetto di un pescatore in miniatura.

I bambini guardarono gli scogli e poi Winter, che capì al volo. Uscì dal cortile e si arrampicò fra gli scogli e giù tra le rocce tastando tra l'erba e le alghe. Scese strisciando in una conca buia, le cuciture dei pantaloni sfregarono contro la parete rocciosa. Quando si raddrizzò, col pallone tra le mani in gesto di trionfo, fu circondato dagli applausi dei bimbi.

«Cosa ci fate qui? Non avete sentito che è suonata?» disse una voce femminile.

Winter la vide avvicinarsi agli scogli e guardare giù verso di lui.

«Eh... Ciao...»

«Ciao!» disse Johanna Osvald divertita.

Winter le sorrise, nonostante stonasse con la notizia che le stava per dare.

«È davvero lui?» chiese Johanna Osvald. Erano seduti in un piccolo ufficio stracolmo di carta e raccoglitori. Perfino peggio dell'ufficio di Winter. C'era un Mac grigio sulla scrivania, modello vecchio. Dalla finestra si vedevano gli scogli dove Winter si era intrufolato a cercare la palla. Doveva averlo visto, doveva aver notato tutti i bimbi in piedi intorno all'imboccatura a osservare il tizio bizzarro della terraferma. Una scena imperdibile per gli abitanti dell'arcipelago.

Sulle pareti intorno alla finestra c'erano appesi i disegni dei bambini. Per un attimo pensò a come potesse essere passare tutti i giorni in compagnia di bambini senza averne di propri. Forse era un sollievo tornare a casa, un silenzio da apprezzare e conservare.

Winter le diede la notizia, scegliendo bene le parole.

«Può esserci stato un malinteso», replicò lei.

Winter annuì in silenzio.

«Lo credi anche tu?»

«Io non so nulla Johanna, nulla di più di quanto ti ho riferito. Ma il mio collega a Inverness dice di avere trovato delle fotogr...»

«Sì, ho capito, ma come si fa a riconoscere la gente da una fotografia? A confrontare una fotografia con... con un... cadavere», disse nascondendo il viso fra le mani.

Winter si guardò le mani. Cosa poteva fare? Avrebbe dovuto abbracciarla?

Si protese verso di lei accarezzandole il braccio. Stava tremando, le mise il maglioncino sulle spalle.

Fotografie, cadaveri. Ne aveva visti abbastanza. E lei aveva ragione, non c'è nessuna somiglianza fra un vivo e un morto. Occhi che ci vedono, occhi che non ci vedono più. Una somiglianza superficiale forse, ma non una VERA somiglianza. Ne aveva visti abbastanza. Il sorriso incorniciato di una giovane ragazza e lo stesso viso senza vita, una famiglia distrutta dopo una tragedia. E poi il silenzio indelebile ed eterno, nulla da apprezzare e conservare. Non ne posso più, questa è l'ultima volta, si riprometteva. Eppure continuava, per lui c'era sempre un'altra ultima volta, un altro ultimo caso.

Ne aveva visti abbastanza per tutta la vita, anzi, per l'eternità. Anzi no, perché la vita non è eterna, è la morte a esserlo. La vita è la pausa fra due eternità silenziose. Per molti è una pausa breve, lo sapeva perché ne aveva visti tanti di cadaveri, poco dopo che l'eternità li avvolgesse.

E di fotografie ce n'erano sempre sulla sua scrivania – grottesche e sanguinolente – di mascelle distrutte, occhi fuori dalle orbite, bocche senza denti. Segni di strangolamento come tatuaggi intorno al collo.

Poi c'erano le fotografie di cadaveri immobili e intatti, i morti nel sonno. Quelle in realtà erano le peggiori, da rabbrividire.

Le avrebbe volute nascondere sotto altre immagini di case, auto, strade, scogli, qualunque cosa pur di non vederle. Di solito finivano sotto ad altri fogli dal contenuto altrettanto impressionante, ma che da una certa distanza diventano illeggibili e innocui.

Erano già passati quarantacinque minuti, si sentirono le grida dei bambini che facevano l'intervallo in cortile.

Johanna Osvald lo guardò.

«C'è solo un modo per scoprire se si tratta di papà... Devo partire.»

Winter annuì.

«Si aspetteranno che io arrivi», disse Johanna Osvald.

«C'è qualcuno che può accompagnarti?»

Lei lo guardò. Intende che io... No, non posso. Questa è una cosa che riguarda lei e la sua famiglia. Non si tratta di omicidio, non è stato rinvenuto nessun segno di violenza, nessuna arma del delitto.

C'era però un INTERROGATIVO che l'aveva portato fino a lì, che l'aveva perseguitato sulla barca, in macchina, fin dalla telefonata di Craig, anzi dal primo incontro con Johanna al distretto. *WHY?*

«Dove si trova Erik in questo momento?» chiese Winter.

«Non lo so con precisione, gli telefonerò.»

Winter annuì di nuovo.

«Farà ciò che vuole», disse Johanna Osvald. «Io prendo un aereo oggi, se possibile.»

«Ti aiuto», disse Winter prendendo il telefono sulla scrivania.

Farcela era possibile, il prossimo traghetto sarebbe passato alle 11:40, ma sarebbe stato troppo tardi per prendere l'aereo da Landvetter per Heathrow, dove avrebbe fatto scalo.

«Questo è uno dei motivi per cui è scomodo vivere su un'isola», disse Johanna Osvald dopo un paio di telefonate a vuoto.

Un altro modo per arrivare alla terraferma c'era.

Winter aveva chiamato la centrale, che l'aveva messo in contatto con la polizia marittima della Nya Varvet.

«Abbiamo un motoscafo di pattuglia giù a Vargö», gli aveva detto il collega. «Tanto sono comunque lì a far niente.»

«Sei proprio sicura di volerci andare così su due piedi?» le aveva chiesto con la mano sulla cornetta.

Lei aveva annuito affrettandosi a casa a fare i bagagli.

Sulla via del ritorno colse l'occasione di domandarle di Axel Osvald. Il motoscafo era veloce, precedenza di fatto e di diritto, pur senza sirene.

«Non era la prima volta che andava in Scozia... a cercare suo padre, tuo nonno?» disse Winter.

«No infatti, come ti ho senz'altro già detto.»

«Cosa ti ha raccontato delle sue visite precedenti?»

«Poco, quasi niente.»

«Come mai?»

«Mio padre era un uomo di poche parole», disse Johanna Osvald.

Winter si accorse che stava parlando di suo padre al passato, ma non sembrava esserne cosciente. L'aveva notato molte volte, ci si prepara al peggio. Di SAPERE prima di esserne certi, di iniziare il proprio lutto da subito.

L'aveva fatto lui stesso su un aereo per Marbella qualche anno prima. Suo padre era malato e Winter in cuor suo sapeva cosa l'avrebbe aspettato.

«Qualcosa ti avrà raccontato. Gliel'avrai chiesto?»

Sfrecciavano tra le isole e gli isolotti, lei si voltò come se volesse essere sicura che davvero si trattasse di Brännö, Asperö. Questo era il suo mondo. Tutto ciò che le era familiare era vicino all'acqua. Il centro città di Göteborg non si affaccia sul mare. Questo mondo si affaccia sul mare, è perfino circondato dal mare.

«Ha fatto solo due viaggi», disse Johanna Osvald. «Prima di questo intendo.»

Stavano entrando in porto, si intravedevano gli edifici del cantiere navale e le caserme della vecchia flotta che erano state restaurate. Le facciate erano cambiate, tutto era nuovo eppure tutto gli era familiare. Ci era passato in bici mille volte in gioventù, ma anche più di recente. Laggiù c'era un bel ristorantino, aperto solo durante la stagione estiva e sconosciuto a molti. C'era stato più volte con Angela ed Elsa. Una birretta a venti metri dall'acqua, un paio di piatti a base di pesce grigliato, uno spiedino di pollo.

«Quando c'è stato l'ultima volta?» chiese Winter.

«Tanto tempo fa... Saranno dieci anni.»

«Perché ha deciso di partire quella volta?»

«Sai che non lo so?» disse Johanna Osvald.

Un'auto della polizia li aspettava sulla banchina. Questo giro era decisamente più rapido che se fossero scesi a Saltholmen e da lì avessero percorso la stradina passando per Långedrag.

«Ce la farò?» chiese Johanna Osvald sedendosi in macchina.

«Farai in tempo», le assicurò Winter facendo un cenno di saluto all'agente al volante, l'ispettore Morelius, un collaboratore dei vecchi tempi.

«Sei sicuro che si possano fare queste cose?» disse Johanna Osvald.

«Quali cose?»

«Usare il motoscafo e l'auto della polizia per riuscire a prendere un aereo?»

«Assolutamente.»

Morelius mise in moto.

«Telefona quando arrivi», disse Winter. «Quando... L'hai identificato.»

Suonava goffo, ma come altro l'avrebbe potuto dire? Telefonami dopo che hai visto il cadavere di tuo padre?

Lei annuì.

«Il mio collega a Inverness, Craig, verrà a prenderti in aeroporto o manderà un'auto a prelevarti.»

Lei annuì di nuovo e Morelius partì accelerando su per Kungsten e l'autostrada dove avrebbero proseguito in direzione est oltre Frölunda. Winter guardò l'orologio. Sì, di questo passo ce l'avrebbe senz'altro fatta a imbarcarsi. Certo, avrebbe potuto rimandare il viaggio di un giorno, ma nemmeno lui voleva aspettare. Voleva sapere, voleva capire. Sentiva crescere la curiosità. Axel Osvald era il suo pensiero fisso. E John Osvald, c'era sotto qualcosa...

Qualcosa che voleva sapere, che doveva scoprire.

Un mistero da scoprire.

«Noi salpiamo», disse il capitano della squadra nautica. «Vuoi un passaggio fino a Saltholmen?»

Continuò a pensarci durante il breve tragitto fino al porto d'attracco e poi per tutto il viaggio in macchina di ritorno in città.

Un mistero. Ciò che è successo tempo fa riguarda gli avvenimenti più recenti. Non si tratta di una casualità. Se Axel Osvald è stato rinvenuto proprio in quel luogo un motivo ci dev'essere. Ci dev'essere un motivo che ha portato alla sua morte. Qualcosa l'ha indotto a morire in quel luogo. Un volere supremo? La supremazia, può c'entrare qualcosa con questa storia? Forse.

Cenarono. Halders preparò il porridge di semolino su insistenza di Magda e Hannes.

«Non ho mai mangiato il porridge di semolino», disse Aneta Djanali.

Il semolino, il latte, lo zucchero, il contenuto del suo piatto era tutto bianco. Perfino il piatto era bianco. Se non avesse assistito alle insistenti richieste di Magda avrebbe pensato che si trattasse di uno dei tipici scherzi di Fredrik.

«Stai scherzando!» disse Magda.

«No, dico sul serio», replicò Aneta Djanali.

«Sì che l'hai assaggiato, ti ho appena visto prenderne una cucchiaiata!»

«Adesso, sì. Ma mai prima d'ora.»

«Quindi tu che pappa mangiavi quando eri piccola?» le chiese Magda. Suo fratello sembrava seccato, saranno fatti suoi, pareva dire il suo sguardo. Assomiglia sempre più a Fredrik, pensò Aneta. Grandi gesti e uno sguardo penetrante. È più tranquillo però, speriamo che resti così. Non si spende in parole, si ritira volentieri nella sua stanza. A pensare a sua madre. Fredrik è preoccupato.

«Porridge d'avena», rispose Aneta Djanali.

«E porridge di miglio», disse Halders.

«Cos'è?»

«È un cereale molto diffuso in Africa», spiegò Aneta. «Anzi, a essere precisi, è una pianta erbacea.»

«Ma tu non ci sei mai andata in Africa, vero?» chiese Magda.

«Magda, dacci un taglio», intervenne Hannes.

«Ci sono stata», rispose Aneta Djanali. «Ma sono nata qui, come sapete.»

«E mangiavate porridge di miglio», disse Halders.

«Mio padre odiava il miglio.»

Halders le riempì il piatto con un'altra mestolata bianca e appiccicosa.

«E vi dirò di più, è la ragione per cui mia madre e mio padre lasciarono l'Africa», disse Aneta Djanali.

«Davvero?» esclamò Hannes.

«No!» rispose Aneta Djanali sorridendo al bambino. «Scherzavo.»

«Perché si sono trasferiti allora?» chiese Magda.

«Altrimenti sarebbero finiti in prigione.»

«Perché? Erano colpevoli?»

«No, affatto.»

Halders posò la teiera sul tavolino del soggiorno. La stanza aveva un aspetto strano da quando era tornato ad abitare lì dopo la morte della ex moglie. Nessun grande cambiamento, solo strano.

I bimbi giocavano a dadi in cameretta, li sentivano urlare ogni volta che uno dei due perdeva.

«E così li hai istruiti sul passato turbolento del Burkina Faso», disse Halders.

«Era fuori luogo?»

«Per niente.»

Gli Everly Brothers piagnucolavano dagli altoparlanti, canzone dopo canzone, tutte uguali. *Crying in the rain, I never let you see.* Sentimenti traditi a ripetizione. *Bye bye love, bye bye happiness, hello loneliness, I think I'm gonna cry.*

«Quella canzone è del 1957», disse Halders. «Ha la mia stessa età.»

I'm through with romance, I'm through with love, I'm through with counting the stars above.

«Bello questo testo», disse Aneta.

«Vero?»

«Un po' drastico, forse.»

«Mmm.»

«Quasi peggio di quelli di Roy Orbison», disse Aneta Djanali. «Su una scala da zero alla depressione.»

«Roy Orbison non è deprimente.»

«Tu e io abbiamo una diversa percezione della tristezza», disse Aneta Djanali.

Halders sorseggiò il suo tè ascoltando la canzone successiva. *All I have to do is Dream.*

«Ognuno dà il significato che vuole ai testi delle canzoni», disse.
«In questo caso c'è ben poco da interpretare», replicò Aneta. «Si tratta di un amore finito.»
«*So sad to watch good love go bad*», disse Halders.
«Esatto, il genere è quello.»
«È una delle canzoni più belle degli Everly», disse Halders.
«Appunto.»

Rientrò a casa tardi. Fredrik l'aveva pregata di restare, ma lei aveva preferito tornare a casa sua. Certe volte non desideri altro che dormire nel tuo letto.
Fredrik era preoccupato. Aveva cercato di nasconderlo, ma lo si percepiva. Non era potuto uscire a piangere sotto la pioggia visto che non pioveva.
«Si tratta di Hannes», le aveva confidato. «Non so come fare.»
La situazione non condizionava solo Hannes, Magda e Fredrik. Lo sapevano TUTTI che le cose non sarebbero tornate come prima. Niente mamma per Hannes e Magda, niente nonna per i loro figli. Solo un nonno, nonno Fredrik. Forse. Le cose non potevano tornare quelle che erano, ma forse potevano migliorare.
Fredrik non le aveva chiesto nulla, non seriamente, ma il pensiero aveva sfiorato entrambi. Doveva pensarci seriamente, ma le mancava il tempo. Riusciva a pensare a tante cose, ma mai a questo.
Devo pensarci.
Un bel viaggio con Fredrik a Ouagadougou ci sarebbe stato, dargli la possibilità di vedere il Paese che tanto lo affascinava. Ouagadougou FC, santo cielo. Una settimana in Burkina Faso e poi vediamo se l'ispettore Halders è un vero duro.
Scoppiò a ridere al pensiero.
Svoltò all'altezza di Sprängkullagatan. La gente si riparava dalla pioggia fuori dal Capitol dopo l'ultimo spettacolo, non era poi così tardi allora. Erano tutti blu in faccia, blu come il neon e neri come la notte. Avrebbero potuto essere degli abitanti di Ouagadougou in uscita dal cinema. Il cinema ce l'abbiamo anche noi. Noi?!
Mi manca l'Africa? Cosa mi sta succedendo? Andrà a finire che anch'io sentirò il desiderio di tornare in Africa, là dove non sono nemmeno nata? La mia Africa. Il mio ritmo.

Fredrik vorrà trasferircisi con me? Sorrise tra sé e sé. Fredrik Halders alla direzione del dipartimento di polizia investigativa di Ouagadougou. Un pensiero pericoloso quanto immaginarselo a capo della squadra di calcio, ma solo per due minuti. In Burkina Faso ci sono dei validi calciatori, questo lo sapeva nonostante non fosse un'esperta di sport.

Parcheggiò la macchina su Sveavägen.

Aprendo il portone non notò nulla di sospetto, solo un'auto che all'improvviso accese i fari e partì sgommando verso nord. Non fece nemmeno in tempo a leggere la targa, né a riconoscere il modello dell'auto.

Dal lato opposto vide una figura, di un uomo o di una donna, scomparire verso sud. Un addio veloce, *bye bye love*.

Si chiuse il portone alle spalle, senza sorridere.

29

Winter chiamò la centrale dalla macchina, Möllerström lo mise in contatto con Ringmar che si stava occupando di un caso a Kärra sulla scena di un omicidio. *Open and shut.* Tutta la trafila di documenti da dover compilare per una resa dei conti di un quarto di secondo, niente segreti, nessun mistero. Un ubriacone che aveva ucciso un altro ubriacone per un qualche motivo che l'assassino aveva dimenticato. Quando si era svegliato non si ricordava nessuna rissa, nessun omicidio.

«Cosa ne dici di un bicchierino giù in centro?» disse Winter. «Non ce la faccio a rientrare in ufficio oggi.»

«Non ti ho visto timbrare il cartellino», disse Ringmar.

«Ci vediamo all'Eckerbergs tra una ventina di minuti.»

«Li fanno ancora quei panini coi gamberetti?» chiese Ringmar. «Li adoro.»

«Allora ne ordiniamo uno per ciascuno.»

Era rimasto un solo panino coi gamberetti, ma gliene prepararono volentieri un altro.

«Fammelo grosso il doppio», disse Winter rivolgendosi al personale dietro al bancone. «Pago la differenza.»

«Il tuo panino sembra più grande del mio», notò Ringmar quando lo raggiunse al tavolo.

«Io non ho pranzato.»

«Che strano», disse Ringmar sempre confrontando i due piatti. «I cuochi qui devono avere qualche problema di proporzioni», disse ruotando il suo piatto e verificandone le dimensioni da ogni prospettiva. «Non ha senso, ci sono tre etti di gamberetti in più sul tuo e il diametro del tuo panino è...»

«Lo accetto perché sei tu, altrimenti mi sarei offeso», disse Winter. «Sei comunque tu che paghi», proseguì ingoiando un altro gamberetto. «Quanto è ingiusto il mondo.»

Era effettivamente il turno di Ringmar a pagare. Agitò la mano per attirare l'attenzione della cameriera e a quel punto Winter fu costretto a svelargli il trucco.

«Quando ti telefonerà?» chiese Ringmar dopo che Winter gli ebbe raccontato della sua mattinata. «Fa in tempo ad arrivare a destinazione già stasera o pernotterà a Londra?»

«Dovrebbe atterrare alle sei ora locale, sempre che l'interscambio a Heathrow proceda senza intoppi.» Winter guardò l'orologio. «Ovvero alle sette qui da noi.»

«Hai parlato con Macdonald?»

«No, avrei dovuto?»

«Mah, prima che si metta a usare troppi dei suoi vecchi contat...»

«Penso che Craig l'abbia informato di tutto. Mi ha detto che avrebbe chiamato Steve.»

«Mmm.»

«Non ho capito.»

«Mmm», ripeté Ringmar.

«Cosa c'è Bertil?»

«È una strana storia questa qui... Non so. Mi puzza di premeditazione.» Ringmar finì l'ultimo sorso di Ramlösa e appoggiò il bicchiere. «Prima arriva un misterioso messaggio a proposito di John Osvald. C'è chiaramente qualcuno in Scozia, forse di Inverness, che ha interesse a sconvolgere la famiglia qui in Svezia.» Ringmar passò il dito sul bordo del piatto. «Poi Axel Osvald che parte non appena riceve quell'assurdo messaggio. La domanda è: cosa ci ha visto che a noi sfugge?»

«Oppure c'è dell'altro di cui noi non siamo informati», disse Winter. «Forse più messaggi. Contemporaneamente.»

«Sì.»

«Questo è stato il suo terzo viaggio», disse Winter.

«Forse conosceva la persona che ha scritto il messaggio.»

«O poteva immaginare chi fosse.»

«Ma le visite precedenti non hanno portato a nulla», disse Ringmar.

«Questo non possiamo saperlo.»

«Ed evidentemente non lo sa nessuno.»

«Invece sì.»

«Chi?»

«Axel Osvald stesso.»

«Già, forse.»

La cameriera aveva appena appoggiato una nuova caraffa di caffè appena fatto sul piatto riscaldante, Ringmar si alzò a versarsene un'altra tazza.

Winter lo seguì con lo sguardo. Nel loro mestiere ogni occasione è buona per un caffè, te lo offrono ovunque, è peggio che essere il postino del villaggio. Bertil era in grado di mandare giù qualunque tipo di brodaglia. Il contenuto di alcune tazze bisognava tirarlo su col cucchiaino. E Bertil era capace di chiedere il bis.

«Tutto sta a indicare che Axel Osvald è impazzito», disse Bertil ritornando al tavolo.

Winter alzò le spalle.

«Dai, non trovi?» disse Ringmar.

«Certo, se lo immaginiamo mentre risaliva la collina svestendosi», rispose Winter.

«E mentre andava in giro per il paese blaterando in modo bizzarro», continuò Ringmar.

«Questo chi lo dice?»

«Ci sono dei testimoni, no?»

«Da quando hai fiducia nei testimoni, Bertil?»

«Abbassa la voce», disse Ringmar guardandosi intorno.

«Forse lo trovavano strano per via della lingua che parlava, ciò che non capisci può sembrare confuso.»

«Sì, può essere», disse Ringmar. «Sono un po' così gli inglesi, no? Chi non parla la loro lingua è da considerarsi strano.»

Winter sorrise.

«Comunque questi sono scozzesi.»

«E quindi?»

«Hanno delle radici nordiche.»

«Fatto sta che questo non ha facilitato Axel Osvald», disse Ringmar.

«No, hai ragione.»

«Però certo, può aver cercato di comunicare qualcosa di sensato, ma a loro incomprensibile.»

«Oppure era DAVVERO confuso», disse Winter.

«In che modo?»

«Forse aveva bevuto.»

«Hai chiesto alla figlia quale fosse il suo rapporto con l'alcol?»

«No.»

«Pensi che potesse essere ubriaco?» chiese Ringmar.

«Non secondo Craig e i vari testimoni», rispose Winter. «L'autopsia ci rivelerà il tasso alcolico.»

«Potrebbe essere stato avvelenato?»

«Da cosa?»

«Da una qualche droga.»

«Avvelenato a sua insaputa?»

«Sì, forse qualcuno gli ha versato qualcosa nella birra, non so...»

«Chiediamo al medico legale scozzese di cercare tracce di avvelenamento?»

«Non lo so Erik, forse ci stiamo immaginando tutto.»

«È il nostro metodo, no?» disse Winter.

«Sì.»

«Dunque dov'eravamo... Alcol e droga, qualcos'altro?»

«Terrore», disse Ringmar.

«Terrore di cosa?»

«Di qualcosa che ha visto.»

«O per qualcosa che ha sentito?» disse Winter.

«No, ha visto qualcosa che l'ha spaventato.»

«Cosa può aver visto?»

«Suo padre.»

«E quella vista l'avrebbe spaventato?»

«Dipende.»

«Dipende da cosa?»

«Dipende da chi fosse suo padre», disse Ringmar.

«Chi?»

«Chi era e come è diventato.»

«Certo.»

«O chi è sempre stato.»

«Mmm.»

«Questa storia ha a che vedere col passato», disse Ringmar.

«È sempre così.»

«In questo caso più che mai», continuò Ringmar.

«Perché?»

«Ciò che è successo al padre ha a che vedere con gli eventi del presente.»

«Perché?» chiese di nuovo Winter.

«Deve essere riuscito a scoprire tutto», disse Ringmar.

«E questa scoperta lo avrebbe portato alla morte?»

«In un certo senso», disse Ringmar.

«Non poteva ricordarsi del padre», disse Winter. «Aveva solo un anno quando l'ha visto per l'ultima volta.»

«Che differenza fa?»

«Non lo so Bertil.»

«Forse ci sono altre persone che John Osvald se lo ricordano bene.»

«Sì e no», disse Winter.

«Cosa intendi?»

«L'unico sopravvissuto agli anni della guerra... L'unico di cui si è a conoscenza è... Arne Algotsson, che è totalmente andato di testa, in balia della demenza senile.»

«L'hai incontrato?»

«No.»

Ringmar lo fissò.

«Non ce n'era motivo, Bertil», disse Winter. «Non c'erano nemmeno le basi per un'indagine. La domanda è se ora invece ci sono.»

«Chi ti ha detto che Algotsson soffre di demenza senile?»

«Johanna Osvald e suo fratello.»

Ringmar lo fissò di nuovo.

«Perché avrebbero dovuto mentire?»

«Non sto dicendo questo, semplicemente mi chiedo se la diagnosi sia corretta.»

«Pensi che Arne Algotsson stia fingendo?»

«Non sto dicendo nemmeno questo, ma penso che potrebbe valere la pena scambiare qualche parola col vecchio pescatore. Tentar non nuoce.»

Winter annuì.

«Anche se ancora non sappiamo se ci siano le basi per un'indagine.»

«Il semplice fatto che siamo qui a ipotizzare un ipotetico scenario rende l'indagine un ipotesi possibile», disse Winter.

«Quindi come procediamo?» chiese Ringmar.

«Proviamo a parlare con Algotsson», rispose Winter.

«E poi?»

«Poi giudicheremo se ci sono le basi per un'indagine approfondita.»

«E la figlia ti telefonerà stasera», disse Ringmar. «Questo ci aiuterà a capire in che direzione procedere.»

«So già cosa mi dirà», disse Winter.

Halders e Aneta Djanali avevano il turno di pomeriggio. Arrivarono insieme in commissariato. Halders si strofinò gli occhi in ascensore.

«Sei stanco Fredrik?»

«Sono rimasto sveglio quando te ne sei andata», le rispose.

Aneta Djanali non fece commenti, si limitò ad annuire guardandolo riflesso nello specchio dell'ascensore.

C'era uno strano odore là dentro.

«L'ha usato il dipartimento di detenzione», disse Halders notando l'espressione disgustata di Aneta Djanali. «Il loro era fuori uso.»

«Posso immaginare», rispose lei raggrinzando il naso.

«Ci sono ascensori in Africa?» le chiese Halders mentre passavano la reception.

«Solo negli alberghi.»

Il vento era forte nello spiazzo fuori dal commissariato, come se stesse per atterrare un elicottero. Aneta Djanali guardò in alto di riflesso, ma lassù c'era solo un cielo senza colore. L'estate di Britt era proprio finita. Adesso li aspettavano sette mesi bui e gelidi. Questo è il prezzo da pagare per vivere in un Paese nordico. Non si può avere tutto, sia il welfare che il bel tempo. Le peggiori condizioni atmosferiche sono quelle di Göteborg. Chi ci abita ha davanti a sé mezza vita di sofferenza, buio, umidità e un vento schiaffeggiante. Una mezza vita da passare rannicchiati strisciando per la città tra casa e lavoro. Forse era ora di dire quello che Fredrik diceva nei giorni peggiori di novembre: *Ouagadougou, here I come!*

«Sono rimasto davanti alla tv senza riuscire a chiudere occhio», disse Halders.

Si avviarono verso il parcheggio, due persone col cappellino nero saltarono in un'auto, che partì prima che avessero fatto in tempo a chiudere le portiere.

«Sembravano dei ladri in passamontagna», disse Aneta Djanali.

«Sono quelli dell'unità operativa di emergenza», replicò Halders.

«Ah.»

«Non hai visto che indossavano le tutine da ninja?»

«Ora che me lo fai notare, sì.»

«Stavo dicendo che sono rimasto davanti alla tv e indovina cosa ho visto su Eurosport?»

«Cosa?»

«Il Burkina FASO!»

«Non ho capito.»

«Ho visto il Burkina Faso in una partita contro il Sudafrica, zero a zero.»

«Zero a zero, male.»

«Il Sudafrica è la squadra calcistica africana più forte, insieme alla Nigeria e al Camerun.»

«Guarda che anche la squadra del Burkina Faso non scherza», disse Aneta Djanali.

«Cosa ne sai tu, tu che non sai assolutamente *nada y nada* di sport?»

«QUESTO lo so», disse Aneta Djanali. «I burkinabè sono bravissimi a giocare a calcio.»

«Dimmi il nome di un giocatore», disse Halders.

Si avvicinarono alla macchina, Aneta Djanali aprì la portiera cercando di ricordarsi un nome.

«Mi basta che tu ne sappia uno», disse Halders dall'altro lato della macchina.

«Lambou», disse.

«Eh?»

«Ce n'è uno che si chiama Lambou», disse Aneta Djanali vagamente spazientita. «Allora, sali?»

Attraversarono il Fattighusån, l'acqua era nera e immobile come se non riuscisse a decidere in che direzione scorrere.

«Allora, vediamo», disse Halders tirando fuori un blocchetto di appunti. «Mmm, no. Spiacente.»

«No cosa? Cos'è quello?» disse Aneta Djanali.

«Mi sono segnato la formazione», disse Halders. «E no, non c'è nessun Lambou.»

«Si sarà infortunato», disse Aneta Djanali.

«Kambou, Sanou, Saifou, Barro, Quadrego, Dagano, Tassembejio, Yameogo», Halders li elencò tutti. «Hai tirato a indovinare, ma ti è andata male. C'è sicuramente qualcuno di nome Lambou nel Paese, ma non fa il calciatore.»

«Il Burkina si è classificato terzo agli ultimi mondiali di calcio», disse Aneta Djanali con foga.

«Sbaglio o il tuo è un tentativo disperato di cambiare argomento?» disse Halders. «Ma davvero? Terzi ai mondiali?!»

«È assolutamente vero, stavo parlando al telefono con mio padre che me l'ha detto. Era l'anno scorso, grandi festeggiamenti.»

«Immagino che debba essere stato un grande evento», disse Halders. «Però santo cielo, quanto è primitivo INVENTARSI di aver vinto la medaglia di bronzo ai mondiali e poi iniziare a FESTEGGIARLO?!» ridacchiò. «Si meriterebbero un premio!» disse voltandosi verso di lei. «La Svezia si è classificata terza nel '94, forse ti sei confusa.»

«Guarda che me l'ha detto mio padre», disse Aneta Djanali improvvisamente triste. Per una volta sapeva qualcosa in più di Halders in campo sportivo e lui la sminuiva così. Anche lei aveva gioito per la vittoria del Burkina Faso. Ora tutta la GIOIA era sparita.

«Allora sarà stato lui a confondersi», disse Halders.

«Sì, sì.»

«Aneta?»

Non gli rispose.

«Non ti sarai mica offesa?»

«Certo.»

«Ma dai, Aneta.»

«So di avere ragione, ma lasciamo perdere.»

«No che non lasciamo perdere», disse Halders tirando fuori il suo cellulare. «Verifichiamo subito.»

«Dai fa lo stesso, Fredrik.»

«Davvero?»

Non rispose, continuò a guidare in direzione nord, oltre Olskroken, attraverso Gamlestaden. In realtà non avevano tempo di fare quel giro, ma ci teneva, un'ultima volta.

Halders digitò il numero, il centralino l'aveva messo in attesa.

«A chi telefoni?» gli chiese Aneta Djanali.

«A un oracolo del calcio, un giornalista sportivo del "GP" che conosco… Ehilà Bergsten, una domandina, calcistica sì, ok sì, la domanda è questa, ah ah, il Burkina Faso si è classificato, ah ah, terzo ai mondiali? Cos'hai detto? Burkina Faso. Alto Volta. Sì, esatto. Ma… Ho capito… Quindi… Hanno giocato a Trinidad… Sei sicur… Ho capito… Ok Bergsten, ti ringrazio… Sì. Non dico più niente… Nemmeno una risata… No. Non c'è niente da ridere… No mai… Mai più. Ciao.»

Halders concluse la telefonata e la guardò.

«Ti offro il pranzo per una settimana», le disse.

«Cosa ti ha detto? Racconta.»

«Che avevi ragione.»

«Te l'avevo detto.»

«Dannazione.»

«C'è qualcos'altro che desideri sapere?»

«Adesso ci godi vero?»

«Certo. Sono proprio felice che il Burkina si sia classificato terzo.»

«Su quello avevi ragione, ma tanto per capire... erano i mondiali maschili, gli under 21, gli scout, oppure...»

«Erano i mondiali di calcio, punto e basta», disse Aneta Djanali.

«Mamma mia, che ignoranza.»

«Perché non sai ammettere quando hai torto?» disse Aneta Djanali. «Cerchi sempre di rigirarla a tuo favore.»

«Ok, ok. Il Burkina Faso si è classificato terzo ai mondiali degli under 17.»

«Lo sapevo, lo sapevo!»

«E ora lo so anch'io», disse Halders.

«Lo sapevo che quei ragazzi hanno una marcia in più», disse Aneta Djanali.

«Chissà quale...»

«Cosa intendi?»

«Le squadre africane hanno dei soprannomi e i giocatori del Burkina Faso vengono chiamati *The Stallions*.»

«Davvero?»

«Davvero! Gli stalloni.»

«Sfacciati, ma divertenti.»

«Mi fa piacere che la pensi così, Aneta.»

«Gli stalloni», ripeté lei e sorrise.

«Trovi che sia la descrizione appropriata per gli uomini del tuo Paese?» le chiese Halders.

«Non so se lo sai, ma io sono nata all'ospedale Östra di Göteborg», disse Aneta Djanali. «Non ne so niente degli uomini del Burkina Faso.»

«Però ci sei stata.»

«Sì. E con questo?»

Halders non rispose.

«Fredrik, sei per caso geloso?!»

«Geloso è il termine corretto.»

30

Passarono la SKF. C'era un luce cupa sulle facciate degli edifici. Halders fissò le finestrate. Avrebbe potuto essere là dentro a sgobbare dalla mattina alla sera. Sarebbe potuto diventare il portavoce del sindacato, sarebbe potuto diventare il capo della fabbrica, sarebbe potuto diventare un grande industriale. Sarebbe potuto diventare di tutto, ma non commissario di polizia. Perché?

Perché? Perché sforzarsi per ottenere un ruolo così? gli aveva chiesto Aneta una volta quando lui si lamentava. Nel senso che non si guadagna poi così tanto di più, anzi, il prezzo da pagare è una minore libertà. L'essere capo non ti dà più potere. Certo che sì, le aveva risposto lui. Un potere da usare come? gli aveva chiesto lei. Non lo sapeva, non aveva saputo risponderle.

C'era una luce cupa anche lungo Fastlagsgatan. Aneta Djanali poteva scommettere che ci fossero punti su quella strada che non vedevano mai la luce del sole.

C'era un pick-up della Statoil parcheggiato fuori dal numero cinque, era pieno di mobili.

«*Coming or going?*» disse Halders.

Un ragazzo uscì dal portone e saltò sul pick-up, afferrò una specie di sedia in vimini e la portò dentro.

«*Coming*», disse Halders mentre il ragazzo continuava a fare avanti e indietro. «Sta caricando l'ascensore.»

«Quale appartamento si sarà liberato secondo te?» gli chiese Aneta.

«Lo stesso che pensi tu», disse Halders aprendo la portiera.

«Non possiamo farci niente», disse Aneta. «Stai tranquillo.»

«Siamo solo degli osservatori delle forze armate», disse Halders.

L'ascensore stava salendo, Aneta Djanali era titubante.

«Dobbiamo proprio immischiarci e raccontargli che l'appartamento in cui sta traslocando è stato la scena di numerosi crimini?»

«Nessuno ci è morto assassinato», disse Halders.

«Sarebbe benissimo potuto succedere», disse Aneta Djanali.

L'ascensore stava scendendo, aspettarono, le porte si aprirono e ne uscì una giovane ragazza dai capelli scuri. Li guardò di sfuggita mentre bloccava la porta dell'ascensore con una sedia. Corse verso il pick-up tornando indietro con uno scatolone dall'aspetto pesante sotto gli sguardi impalati dei due agenti.

«Se non avete niente di meglio da fare potete aiutarmi a portare su la roba», disse.

Halders era divertito, la tipa aveva il suo stesso senso dell'umorismo. La ragazza sorrise appoggiando lo scatolone nell'ascensore. Aneta Djanali non era divertita per niente, si ricordava di aver visto questa stessa ragazza arrivare in macchina e accompagnare a casa un commissario stanco. Conosceva il commissario e sapeva il nome della ragazza.

«Moa, cosa ci fai qui?»

Ringmar e Winter restarono sul ponte di poppa quando il traghetto delle 14:35 salpò. Winter fumava il primo Corps della giornata, lo disse a Ringmar che si complimentò. Avevano fatto un paio di telefonate prima di decidersi a partire. E ora eccoli lì, accompagnati da un bel sole che illuminava le rocce, solo la punta, circa il dieci per cento, spuntava dalla superficie dell'acqua. Tutto il resto è sommerso, effetto iceberg. Queste rocce non erano di ghiaccio, ma l'effetto è lo stesso. Lo stesso come con un buon libro, pensò Ringmar. Le parole sono solo il primo strato, tutto il resto resta nascosto tra le righe. Come nel loro lavoro, un mondo fatto di parole, parole scritte, parole urlate, dette, non dette, rotte, interrotte, bugie e verità. Spesso non significano nulla, tanto il significato è sotto la superficie, si vede solo la punta della bugia o della verità.

«Sarebbe bello vivere qua fuori», disse Winter. «In città è sempre nuvoloso, poi vieni qui e improvvisamente arriva il sereno. È sempre così.»

«Stai pensando di costruirti una casetta vicino al mare?»

Winter non rispose.

«Non è così?» disse Ringmar osservandolo mentre fumava. «Hai comprato quel terreno.»

«Mmm.»

«"Mmm"? Non sei convinto? Non hai... Avete deciso qualcosa?»

«All'incirca.»

«È sempre un piacere sentire i giovani parlare con tanto entusiasmo del loro futuro.»

«Si tratta di un grosso passo, Bertil.»

«Un grosso passo in quale direzione?»

«In zona di Billdal», disse Winter sorridendo.

«Non cercare di cambiare argomento, se non riesci a mollare l'appartamento tieniti anche quello. Il mondo è pieno di adulti che conservano le loro bambole, i loro orsetti e le loro copertine.»

«Paragone interessante.»

«Non trovi che il tuo appartamento sia sempre stato l'equivalente di una copertina? Almeno questa è la mia impressione.»

«Interessante che tu me lo dica», disse Winter. «Così, giusto prima del tuo pensionamento.»

«Cosa intendi?»

«Pensionamento anticipato», disse Winter fingendo di dargli un calcio sullo stinco.

«Mollala questa copertina, mollala», disse Ringmar. «Tutto ha il suo tempo, è ora di andare avanti.» Indicò il cielo che si stava facendo sempre più azzurro. «La vuoi o no una vita al sole?»

Winter guardò il cielo.

«Hai una famiglia e sai quello che vuole Angela. E pensa a come crescerebbe felice Elsa qui vicino al mare.»

Il battello aumentò la velocità dirigendosi verso Asperö Östra. Si vedeva la spiaggia, la baia, le casette, Asperö Norra, Rödsten. Una vita vicino al mare aveva i suoi pro e i suoi contro.

Certo, la vita sulle isole era ben diversa da quella su una spiaggia della terraferma.

«Inizia a costruire, Erik. Io ti organizzo la festa d'inaugurazione.» Iniziava a fare freddo là fuori. «Cosa ne dici di un caffè sottocoperta?»

Chiesero in giro finché non trovarono la casa di Arne Algotsson. Si trovava su una strada riparata dalle intemperie, la facciata era in ombra, il colore della casa non era stato alterato dal sole, dal sale e dal vento.

Ringmar bussò alla porta, che stava sprofondando nel terreno, se li avessero fatti entrare si sarebbero dovuti abbassare. La donna con cui Ringmar aveva parlato al telefono gli era parsa restia, ma alla fine aveva accettato. Si chiamava Ella Algotsson ed era la sorella di Arne. Aveva abitato a Donsö tutta la vita e non si era mai sposata, aveva ottant'anni suonati e ora si occupava del fratello che, secondo Johanna Osvald, non usciva mai di casa.

Ringmar bussò di nuovo. Si sentirono dei rumori provenire dall'interno, come dei catenacci che venivano rimossi.

Una donna piccola e magrolina aprì la porta guardandoli perplessa. La pelle delle sue braccia sembrava cuoio chiaro, il volto era segnato dalle rughe, più di quante Ringmar ne avrebbe mai avute. I suoi occhi erano di un azzurro slavato, per un attimo Winter pensò che fosse cieca.

«Che c'è stavolta?» disse la vecchina.

«Mi scusi?» disse Ringmar.

«Per cosa si sta scusando?»

Questa è gente semplice, che ti prende alla lettera.

«Sono quello che ha telefonato.»

«In che senso?»

«Ho telefonato poco fa e ho parlato con... una donna che mi ha detto...»

«Era l'assistente», rispose Ella Algotsson, come se fosse la vice direttrice della SKF o del traffico nautico dell'arcipelago. «Non è qui, quindi potete andarvene.»

«Ma è proprio con lei che vorremmo parlare, signora Algotsson.»

«Signorina.»

«Signorina Algotsson», ricominciò Ringmar. «Ci è stato detto che sarebbe stato possibile scambiare qualche parola con suo fratello.» Ringmar tirò fuori il distintivo e glielo mostrò. «Mi chiamo Bertil Ringmar e sono commissario di polizia a Göteborg e questo ragazzo è Erik Winter, il mio assistente.»

Winter le mostrò il distintivo. Ella Algotsson li guardò con sospetto.

«Davvero sa cucinare?»

«Se sa cucinare? Il mio assistente è il migliore», rispose Ringmar indicando Winter.

«Arne sta dormendo», disse la donna.

«Possiamo aspettare», disse Ringmar.

«È molto stanco Arne.»

«Facciamo un giro e torniamo più tardi», disse Ringmar.

La donna non rispose.

«È stato qui qualcun altro a chiedere di Arne?» chiese Ringmar.

«Come?»

«Quando ci ha aperto si chiedeva cosa volevamo "questa volta".»

«Axel è stato qui.»

Ringmar guardò Winter che si atteneva al suo ruolo di assistente standosene in silenzio, lasciando che Ringmar gestisse l'interrogatorio.

«Axel? Axel Osvald è stato qui di recente a parlare con Arne?»

«Un paio di settimane fa», disse la donna senza esitare. «Si sono messi in tinello, io non c'ero.»

«Di cosa dovevano parlare?»

«Dei vecchi tempi», disse la donna. È l'unica cosa che si ricorda, Arne. Tutto il resto l'ha dimenticato.»

Si ricorda dei vecchi tempi, tradusse Winter tra sé e sé.

«Allora torniamo tra un po'», disse Ringmar.

«Anche il suo Erik c'è venuto.»

Ringmar non fece altre domande, per il momento gli bastava essersi guadagnato la sua fiducia. La donna non aveva domandato il motivo della visita dei due ispettori, non sembrava un problema. Sapeva qualcosa? Qualcosa di più sulla scomparsa di John Osvald? Winter cercò di leggere fra le rughe del suo viso e nei suoi occhi costantemente rivolti verso Ringmar. Chissà se sapeva qualcosa a proposito del fratello che lui con gli anni aveva dimenticato? Se qualche segreto fosse rimasto a lei? Aveva detto che Axel ed Erik avevano voluto parlare col fratello, ma avevano detto qualcosa anche a lei?

Tutte domande che non avevano posto.

«Erik, sarebbe Erik Osvald?» chiese Ringmar quando lui e Winter furono soli.

«Sì.»

«Sarà stato qui insieme a suo padre?»

«No, è sicuramente stato qui dopo la sua scomparsa.»

Moa appoggiò lo scatolone per terra e si raddrizzò. Guardò prima Aneta e poi Halders. Adesso sì che mi riconosce, pensò Aneta. Non sono una qualsiasi immigrata del quartiere.

Le era bastato chiederle: «Moa, cosa ci fai qui?»

«Papà non ve l'ha detto?»

«*Ich bitte entschuldigung?*» disse Halders.

«Non è lui che vi ha mandati?» chiese Moa Ringmar con sguardo attento.

«Moa! Ecco chi sei», disse Halders, finalmente gli si era accesa una lampadina. «Sei Moa Ringmar!»

«Non è stato Bertil a mandarci qui, Moa», disse Aneta Djanali. «Siamo di servizio e tuo padre non ha idea del caso che abbiamo tra le mani.»

«E lo Stato non ha i fondi per farci lavorare anche come trasportatori di scatoloni», intervenne Halders.

«Pensavo che lui vi avesse chiesto di tenermi d'occhio.»

«Perché dovremmo tenerti d'occhio?» le chiese Aneta Djanali.

«Perché questa è una zona a rischio per una che arriva dal paradiso di Kungsladugård», disse Moa Ringmar.

Mai fidarsi dei paradisi, quelli sono i peggiori, pensò Aneta.

«In quale appartamento stai traslocando?» le chiese Halders.

Lei glielo indicò, le chiesero chi fosse il locatario.

«Si chiama Lindsten.»

«Subaffitto?»

«Sì, per il momento. L'affitto è a canone concordato, quindi potrebb...» si interruppe guardando i due agenti. «Ho fatto qualcosa di illegale per caso?»

«Lascia che ti racconti una cosa Moa», disse Halders.

Ringmar inspirò profondamente l'aria marina sul promontorio sul versante opposto del centro abitato. C'era un po' di foschia, ma si riusciva a distinguere tutta la costa sull'altro lato di Näset, Askim, Hovås, Billdal, Särö e via andare fino a Vallda. Ringmar aprì le braccia.

«Tutto questo potrebbe essere tuo, Erik.»

Winter, che stava per accendersi un Corps, cercò con lo sguardo la piccola baia di Billdal.

«Il messaggio mi è arrivato, Bertil.»

«Pensi che il tizio si sveglierà nel pomeriggio?» disse Ringmar.

«Altrimenti parliamo con la sorella», disse Winter. «Forse lei sa tutto.»

«Già.»

«Continuerò a farti da assistente domestico anche questo pomeriggio?» gli chiese Winter.

«Ti farà solo bene», rispose Ringmar.

«Hai respirato abbastanza?» chiese Winter.

«Anche tu dovresti farlo, l'aria del mare ti farebbe bene», rispose Ringmar mentre Winter si accendeva il sigaro.

«Il mare preferisco mangiarlo.»

«Ci ho provato», disse Ringmar. «Ma le ostriche mi disgustano.»

«Peccato.»

Scesero giù lungo il sentiero, sulla stradina incontrarono una scolaresca. Un bimbo alzò il pallone in aria ridacchiando, Winter gli fece ciao con la mano. Cosa penseranno di me? Uno strano tipo che si arrampica tra le rocce, andranno a casa a raccontarlo e presto i genitori cominceranno a chiedere spiegazioni, forse anche la polizia marittima. E a Bertil toccherà dire che sono il suo assistente.

«Pensavo che ve ne foste tornati a casa», disse Ella Algotsson aprendo la porta.

«La barca parte alle quattro e mezzo», disse Ringmar.

«Arne si è svegliato?» chiese Winter.

«Già.»

«Possiamo entrare un momento?»

Arne Algotsson era la fotocopia ingrandita della sorella, non c'erano dubbi sulla loro parentela. Era come se la vecchiaia avesse accentuato i loro tratti somatici. Era seduto su una seggiola rossa in cucina, si voltò quando entrarono. Il suo viso era illuminato dal riflesso della luce del mare che entrava dalla finestra, il retro della casa dava su un'altra dimensione. Da lì si vedeva la terraferma.

Arne Algotsson gli fece un cenno, i suoi occhi erano dello stesso azzurro di quelli della sorella, il mare diluisce tutto, anche gli occhi. A differenza dello sguardo della sorella, che era sveglio e a fuoco, quello dell'uomo era come immerso nella foschia.

Winter accompagnò Ringmar fino alla rotonda di Margareteberg, poi si avviò verso casa passando per Linnéplatsen. Övre Husargatan, Vasagatan.

C'era odore di sigaro in ascensore, sentì alcune risate di bambini provenire dalla tromba delle scale. Era ora, quando ci si erano trasferiti tutti i condomini avevano il doppio dell'età sua e di Angela.

Adorava questa casa.

C'era da una vita: c'era da prima che nascesse, sarebbe rimasta dopo la sua dipartita.

Avrebbero potuto affittarla, quando la casa in spiaggia fosse stata pronta. Moa, la figlia di Bertil, stava cercando casa, se non si fosse trovata bene a Kortedala poteva venire a vivere qui. Un po' grande forse, ma con un coinquilino sarebbe stata perfetta.

Aprì la porta ed Elsa gli corse incontro.

Fecero il tè, tostarono il pane, le olive erano sul tavolo e Winter stava friggendo dell'*halloumi*.

«Per me un bicchiere di bianco», disse quando squillò il telefono.

«Rispondo io», disse Angela.

«No io, IO», gridò Elsa alzando la cornetta. «Pronto?»

La videro ascoltare intensamente e poi ridacchiare dicendo: «*Yesssen*».

«È Steve», disse Winter ad Angela.

«Ho parlato svedese», disse Macdonald quando Winter prese in mano la cornetta.

«Ed Elsa ha parlato inglese.»

«*Yes sir*», Macdonald si interruppe per dire qualcosa a qualcuno che era lì con lui. «Scusami, sono appena tornato a casa.»

Macdonald viveva con sua moglie e le due gemelle quattordicenni in un cottage nel Kent, a circa un'ora di macchina da Croydon. Croydon è un sobborgo di Londra, il maggiore per numero di abitanti e non esattamente un paradiso.

«Anch'io», disse Winter. « Stavo giusto stappando il vino.»

«Jamie mi ha telefonato mentre ero in macchina», disse Macdonald.

«Ci ho parlato anch'io», disse Winter. «Se ti riferisci a Craig.»

«Sì, esatto. La figlia è arrivata a destinazione.»

«E?»

«Ha identificato il corpo. È suo padre, non c'è dubbio.»

«Quando l'ha identificato?»

«Una mezzoretta fa.»

«Allora mi chiamerà a momenti», disse Winter.

«Sai se quest'uomo soffrisse di depressione o se fosse mentalmente instabile?» Le domande di Macdonald erano sempre molto dirette.

«Non lo so Steve, non secondo la figlia. Niente di cronico, comunque.»

«E l'auto non è ancora ricomparsa.»

«Craig supponeva che sia stata rubata. Pare sia molto comune in quella zona.»

«Ma ormai avrebbero dovuto trovarla.»

«Craig cosa ne pensa?»

«La pensa come me.» Macdonald borbottò qualcosa a qualcuno al suo fianco. «Scusami di nuovo, siamo invitati a cena dai vicini per festeggiare il fatto che loro figlio ha lasciato il nido», disse Macdonald lasciandosi scappare una risata. «Comunque, per tua informazione, siamo riusciti a racimolare qualche testimonianza riguardo a questo Osvald. Degli spunti, delle osservazioni.»

«Che genere di spunti?»

«Della gente che l'ha visto in giro nelle ultime settimane, sembra aver girato parecchio tra Moray fino a giù nello Aberdeenshire.»

«Cosa comporta? Intendo, dovrebbe dirmi qualcosa la zona?»

«La zona, non saprei. Quello che mi incuriosisce è l'estensione dei suoi spostamenti. Ha percorso tutta la strada costiera fino a Fraserburgh per poi proseguire giù fino a Peterhead. Abbiamo perfino una testimonianza da Aberdeen. È un bel pezzo. E qualcuno dice di aver visto il tizio anche nell'entroterra.»

«Che conclusione dovremmo trarne Steve?»

«Non lo so, amico mio.»

«Dev'essergli capitato qualcosa», disse Winter.

«Sì», disse Macdonald.

«Qualcosa che abbia a che vedere con i suoi spostamenti.»

«Evidentemente, altrimenti perché girare per queste zone dimenticate da dio?» disse Macdonald. «Non era mica in vacanza.»

A proposito di vacanza, pensò Winter.

«E un'altra cosa», riprese Macdonald. «Dicono che non fosse solo.»

«Sono tutt'orecchi.»

«SE il nostro uomo è il tizio che i testimoni hanno visto, allora era in compagnia.»

«Vi hanno fornito una descrizione del compagno?»

«Si trattava di un uomo anziano.»

«Un uomo anziano», ripeté Winter sentendo un brivido salirgli lungo la schiena. Angela notò il cambiamento di tono.

«So cosa stai pensando», disse Macdonald.

«C'è dell'altro?»

«Mah, non lo so. È tutto in mano a Craig su a Inverness. Forse arriveranno altre testimonianze.»

«Craig è un uomo molto efficiente.»

«Efficiente senz'altro. Irritantemente efficiente.»

«Pensavo che foste amici, pensavo che l'avessi raccomandato per il posto lassù a Inverness.»

«Certo. E perché credi che l'abbia fatto?»

Winter scoppiò a ridere. Elsa fece lo stesso, quando lui rideva lei lo imitava. Angela lo guardò con la fronte aggrottata.

«Il commissariato più isolato di tutta la Gran Bretagna, perché pensi che io l'abbia raccomandato proprio lì?»

«Ok, ok.»

«E la cosa non gli piace affatto», disse Macdonald.

«Certo, lo capisco.»

«Non mi riferivo al suo ruolo o al posto sperduto in cui l'ho mandato. Non gli piace questo caso», disse Macdonald. «Craig è una palla al piede, ma sul lavoro esserlo è un pregio. Sostiene che niente in questa storia è quello che sembra.»

«Cos'hai detto che ti ha detto?!»

«Che niente in questa storia è quello che sembra», ripeté Macdonald. «*Things are not what they look like*. Ha usato queste testuali parole.»

Winter sentì un altro brivido corrergli su per la schiena, Angela sentì la serietà nella sua voce.

«Faranno un'altra autopsia al corpo», disse Macdonald.

«Johanna, cioè la figlia, era d'accordo?»

«Così mi ha detto Craig. Però non è così convinto che troveranno qualcosa di nuovo.»

«E allora dove pensano di trovarlo?»

«Non lo chiedere a me, Erik.»

«E cosa pensano di trovare?»

«Mi sembri abbastanza coinvolto nella vicenda», disse Macdonald.

«Ci ho lavorato su un po' in effetti», ammise Winter.

«L'ho notato.»

Improvvisamente Winter capì cosa doveva fare, cosa VOLEVA fare. Innanzitutto avrebbe avuto l'occasione di rivedere Steve, una bella rimpatriata. Forse definirla bella era fuori luogo.

Angela stava giocando con Elsa, gli indicò la bottiglia e lui annuì. Gli passò il bicchiere. Tra tre giorni sarebbero partiti per Marbella, sarebbero stati via una settimana.

Ci sarebbero state altre occasioni.

«È un caso... interessante», disse Winter.

«State cominciando a incuriosire anche me, tu e Craig», disse Macdonald.

«Poi con l'informazione che mi hai appena dato.»

«Però è già da un po' che ci pensi, vero?»

«A cosa?»

«Lo sai benissimo», disse Macdonald.

Winter non rispose e sorseggiò il vino, che era freddo e secco. Pensava. Sentì quella sensazione, quella meravigliosa e terribile sensazione di una volta. Pensava a Marbella, ad Angela, alla mamma... Si poteva fare. A Elsa sarebbe piaciuto. Avrebbe chiesto a Siv se...

«E tu cosa ne pensi?» chiese Winter. Non era necessario esplicitare ciò che stavano pensando entrambi, era l'effetto iceberg. «Per te sarebbe fattibile?»

«*As a matter of fact*», disse Macdonald. «Ho in programma una gita dalle mie parti, che ho continuato a rimandare.»

«Riesci a partire anche con un breve preavviso?»

«Quanto breve?»

«Tre giorni.»

«Si può fare.»

«Forse non verrò da solo», disse Winter guardando Angela, che si era irrigidita durante l'ultimo minuto della conversazione.

«Nemmeno io», disse Macdonald. «Sarah è pronta a partire, ha perfino preso una babysitter, se si può chiamare così chi accudisce due ragazze quasi quindicenni.»

«Ti richiamo più tardi per i dettagli», disse Winter salutandolo.

«Cos'è questa storia?» chiese Angela.

«Eh...» rispose Winter cercando di rimandare il discorso con un cenno eloquente verso la figlia che stava giocando sul pavimento. «Steve voleva parlare un po'...»

Elsa si addormentò lì per terra, come un sasso. Angela stava facendo un solitario che sembrava concludersi bene.

«*Well?*» gli chiese.

«Cosa ne dici di un viaggetto in Scozia?»

31

Era tardi quando Moa Ringmar rientrò a casa. Suo padre era al telefono, era pomeriggio a New York. Bertil Ringmar s'interruppe un momento mettendo la mano sulla cornetta.

«Martin ha preso quel loft sulla Third Avenue», disse.

«Ben per lui.»

«Cos'hai?»

«Niente, ne parliamo dopo.»

«Vuole scambiare due parole con te.»

«Digli che lo richiamo più tardi.»

«Ok, ok», disse Ringmar riprendendo la conversazione col figlio. «Sì, ti richiama più tardi. Ok, sì sì. Esattamente. Sì, ci sentiamo, ciao.» E mise giù.

«Quindi, cos'è successo Moa?»

«Papà quell'appartamento scotta.»

«Come?»

«Non c'è bisogno che ti scusi, non è colpa tua, non puoi mica ricordarti i dettagli di tutti i casi che girano in commissariato.»

«Raccontami tutto da capo perché non ti seguo», disse Ringmar.

«Nell'appartamento che dovevo prendere in affitto ci sono stati dei crimini e dei furti, inoltre il locatario si è comportato in modo alquanto sospetto con i due ispettori più tosti del Paese.»

«Halders e Djanali», disse Ringmar.

«Lo sapevi allora!»

«Hai detto i più tosti e ho capito. Scherzi a parte, so che stanno lavorando a un caso che ruota intorno a un appartamento a Kort... Santo cielo... È a Kortedala! Non mi starai mica dicendo che il tuo...»

«È esattamente quello che ti sto dicendo.»

«Santo cielo.»

«Com'è piccolo il mondo.»

«Come l'hai scoperto?» le chiese Ringmar.

«Fredrik e Aneta sono arrivati mentre io e Dickie stavamo scaricando gli scatoloni.»

«Cosa ci facevano lì?»

«Un controllo di routine, penso. Stanno tenendo d'occhio l'ex della tipa che ci abitava. È messo male.»

«Non avrebbero dovuto rilasciare queste informazioni.»

«È stato Halders», disse Moa. «Mi ha perfino chiesto se volevo le foto segnaletiche da appendere in giro per il campus.»

«La sua rinomata discrezione», disse Ringmar.

«Dickie ha messo tutte le mie cose in garage per il momento.»

«Quindi avete lasciato l'appartamento?»

«Ma certo papà, cosa credi?! Secondo te restavo là a dormire per svegliarmi quando un pazzoide ficca la chiave nella serratura e fa come se fosse a casa sua?»

«No, no.»

«È la prima volta che faccio e disfo i bagagli nello stesso giorno», disse Moa.

«Andrò a parlare con quel Lindsten», disse Ringmar.

«Non l'ho nemmeno pagato.»

«Ci voglio parlare lo stesso.»

«Ha fatto qualcosa di illegale?»

«Non lo so», disse Ringmar. «Vedremo.»

Johanna Osvald telefonò mentre si stava preparando un doppio espresso, ne aveva bisogno per pensare meglio. Decisamente più buono e più economico dell'anfetamina. Coltrane suonava *Compassion* in soggiorno insieme a Pharoah Sanders. Era la musica adatta per i pensieri selvaggi, asimmetrici, erano toni per menti particolari. Lo strumento di Coltrane ondeggiava come uno spiritello verso sogni in bianco e nero. Elsa era abituata ad addormentarsi al suono del jazz di un certo calibro. A volte Winter si domandava quali sarebbero state le conseguenze di queste ninne nanne.

Ciò che lo attraeva del jazz era l'espressività così personale della musica. Nel jazz il musicista esprime il suo personale modo di essere, il suo essere se stesso. È una musica volta principalmente all'espressione immediata e spontanea, senza intermediari. Improvvisazioni, ma non sregolate. Anzi, l'improvvisazione rende il musicista ancora più responsabile, poiché il risultato dipende esclusivamente dalla sue capacità, dalla sua esperienza. Un'esperienza emotiva. È un genere musicale nato da un'emozione per suscitare un'emozione.

Angela era uscita, anche lei aveva bisogno di pensare.

«È lui», disse Johanna Osvald al telefono. «È proprio mio padre.»

«Mi dispiace», disse Winter.

«Sono stati molto gentili con me», disse in tono quasi formale. Era uno strano commento, forse era sotto shock. C'era un non so che di distante nella sua voce. «Questo poliziotto, Craig, ha pensato a tutto.»

«Hai bisogno di qualcos'altro?» le chiese Winter.

«Niente che voi... possiate fare», disse. A Winter parve che fosse sul punto di piangere. Il suono era quello, oppure era la linea a essere disturbata.

Chissà, forse possiamo fare qualcosa, almeno trovare delle risposte.

«Sei riuscita a parlare con il medico legale?»

«Sì.»

Winter si aspettava una risposta più articolata, ma dall'altra parte c'era solo silenzio.

«Cosa... ti ha detto?»

«Che si è trattato di un attacco cardiaco che l'ha... l'ha stroncato. La sua temperatura corporea era molto bassa.» Winter la sentì respirare affannosamente. «In effetti fa molto freddo quassù. Sono uscita un attimo per pensare e c'è un freddo e un'umidità che...»

«Gli faranno altri... test?» Winter cercò di evitare di usare la parola autopsia, lei capì comunque a cosa si stesse riferendo.

«Se devono», rispose. «Se serve per scoprire qualcosa... A trovare delle risposte... Allora possono fare tutti i test che vogliono...» Rimase un attimo in silenzio. «Cos'è quel terribile suono in sottofondo?» gli chiese.

«Dove?»

«Lì da te. Cos'è quel rumore?»

«Aspetta un attimo», disse Winter andando verso il soggiorno, e spense la musica a metà di *Consequences*. «Era un cd», le spiegò.

Lei non fece nessun commento.

«Quindi... Cosa farai ora?» le chiese.

«Be'... Domani ho appuntamento dal medico legale, ci sono un po' di documenti da firmare. E poi spero di poter tornare a casa con papà il più presto possibile.»

«Certo.»

«Devo riportarlo a casa.»

«È chiaro.»

C'era un fischio sulla linea, come un vento che s'immetteva sul collegamento che attraversa il Mare del Nord, da Inverness ad Aberdeen e da lì fino a Göteborg. Aberdeen e Göteborg sono posizionate esattamente sullo stesso parallelo. Anzi, Donsö e Aberdeen sono perfettamente in linea fra loro.

«Ho appena parlato con Erik», disse Johanna Osvald.

«Dove si trova in questo momento?»

«In mezzo al mare», disse. «Si stanno avviando a Hanstholm col pescato.» La sentì soffiarsi il naso. «Poi va direttamente a casa... Sarà lì quando... arriviamo.»

«Bene», disse Winter.

«Penso che sia successo qualcosa quassù», disse improvvisamente. «Qualcosa che ha... causato tutto. Qualcosa di... terribile.»

«Lo penso anch'io», disse Winter.

«Qualcosa che riguarda... il nonno.»

«Sì, anche secondo me.»

Non le raccontò nulla dell'incontro con i fratelli Algotsson.

Angela rientrò con le guance rosse e i capelli umidi. Profumava del blu della sera, di vento salato, fango e smog, il tipico potpourri della città. La sera era blu, Vasaplatsen era un indirizzo blu. *Kind of Blue*.

«Ci ho pensato», disse Angela togliendosi la sciarpa.

«Conclusione?»

«Mah...»

«Sarebbe questo il riassunto dei tuoi pensieri?»

«Come facciamo con Elsa? Non so se vorrà, non so se possiamo...»

Avevano parlato tante volte di farla stare da Lotta qualche giorno. Sua sorella aveva tanto insistito. Anche Bim e Kristina avevano insistito. Certo che si poteva fare. Era già capitato che lui e Angela avessero fatto delle commissioni ed Elsa fosse rimasta da Lotta. Ed era sempre andata benissimo. I nonni non abitavano in zona, ma la zia Lotta e le cugine Bim e Kristina c'erano.

«Non abbiamo mai viaggiato da soli», disse Angela. «Senza Elsa.»

«Possiamo provare a prendere aerei separati.»

«Ti sembra il momento di scherzare?»

Forse non stavo scherzando, pensò Winter.

«E Siv ci sta aspettando.»

«Nueva Andalucía non scappa e nemmeno la mamma», disse Winter.

«Non esserne troppo certo.»

«Può sempre venire lei a trovarci», disse Winter.

«Non è quello che intendevo», replicò Angela cambiando leggermente tono di voce.

«C'è qualcosa che dovrei sapere, dottoressa Hoffman?» disse Winter.

«Niente di grave, a quanto sembra.»

«Mi state tenendo all'oscuro di qualche segreto, voi due?»

«È solo un po' stanca, Erik. Penso sia solo questo.»

«Stanca? Perché dovrebbe essere stanca?»

«Non è più giovanissima, ormai.»

«L'ho sempre pensato che non le facesse bene vivere in un posto dove ci sono quaranta gradi sei mesi all'anno.»

«Per quello basta tenersi idratati», disse Angela. «Bere molto, insomma.»

«Ecco un altro fattore di rischio.»

«Intendo acqua.»

«Io intendo gin», disse Winter.

«Gin AND tonic», disse Angela. «Un po' d'acqua la contiene. Scherzi a parte Erik, lo sai che ha praticamente smesso di bere da quando Bengt non c'è più.»

«E il suo passato da alcolista non potrebbe influire?»

«Non penso sia un soggetto a rischio», disse Angela.

«Forse dovremmo chiederle di venire a stare da noi per un po'.»

«Forse subito.»

«SUBITO, nel senso che hai deciso di partire per la Scozia?»
«Sì, ma prima dobbiamo chiederlo a Lotta. E vedere se Siv è d'accordo. E dobbiamo parlarne con Elsa.»

Angela uscì dal bagno, Winter era sdraiato sul letto a fissare il soffitto.
«Tu non l'hai mai incontrata la moglie di Steve.»
«E lei trova che questo viaggio sia una buona idea?»
«Perché non dovrebbe?»
«Per lo stesso motivo che mi hai appena fatto presente, ma all'inverso.»
«Mmm?»
«Passeremo molto tempo per i fatti nostri, immagino, mentre tu e Steve sarete in giro a risolvere il vostro mistero. E noi due non ci conosciamo per niente.»
«Ci assenteremo per un paio di giorni al massimo», disse Winter. «Forse nemmeno.»
«Dove alloggeremo? Alla fattoria di Steve?»
«Figurati! Ci sono degli ottimi alberghi a Inverness.»
«Darò un'occhiata alle alternative e prenoto.»
«Assolutamente.» Winter si sdraiò sul fianco. «Anche la sorella di Steve lavora a Inverness, è avvocato credo.»
«Sarà entusiasta di prendersi cura di noi. *Welcome to my world!*»
«Esatto.»
«Che sia chiaro Erik, questo viaggio non sarà dettato solo dalle tue esigenze.»
«Trovi che lo sia? Cerco di vederne il lato positivo. Steve e io faremo qualche ricerca insieme, forse staremo via per un po'... Non so. Ma improvvisamente mi è sembrato fattibile. Incontrarci così, unendo l'utile al dilettevole.»
«E tu hai mai incontrato sua moglie? Sarah?»
«No.»
«Quanti anni ha?»
«Cinquantasette.»
«Ma va!» disse Angela minacciandolo con un cuscino.
«Ne ha esattamente quaranta», disse Winter. «Come te.»
«Guardiamo al futuro, allora?» disse Angela preparandosi a

lanciare il cuscino con tutta la forza di una donna di trentacinque anni.

«Viviamo il futuro. È lì che ci stiamo dirigendo!» disse tirando un cuscino, che si scontrò in aria con quello lanciato da Angela.

«Pensavo che tutta questa storia riguardasse il PASSATO», disse Angela raccogliendo il cuscino. Rilanciandolo colpì la sveglia, che cadde per terra con un tonfo sul parquet laccato.

«Hai rovinato il PAVIMENTO», disse Winter facendo partire un'altra cuscinata.

Angela era distratta per qualche motivo e se la prese dritta in faccia.

«Cosa state COMBINANDO?» chiese Elsa in piedi sulla soglia con la sveglia in mano.

«Vorrei parlarle», disse Angela quando finalmente spensero la luce. «Vorrei parlare con la moglie di Steve. È importante. Credo anche per lei.»

«Certo.»

«Poi parlerò con Lotta e Siv e...»

«Lo so, partiremo solo SE riusciremo a incastrare tutto.»

«In quel caso questo viaggio non è una cattiva idea.»

«Grazie.»

Rimasero in silenzio nella penombra, ascoltando il lieve brusio del frigorifero.

«Ho un'altra domanda», disse Angela.

«Sì?»

«Questo mistero che volete chiarire... Non è pericoloso, vero Erik?»

Bergenhem e Peters s'incontrarono in un bar del centro. Peters era appena stato in palestra.

«Per voi della polizia l'allenamento è incluso nel mestiere», esordì Peters.

«Già», confermò Bergenhem.

«Lo farò presente al mio capo.»

«Pensavo fossi tu il capo.»

«Mi sono stufato.»

Peters era art director. La sua azienda era cresciuta. A quel punto aveva mollato tutto per iniziare da zero in uno studio più piccolo e tornare a disegnare.

«Non ho mai capito il mondo della pubblicità», disse Bergenhem.

«Non c'è niente da capire», ribatté Peters.

«Davvero?»

«È tutta una farsa, un gigantesco spreco dell'intelligenza umana.»

«Come?»

«Si finisce sempre a sponsorizzare jeans.»

«Ma vai avanti lo stesso.»

«Perché non sono Van Gogh.»

«Ci sarà una via di mezzo?»

Peters guardò altrove senza rispondere.

«Non è così?» insistette Bergenhem.

«Non so», rispose Peters, e Bergenhem capì esattamente a cosa si stesse riferendo, non aveva nulla a che vedere con l'arte.

Comunque esistono delle vie di mezzo. Lui si trovava in una di quelle. Forse avrebbe iniziato da zero, ma che problema c'era? Ci aveva guadagnato un nuovo amico. Aveva proprio bisogno di amici. Non aveva amici, ma aveva una famiglia. Martina era sua amica e ora aveva un amico in più.

32

L'espresso doppio fece il doppio dell'effetto desiderato, ora non riusciva né a pensare né a dormire. Alle tre sgusciò fuori dalle lenzuola e andò a controllare Elsa. Dormiva con gli occhi semiaperti, riusciva a vederlo perché le stava a un decimetro di distanza, per sentirla respirare. Non russava più, forse non sarebbe più stato necessario operarla alle adenoidi. Lui le aveva dovute togliere e l'esperienza non gli era per niente piaciuta. Erano gli anni Sessanta, lontani anni luce dalla tecnologia scientifica attuale. Per quello che si poteva ricordare, il chirurgo gli aveva rimosso la cartilagine e le adenoidi armato di ferro e martello. La mamma era nei paraggi, suo padre non era venuto. Era occupato a lottare per la diminuzione delle tasse. Suo padre non era mai stato granché interessato a partecipare alla costruzione del welfare durante quegli anni da record. Anni dopo avrebbe dato lavoro a lavoratori precari in Spagna, un segno tardivo di solidarietà che gli era venuta vivendo nell'Unione Europea. Winter aveva smesso presto di parlare di politica col padre, se mai aveva iniziato. Bengt Winter era un conservatore, un testardo.

In quel momento Elsa russò, un ronfo solo. Poi si girò di lato e Winter uscì dalla stanza in punta di piedi.

Si sedette nel soggiorno buio; buio che sarebbe durato ancora qualche ora. La tipica luce blu della notte entrava dalla finestra. I tram non avevano ancora iniziato la loro corsa, ogni tanto passava qualche macchina che si perdeva nel reticolato della città addormentata. Si sentì un grido provenire dal chiosco di Vasaplatsen con l'insegna luminosa in stile funky che all'epoca degli anni da record funzionava.

Tutti questi suoni, tutte queste luci sarebbero stati impensabili alla casa sulla spiaggia. Anzi, le avrebbe percepite come pericolose. Sarebbero stati circondati dal silenzio del mare. Era quello di cui aveva paura? Aveva paura?

Arne Algotsson aveva avuto paura? E sua sorella?

Winter si alzò dalla poltrona, si infilò le pantofole e uscì sul balcone. L'aria era fresca e profumava d'autunno. C'era una strana umidità nell'aria, un odore acre di foglie morte e un sapore di sale che invadeva la città quando il vento tirava da nord-est.

Lo stesso sale di cui era cosparso il viso di Arne Algotsson. La sua pelle era coperta da una patina grigia, una crosta dura, come una maschera sul punto di sgretolarsi. E gli occhi, al di sotto, erano come infossati. Winter ne vedeva il luccichio senza riuscire a leggerne lo sguardo.

Ella Algotsson era seduta accanto al fratello.

«Ah già, ho una sorella che si chiama Ella», aveva detto indicandola. «La conoscete?»

Lei aveva guardato Winter e Ringmar sottintendendo l'evidente senilità del fratello. Arne Algotsson aveva il cervello bacato come una rete da pesca, anzi, come una rete da pesca smagliata. Tutto gli sfuggiva, tutto gli passava attraverso. Bastava guardarlo, bastava sentirlo.

«Lei conosceva John Osvald?» gli aveva chiesto Winter.

«John è un pescatore», aveva risposto Arne Algotsson da dentro il suo mondo. «Poi è diventato capitano.»

«In che senso "poi"?»

«Mangiamo qualcosa?» aveva detto Arne Algotsson.

«Abbiamo appena mangiato Arne, non ti ricordi?» gli aveva risposto la sorella appoggiandogli una mano sul braccio, lui sobbalzò.

«È una vecchia ferita», aveva spiegato Ella.

«Non ho capito», aveva detto Ringmar.

«È una vecchia ferita di mare. Gli venivano sempre gli eczemi fuori in barca. Avevano sempre su gli impermeabili. Gli si apriva la pelle. Arne ha ancora le cicatrici sulle braccia.»

«Gli impermeabili», le aveva fatto eco il fratello.

Si erano fermati un momento all'ingresso a parlare con Ella Algotsson. Ovvero, Ringmar le aveva parlato in quanto gli interventi di Winter, in veste di assistente, venivano ripetutamente ignorati dalla donna. Il fratello li aveva visti entrare, ma poi sembrava essersi dimenticato della loro presenza. Seduto su una sedia a dondolo si perdeva a osservare il paesaggio. Fuori dalla finestra gli scogli levigati dal mare ondeggiavano morbidi.

«Adesso non riuscirete a cavargli nulla di sensato», aveva detto Ella Algotsson.

«E allora, invece?»

«Allora, cosa?»

«Quando è tornato dalla Scozia, dopo l'ultimo viaggio. Cos'ha detto allora?»

«Non molto», disse lanciando un'occhiata verso il fratello, immobile davanti alla finestra, come una statua di sale.

«Ha raccontato dell'incidente, ovviamente, ma non è che se ne sapesse un granché.»

«Cosa se ne sapeva?»

«Quello che avrete sentito anche voi. Che stavano tornando dall'Islanda quando la nave è affondata.»

«È affondata abbastanza vicino alla terraferma, mi pare», aveva detto Ringmar.

«Comunque non si riusciva a vedere la barca dalla terraferma.»

«Dov'era Arne in quel momento?»

«Sulla terraferma.»
«Sì, ma dove?»
«In una di quelle città dove stavano. Non so. Non mi ricordo.»
«Aberdeen?» aveva suggerito Ringmar.
«No. Lì ci sono stati prima. No, non è successo lì.»
«È successo a Peterhead?» le aveva chiesto Winter.
Ella Algotsson l'aveva ignorato, non lo vedeva e non lo sentiva.
«Peterhead?» aveva dovuto ripetere Ringmar.
«FISHERMEN'S MISSION TO FISHERMEN'S VISION TO DEEP SEA NATIONAL MISSION», aveva recitato Arne Algotsson con una voce irrigidita dalla vecchiaia. Era rimasto seduto sulla sedia a dondolo, non l'aveva dato a vedere ma probabilmente aveva ascoltato tutto.
«A volte ripete quella tiritera», aveva detto Ella Algotsson.
«Cosa significa?» aveva chiesto Ringmar.
«L'avete sentito, no?»
«Sì, ma non ne capisco il significato.»
«Nemmeno io», aveva detto Ella Algotsson con un sorriso triste sul suo vecchio viso, fragile ma forte. «La ripete spesso ultimamente.»
«Ultimamente?»
«Sì... Negli ultimi anni.»
«Da quando si è ammalato?»
«Sì.»
Arne Algotsson continuava a osservare le onde di pietra fuori dalla finestra.
«Peterhead», aveva detto Winter ad alta voce.
«FISHERMEN'S MISSION TO FISHERMEN'S VISION TO DEEP SEA NATIONAL MISSION», aveva recitato di nuovo Arne Algotsson.
«Altrimenti non parla mai inglese, l'ha dimenticato. Anche quello.»
«Abbiamo detto PETERHEAD», aveva riprovato Ringmar.
«FISHERMEN'S MISSION...» e di nuovo Arne Algotsson aveva recitato quella strana frase, come un pappagallo. Suonava bizzarro e allo stesso tempo comico. Winter si era sentito in colpa, aveva la sensazione che si stessero approfittando di un vecchio incapace d'intendere e di volere. Il vecchio e il mare.

«È chiaramente un luogo che risveglia in lui qualche ricordo», aveva concluso Ringmar.

Ella Algotsson sembrava pensare ad altro.

«Comunque non è lì che è successo», disse. «Ne sono sicura.»

«Fraserburgh», aveva suggerito Winter guardando Arne Algotsson, che non ebbe nessuna reazione. Questa volta fu la sorella ad avere una reazione inaspettata, aveva guardato Winter e gli aveva chiesto di ripetere.

«Fraserburgh, la città dov'è successo si chiamava per caso Fraserburgh?»

«Fras... Sì, credo di sì.»

«Arne è tornato a casa subito dopo l'accaduto?»

«No. Non è rimasto in Scozia per tutta la durata della guerra, ma si è fermato per un altro po'.»

«Per quanto circa?»

«Un anno, penso. È tornato su un peschereccio. Insieme ai fratelli di Öckerö. Quelli sono matti.»

«Di Öckerö?» aveva chiesto Ringmar con tono interessato.

«Sono morti.»

Arne Algotsson annuì piano, come se fosse d'accordo con le parole della sorella.

«Chi altro c'era sulla barca oltre ad Arne?» aveva chiesto Ringmar.

«Bertil, il fratello di John. Anche lui è morto.»

Ringmar aveva annuito.

«Anche un altro fratello è scomparso nell'incidente, vero?»

«Egon, sì», aveva risposto senza aggiungere altro.

«C'era qualcun altro originario di qui sulla barca?»

Lei non aveva risposto, non subito. Aveva guardato verso il fratello per vedere se stesse ascoltando. Oppure per controllare che non rispondesse.

«Ce n'era un altro a bordo», disse dopo un lungo silenzio. Il suo sguardo era cambiato, assente.

«Un altro pescatore di qui?» le aveva chiesto Ringmar.

Lei aveva annuito.

«Come si chiamava?»

«Frans.» Il suo sguardo era annebbiato mentre pronunciava quel nome. «Frans Karlsson. Il mio Frans.»

A Winter era rimasta impressa la sua espressione, gli era parsa così triste mentre pronunciava quelle parole. Il mio Frans. Aveva raccontato in poche, pochissime parole che Frans era il suo promesso sposo, che non tornò mai a casa e che lei non aveva mai smesso di aspettarlo. Winter pensò alla statua fuori dal museo navale. Ella Algotsson era la prova vivente del marinaio che non tornò, però lei non era di pietra.

Non aveva aggiunto altro, ma Winter sapeva dai racconti di Johanna Osvald che non si era mai sposata.

Il suo destino era legato a quello di John Osvald e della sua famiglia, i loro destini erano concatenati. Questa catena legava il passato e il presente e le coste a est e a ovest del Mare del Nord.

«Anche lui riposa là sotto», aveva detto dopo un po'. «La barca, il *Marino*, non è mai stata rinvenuta. È sparito tutto.»

Ringmar prese la rincorsa e chiese tutto d'un fiato: «Signorina Algotsson, è al corrente del fatto che Axel Osvald è partito per la Scozia un paio di settimane fa?»

Lei annuì.

«Ne conosce il motivo?»

«No.»

«Erik... Erik Osvald ha menzionato qualcosa quando è venuto qui?»

Aveva risposto di «no» ed era parsa stanca, stanca morta. Il suo viso fragile aveva ceduto. Lo sguardo non era più annebbiato, era spento. Morto. A Winter era tornato il senso di colpa. Stavano abusando della fragilità di queste persone, riaprendo vecchie ferite. Da questa conversazione non sarebbe uscito nulla di buono.

Forse stavano solo peggiorando la situazione con le loro domande. Ripensò alle parole di Erik Osvald riguardo alle tempeste che rimescolano tutto, a quanto stia bene il mare dopo una bella smossa che rivolta i sassi e porta a galla il vecchio. Ma a cosa avrebbero portato tutte le loro domande? Avrebbero portato a qualcosa di positivo?

Winter ci stava pensando nel buio del suo appartamento. Vedeva ancora davanti a sé il viso triste di Ella Algotsson, non riusciva a liberarsene. Vedeva anche Arne Algotsson e i suoi cenni di assenso.

Conclusa la conversazione con Ella, avevano cercato di comunicare con Arne. Gli si erano seduti di fianco davanti alla finestra.

Gli avevano posto qualche domanda, alle quali avevano ricevuto solo risposte assurde, comiche e allo stesso tempo tragiche.

Arne non aveva più nulla da dire a proposito del «capitano Osvald».

Winter avrebbe voluto sapere come mai non fosse capitano quando erano partiti, lo era «diventato», perché?

Perché Arne Algotsson e Bertil Osvald non avevano partecipato a quell'ultima spedizione? Quali erano i rapporti tra i giovani pescatori dell'isola? Andavano d'accordo a bordo?

Winter ripensò a Erik Osvald, a quello che gli aveva detto a proposito del silenzio e della solitudine che si crea dopo tanti giorni in mare aperto. Era successo qualcosa a bordo?

Che conseguenze aveva avuto quel loro esilio forzato?

Winter voleva trovare una risposta a tutte quelle domande, alcune delle quali le avrebbe cercate in Scozia.

Era una storia affascinante, piena di sfaccettature sparse lungo mezzo secolo, sparse per il mare.

C'era un grande lutto, ma c'era anche qualcos'altro. E c'era chi sapeva qualcosa, ma non osava dire nulla.

Axel Osvald aveva trovato quel qualcosa in Scozia, qualcosa che aveva cercato per tutta la vita e che la vita gliel'aveva stroncata.

Quel qualcosa riguardava il mare, la pesca, le reti, le città, le isole, i villaggi, il vento e via andare.

Winter si avviò verso la camera da letto, almeno per cercare di riposare qualche ora.

Mentre stavano congedandosi, Ringmar doveva aver ripetuto la parola Scozia diverse volte nella stessa frase, innescando la stessa reazione di prima nella mente di Arne Algotsson, che con lo stesso tono della tiritera sulla MISSION aveva recitato:

The buckle boys are back in town, o qualcosa che suonava pressappoco così.

«Cosa ha detto?» Ringmar l'aveva pregato di ripetere, ma la mente illogica di Arne Algotsson non funzionava a comando.

«*The buckle boys are back in town*», aveva cercato di ripetere Ringmar, suonava facile e fluiva bene.

«*The buckle boys are back in town*», aveva ripetuto Arne Algotsson come un pappagallo.

«Ho notato che hai ripetuto la parola SCOZIA un paio di volte prima», disse Winter rivolgendosi a Ringmar, ma allo stesso tempo anche ad Arne Algotsson. «Scozia.»

«*Cullen skink*», rispose Algotsson, poi più nulla.

Ogni parola riecheggiava nella mente di Winter che, immerso nei pensieri, era rimasto immobile in corridoio. *Cullen skink*, che strana parola. Suonava scozzese, ma cosa significava? O aveva detto *Collie skink*? *Collie sink*? Poteva aver detto *sink*? Lavello? Proprio su quel pensiero il lavello in cucina iniziò a sgocciolare. Era uno di quei rumori che si sentono solo di notte, un rumore irritante che sarebbe finito se solo si fosse deciso a cambiare quella guarnizione. Lo sgocciolio nel lavandino, *that sinking feeling*.

Tornò in soggiorno. L'orologio non segnava più le tre, ma le quattro e mezzo. Sentì lo sferragliare di un tram, il rumore del camioncino che passava a ritirare il pane dal panettiere, lo scatto della cassetta delle lettere e il tonfo del giornale sullo zerbino. Non era per niente stanco. Si avviò verso la libreria, cercò tra gli atlanti e le cartine.

La Scozia. *The buckle boys*. *Cullen sink*.

Accese la lampada e cominciò a sfogliare, tavola sei, Scozia del Nord. Trovò Inverness nella baia di Morey Firth, vide Thurso più in alto e John O'Groats, che però ancora non significavano nulla per lui. Lesse i nomi di tutte le cittadine e i villaggi da Inverness a Aberdeen. Non erano pochi, ma neanche tantissimi. Iniziò dall'entroterra, da ovest a est. Dallas era un puntino microscopico, ma c'era. La Dallas primordiale. Forse il padre e il fratello di Steve avevano iniziato a mungere le mucche a quest'ora mentre la madre stava preparando il porridge di avena, il delizioso piatto nazionale scozzese.

Il dito di Winter era giunto ad Aberdeen, ora scorreva verso nord fino a Peterhead e Fraserburgh, sulla punta più estrema. Per poi da lì proseguire verso est, seguendo la costa, paese per paese fino a Inverness: Rosehearty, Pennan, Macduff, Banff, Portsoy, Cullen.

Cullen, come in *Cullen sink* o *skink*. *Sink made in Cullen*, lavello prodotto a Cullen, arredamento scozzese per cucine? Poteva anche trattarsi del nome di una città. Se lo sentiva. C'era anche un altro Cullen, tra Portsoy e Portknockie.

Proseguì col dito sempre seguendo la linea costiera in direzione ovest, per fermarsi praticamente subito. Alla città successiva. Buckie.

The Buckie boys are back in town.

33

Era di nuovo a casa, perché questa era casa sua ormai. Camminò sulla spiaggia verso la formazione rocciosa che si estendeva verso ovest e che la gente del posto chiamava The Three Kings «I Tre Re». Questa denominazione era strettamente legata al mare, alla sovranità sul mare, al fatto di essere il più alto e potente.

In altri tempi era stata una città piena di VITA, un Royal Burgh con un futuro davanti. *No more*.

Oggi nessun peschereccio usciva a pescare le aringhe, nessuna barca rientrava in porto. Il nasello non veniva più affumicato sul posto, non ce n'erano più e non c'era più nemmeno il fumo che ti pizzicava le narici. Una volta c'erano tre affumicatoi, ora il fumo che usciva dai camini delle case dove qualche poveraccio cercava di scaldarsi puzzava di immondizia, poi andava a sbattere contro il cielo e diventava anche lui di pietra.

C'era una crepa nel cielo, come se fosse stato colpito da una martellata sgretolandosi e aprendosi completamente. Si voltò, da quel punto riusciva a vedere Seatown, i cavalcavia, la città soprastante, le colline oltre la città e il cielo azzurro oltre le colline. Era questo che aveva sperato di vedere. Era per questo che aveva camminato fin qui. Aveva percorso Castle Terrace e si era arrampicato sul Burn. Riusciva ancora ad arrampicarsi. Riusciva ancora a fare molte cose nonostante l'età.

Jesus!

Chiuse gli occhi. Vide l'acqua, il ponte di coperta e la tempesta, prima che la vera TEMPESTA sopraggiungesse, i visi e gli sguardi e i movimenti e… e… e gli occhi di Frans. Appena dopo. Quando SAPEVA. La mano che Frans gli aveva teso.

L'urlo di Egon.

Jesus. SAVE ME, Jesus!

Inciampò, quasi perdendo l'equilibrio. Sentì una fitta all'anca.

Perché non poteva dimenticare?

Dove sono? Andate via! Quest'ora perniciosa
Sia sempre maledetta nel calendario!

Alcuni invecchiando dimenticano tutto. Si ammalano. Non gli resta nulla, tutta la sporcizia viene sciacquata via, gettata in mare come i resti di pesce, finché il ponte luccica sotto il sole, o alla luce della luna. Cancellata ogni traccia, potevano andare avanti a vivere liberi dal ricordo, andare incontro a *Jesus* con un'anima pura.

Zoppicava camminando sulla sabbia. C'era un merlango morto sul bagnasciuga. Ai pesci toccava venire a riva di loro volontà visto che nessuno andava più fuori a pescarli. Sentì lo sbattere delle onde contro i sovrani che si era lasciato alle spalle. Qualcosa urlava dentro di lui. Si tappò le orecchie catturando quell'urlo tra le mani per qualche istante prima di liberarlo.

C'era un altro sconosciuto seduto al Three Kings. Per un attimo fu tentato di andarsene, ma l'uomo non sembrava curarsi di lui. Sembrava tutto assorto nei suoi pensieri, fissava il punto di North Castle Street, sotto il cavalcavia, dove le ombre si fanno più definite. Le case di fronte avevano un aspetto pungente, come se fossero ricoperte di graffiti. Tra un'ora il sole si sarebbe spostato e l'effetto sarebbe sparito rivelando la pietra liscia delle facciate. Qui di graffiti non ce n'erano. I giovani che li avrebbero dovuti dipingere erano fuggiti a ovest e a est appena avevano potuto, a Inverness, Aberdeen. Questo luogo era esattamente a metà, probabilmente fuggivano anche più lontano, a Edimburgo, Glasgow. Qualcuno arrivava giù fino a Londra.

Ordinò una pinta di birra e il suo solito whisky. C'era una donna dietro al bancone che non riconobbe. Non era né giovane né anziana, una qualunque arrivata dal nulla e diretta da nessuna parte. Versò la schiuma sul bancone, sospirò e andò a recuperare uno straccio. Sentì l'odore dello straccio. La sua birra aveva lo stesso odore. Si sciacquò la bocca col whisky. Per reggere l'alcol bisogna bere seguendo l'ordine giusto. *Beer on whisky – mighty risky. Whisky on beer – never fear.*

Bevve un altro sorso. L'uomo vicino alla finestra si alzò e si avviò verso la porta. Improvvisamente si voltò e disse *goodbye*, gli rispose con un cenno. Anche la ragazza dietro il bancone lo salutò con un cenno, ma lui sentì che il saluto era rivolto a lui. La cosa non gli piaceva. Finì di bere in fretta e si alzò dalla sedia col bicchiere di whisky in mano. Sentì ancora dolore all'anca. Vide l'uomo aprire la portiera di una macchina parcheggiata di fronte, partire e sparire giù per Bayview Road. Non conosceva quell'uomo, non l'aveva mai visto. Perché l'aveva salutato? Finì il suo whisky e appoggiò il bicchiere accanto a quello dello straniero.

Camminò verso sud sulla North Castle, girò a sinistra su Grant Street e raggiunse la piazza. C'era un autobus vuoto parcheggiato lì. I passeggeri e l'autista probabilmente stavano pranzando al Seafield Hotel, prima di proseguire per Aberdeen, almeno così diceva il cartello sul finestrino.

Il Seafield Hotel non faceva per lui, né ora né mai.

Nemmeno ad Aberdeen era stato in un posto del genere.

Ma erano stati al Saltoun Arms Hotel di Fraserburgh.

Si erano lavati in una *rest room* pulita e scintillante come il sole sul mare di un giorno senza nuvole.

Era stato due sere fa.

C'era qualcuno che lo sapeva? Che li aveva guidati lì? Appena due giorni fa...

Avevano cenato in una sala profumata e piena di piante. Il cibo era caldo e buono. Avevano mangiato un budino rosso e dolce, tremolante come le interiora di un pesce.

Non ci era più tornato.

La comitiva uscì dall'albergo e salì sull'autobus, diretto ad Aberdeen.

Ricordava i tempi passati fuori dall'Abercromby Jetty nel Tidal Harbour e i diecimila passi che aveva percorso su Albert Quay.

Attraversò il Victoria Bridge, giù per Timber Yards.

Poi su di nuovo su Commercial Quay.

Rimase per un po' allo Schooner a guardare il tramonto su Guild Street.

Non l'avrebbero lasciato in pace.

Lo sapeva.

Aspettavano, qualcuno aspettava.

Una volta uscito si arrampicò su per le gradinate ripide verso Crown Street. Ce l'avrebbe fatta a salire fin lì? Forse, ma non oggi con questo male all'anca.

Proseguì verso nord su Crown Street e poi sulla Union. A quei tempi la guerra era ovunque, nelle vetrine dei negozi, sui vestiti della gente, sulle uniformi dei soldati. Tutto era buio, spento. *The dark ages*. I tempi bui.

Aveva scritto una lettera, aveva scritto alla sua famiglia.

Si ricordava la luce della baia, come ansimava il vento mentre scriveva.

Aveva chiesto di Axel.

Aveva pensato molto a quelle lettere durante quegli anni di solitudine.

Non aveva più voluto vederle quelle lettere. Non era più la stessa persona che le aveva scritte.

Proseguì verso sud su Seafield Street, lontano dal mare, oltre l'albergo, oltre Town Hall – il municipio – e il commissariato dove a nessuno importava di lui. Nessuno di quei giovani sapeva chi fosse, che lui esistesse, i più anziani non c'erano più, non c'era più nessuno.

Continuò verso est, oltre il Victoria Palace e Albert Terrace, tornando verso il cimitero. Chissà dove sarebbe stato sepolto.

Il mare era buio quando tornò indietro scendendo gli scalini verso Seatown. Incrociò qualcuno sulla scalinata, ma era tornato a essere invisibile. Avrebbe potuto tendere una mano, ma nessuno l'avrebbe visto.

I vestiti dei bambini erano stesi fuori dalla casa, si muovevano nella brezza della sera. Le finestre erano nere, serrate.

La cabina telefonica era rossa, luminosa. C'era stato dentro una volta, era stato costretto a usarla. All'inizio non aveva capito come funzionasse, ma sapeva leggere. Le sue mani tremavano talmente che fu costretto a ripetere l'operazione più volte. L'aveva pregata.

Quando ci passò accanto il telefono cominciò a squillare!

Sobbalzò e sentì una fitta all'anca. Proseguì senza voltarsi, mentre quello continuava a squillare, squillare.

Una volta in casa accese la stufa, si era fatto molto umido. Accese il fuoco col cappotto addosso, la fiammata divorò la carta di giornale e poi iniziò a masticare la legna sul fondo. Si scaldò le mani.

Osservò l'incandescenza arrugginita delle fiamme. Ruggine, sì. Era circondato dalla pietra e dalla ruggine. Non c'era più nessuno col martello.

Erano andati insieme nella vecchia capitale, quella della flotta navale.

Un tempo era un porto che pullulava di pescherecci.

Ci era stato, aveva sentito la lettera bruciare nella tasca interna del cappotto. Erano come fiamme incandescenti dentro di lui. Era passato davanti al cantiere navale e a due barche arrugginite, come congelate in quel liquido rossastro. C'era solo silenzio, nessun martellio.

Rivide il monumento, se lo ricordava. Qui ci era già stato.

Aveva mandato il suo messaggio oltre il mare. Aveva saputo che Hanstholm era l'attracco principale per le imbarcazioni del suo vecchio porto d'origine.

Delle poche barche di casa.

Prima della guerra c'erano una quarantina di pescherecci sull'isola.

Ogni lunedì percorrevano circa 200 miglia in direzione ovest, in una ventina di ore.

Fissavano le reti e le annodavano bene, un'arte che oggi non esiste più.

Trascinavano le reti lasciandole correre a cento braccia di profondità.

Gli mancava. Gli era sempre mancato.

Tiravano su le reti a mano, anche questo gli mancava. Il mare grosso che s'infrangeva gli mancava. La velocità di tre nodi, l'ultima issata della notte, quando buttavano l'ancora e restavano fermi con la lanterna del ponte di coperta accesa.

Di venerdì rientravano al porto con le cassette. Duecento cassette. Aveva imparato come si spala il ghiaccio.

Bertil stava in cabina, Egon alle macchine. Arne si occupava degli strumenti di bordo.

Lui e Frans facevano i garzoni, erano i più giovani. Correvano avanti e indietro sul ponte, scivolando, trasportando casse, slacciando i nodi. Pulivano il pesce con le mani arrossate e fredde.

Erano i più giovani e toccava a loro preparare da mangiare.

Si addormentavano tardi e si svegliavano presto.

Giorno dopo giorno.

Un giorno ci sarebbe stato lui al timone.

Pescavano al buio.

Pescavano tutta la notte.

Procedendo lungo la traiettoria, sempre in direzione ovest.

Dio!

Aveva cantato gli inni.

Quasi la metà degli abitanti dell'isola faceva parte della congregazione.

C'era sempre una Bibbia a bordo.

Quando sei là fuori, è un sollievo credere in qualcosa.

Suo padre gliel'aveva sempre detto: comunque vadano le cose, andrà tutto per il meglio se hai fede in Dio.

34

Angela si era convinta nel sonno. Sarebbero partiti, a patto che Elsa avesse accettato e che si fosse trattato di pochi giorni.

«Eventualmente posso sempre tornare prima», disse. «Voli separati, a proposito di quello che dicevi ieri.»

«Telefono subito a Lotta», disse Winter.

«Non dimenticare Siv.»

Al di là di ogni aspettativa, Siv accettò all'istante. Sarebbe arrivata a Göteborg in concomitanza con la loro partenza, ospite di Lotta che per l'occasione avrebbe preso qualche giorno di permesso dall'ospedale.

«Tutti si prendono un time out quando gli gira, questa volta tocca a me.»

Anche Steve Macdonald si era preso un time out. Winter lo chiamò in tarda mattinata.

«Mio padre non sta molto bene, sarei andato comunque.»

«Mi dispiace.»

«Tranquillo, è tutto a posto.»

«Angela ha deciso di venire, le piacerebbe scambiare qualche parola con Sarah prima della partenza.»

«Sarah mi chiedeva giusto la stessa cosa.»

«Ho incontrato un superstite ieri», disse Winter raccontandogli della conversazione, se si poteva definirla così, con Arne Algotsson. «Ha detto qualcosa che suonava come *Cullen sink*. Cullen è un paese, vero? L'ho trovato sulla cartina.»

«*Cullen skink!*» esclamò Macdonald scoppiando in una risata. «Non ci credo!»

«Cos'è?»

«*Cullen skink* è una specialità del posto, una zuppa a base di nasello affumicato, patate, cipolle, penso, e latte.»

«Ah.»

«Quindi il vecchietto si ricordava la zuppa, nonostante la demenza senile?» disse Macdonald.

«Dev'essergli rimasta profondamente impressa», rispose Winter.

«Il nasello affumicato può fare quell'effetto.»

«Particolare la combinazione di ingredienti.»

«E non hai ancora visto nulla...» disse Macdonald.

«Quindi potrebbe esserci un nesso con la zona di Cullen», disse Winter.

«O con la zuppa», disse Macdonald. «È molto diffusa in giro per la Scozia.»

«Capisco.»

«Mi dispiace.»

Winter riusciva a distinguere il sorriso di Steve dall'altro capo della linea. «L'odore del nasello affumicato o fritto si propaga per tutto il territorio scozzese. Ecco perché sono fuggito a Londra.»

«Ma Londra non è soprannominata *The Smoke*?»

«Quello è un altro odore», rispose Macdonald senza aggiungere ulteriori precisazioni.

«Algotsson ha nominato anche un'altra cittadina costiera, Buckie credo, la conosci?» chiese Winter.

«È vicina alla nostra fattoria, è un classico porto di pesca, credo il più importante negli anni della guerra.»

«Ha menzionato Buckie, almeno così mi è sembrato.»

«Ma come, ispettore?! Non ha registrato la conversazione?»

«Tu non c'eri, non puoi capirne l'assurdità», disse Winter. «E a dire la verità non ero ispettore in quel momento.»

«C'è un albergo esclusivo a Buckie, il Cluny Hotel, i vittoriani ne vanno fieri», disse Macdonald. «C'è un albergo particolare anche a Cullen, è piuttosto famoso, ma ora mi sfugge il nome.»

Ricettazione, appropriazione indebita e riciclaggio. Bergenhem era sulle tracce di un giro di merce rubata. Si trattava di un'operazione a largo raggio che coinvolgeva diverse organizzazioni criminali della città. Attraversò la terra di nessuno a nord di Brantingsmotet. Ångpannegatan, Turbingatan. Le soffiate erano rare, ma alcune valeva la pena verificarle. Nessuno fa nulla per l'umanità, dietro a una soffiata c'è sempre un motivo. Può trattarsi di una vendetta, di uno scambio di favori, di un gesto di coraggio, di un gesto di gelosia, di delusione, di uno sbaglio. Il modus operandi è sempre lo stesso, un giro di affari loschi in un mondo losco. Tutto ha un prezzo.

Passò una rotonda abbandonata dove due senzatetto stavano consumando il loro pranzo ad alto tasso alcolico. Bergenhem ascoltava i Led Zeppelin mentre si avvicinava all'indirizzo. Robert Plant guaiva verso il cielo cercando la scala per raggiungerlo. Bergenhem alzò il volume, riusciva a vedere i boccoli di Plant. Li aveva visti suonare in concerto una volta a Copenhagen, quei capelli erano ovunque. Jimmy Page usava la chitarra come una stampella, era completamente fatto. Però sapevano SUONARE. Bonham sarebbe morto poco tempo dopo, in quell'occasione aveva distrutto la batteria e gliene avevano dovuta portare una nuova sul palco. Che spettacolo.

Arrivò a un'altra rotonda e svoltò verso il capannone. Spense il motore e chiamò la pattuglia di coordinamento dell'operazione, che per qualche motivo era appostata a Kvillebäcken. Probabilmente perché era vicino al McDonald's di Backaplan.

«Sono qui fuori», disse.

«E il collega?» disse una voce gracchiante all'altro capo della ricetrasmittente.

«Io non vedo nessuno.»

«Avrebbe dovuto aspettare lì.»

«Si sarà stufato», disse Bergenhem.

In quel momento sopraggiunse un camioncino.

«È arrivato un camion. Telonato. Privato, a quanto sembra.»

«Cosa fanno?»

«Non vedo nessuno. È fermo al carroponte D col motore acceso.»

«Possono vederti?»

«Se il conducente si voltasse di 180° allora sì.»

«Il collega avrebbe dovuto essere appostato proprio lì», gracchiò la voce.

«Fortuna che non c'era, allora.» Una nuvola di fumo riempì l'aria. «Sta partendo!»

«Porca miseria!»

«Mi fermo qui o lo seguo?»

La voce gracchiò, come metallo arrugginito su pietra grezza.

«Si sta allontanando.»

«Seguilo.»

Bergenhem lasciò l'area del capannone accodandosi con discrezione al camion, passando intorno ai container arrugginiti impilati uno sull'altro come blocchi di lego.

«È possibile che qualcuno sia rimasto all'interno del capannone», disse nel microfono.

«Stiamo arrivando», disse la voce.

Aneta Djanali scambiò qualche parola con Ringmar.

«Dici sul serio?!» esclamò a un certo punto.

«Non sta fermo un attimo», disse Ringmar. «Lindsten si sta dando da fare.»

«Gliene dirò quattro.»

«Magari aspetta qualche giorno», disse Ringmar.

Aneta Djanali pensò alla famiglia Lindsten. L'appartamento della figlia era in realtà intestato al padre. Hans Forsblad non si era più fatto vedere, né fuori né dentro l'edificio. Anette abitava coi suoi, forse. L'unica ad avere una fissa dimora era la sorella Susanne. Per quanto riguardava il signore e la signora Lindsten era un continuo andirivieni tra la casa di Vallda e la villa di Fredriksdal.

Chissà dov'era Anette in questo momento?

«Ok», disse Aneta. «Ho altre cose da fare intanto.»

Bergenhem seguì il camioncino in direzione di Frihamnen. Non sembrava che il conducente si fosse accorto di lui. La mia auto non dà nell'occhio, dev'essere stato qualcos'altro a farlo partire così all'improvviso. Forse il collega si è fatto avanti sull'altro lato e li ha spaventati. Io però non ho visto nessuno.

Si sospettava che il capannone fosse pieno di merce rubata, o che stesse per essere riempito.

Il camion davanti a lui, uno Scania, poteva essere carico. Era possibile che si trattasse di un'intermediazione. Ci sono molti intermediari a Göteborg.

Era convinto che fosse diretto a Ringön, quando il camion traballò curvando verso il ponte.

Aneta Djanali digitò il numero di cellulare di Anette Lindsten, qualcuno rispose qualcosa di incomprensibile.

«Sei Anette?»

Un altro borbottio confuso e un forte rumore di traffico.

Poi il silenzio quando cadde la linea.

Occupato. Tu-tu-tu…

Aspettò qualche minuto, passeggiando per il corridoio asciutto e fresco e inodore. Möllerström le passò accanto con uno scatolone pieno di fascicoli facendole una specie di cenno di saluto. Möllerström era solito produrre una quantità immane di fascicoli che poi distribuiva qua e là. *He moves in mysterious ways*. Lo osservò sparire.

Sarebbe stato possibile identificare la posizione del segnale del cellulare di Anette? Nessuno si sarebbe preso la briga di aiutarla, non senza delle motivazioni schiaccianti.

Il suo telefono squillò.

Sentì di nuovo il forte rumore del traffico, poi un borbottio incomprensibile e infine una voce: «Aneta, sei tu?»

Era Bergenhem, ora riusciva a distinguere la sua voce più chiaramente, il traffico era un lieve brusio di sottofondo.

«Dov'è Möllerström?»

«È in giro col suo solito scatolone.»

«Puoi controllarmi un numero di targa?»

* * *

Bergenhem stava seguendo il camioncino intorno a Polhemsplatsen dove l'edificio del «Göteborgs-Posten» dominava la piazza protendendosi sul traffico. Di nuovo il conducente del camioncino esitò, decidendo all'ultimo secondo di svoltare verso Odinsgatan. Passò con il giallo proprio mentre stava per scattare il rosso, e la sua manovra azzardata costrinse un'auto nella corsia di fianco a frenare e sterzare sulla sinistra.

Era una manovra scorretta, ma Bergenhem non aveva tempo di farci caso. La sua priorità era non perdere di vista l'automezzo. Il rimorchio era coperto con un telone blu e bianco, i colori della città di Göteborg. C'era un nastro che sbucava da sotto il telone svolazzando come una coda.

Ma la sua coda sono io, pensò Bergenhem.

Passarono Odinsplatsen, proseguirono su Friggagatan in direzione est svoltando all'altezza di Olskroksmotet. Il camioncino sterzò di nuovo, il conducente sembrava distratto. Sta parlando al telefono, pensò Bergenhem, con qualcuno che gli sta dando indicazioni.

Proseguirono attraverso Redbergsplatsen, oltre Bagaregården e su per Gamlestadsvägen.

Il telefono squillò.

«Sì?»

«La targa è registrata a un certo Berner Lindström», disse Aneta Djanali.

«È di Göteborg?»

«La cosa interessante è che le targhe risultano rubate», continuò Aneta Djanali. «Perché si tratta di un camion, vero?»

«Esatto, ma ripetimi le specifiche per favore.»

«Berner Lindström, proprietario di una Opel Kadett Caravan modello del 1991, due settimane fa ha denunciato il furto di entrambe le targhe a Falkenberg.»

«Le abbiamo trovate», disse Bergenhem svoltando a destra su per Artillierigatan, ma dovette dare la precedenza a un altro camion che arrivava a tutta velocità da Gamlestadstorget. Cercò di superare un paio di macchine, ma ormai il telone blu e bianco era svanito.

«Dove sei?» gli chiese Aneta Djanali.

«L'ho perso», disse Bergenhem prendendo a pugni il volante. Guidava a settanta all'ora, guardò a sinistra appena prima della rotonda e vide uno schizzo blu e bianco.

«Lars?» insistette Aneta Djanali.

«Lo vedo!» esclamò Bergenhem più tra sé e sé che per informare Aneta.

«Dov'è?» chiese Aneta Djanali. «Dove siete?»

Bergenhem superò un'altra rotonda.

«Kortedalavägen», rispose.

«Davvero?!»

«Direzione nord, verso Kviberg.»

«Tutte le strade portano a Kortedala», disse Aneta Djanali.

«Adesso giro dentro in Kortedalatorg», disse Bergenhem.

«Santo cielo!» esclamò Aneta Djanali.

«Adesso passiamo davanti al distaccamento della polizia municipale.»

«Pensi che abbiano capito che li stai seguendo?»

«No.»

«Ne sei sicuro?»

«No, ma ho l'impressione che l'autista sia piuttosto distratto. Come se stesse seguendo delle indicazioni. Da come guida direi che non è di Göteborg.»

«Verrà da fuori», disse Aneta Djanali.

«Da Falkenberg», replicò Bergenhem ridacchiando.

«Dove siete adesso?» chiese Aneta Djanali.

«Indovina?» disse Bergenhem.

«State svoltando a destra all'altezza del benzinaio», rispose Aneta Djanali.

«Giusto al primo colpo!»

«Azzeccherò anche la mossa successiva?»

Bergenhem riusciva a sentire la tensione nella sua voce.

«Vediamo... Svoltiamo a destra... Su verso il palazzo... Si fermano... Vediamo... Il portone... Sì è quello... Li sto sorpassando... Nello specchietto retrovisore vedo... Il numero civico... È il cinque... Proprio dove abbiamo arrestato quel tizio... Forsqualcosa... Qualcuno sta uscendo dal camion... Aneta... Qui però mi tocca svoltare a sinistra...»

«Sto arrivando», disse Aneta Djanali, che era già per strada.

35

Winter telefonò a Donsö, gli rispose Erik Osvald. Era arrivato a casa nel cuore della notte. Il catamarano da Fredrikshavn aveva subito gravi ritardi a causa del forte vento e del mare mosso.

«Ci si sente così impotenti», disse Osvald, e Winter non era sicuro a cosa si riferisse.

Osvald gli parlò della mancanza di controllo, di non essere in grado di controllarsi, del controllo su se stesso.

Gli parlò del suo lutto. Ora non c'era più nessuno a casa che ascoltava le previsioni nautiche.

«Non chiamava mai mentre ero fuori», disse Osvald. «Devo ammettere che apprezzavo la sua discrezione.»

Gli raccontò della pesca, spontaneamente, senza che Winter gli avesse chiesto alcunché. La notizia di Johanna era giunta in un momento «interessante».

Lui raccontava, Winter ascoltava. Era il suo modo di elaborare il dolore.

«Si cerca sempre di gettare le reti su coordinate poco gettonate, dove magari ci sono i pesci più grossi. E pare che abbiamo trovato il punto adatto.»

«Cos'avete tirato su?» chiese Winter.

«Rane pescatrici e gamberi. Abbiamo trovato il loro nascondiglio. È da tanto che lo cercavamo e finalmente abbiamo trovato il posto dove sguazzano entrambi. Siamo i primi ad averci provato qui, è un fondale difficile. Ma abbiamo tirato su un buon numero di rane pescatrici.»

«È un pesce caro mi sembra», disse Winter.

«Sì. Ne abbiamo pescato per qualche milione», disse Osvald.

«Ottimo.»

«Però abbiamo smagliato un bel po' di reti, quel pesce resta spiaccicato al fondale, spesso si riesce solo a sfiorargli la schiena. Ma questa volta ne abbiamo tirati su un bel po'.»

«Capisco.»

«È una di quelle specie che si stanno spostando verso le acque norvegesi», disse Osvald con tono stanco.

«Posso venire tra un'ora?» chiese Winter.

«Perché?»

«Ho un paio di cose da chiederti.»

«Non si può fare per telefono?»

«Preferirei di no.»

«Ah... Ok... A che ora?»

«Potrei essere a Donsö tra un'oretta.»

«Non mi pare che ci siano barche a quell'ora.»

«Mi sono organizzato», disse Winter.

«Ah... Ok... Quindi eri certo che mi avresti trovato?»

«No.»

«No, no...»

«Hai trovato le lettere?» gli chiese Winter.

Durante il loro ultimo incontro lui e Johanna erano d'accordo che avrebbero cercato le vecchie lettere che il nonno John Osvald aveva mandato alla famiglia.

«Ne ho trovate un paio», disse Osvald. «Erano tra le cose di papà.» Fece una pausa. «Non le avevo mai viste.» Fece un'altra pausa. «Non le ho ancora lette.»

«Arrivo tra un'ora», disse Winter.

«Quindi è di queste che mi vuoi parlare?»

Erik Osvald lo stava aspettando sulla banchina. Era pallido. C'era un buco là dove la volta prima era ormeggiato il suo peschereccio. A quest'ora probabilmente era già salpato verso occidente a caccia di rane pescatrici, gamberi, merluzzi, naselli. Nasello affumicato. I pescherecci danesi, svedesi e scozzesi pescavano proprio quel pesce bianco, che poi sarebbe stato affumicato, fritto e cotto al vapore. I filetti di merluzzo sarebbero finiti nei ristoranti di Bruxelles, era un pesce costoso. I pescatori non potevano permettersi di mangiarlo, si dovevano accontentare di filetto di maiale e di manzo alla metà del prezzo. Winter ripensò alle parole di Osvald riguardo alla mucca pazza. È un mondo complicato.

Là fuori si è padroni di se stessi, sovrani sul mare. La concorrenza con i norvegesi era minima, loro puntavano soprattutto al mare di Barents. E gli olandesi pescavano soprattutto pesce piatto.

Osvald tese la mano a Winter aiutandolo a scendere dal motoscafo della polizia. C'era un gruppo di ragazzini in bicicletta che li fissava. Osvald gli fece segno di andarsene e si dispersero impennando con le bici.

«È mio figlio», disse Osvald sorridendo.

«Anche lui farà il pescatore?»

«È una possibilità», rispose Osvald. «Entro i vent'anni dovrà aver preso una decisione.» Si tolse il berretto grattandosi la nuca, i suoi capelli stavano cominciando a diradarsi. Aveva la fronte arrossata, spellata dal sole, dal sale e dal vento. «Poi è troppo tardi.»

«È difficile trovare posto in un equipaggio?» chiese Winter.

«No.»

«Sono tante le barche dell'isola a uscire a pescare?»

«No.»

«Davvero?»

«Qualcosa è andato storto durante il cambio generazionale qui a Donsö.» Osvald iniziò a dirigersi verso il centro abitato e Winter lo seguì. «Gli uomini della generazione di mio padre erano dei prepotenti.» Osvald parlava liberamente, senza filtri. Sopra di loro strillavano i gabbiani. «Avevano esperienza ed ERANO effettivamente bravi, ma non lasciavano il posto ai più giovani.» Guardò Winter. «Poi per i giovani pescatori c'è stata la possibilità di essere presi come marinai dalla Stena... E naturalmente hanno colto l'occasione al volo.» Osvald mimò con la mano un salto. «E poi è dura tornare a pescare.»

«Come mai?»

«Ci vuole un bel capitale per iniziare, l'hai vista la mia barca. Be'... Non è economica, 320 tonnellate, 1300 cavalli.»

Si voltò, quasi a volergliela indicare. «Se dovessimo ritirarci oggi ce la pagherebbero bene.»
«Vorresti ritirarti?»
«Smettere? La UE lo vorrebbe, ma io per niente.»

Erik Osvald abitava in una delle case vecchie, dovettero abbassarsi tutti e due nell'entrare. Dentro, il soffitto era alto. La stanza era luminosa, dalla finestra alta e larga ci si poteva godere la vista sugli scogli, sul mare e l'orizzonte.
Winter sentì un rumore provenire da un altro punto della casa.
«È il gatto», disse Osvald. «Non sei allergico, vero?»
«Non saprei», disse Winter. «Non ho mai avuto un gatto.»
«Ne avrai accarezzato qualcuno.»
«No.»
«No?»
«Non mi è mai capitato», disse Winter. A pensarci era piuttosto strano, un quarantenne che non ha mai accarezzato un gatto, aveva proprio bisogno di un po' di campagna.
«Questa è la tua occasione», disse Osvald tirando su un gattino magrolino e nero, lo passò a Winter, che lo accarezzò sotto il mento e sulla testa. E furono subito amici.
«L'antenata di questo gatto c'era... Sì, quell'estate quando tu e Johanna stavate insieme», disse Osvald.
«Non sono mai venuto a casa vostra», disse Winter.
Era vero, avrebbe potuto essere stato in questa stanza vent'anni prima e aver visto lo stesso mare, la stessa vista, gli stessi scogli di oggi. Era la casa di famiglia, Erik l'aveva ereditata. Il padre si era trasferito nella dependance e Johanna abitava per conto suo più vicino alla scuola.
«Hai parlato con Johanna?» gli chiese Osvald.
«Sì. E tu?»
«Certo che ci ho parlato. Cosa intendi?»
«Intendo da quando sei tornato, se sai qualcosa di più riguardo al... loro ritorno.»
«Abbiamo parlato stamattina», disse Osvald. «Quel dottore... Il patologo, mi pare si dica... Avrebbe fatto qualche altro esame. Ma ne sarai già al corrente, immagino.»

Dipende, pensò Winter, non ho sentito nulla oggi.

«Sai di cosa si tratta?» chiese di nuovo Osvald.

«Non ho parlato con nessuno stamattina», disse Winter.

«Non era quello che intendevo», disse Osvald con quegli occhi azzurro pallido che ricordano il cielo di gennaio con una luce fioca intorno alle pupille. Qui tutti avevano gli occhi di quel colore, costantemente esposti alla luce e ai riflessi del mare. Nelle isole dell'arcipelago meridionale solo i turisti indossano gli occhiali da sole. «Intendevo... La ragione per cui è morto.»

Era la prima volta che nominava Axel Osvald.

«So solo quello che è stato detto all'inizio», disse Winter. «Che si è trattato di un attacco cardiaco.»

«E tu ci credi?»

«All'inizio sì.»

«Non era quella la domanda», disse Osvald.

«Che alternative ci sono?» chiese Winter.

«È ciò che sto cercando di chiederti», disse Osvald. «Sei tu l'investigatore criminologo.»

«Ma io vorrei chiedere a *te* di rifletterci», disse Winter.

«Non ho ancora osato pensarci», disse Osvald. «Non so se mai oserò.» Si avviò verso la porta, poi si fermò e disse: «Qual è il punto?»

«Non lo so davvero», rispose Winter.

«Però non sembri tanto convinto nemmeno tu», disse Osvald.

«È successo qualcosa le volte precedenti in cui tuo padre è andato in Scozia alla ricerca di tracce, spiegazioni su cosa potesse essere successo a John?»

«Non cercava tracce», disse Osvald.

«Ah no?»

«Non nel vero senso della parola. Avevamo tutti accettato che il nonno fosse annegato insieme alla barca, il *Marino*. Mio padre cercava notizie su COME fosse successo. Capisci? Non stava cercando il nonno, ma una storia.»

«Tuo padre ti ha confidato tutto questo?»

«Non è molto.»

«Te l'ha detto proprio in questi termini?»

«Non esattamente, ma era quello che pensava.»

«Allora doveva essere sconvolto all'arrivo della lettera.»

«Non saprei», disse Osvald. «In realtà non credo che mio padre... pensasse che fosse successo... Qualcosa di nuovo. Si trattava più che altro delle circostanze.»

«Che sono piuttosto confuse», disse Winter.

«Si può dire che lo siano.»

«Ci ha capito qualcosa di più alla fine?»

«Quello che sanno tutti. La barca è uscita e non è mai rientrata.»

«Però a bordo non c'era tutto l'equipaggio», disse Winter.

«No, meglio per loro.»

«Ma come mai non erano a bordo?»

«Ci sono diverse spiegazioni a seconda delle persone a cui chiedi», disse Osvald. «E adesso non c'è più nessuno a cui chiedere», disse facendo un altro passo verso la porta. «Vado a prendere le lettere.»

36

Bergenhem stava tenendo d'occhio il camion, anche i due che ne erano usciti sembravano fare lo stesso, aspettando qualcosa o qualcuno.

Uno di loro, il più anziano, guardò l'orologio.

Bergenhem aveva parcheggiato in una traversa sull'altro lato di Fastlagsgatan, dietro una fila di macchine malandate. La sua auto era nuova, ma si confondeva con le altre da quanto era sporca.

Sintonizzò l'autoradio per comunicare la sua posizione. Rispose il comandante, sembrava stesse masticando. Probabilmente un hamburger. C'era un'eco di sottofondo.

«Siamo nel capannone», disse il comandante.

«Io sono finito a Kortedala», disse Bergenhem.

«Dov'è il camion?»

«È parcheggiato cinquanta metri davanti a me.»

«Bene. Contiene senz'altro oggetti rubati.»

«Io ho l'impressione che sia vuoto. Penso che siano qui per caricare qualcosa.» Il più giovane dei due si stava accendendo una sigaretta. «Cosa faccio?»

«Stai lì e non perderli di vista.»

«Nel capannone cos'avete trovato?»

«Qui c'è l'arredamento di mezza Göteborg», disse il comandante che si chiamava Meijer. «È come entrare all'Ikea.»

Bergenhem sorrise.

«I ragazzi ne hanno trovato uno simile su a Tagene», disse Meijer.

Bergenhem vide gli uomini muoversi intorno al camion, come se stessero prendendo una decisione.

«È sicuro che si tratti di pezzi rubati?»

«Sì. Abbiamo già identificato un paio di cose», disse Meijer.

In quel momento arrivò un'auto che parcheggiò dietro il camion. Ne uscì un uomo anziano. Bergenhem annotò il numero di targa.

I tre sembrarono discutere di qualcosa di apparentemente irrisolvibile. L'uomo che era appena arrivato indicò in alto e dall'altra parte. Uno dei tipi del camion, il più giovane, alzò le spalle, il suo compare più anziano rientrò nel camion. Il nuovo arrivato fece una specie di gesto circolare con la mano.

Dal punto di vista di Bergenhem sembrava che ci fosse stato un malinteso.

L'ultimo arrivato si guardò intorno ed entrò nel palazzo.

Il camion partì vomitando una nuvola di diesel. Bergenhem fu costretto a prendere una decisione. Accese la macchina mentre il camion passava; guidava il più giovane, l'altro parlava al cellulare.

Bergenhem uscì dal parcheggio e li seguì in direzione sud. A trecento metri da lì incrociò Aneta Djanali. Lui vide che lei l'aveva visto, notò perfino che stava componendo il suo numero. Il suo telefono squillò.

«Mi sono persa qualcosa a quanto vedo», disse Aneta Djanali.

«*Here we go again*», disse Bergenhem.

«Cos'è successo?»

«Niente, non sono mai entrati.»

«Ah no?»

«Però è arrivato un terzo uomo.»

«Spiega meglio.»

Passarono davanti al distaccamento della polizia municipale, sembrava vuoto. Non c'era nessuna auto parcheggiata fuori, nessuno che entrava o usciva, nessun movimento. Chissà se anche questo sarebbe stato chiuso come quello giù a Redbergslid.

«Insomma, è arrivato un altro uomo, anziano, che è entrato

nell'edificio mentre gli altri hanno preso e se ne sono andati», disse Bergenhem svoltando a sinistra. «È entrato nello stesso portone dell'altra volta.»

«È ancora là?» chiese Aneta Djanali.

«Immagino, saranno passati cinque minuti. Ha parcheggiato l'auto lì fuori. Mi sono segnato la targa, ti serve?»

«Me la puoi dire più tardi», disse. «Ciao.»

«Aneta!» riuscì a bloccarla prima che mettesse giù. «Non nominare il camion.»

«Certo che no.»

«Ti chiamo dopo.»

Bergenhem seguì il camion in direzione sud, per le stesse strade di prima ma all'inverso. Kortedala andata e ritorno, pensò passando per Olskroken e proseguendo per il centro su Friggagatan. All'altezza di Odinsplatsen vide il telone bianco e blu svoltare a sinistra e lo seguì oltre il fiume e su fino a Skånegatan passando davanti al commissariato. Quegli uomini passavano volentieri davanti ai comandi di polizia.

Aneta Djanali parcheggiò dietro l'auto di Sigge Lindsten.

L'ascensore era fermo al piano dell'appartamento. Premette il bottone ascoltando il sibilo del vento sulle scale, come un mormorio.

Nell'ascensore si mise a fissare il lato dove era stato appeso lo specchio, ora era coperto di scarabocchi neri fatti con pennarelli indelebili, le sembrò che ce ne fossero di più dell'ultima volta.

La porta dell'appartamento di Lindsten era spalancata. Bussò due volte.

Sigge Lindsten uscì dalla cucina avvicinandosi all'ingresso. Non sembrava sorpreso.

«Cosa c'è adesso?» le chiese semplicemente.

«L'appartamento è ancora vacante mi sembra», disse Aneta Djanali.

«Già.»

«Nessuno ci si è trasferito dopo Anette?»

«No.»

«Come mai?» chiese Aneta Djanali.

«Che importanza ha?» disse Lindsten. «E se anche fosse? Sono fatti miei, l'appartamento è mio.»

«Come sta Anette?»
«Bene, credo.»
«Dove si trova?»
«A casa, ma siate gentili e lasciatela in pace adesso.»
«Forsblad non si è più fatto sentire?»
«No.»
«Nemmeno sua sorella?»
«Nemmeno lei.»
«Cosa ne pensa di sua sorella?»
«Niente. E se adesso mi lasciasse continuare, che ho un po' da fare in questo momento.»
«Perché è venuto qui?» gli chiese Aneta Djanali.
Sigge Lindsten non le rispose. Fece un passo indietro e rientrò in cucina. Aneta Djanali fece qualche passo avanti e lo vide in piedi davanti al lavello, si voltò di scatto quando la sentì avvicinare. C'era qualcosa nei suoi occhi che la fece indietreggiare e correre fuori sul pianerottolo e giù per tre, quattro, cinque, sei piani di scale fino al portone. Si meravigliò della sua reazione una volta in macchina. Sudava freddo. Cos'era successo?

Winter lesse le lettere, una dopo l'altra. Erano brevi, scritte con una calligrafia incerta di un giovane John Osvald alla sua giovane moglie. Non c'era la data. Ma nella seconda faceva riferimento a qualcosa che era stato nominato nella prima. Winter le rilesse.
«Tuo padre ti ha mai raccontato dell'esistenza di queste lettere?»
«No.»
«Lui le avrà lette?»
«Erano in camera sua. Deve averle tirate fuori... Perché erano in una scatola sulla mensola che era ancora aperta... Immagino fossero conservate lì.»
«Ce ne sono altre?»
«Abbiamo trovato solo queste. E come ti ho detto, non ce ne ha mai parlato.»
«Come mai?»
«Forse era un argomento troppo delicato, non so. Vedi qui, nella seconda lettera, dove suo padre gli manda un saluto e...»

Erik Osvald non concluse la frase.

«La seconda lettera pare sia stata scritta in un'altra città», disse Winter.

«Possibile.»

Winter lesse: «*Speriamo davvero di trovarci meglio qui.* Devono essersi spostati».

Osvald annuì. «Forse a Peterhead.»

«Pensi che si siano trovati meglio là, come spera nella lettera?»

«Chi può dirlo, Erik. Per quanto ne so, nessuno lo sa.»

«Senti questa», disse Winter leggendo a voce alta: «*Riguardo a ciò che hai saputo, non è come pensi. Devi credermi.* Si riferisce a qualcosa che ha scritto precedentemente, sembrerebbe, oppure qualcosa che le è stato detto.»

«Possibile», disse Osvald.

«Tua nonna... ne parlava mai?»

«Non che io ricordi. Eravamo piccoli quando se n'è andata.»

Come tua madre, pensò Winter. Entrambe le donne nella famiglia Osvald avevano lasciato figli e marito. Ora i figli erano rimasti soli. Due fratelli erano annegati nelle acque scozzesi. Ora anche il padre era morto laggiù.

Erik Osvald aveva una famiglia propria, un figlio e una moglie. Johanna Osvald aveva il fratello. Winter non poteva immaginare cosa lei stesse passando lassù a Inverness. Non era certo che sarebbe stata ancora lì quando lui sarebbe arrivato.

Osvald era immobile, come se stesse meditando, con lo sguardo perso fra gli scogli fuori dalla finestra. Chissà se restava così alla finestra ogni volta che tornava a casa? Una settimana fuori e una dentro.

«Domani parto», disse Winter.

«Cosa?»

«Domani parto per Inverness.»

«Davvero?!» esclamò Osvald risvegliandosi improvvisamente dal suo stato meditativo.

«Sei sorpreso?» gli chiese Winter.

Osvald si grattò la nuca, come un gesto inconscio.

Winter attese in silenzio. Si sentì il rombo di una motoretta passare intorno alla casa e rimbalzare giù per la stradina.

«È per via di Johanna?» chiese Osvald.
«In che senso?»
«C'è ancora qualcosa fra di voi?»
«Nel senso che credi che sia lei il motivo del mio viaggio in Scozia?»
«Che altro motivo ci sarebbe?» disse Osvald.
Winter rimase in silenzio per qualche istante.
«Hai perso la lingua?» riprese Osvald.
La motoretta ripassò sull'altro lato della casa. Lo strillo dei gabbiani, il fischio di un traghetto che si stava allontanando, i classici suoni del traffico dell'arcipelago.
«I motivi sono due», disse Winter. «E sono probabilmente collegati.»

Seguire quel camion era più facile che mai. Skånegatan era un rettilineo largo. L'autoradio gracchiò, rispose dando la precedenza all'incrocio di Korsvägen. Il camion proseguì su per Södra vägen e avanti verso Mölndalsvägen.
«Le targhe di quell'automezzo risultano rubate», disse Bergenhem.
«Di male in peggio», disse Meijer.
«Perché sono andati fino al capannone per poi girare e andarsene?» disse Bergenhem.
«Chi lo sa? Avranno ricevuto un contrordine», disse Meijer.
«Plausibile.»
«Ti mando rinforzi per procedere all'arresto?» rispose Meijer.
«Non ci interessa capire dove sono diretti?»
«Certo», disse Meijer.
«È un'operazione di una certa portata, no?»
«È molto importante», disse Meijer. «Molto molto importante.»
«Allora forse compromettiamo qualcosa se arrestiamo questi poveracci», disse Bergenhem.
«Hai capito bene», disse Meijer. «Continua a pedinarli, ma non fare nulla di azzardato e resta in attesa di nuovi ordini.»
Bergenhem scosse la testa e sorrise tra sé.
«Dai, dettami quel numero di targa, Bergis», disse Meijer.
«Fai una chiacchierata con Aneta, che sta effettuando un giro

di ricognizione in quella zona», replicò Bergenhem chiudendo la comunicazione.

Stavano percorrendo Mölndalsvägen ora, passando davanti all'ingresso sud di Liseberg, un'altra strada larga e rettilinea. All'altezza di Sörgården la via cambiava nome e diventava Göteborgsvägen. Il camion passò Krokslätts Fabriker, Bergenhem cercava di avere sempre quattro macchine fra la sua e il camion. Continuarono su per Kungsbackaleden. Bergenhem controllò il livello di benzina. Tutte le auto dovevano uscire dal garage della polizia col serbatoio pieno. Nel suo ce n'era a sufficienza per altri cento chilometri, anche centoventi.

Attraversarono Kållerd. All'uscita sud il camion svoltò a destra, Bergenhem fece appena in tempo a seguirla, e a vederlo svoltare di nuovo a destra e dirigersi verso il parcheggio dell'Ikea.

Bergenhem posteggiò. I due uomini entrarono, due tra centomila.

Bergenhem aprì la portiera e rimase seduto lì. C'era odore di benzina sul piazzale e di salsiccia grigliata.

Aveva fatto una grigliata con Krister quel fine settimana al Stora Amundö, non molto lontano da qui.

Avevano parlato di tutto.

Martina credeva che stesse lavorando. Lui non pensò che gli avrebbe telefonato per controllare. A volte aveva l'impressione che non le interessasse più.

Non lo guardava, non lo guardava mai in faccia.

Così non va bene, aveva pensato mentre guidava verso Linnéplatsen a prendere Krister.

L'aveva detto là fuori, sugli scogli. Il mare intorno a loro era trapunto di vele.

Così non va bene.

Non vuoi avere amici? aveva detto Krister.

Non mi va di nascondermi, gli aveva risposto.

Non c'è ragione che tu ti nasconda, aveva detto Krister.

Eppure è quello che faccio. Faccio le cose di nascosto, mentendo a Martina.

Dille la verità, allora.

Quale sarebbe la verità?

Questo lo sai solo tu, aveva detto Krister.

Col cavolo che lo so, aveva pensato.

Aveva incontrato Krister quattro volte.

E non era successo NULLA.

Era solo confuso.

Forse il problema era tra lui e Martina, il problema riguardava la loro relazione. Forse avrebbero dovuto tentare con la terapia di coppia. Forse si sarebbe risolto tutto.

Aveva sentito la mancanza di Ada, era una giornata splendida, il cielo era azzurrissimo. Aveva sentito la mancanza di Martina.

Tutto questo è assurdo, aveva pensato. Io sono qua e loro sono là.

Dico le bugie.

Mi nascondo.

È meglio se non ci vediamo per un po', aveva detto a Krister sulla via del ritorno.

Ok, aveva risposto Krister.

Si erano salutati con una stretta di mano su Sveaplan.

Winter gli raccontò di Macdonald, ma quello era solo uno dei motivi, quello ovvio. Quello vero era più complesso da spiegare.

«È solo una sensazione, ma di solito non mi sbaglio», gli disse.

Osvald guardò di nuovo fuori dalla finestra, sembrava già sera, ma era troppo presto perché il sole tramontasse. Doveva essere arrivata una nuvola tra il sole e l'isola.

«Certo... Se c'è qualcosa in più da scoprire è bene verificarlo sul posto», disse Osvald.

Winter annuì.

«Quindi c'è qualcosa da scoprire?»

«Non lo so, è per questo che ho deciso di partire.»

«Capisco», disse Osvald.

«Qualcuno deve aver convinto tuo padre a partire», disse Winter.

«Cosa intendi?»

«È arrivata quella lettera, no?»

«Sì, sì, giusto.»

Winter guardò i due fogli ingialliti con la calligrafia storta sul tavolino del soggiorno.

«Vorrei prendere in prestito queste due lettere per un momento.»

«Perché?»

«Per poterle analizzare più da vicino.»

«Impronte digitali?»

«Perché proprio le impronte?» gli chiese Winter.

«È stata la prima cosa che mi è passata per la testa, parlando di analisi.»

Winter non disse nulla. La motoretta passò per la terza volta, brutt-brutt-brutt-bruuuuuuut. Gli venne da pensare a un vecchio film, dove spesso e volentieri tra la folla cittadina compariva un motorino, entrava in scena e usciva. *Amarcord* di Fellini.

C'era anche un altro film... Stesso concetto... Con un tizio in motorino. Si trattava evidentemente di una chiara citazione felliniana... Come si chiamava quel film... C'era una cittadina, vicino al mare... *Local Hero*, ecco. Ed era girato da qualche parte in Scozia, in un villaggio sulla costa abitato da gente estremamente sospettosa nei confronti degli stranieri.

«Quindi le controllerete le impronte digitali?» gli chiese di nuovo Osvald.

«Può darsi», rispose Winter pensando alla lettera arrivata un mese prima e che aveva fatto sì che Axel Osvald partisse andando incontro alla morte. Guardò il figlio e capì che stava pensando la stessa cosa.

«Farete un CONFRONTO?» disse Osvald.

«Forse.»

«Ma non crederai che...»

Winter non rispose. La motoretta passò per la quarta volta, non poteva trattarsi sempre della stessa, anche se il suono sembrava lo stesso. Gli ritornò alla mente qualche scena del film scozzese, le case erano fitte, c'era una pensione, la gestiva un tipo furbo, aveva negoziato con un americano per la vendita di una spiaggia.

«Sarebbe assurdo», disse Osvald. «In quel caso il nonno dovrebbe essere ancora in vita», disse alzandosi in piedi. «È questo che pensi?»

«Tu cosa ne pensi?»

«No, no.»

«Cosa ne pensava tuo padre?»

«Non questo. Non che le cose stessero... così.»

«Ne sei sicuro?»

«Forse ci sperava. Un tempo. Ma questo è un altro discorso.»

Credere o sperare, c'è differenza? Nel mondo di Winter i due concetti si confondevano spesso.

«Avrei un altro favore da chiederti, Erik», disse Winter.

«Cosa, Erik?» chiese Osvald.

«Avresti una fotografia di tuo nonno?»

Osvald si grattò la nuca stando in piedi in mezzo alla stanza.

«Non mi ha mai sfiorato l'idea di immaginarmelo anziano», disse Osvald.

«Ce l'hai una foto di tuo nonno da giovane?»

«Sì», rispose Osvald lasciando la stanza.

Bergenhem era appostato a quattro file di distanza dal camion. Il telone bianco e blu ondeggiava a ogni folata di vento. Guardò l'orologio, era passata mezzora. Uscì dalla sua macchina e si avvicinò al camion. Diede un'occhiata all'entrata del grande magazzino dove centinaia di persone entravano e uscivano con i carrelli carichi di pacchi piatti. Il concetto Ikea è proprio quello dei pacchi piatti, imballaggi che si possono spedire facilmente in giro per il mondo, pezzi che la gente di tutto il mondo compra e assembla, costruendo intorno a questi mobili il proprio mondo. Bergenhem aveva ancora le cicatrici da quella volta che aveva cercato di montare il mobile per la televisione. I fori nella durissima lastra di faggio impiallacciato non corrispondevano con il diametro delle viti. Aveva bestemmiato e sanguinato. Certo, l'aveva pagato poco. Alla fine aveva risolto battendo le viti col martello.

Guardò di nuovo l'ora e il camion e decise di entrare.

Mezzora dopo il parcheggio iniziò a svuotarsi.

Il camion rimase dov'era.

Un quarto d'ora dopo il camion era l'unico veicolo rimasto di quella fila. A quel punto Bergenhem capì tutto e chiamò Meijer.

37

L'Harbour Office aveva lo stesso aspetto di sempre, un buco con vista sul mare. Parcheggiò fuori dal cantiere navale e passeggiò sulla banchina, non c'era vento.

Era tutto fermo qui, un immobilismo che nessuno voleva. Era tutto sotto la giurisdizione di Peterhead ormai, o quasi. Lo Shipyard alle sue spalle era silenzioso e vuoto. Un colpo di martello proveniente da lì avrebbe colto di sorpresa qualunque passante. Ma non si sentì nessun colpo.

Lui stesso aveva martellato nella polvere rossa.

Si fermò davanti al mercato del pesce, era praticamente costruito su dei piloni sull'acqua. Passarono una miriade di persone dirette agli autobus che aspettavano nel parcheggio. Americani che belavano come pecore verso il loro autobus, bee-bee-bee-bee.

In uno dei bacini del porto erano rimaste delle barche che effettivamente avevano ragione di trovarsi in quel luogo, ovvero i vecchi pescherecci della zona: *Three Sisters*, *Priestman*, *Avoca*, *Jolair*, *Sustain*. E un nome familiare: *Monadhliath*.

Non può essere.

Un uomo salì sul ponte di coperta. Si allontanò velocemente con lo sguardo puntato verso il Marine Accident Inv. Branch.

Distolse lo sguardo, preferiva non ricordare.

Le case dietro il cantiere erano le stesse di sempre. Le facciate di pietra erano come il fondale marino, ci sarebbero voluti milioni di anni per farle cambiare, consumare, sparire. Percorse la Richmond, avanti e indietro. Impiegò circa quattro minuti, la via non era più lunga di cento metri. Lui aveva abitato al numero quattro. Le finestre erano nere, la porta era nuova, di un legno di una certa tempra, adatto per costruire un'imbarcazione. Un vento umido che sapeva di mare inondò Richmond Street. Da queste parti il vento soffia duro e freddo, infradiciando gli abitanti.

La strada era una di dieci tutte uguali, senza il nome della via nessuno avrebbe saputo ritrovare la propria casa. Gli operai del cantiere erano sempre troppo ubriachi per ricordarsi l'indirizzo. La maggioranza di loro sapeva leggere, almeno il nome della via e il proprio certificato di nascita, così come la loro famiglia sapeva leggere il certificato di morte. Era una vita dura e fredda. Non era stato qui negli anni peggiori, eppure era così vicino. Aveva bruciato i ricordi, gli faceva male ricordare.

Al Marine Hotel una singola costava venticinque *pound*. ALLORA ci aveva alloggiato per un mese.

Girò intorno all'edificio, notò che avevano spostato il bar, ma il cartello per la «Cunard Suite» all'ingresso c'era ancora.

Entrò nel corridoio stretto della reception.

C'era lo stesso odore.

Jesus.

«Posso aiutarla?»

Non era la stessa receptionist di allora. Era bionda, indossava una gonna lunga, il che è abbastanza insolito per una ragazza giovane. Lei non lo stava veramente considerando, era già tanto che l'avesse notato.

«Volevo solo...» non concluse nemmeno la frase, si voltò e uscì di lì passando davanti al Forsyth's e al Moray Seafoods, su per la salita fino alla piazza.

Il vecchio albergo sembrava intatto, le bombe non l'avevano scalfito. Si dovette sedere un momento su una delle panchine di fronte al municipio, che evidentemente non era più adibito a quella funzione, lo si intuiva dai signori che vi entravano e uscivano, alcuni erano sulla cinquantina altri erano più anziani di lui. C'era un vecchietto seduto sulla panchina di fronte che sonnecchiava sotto il sole autunnale.

Era stato qui, proprio QUI che aveva avuto l'attacco di panico, era fuggito e non ci era mai più ritornato. Era qui che era iniziato tutto.

Ci saranno state mille persone.

La guerra era finita. Cosa sarà stato... Il ventesimo anniversario del monumento? Forse. Si festeggiavano la pace e il monumento. C'era così tanta gente, non si respirava.

Guardò il monumento, era ancora lì ovviamente, davanti al vecchio municipio nella parte vecchia della piazza. Si poteva toccare.

The War Memorial.

Il monumento ai caduti della prima guerra mondiale.

In Proud And Grateful Remembrance.

Their Name Liveth For Ever.

Certe cose possono apparire in un modo, anche se la verità è un'altra.

Si alzò in piedi tra tutti i suoi ricordi e attraversò la strada. Era stato qui, tra tutti gli altri. Si era girato in quel momento. Aveva sentito un rumore. Uno scatto.

Si erano rifugiati a Buckie un paio di volte. Arne sarebbe voluto restare. Non questa volta, avevano deciso. Torneremo. Ma quella sarebbe stata l'ultima. *The Buckie boys are back in town*, aveva detto Arne quando brindarono al Marine.

La mattina seguente erano usciti insieme alla *Monadhliath*.

Il giorno dopo la *Monadhliath* era finita sopra delle mine, gli era parso di sentire l'esplosione, aveva visto un lampo nella notte.

Due ore dopo affondò anche il *Marino*.

Aveva convinto Bertil a non salire a bordo. Anzi, gliel'aveva proibito! Ricevettero le ultime istruzioni a Fraserburgh.

Arne non sarebbe venuto comunque, aveva una missione tra le montagne. Viaggiava nascosto sotto il telone cerato del rimorchio di un camioncino, insieme alle armi, sempre più armi.

Arne non sapeva il tedesco, ma c'era chi lo sapeva.

Egon salì a bordo. Non poteva costringerlo a restare a terra. Ci provò, ma Egon volle a tutti i costi partecipare all'ultima spedizione.

Lui e Frans non si parlavano più. Scambiavano qualche parola solo nelle emergenze, quando succedeva qualcosa di grave.

«John, sei perduto», aveva detto Frans.

«Siamo tutti perduti», gli aveva risposto.

Frans aveva parlato di Ella, un discorso assurdo, da folle. Frans l'aveva accusato. Non provare a rubarmela, Ella è MIA. Roba da matti, erano tutte bugie. Frans beveva, diceva cose folli ed era inaffidabile con le armi. Frans aveva paura.

Egon sembrava preoccupato, si ritirò e rimase sottocoperta. Egon aveva paura.

Lui era in cabina, a bere, a tremare, ad ascoltare il vento. Aveva paura. Aveva un brutto presentimento, che non aveva saputo spiegare a Egon.

Soffiava un vento forte, il mare era in tempesta. Cercarono riparo dietro gli scogli di Clubbie Craig.

Avevano appuntamento al Troup Head, ma da dietro gli scogli

non si riusciva a vedere il villaggio. Improvvisamente nel buio videro il segnale sopra a Cullykhan Bay. L'altra barca uscì.

Proseguirono in direzione nord, nonostante il vento continuasse ad aumentare, andando incontro alla tempesta.

Lui non aveva più paura, Egon aveva paura.

Frans non aveva paura. Entrò in cabina con una pistola dell'esercito tedesco.

«Spariamo ai naselli!»

Non gli rispose, arrivò un'ondata, Frans barcollò.

«Ce ne sono un bel po' qua!» urlò agitando la pistola. «Ma perché accontentarci, spariamo alle balene!»

Le armi di Frans erano rubate, quante ne aveva rubate?

Era un reato, non importa la quantità.

Tutto era punibile con la pena capitale.

«Metti giù la pistola», gli aveva detto.

«Buttiamo le reti?» aveva urlato Frans. «Ah ah ah!»

«Vai sottocoperta», gli disse.

Il mare era impazzito. Il *Marino* scivolò per venti, trenta metri. L'acqua era una parete, dura come la pietra, un muro contro cui andavano a sbattere, scontrandosi con la morte.

Frans perse l'equilibrio e la pistola, la raccolse barcollando verso la porta. Egon stava entrando, la tempesta lo spinse dentro.

Partì un colpo. E poi un altro.

Egon esplose, la sua testa si spaccò, il suo corpo cadde a terra.

Frans aveva ancora la pistola in mano, la lasciò cadere e scappò fuori dalla cabina.

Egon era immobile sul pavimento bagnato, l'acqua continuava a entrare dalla porta che sbatteva.

Bloccò il timone e mise al riparo il corpo, poi andò a cercare Frans. Lo chiamò attraverso la tempesta, lui non rispose. Doveva essere ancora a bordo, infine lo trovò. Frans cercò di dirgli qualcosa.

Lui non lo ascoltò. Chiuse gli occhi.

Jesus!

38

Atterrarono all'aeroporto di Inverness alle undici e mezzo. C'era il sole, basso e pallido. Dal finestrino del taxi s'intravedeva il mare a nord e il profilo delle Highlands scozzesi a sud della città.

«Sono più alte di quanto pensassi», disse Angela. «Che meraviglia.»

Inverness era un misto di vecchio e nuovo, orripilanti infrastrutture di cemento attorcigliate intorno a un centro medievale. Riuscirono a vedere uno scorcio del castello mentre il taxi attraversava il centro oltre il River Ness, passarono il ponte proseguendo lungo il Ness Bank per cinquecento metri fino al piccolo Glenmoriston Hotel, dove Winter aveva prenotato una stanza su suggerimento di Macdonald. Accogliente, gestito bene e caro, così l'aveva descritto Macdonald. Non è che fosse poi così caro, non al confronto della suite dove Winter era solito alloggiare a Londra. E là pagava per altro un prezzo convenzionato.

La stanza era grande, al secondo piano, con vista sul fiume e sul parco. Winter aprì la finestra, il vento era ancora tiepido. La gente pranzava all'aperto, i piccioni si affollavano intorno alle panchine e i gabbiani, anche loro interessati al fish & chips, li osservavano dall'alto. Il nasello pescato da Erik Osvald, le patate coltivate dal padre di Steve Macdonald e l'aceto proveniente da una delle tante distillerie.

Le nuvole erano pesanti, sfioravano i ponti. Era solo l'inizio di ottobre, ma il cielo era grigio come la pietra.

Angela gli venne accanto.

«Il soffitto è un po' basso qui», disse osservando il cielo.

«Non ho mai visto niente di simile», disse Winter.

«Ma qui ci sei già stato?»

«Era estate e il cielo era azzurro, se la memoria non mi tradisce.»

«La tua memoria non ti tradisce mai», replicò Angela sorridendo.

«Un giorno potrebbe», disse Winter pensando ad Arne Algotsson. Non poteva immaginare cosa sarebbe successo nei giorni successivi. Forse analizzando il DNA sulle lettere avrebbe ottenuto delle risposte, ma per il momento non intendeva farlo.

Non intendeva nemmeno aprire la valigia. Angela appese i suoi vestiti e si sedette sul letto, che era grande ma sembrava piccolo in confronto alla stanza.

«Mi piace questa stanza», disse Angela. «È un bell'albergo.»

Era vero. A destra della lobby c'erano delle poltrone in pelle e un bar accogliente. A sinistra c'era il ristorante.

«Telefono a casa», disse Angela mentre Winter si stava lavando le mani. Quando uscì dal bagno gli tese la cornetta: «Elsa ti vuole salutare».

Elsa gli raccontò tutta la sua giornata, niente asilo durante la loro assenza. Coccole a trecentosessanta gradi, sempre al centro dell'attenzione di nonna Siv, zia Lotta e delle due cugine, Bim e Kristina. D'altra parte, se non si coccolano ora i bambini... La vita adulta arriva per tutti, piena di regole e proibizioni. Giunti a una certa età non c'è nessuno a viziarti. Allora si è soli. *Out there you're on your own*, pensò.

«Stiamo facendo il torrone!» disse Elsa.

Perché no? Mancano solo tre mesi a Natale.

O forse sua madre aveva perso la cognizione delle stagioni dopo quasi quindici anni di sole costante.

«Hai parlato in inglese, papà?» gli chiese con quel fare impaziente tipico dei bambini.

«Certo, col tassista e il personale dell'albergo», le rispose.

«Non con la mamma?!» disse ridendo.

«Non ancora.» E rise anche lui.

«È bello l'albergo?»

«Bellissimo.»

«Anch'io voglio andare in albergo», disse, senza rancore, era semplicemente una constatazione.

«Alloggerai in molti alberghi, piccola.»

«Promesso?»

Glielo promise. Fino a una certa età poteva prometterle tutto, forse anche oltre quella certa età, ma a un certo punto avrebbe dovuto imparare a mantenere le sue promesse per conto suo. *Out there, on her own.*

Sapeva che sarebbe successo in un attimo. Aveva davanti l'esempio di Bertil con sua figlia Moa. Winter aveva iniziato a lavorare con Ringmar quando Moa aveva circa l'età di Elsa. Era un attimo, i giorni cavalcavano veloci come cavalli selvaggi sulle colline, sulle Highlands. Moa era cresciuta e ora era liberissima di abitare in albergo, se l'avesse voluto e se fosse potuta permetterselo. Oppure a Kortedala. Winter aveva sentito del circo che c'era stato intorno a quell'appartamento. Bergenhem aveva raccontato il seguito della vicenda che si era conclusa nel parcheggio dell'Ikea. La mattina seguente il camion era ancora là. Furbi quei due. Dovevano essersi accorti di Bergenhem, oppure qualcuno li aveva avvisati. Aneta poteva immaginare chi.

Winter aveva appena messo giù, che il telefono squillò di nuovo.
«Una telefonata per il signor Winter», disse la receptionist.
«È andato bene il viaggio?» gli chiese Macdonald.
«Magnificamente.»
«L'albergo è di vostro gradimento?»
«Magnifico anche quello. Dove sei?»
«Siamo appena arrivati in città. Avete già pranzato?»
«No.»
«Posso offrirvelo io? Adesso? Propongo il Royal Highland Hotel. Si trova proprio di fianco alla stazione. Entrate nella lobby, noi siamo al bar sulla destra. Sarah ha i capelli neri come il peccato e io indosso un kilt del clan dei Macdonald.»
«Sarà difficile riconoscervi.»
Macdonald scoppiò a ridere.
«Il tartan è rosso e nero», disse Macdonald.
«Ma abbiamo tempo?»
«Abbiamo appuntamento con Craig fra un paio d'ore», disse Macdonald. «È in giro, adesso.»
«Hai parlato con la figlia?»
«Intendi oggi?»
«Sì.»
«Sì, sarà presente anche lei.»
«Novità riguardo all'autopsia?»
«Sì, nessuna traccia di veleno. I documenti sono in ordine, può tornare a casa con… suo padre già stasera.»
«Così presto?»
«Non c'è ragione che il corpo resti qui. C'è un volo nel tardo pomeriggio da Londra a Göteborg.»
«Bene. Dicevamo, il Royal Highland. È quell'albergo sulla via principale, a destra del ponte?» chiese Winter.

«Esatto. Che memoria che hai.»

«Non si chiamava Station Hotel prima?»

«Esatto. Percorrete Bridge Street per un centinaio di metri, all'altezza dell'Inglis girate a sinistra e da lì dovreste vedere la stazione. Non ti ho chiesto come sta Angela.»

«Sta meravigliosamente in questo meraviglioso albergo dopo un meraviglioso viaggio. E Sarah?»

«È curiosa d'incontrare Angela, le ho raccontato tante cose di lei.»

«Davvero?»

Macdonald rise e riattaccò.

La lobby del Royal Highland era imponente, nulla di strano visto che esisteva dal 1859. L'edificio era stato rinnovato di recente, mantenendo lo stile originale dall'epoca dello splendore. Angela e Winter ne rimasero incantati.

Steve Macdonald si alzò in piedi, non indossava il kilt, ma Winter lo riconobbe ugualmente. Era lo stesso di sempre. Il solito aspetto losco da malvivente, lo stesso corpo alto e ossuto, ma robusto come la canapa. Macdonald si voltò verso la sua donna e Winter notò che si era tagliato la coda di cavallo.

Fu un pranzo piacevole. Macdonald era serissimo quando aveva proposto di ordinare il fish & chips – era la specialità del bar – con salsa tartara.

«Non ho mai mangiato il fish & chips», aveva detto Angela.

«È giunta l'ora che tu lo provi», aveva detto Macdonald.

«Ci sono cose che si possono anche non provare», aveva detto a quel punto Sarah Macdonald ad Angela. «E questa potrebbe essere una di quelle.»

Angela aveva riso, sentiva che si sarebbe trovata bene in compagnia di Sarah Macdonald. La moglie di Steve era più alta della media e longilinea. Assomigliava a Steve, anche nella fisionomia, sembravano fratello e sorella, nonostante avessero radici diametralmente opposte. Sarah di cognome faceva Bonetti, era di origini siciliane. Steve era uno scozzese doc, nato in una cittadina di nome Forres, non lontano da lì. La famiglia Bonetti si era trasferita a Edimburgo e poi a Inverness quando Sarah era piccola. La sua storia ricordava vagamente quella di Angela, erano entrambe cresciute lontane dal Paese d'origine. Come pure Aneta Djanali.

La comunità italiana è molto diffusa in Scozia e non è semplice distinguere uno scozzese originale dagli immigrati, aveva detto Steve.

La maggioranza della popolazione qui ha i capelli neri e gli occhi selvaggi.

Sarah e Steve si erano conosciuti quando Steve era ancora un giovane agente di polizia a Inverness. Macdonald aveva raccontato com'erano andate le cose. L'aveva arrestata per eccesso di velocità o qualcosa del genere e lei gli aveva fatto una SCENATA alla italiana. «E lì ho capito che ci saremmo rivisti», aveva raccontato Macdonald.

«Penso sia giunta l'ora del mio primo fish & chips», disse Angela rispondendo ai precedenti commenti di Sarah.

«Bisognerebbe provare tutto almeno una volta. Eccetto l'incesto e i balli di gruppo.» Macdonald aveva chiamato il cameriere ordinando da mangiare e da bere per tutti, Winter dovette però rinunciare al bicchiere di whisky – «Magari più tardi» – ma accettò una pinta di *ale* scozzese.

Era stato tutto buonissimo, fish & chips da cinque stelle.

Era bello essersi ritrovati. Winter aveva sentito la mancanza di Macdonald, il sentimento era reciproco. Angela l'aveva conosciuto a Göteborg quando lui e Winter stavano collaborando a un caso piuttosto straziante tra Londra e la Svezia. Erano entrati in confidenza, e si erano fatti forza a vicenda cercando di mantenere la lucidità in una serie di circostanze terribili di cui erano stati costretti a essere spettatori. Era la cosa peggiore del loro mestiere: essere costretti a osservare e INTERVENIRE, ognuno dal proprio lato del mare.

«Che ne dici?» aveva chiesto Sarah Macdonald a Angela.

«Per me va benissimo», le aveva risposto Angela. Poi, rivolgendosi a Winter: «Sarah si è offerta di mostrarmi la città».

«Allora stasera posso offrivi la cena?» aveva proposto Winter.

«Volentieri», aveva risposto Macdonald.

«Cosa ne dite del ristorante italiano al Glenmoriston?»

«Molto volentieri», aveva detto Macdonald, e Sarah aveva annuito.

* * *

Era uscito il sole, ma il cielo pesava ancora sopra la città. Angela e Sarah andarono a sinistra, Macdonald indicò a Winter l'edificio della stazione.

«Dall'altra parte della stazione c'è l'autonoleggio», disse.

Attraversarono la stazione, che era più piccola di quanto Winter ricordasse. Ci era rimasto un paio d'ore aspettando la partenza del treno per Edimburgo che fermava a Perth. Il treno percorreva le Highlands con una certa fatica, si ricordava ancora quel paesaggio particolare. Assomigliava al fondale marino, mille metri sopra il livello del mare. E improvvisamente il vagone si era fatto molto freddo. Si ricordava i nomi di alcune cittadine non molto distanti da qui. Kingussie, Newtonmore, Aviemore e Dalwhinie sulla punta settentrionale del Loch Ericht, ovvero il lago di Erik. La distilleria di Dalwhinie produceva un buon whisky, anche se non era certo che Macdonald avrebbe concordato.

Oltrepassarono i binari uscendo su Strothers Lane e finendo direttamente su Railway Terrace. Da là si vedeva chiaramente il cartello dell'autonoleggio e le macchine scintillanti nel parcheggio sul retro dell'ufficio della Budget.

«Non ce n'è traccia», disse il commesso accompagnandoli fuori. «È proprio un mistero.» Era lui che aveva noleggiato l'auto ad Axel Osvald.

«Sarà capitato altre volte che a un cliente sia stata rubata la macchina, no?»

Winter si accorse che la parlata scozzese di Macdonald si faceva più verace parlando con il commesso, il cui accento era fortemente marcato.

«Sì, sì, ma l'auto è proprio sparita questa volta. Di solito le ritroviamo. La polizia le rintraccia prima o poi. Di solito prima che poi.» Si guardò attorno e indicò una Toyota Corolla, tre porte, verde metallizzato che un ragazzino stava lavando nel cortile interno. «Quella è la gemella dell'auto che è sparita, modello nuovo, stesso colore.»

«Ti ricordi il cliente?» gli chiese Winter.

«No», rispose il commesso, che si chiamava Frank Cameron. «Non lo ricordavo la settimana scorsa quando è venuto il vostro collega, non lo ricordavo due settimane fa quando abbiamo fatto la denuncia e non ricordo questo svedese nemmeno ora.»

«Passano così tanti svedesi di qui?» chiese Macdonald.

«Qualcuno», rispose Cameron dandogli un occhiataccia. Cameron aveva il naso aquilino, e sembrava disturbato dal fatto di non ricordare. «Non so cosa dirvi, abbiamo avuto molti clienti quel giorno e non me lo ricordo proprio, ok? Ricordo vagamente il signore anziano che era con lui, ma questo è tutto.»

«Va bene», disse Macdonald.

«Se quello era il vostro uomo era piuttosto silenzioso, come un abitante delle Orcadi. Uno così è facile dimenticarselo.»

«O forse è proprio per il suo silenzio che ti è rimasto impresso», commentò Macdonald.

«Ma non lo ricordo affatto ho detto.»

Macdonald annuì, capendo che non si stavano capendo, e chiese le copie del contratto.

«Ce le ha già il tuo compare in commissariato.»

«Craig?»

«Sì forse è quello il suo nome, un inglesino.»

«È Craig», confermò Macdonald. «Ti avrà detto di avvisarci nel caso in cui l'auto rientrasse.»

«E come?» disse Cameron. «Il tizio che l'ha noleggiata è morto no? Chi ce la dovrebbe restituire, il ladro?»

«Chiunque la ritrovi», disse Macdonald.

«La polizia, per esempio», replicò Cameron. «Ma ne dubito.» Scoppiò in una secca risata.

«Allora ti ringraziamo per la disponibilità», disse Macdonald e rivolgendosi a Winter: «Tua moglie non voleva noleggiare un'auto questo pomeriggio?»

«Già, è vero», rispose Winter prontamente.

Il viso di Cameron cambiò radicalmente, il suo sguardo si fece calmo e gentile.

«Conoscete il posto!»

Si congedarono e proseguirono su per Railway Terrace, verso il commissariato a poco più di cento metri da lì.

«Cameron!» disse Macdonald con tono secco.

«Cosa?» gli chiese Winter.

«Cameron è un clan a sé», gli spiegò Macdonald. «Sono originari del Lochiel e dell'Argyll settentrionale, su nelle Highlands centrali e più isolate. Ed è lì che dovrebbero restare.»

Winter sorrise.

«L'hai visto no quel tipo? Un perfetto esemplare. L'hai visto no il suo naso? Sai cosa significa la parola Cameron? In gaelico si dice *Cam-shron* e significa "naso aquilino".»

«Sei razzista per caso?»

«Ah ah.»

«Ne sai molto dei vari clan?» gli chiese Winter.

«Ne so qualcosa del mio», rispose Macdonald.

«È interessante, un giorno me ne devi parlare.»

«Sono quasi tutte storie molto tristi.»

39

C'era un passeggino capovolto abbandonato sotto alla scala cementata del sovrappasso, era giallo e blu e a Winter ritornò immediatamente alla mente un vecchio caso straziante a cui aveva lavorato con Macdonald. Macdonald lo raddrizzò senza dire una parola.

Il vento era graffiante sul ponte, da lì si vedeva tutta la città, il fiume e le montagne retrostanti. C'era una panetteria chiusa sulla sinistra, camminarono lungo Longman Road fino alla questura, un edificio moderno che spiccava tra le case d'epoca circostanti.

Entrarono passando sotto l'insegna bilingue dell'ingresso. *Inverness Command Area. Sìgre Command Inbhirnis.* La segreteria assomigliava a quella del commissariato di Göteborg, lo stesso stile consumato, la stessa accoglienza acida. Si respirava l'aria di impotenza, paura e solitudine di una società bisognosa e ammuffita in un mondo cattivo. Una donna allo sportello discuteva in gaelico a voce alta, gracchiando come un disco rotto. Sull'altro lato del muro c'era appeso uno striscione *Dèili-gaedh leis a h-uile tachartas de ghiùlan mìshòisealta gu h-èifeach-dach*, con l'immancabile traduzione di fianco: *To effectively tackle all incidents of anti-social behaviour.*

«Sconfiggiamo efficacemente ogni forma di comportamento antisociale».

Uno slogan importante per i fratelli in divisa, un grosso impegno per Winter e Steve. Ci sarebbe da mettere tra virgolette quel «efficacemente», ma almeno ci stiamo provando. Se solo questa dannata società stesse ferma un secondo mentre noi cerchiamo di mettere in ordine tutto ciò che è *anti*, o lo è diventato.

C'era anche un poster nero e giallo: *Going To The Hills? Let Us Know BEFORE You Go.* «Stai andando sulle colline? Informaci PRIMA di andare.»

Axel Osvald evidentemente non aveva seguito quel consiglio. Non che si fosse spinto molto in alto.

Jamie Craig uscì da una porta a destra degli sportelli. Il suo aspetto fisico rispecchiava la brutalità del suono della sua voce. Aveva il viso arrossato, che poteva dipendere dal consumo di whisky o dall'aria pungente delle Highlands o da entrambe le cose. Salutò Macdonald con una stretta di mano distaccatamente professionale e strinse velocemente la mano di Winter.

«*Let's go*», disse.

Camminarono lungo i corridoi dei sotterranei, la scarsa illuminazione proiettava ombre cariche di misteri centenari.

La luce dell'obitorio era accecante e fredda. Johanna Osvald li aspettava in una sala d'attesa con una sola sedia.

Si alzò, salutò Macdonald e Winter l'abbracciò.

«Quindi... Noi... Partiamo tra un paio d'ore», disse Johanna Osvald.

«Lo so», rispose Winter.

«Volevate... vederlo?»

«Sì.»

«Perché?»

«Mah...» le rispose Winter, ma sapeva il motivo, un motivo che non sapeva spiegare nemmeno a se stesso.

«Si tratta di una... morte naturale», disse Johanna Osvald con un'incertezza nella voce che pareva esprimere l'inconcepibilità del concetto di morte naturale, soprattutto di questa.

Axel Osvald sembrava addormentato. Winter rimase due minuti a osservarlo dal lato della testa: i capelli tirati all'indietro e un accenno di barba sulle guance; non si riusciva a determinare se si fosse o non si fosse fatto la barba il giorno in cui era morto. La barba e le unghie continuano a crescere anche dopo la morte, è fisiologico.

Macdonald, Johanna Osvald e Craig lo stavano aspettando fuori.

«*Let's go*», disse Craig.

Ripercorsero gli stessi corridoi bui e freddi, probabilmente esistevano dal tempo dei tempi, quando gli edifici soprastanti erano altri. Winter aveva la pelle d'oca, soprattutto dopo essere uscito dalla cella frigorifera. Camminava fissando incantato i capelli di Johanna Osvald che in quella luce sembravano d'oro.

Risalirono verso un'altra luce abbagliante, quella dell'ufficio di Craig. Si trattava di una gabbia di vetro al centro di un open space. Winter non ci avrebbe resistito nemmeno dieci minuti, ma Craig ci si muoveva con disinvoltura, come se le pareti fossero a specchi unidirezionali e lui potesse vedere fuori, ma nessuno potesse guardare dentro.

Craig indicò le tre sedie che erano state messe lì per l'occasione. Lui si sedette dietro la sua scrivania pulita e ordinata, priva di carte, penne, cestini, posacenere. La superficie riluceva, dando l'impressione che Craig si prendesse il tempo di spolverarla. Winter e Macdonald si scambiarono un'occhiata, si erano capiti. Il telefono era posizionato su un tavolino ad angolo. Alle spalle di Craig si lavorava *To effectively tackle all incidents of anti-social behaviour.* Winter vedeva donne e uomini in uniforme muoversi al di là del vetro, cornette alzate e riattaccate, la luminescenza orba dei monitor. Winter vide due agenti con il giubbotto antiproiettile, l'elmetto e la mitragliatrice a tracolla condurre un uomo dai tratti dell'Europa del Sud a una scrivania accanto alla parete di vetro. Pareva fissare la nuca di Craig con un'espressione imbronciata. Un italiano, forse.

«Direi che abbiamo fatto tutto il possibile per quanto riguarda questo caso», disse Craig grattandosi il collo punto da quello sguardo.

«Ti siamo grati per la tua collaborazione», ribatté Winter.

Johanna Osvald annuì. Era stata molto silenziosa durante il percorso nei sotterranei, come se già fosse partita con la testa e con suo padre fra le Samsonite nella stiva dell'aereo.

«C'è ancora il fatto dell'auto», disse Craig.

«Abbiamo incontrato il commesso dell'autonoleggio», disse Winter. «Cameron.»

«Ragazzo simpatico», disse Craig con un sorrisetto.

«Solitamente le auto rubate vengono ritrovate abbastanza in fretta», intervenne Macdonald.

Craig s'irrigidì quasi impercettibilmente.

«È per questo che ho tirato fuori l'argomento.» Si avviò verso un armadietto e lo aprì.

Tornò alla scrivania con un foglio, si mise gli occhiali e lesse.

«Tra aprile e luglio di quest'anno ci sono stati centododici furti d'auto in città e zone limitrofe, le abbiamo rintracciate tutte meno che una», disse. «Abbiamo anche arrestato quarantasei ladri d'auto che abbiamo colto sul fatto», disse posando il foglio. «Ed eravamo in alta stagione.»

«Ottimo», commentò Macdonald.

«Ottimo cosa?» disse Craig con un sorriso velatamente ironico.

«La vostra statistica», disse Macdonald.

«Siamo i migliori della Scozia», replicò Craig.

«Il fatto che l'auto non sia stata rinvenuta ci porterebbe a pensare a un furto aggravato», disse Winter. «A un delitto, forse.»

«Sì, è per questo che volevo parlarvene. Premettendo che non è detto che il furto sia direttamente collegato al decesso», disse Craig guardando Johanna Osvald che fissava fuori dal vetro con fare assente. «Potrebbe aver abbandonato l'auto da qualche altra parte.»

«È davvero possibile?» chiese Winter.

«No.»

«Qualcuno potrebbe avergli dato un passaggio a bordo di un'altra auto fino a Fort Augustus», suggerì Macdonald.

«In tal caso si tratterebbe proprio di un delitto», disse Craig.

«D'altra parte non ci sono segni di violenza o colluttazione sul corpo», disse Winter guardando Johanna Osvald che sembrava assente, come se non volesse sentire i loro ragionamenti.

«Si è trattato di un infarto», disse Craig. «Il cuore non ha retto, la domanda è cosa l'abbia causato.»

«Non ci sono altre testimonianze a spiegare il suo comportamento confuso in giro per la città?» chiese Macdonald.

«Niente di sorprendente», disse Craig. «Andava in giro a porre domande incomprensibili, avrà rivolto la parola a tre, quattro persone.»

«Avete idea di chi è l'ultima persona a cui si è rivolto?» chiese Winter.

«Sappiamo chi POTREBBE essere stata l'ultima. C'è come sempre qualche discrepanza temporale», disse Craig grattandosi il collo, l'italiano dall'altro lato del vetro gli fissava ancora la nuca, come un antropologo sociale venuto da lontano. «Un aspetto irritante di questo mestiere è la confusa concezione del tempo dei testimoni», continuò Craig protendendosi verso di loro. «Non è così? Nonostante noi sappiamo con certezza che un fatto abbia avuto luogo, diciamo, a mezzogiorno, i testimoni possono giurare che è avvenuto a mezzanotte, o all'alba!»

«Nel caso di Axel Osvald, quale sarebbe l'arco di tempo?» chiese Winter.

«Un paio d'ore», rispose Craig. «Nel primo pomeriggio.»

Winter annuì.

«È morto quella stessa notte.»

«Era molto agitato», disse Johanna Osvald, improvvisamente.

«Mi scusi, miss *Oswald*?» disse Craig.

«Ci ho pensato a lungo», disse Johanna Osvald voltandosi verso di loro. «Quando è arrivata la lettera... Non mi è sembrato particolarmente sbalordito... Nel senso... Non così agitato come ci si potrebbe aspettare. Qualche giorno dopo invece... ha prenotato un volo ed è partito, subito... No, anzi è partito la mattina seguente», fece una pausa guardando fuori. «Non so cosa gli sia successo, ma dev'essere successo qualcos'altro.»

«Potrebbe essere arrivata un'altra lettera?» chiese Winter.

«Non che io sappia.»

«Ma è una possibilità?»

«Certo... Io non ero a casa in quei giorni. Ero a scuola», disse guardando Winter. «Invece quando ha ricevuto la prima lettera... forse l'unica... avevo il giorno libero... L'ho vista arrivare.»

«C'era qualcuno a casa con tuo padre nei giorni seguenti?» chiese Winter.

«Erik», rispose Johanna Osvald. «Era la sua settimana di riposo.»

«Ma non ti ha accennato nulla riguardo a un'altra lettera?»

«Nulla.»

«Nessuna telefonata?»

«No.»

Winter rimase in silenzio. Erano tutti in silenzio nell'acquario di Craig. Si sentivano le voci all'esterno, ma era impossibile distinguerne le parole. Potevano essere in inglese, in gaelico, in italiano o in svedese.

«Cosa ne pensa del fatto che suo padre si comportasse in modo confuso?» le chiese Macdonald andando dritto al punto.

Johanna Osvald scosse la testa.

«Le sembra impossibile?» disse Macdonald.

«Sì.»

«Però prima ha detto che era agitato...»

«Ma non in quel senso», disse Johanna Osvald. «Mai in quel senso. Non ha mai avuto disturbi di quel tipo, ve lo garantisco. Mio padre è... Era un uomo con i piedi per terra.»

Un uomo con i piedi sul mare, pensò Winter. Un uomo in grado di reggere il timone e di procedere sicuro fra le tempeste, restando saldamente ancorato nella fede in Dio.

«Dev'essergli successo qualcosa», disse Johanna Osvald. «Qualcosa di terribile.»

Guidarono oltre il Ness Bridge, Craig gli aveva prestato un'auto. Svoltarono a destra su Kenneth Street e poi su Ross Avenue, che era una delle mille vie fiancheggiate da case a schiera in pietra. Rallentarono, fermandosi davanti a una di queste. C'era un cartello tra la porta e la finestra: Glen Islay Bed & Breakfast.

«Glen Islay, suona come una marca di whisky», commentò Winter.

«Bed and breakfast *and whisky*», disse Macdonald.

Winter si guardò attorno uscendo dalla macchina.

«Io qui ci sono stato», disse.

«Qui? Su questa strada?»

«Sì, ho alloggiato in un bed & breakfast su questa via.»

«Forse proprio in questo», disse Macdonald.

Forse, pensò Winter mentre entrarono nella piccola reception di fianco alle scale. C'era odore di *egg and bacon* e di umido, di muffa forse, e di pane tostato. Le tubature gorgogliavano dietro la tappezzeria, che risaliva certamente all'epoca edoardiana. Tutto era come doveva essere.

C'era un telefono appoggiato su un fragile tavolino e accanto una signora di una certa età, una di quelle *old ladies* che gestiscono la propria pensione da sempre.

«Dunque Mrs McCann, stava dicendo che mister *Oswald* è partito in auto?» chiese Macdonald. Winter notò la forte pronuncia della v doppia, come quella di Craig poco prima. Chi aveva scritto la lettera alla OSWALD FAMILY doveva essere stato scozzese o inglese.

«Ne sono assolutamente sicura», disse Mrs McCann con tono deciso. «E l'ho detto anche all'altro poliziotto.»

«È venuto qualcuno a fargli visita mentre era qui?»

«No.»

«È partito da solo da qui?» le chiese Macdonald.

«Certo. Cosa intende ispettore?»

«Non c'era nessuno nell'auto là fuori?»

«Non ho visto, non l'ho accompagnato fuori», rispose la donna indicando verso le due finestre accanto alla porta, che erano coperte da delle tendine di pizzo.

Winter annuì. Riusciva a distinguere la loro auto attraverso i merletti, ma non se ci fosse qualcuno seduto dentro.

«Potremmo vedere la sua stanza?» chiese Macdonald. «Se è libera.»

«Al momento è libera.»

«C'è già stato qualche altro poliziotto per caso?» chiese Winter.

«No.»

Winter guardò Macdonald che si strinse nelle spalle. Quello di Craig non era un caso di omicidio, in fondo.

«Potremmo vedere la stanza?» chiese di nuovo Macdonald.

Mrs McCann uscì da dietro quel fragile tavolino.

«Mr Osvald ha ricevuto qualche telefonata mentre era qui?» le chiese Winter.

«Ho già risposto a questa domanda», disse Mrs McCann.

«Siamo soliti ripetere le domande», replicò Macdonald sorridendo.

«Perché non vi segnate le risposte la prima volta?» disse Mrs McCann.

«Ci tentiamo», disse Macdonald.

«Come ho detto all'altro ispettore, sono arrivate tre chiamate per Mr *Oswald*. Ho risposto io tutte e tre le volte. Era una donna.»

«Sempre la stessa donna?»

«Sì...»

«Le ha detto il suo nome?»

«Certo, si è presentata come Miss *Oswald*.»

«Capisco», disse Macdonald. «Dicevamo, la stanza...»

«Ci ha alloggiato qualcun altro dopo la partenza di Mr Osvald?» chiese Winter.

«No... Ormai siamo in bassa stagione. Non ho nessun ospite al momento... Purtroppo...» Esitò un attimo come se le fosse venuto in mente qualcosa. «La stanza l'ho pulita però.»

«Certo, non si preoccupi Mrs McCann», disse Macdonald.

«Non aveva dimenticato nulla», disse. «Nel caso steste cercando qualcosa.»

«Vorremmo solo vedere la stanza», continuò Macdonald.

«È al secondo piano», rispose lei allungandosi a prendere una chiave nell'armadietto appoggiato al muro.

Era una tipica camera di una tipica pensione inglese. La stanza era piena di soprammobili per renderla accogliente, c'era perfino una borsa dell'acqua calda appoggiata sul letto. E un quadro bizzarro appeso a destra del letto che rappresentava un mostro dal collo lungo che nuotava in un lago. Anche la cornice era bizzarra, di un colore cangiante sull'aranciato.

Santo cielo.

Ci ho dormito in questa stanza.

Winter osservò Mrs McCann, quanti anni poteva avere? Sessantacinque, forse. Erano passati vent'anni, ma gli era rimasto un vago ricordo di una matrona sulla quarantina. Ora voleva sapere, voleva esserne certo.

«Mrs McCann... Da quanti anni gestisce questa pensione?»

«Da esattamente trent'anni», rispose con tono deciso.

«Ottimo. Ha per caso conservato i registri degli anni scorsi?» le chiese Winter.

«Certamente», disse guardando Macdonald. «Oggi la registrazione degli ospiti è obbligatoria per legge, ma io l'ho sempre fatta se è per questo. E anche mia madre, del resto.»

«Come scusi?»

«Mia madre gestiva il Glen Islay prima di me.»

«Da quanto esiste questa pensione?» chiese Macdonald.

«Dal '39», disse. «La guerra era iniziata e c'erano molti soldati qui in giro e la mamma ha pensato bene di aiutarli, offrendogli un alloggio in una stanza accogliente.»

«Potremmo dare un'occhiata ai vecchi registri?» chiese Winter.

«Pensavo che voleste vedere la stanza.»

«La controllo io», disse Macdonald scambiando un'occhiata d'intesa con Winter.

C'era odore di polvere nell'angolo della cantina dove erano impilati i registri dalla copertina rossa in finta pelle. Sembravano essercene un centinaio. La cantina non era umida, il che faceva sperare che i libri si fossero preservati bene.

«Cosa state cercando?» chiese Mrs McCann.

Winter le raccontò della sua visita nei primi anni Ottanta, in marzo.

«Allora dovrei ricordarmi di lei», disse Mrs McCann.

«Avevo la barba», replicò Winter.

«Abbiamo ospitato molti ragazzi scandinavi», disse Mrs McCann.

Winter annuì. La donna cominciò a cercare tra i libri ammucchiati. Winter notò che ogni mucchio era contrassegnato da un cartellino con l'anno. Gli porse un registro.

«Qui c'è la primavera di quell'anno», disse sfogliando pagina per pagina. Winter le stava accanto osservando le colonne con firme illeggibili e indirizzi scritti accanto in stampatello. C'erano stati numerosi ospiti quel mese, posò il dito sul 14 marzo. Winter lesse l'indirizzo di casa dei suoi genitori e la sua firma di allora, molto ordinata e allo stesso tempo incerta.

«Dovete essere voi», disse Mrs McCann. «Strano, non trova?»

«Davvero strano.»

«Con tutti i B&B che ci sono in questa parte della città.»

Winter annuì.

«Qualcuno gliel'ha consigliato?»

«Ho chiesto in stazione e mi hanno indicato questa pensione», disse Winter. «Immagino che molti facciano così.»

«Sì, chiamano dal centro informazioni della stazione appena scendono dal treno, oppure dall'aeroporto.»

«Anche Mr Osvald l'ha chiamata dalla stazione?» chiese Winter.

Ci pensò su un momento.

«Ha telefonato», disse.

«L'ha chiamata lui stesso?»

«Sì.»

«Le ha telefonato e ha prenotato una stanza?»

«Sì, è quello che le sto dicendo.»

«Si capiva in qualche modo da dove stesse telefonando?»

«Mah... Non dal centro città comunque. C'era quel brusio, quel soffio di sottofondo, che ho dato per scontato che chiamasse dall'estero. Le chiamate dall'estero hanno quel brusio particolare.»

Winter restò un momento in silenzio a pensare.

«È possibile che Mr Osvald sia stato ospite qui altre volte?»

«Quando?» gli chiese. «No, me lo ricorderei. Almeno il nome avrebbe dovuto suonarmi familiare. Comunque basta controllare», disse indicando i registri ammucchiati.

«D'altra parte non si ricordava nemmeno di me...» disse Winter.

«Ma c'è differenza, lei era giovane. E aveva la barba.»

Winter raccontò tutto a Macdonald sorridendo alle parole di Mrs McCann.

«*When I Was Young*», disse. «Eric Burdon and the Animals.»

Mrs McCann li aveva lasciati soli.

«Qualcuno deve aver consigliato questo posto ad Axel Osvald», disse Winter. «O altrimenti doveva già esserci stato.»

«Qualche volta negli ultimi quarant'anni», disse Macdonald. «Non ci resta che iniziare a sfogliare.»

«*No, thank you*», disse Winter.

«Se si fosse trattato di omicidio Craig ci avrebbe mandato rinforzi», disse Macdonald. «Ma in questo caso...»

«Sfoglio volentieri da solo», disse Winter. «Ma non cercherei il nome di Axel Osvald.»

Macdonald scese in cantina con Mrs McCann, era molto collaborativa. Macdonald si complimentò per la pensione così accogliente e

Winter le assicurò che l'avrebbe raccomandata a mezza Göteborg. Presero qualche dépliant e un paio di biglietti da visita. Non c'era un indirizzo email, niente www.glenislay.com per il momento.

«Ho appena iniziato un nuovo registro, questo è il più recente», disse Mrs McCann indicando il primo libro del mucchio più a destra.

Winter aveva indagato su quali ospiti ci fossero stati nei giorni precedenti e immediatamente successivi alla permanenza di Axel Osvald.

Lui e Macdonald avevano sfogliato insieme le ultime pagine. I nomi non erano molti. Videro la firma di Osvald e la data del check out, era tutto molto preciso e ordinato.

Il giorno prima che Axel Osvald arrivasse, un certo Os Johnson aveva lasciato la pensione.

Winter si soffermò a osservare la calligrafia tremolante della firma.

Dopo aver passato le ultime ore a sfogliare mucchi e mucchi di registri, il collegamento fu immediato. Os Johnson. Osvald Johnson. John Osvald.

Qualcosa l'aveva condotto fin qui, sfogliare i registri era stata una sua idea, non poteva mollare adesso.

«Se lo ricorda questo Os Johnson?» chiese a Mrs McCann indicandole la colonna con la firma.

«Certo che me lo ricordo», rispose lei. «Non è passato neanche un mese. Ispettore, pensa che io soffra di demenza senile?» Si rivolse a Macdonald. «Un caro signore, mister Johnson. Un gentiluomo di una volta.»

«Di una volta?» disse Winter.

«Un ottantenne molto in gamba quel mister Johnson.»

Winter e Macdonald si scambiarono un'occhiata.

«Era di qui... Uno scozzese, insomma?» chiese Macdonald.

«Era molto taciturno, ma sì, credo che fosse della zona. Non parlava molto, appunto, però l'ho aiutato a spedire una lettera.»

«Come, scusi?»

«Voleva spedire una lettera e noi offriamo anche questo servizio qui alla pensione. Carta da lettere, buste e francobolli sono a disposizione dei nostri clienti. Poi io vado a imbucarle. Molti dei nostri ospiti hanno fretta se stanno per partire e gli fa comodo che io mi occup...»

«Mi scusi Mrs McCann se la interrompo, ma ha eventualmente avuto modo di vedere a chi fosse indirizzata questa lettera?» chiese Macdonald.

«Assolutamente no, non mi permetterei mai di sbirciare negli affari degli altri.»

«Mr Johnson... Ha messo da solo i francobolli su quella busta?» chiese Macdonald.

«Sì...»

«Ne è certa?»

«Sì, ma c'era qualcosa che... Non era una delle mie buste. E poi c'erano più francobolli del solito. QUESTO lo ricordo bene, perché ne ho imbucate un bel mazzetto e quella era diversa dalle altre.»

Winter aprì la sua borsa ed estrasse la busta originale dalla busta di plastica. Si vedeva il timbro di Inverness sul bordo del terzo francobollo.

«Era questa busta?» le chiese.

La osservò a lungo e attentamente, voleva davvero rendersi utile. A volte non bisogna credere troppo a chi ha troppa voglia di aiutare, alcuni sono troppo gentili e troppo partecipi, con il risultato di confondere tutto, come quando da turista vieni circondato dalla gente del posto che comincia a indicare in tutte le direzioni. Troppa gentilezza.

Ma Mrs McCann era diretta e semplicemente onesta.

«Chi può dirlo? Però non credo.»

Winter tirò fuori l'ultimo asso che aveva nella manica.

Le mostrò la fotografia di John Osvald, di quando aveva circa la metà degli anni del nipote. Sorrideva dal ponte di coperta in mezzo alle reti, il cielo era limpido, teneva in mano delle corde, indossava un berretto. La foto era scolorita, quello che restava era soprattutto il sorriso.

«Chi sarebbe?» chiese Mrs McCann.

«Os Johnson.»

«Veramente?»

«Potrebbe essere lui», si corresse Winter.

«Be', io non lo riconosco», disse Mrs McCann. «Come si fa? È impossibile.»

Winter annuì e le mostrò un'altra foto, con John Osvald di profilo appena prima che partisse per non tornare mai più.

«No», disse Mrs McCann.

Winter ripose tutto nella borsa.

«Possiamo tornare nel caso volessimo farle altre domande?» le chiese Macdonald.

Lei annuì.

«C'è qualcosa di particolare che ricorda di Mr Johnson?»

«Tipo cosa?»

«Tipo qualunque cosa, qualcosa che ha detto, qualcosa che ha fatto, magari un gesto, se ha fatto una telefonata, qualcosa nel suo aspetto fisico, se ha ricevuto una visita. Tutto. Qualunque cosa.»

«Quante cose», disse Mrs McCann.

«Ci pensi», disse Macdonald. «E se le viene in mente qualcosa mi chiami, Mrs McCann. Per qualunque cosa, appunto.»

La videro esitante.

«Dica, Mrs McCann.»

«Quella lettera...» disse evitando i loro sguardi «...che ho spedito. Ecco, potrei aver intravisto l'indirizzo mentre la imbucavo.»

«Ma certo, è naturale», la tranquillizzò Macdonald.

«Ho visto solo il Paese, a dire la verità.»

«A quale Paese era indirizzata?»

«C'era scritto Danimarca.»

«Danimarca?» disse Winter guardando Macdonald. «È sicura? Non è che si sta confondendo con la Svezia?»

«No, no, sono sicura.»

Svoltarono l'angolo su Kenneth Street, Macdonald diede la precedenza ai pedoni, poi svoltarono a destra su Tomnahurich Street.

«Forse Axel Osvald non ha ricevuto visite», disse Winter. «Forse era lui a essere venuto a visitare qualcuno che era già sul posto.»

«Qualcuno che l'ha chiamato», disse Macdonald.

«Esatto.»

«Sta iniziando a piacerti?» gli chiese Macdonald.

«No.»

«Sai cosa intendo.»

«In quel caso, sì.»

Passarono davanti a un negozio di fish & chips, Winter riusciva a sentire l'odore di frittura pur stando dall'altra parte della strada.

«Là dentro l'aria è così carica di grasso che i corpi delle persone lasciano gli aloni», disse Macdonald indicando il negozio. «Si possono vedere gli aloni nell'aria, come un'alitata esposta ai sessanta gradi sotto zero della Siberia.»

«Ti credo sulla parola», disse Winter.

«Friggiamo perfino il sanguinaccio», disse Macdonald.

«Forse è necessario», replicò Winter.

Il semaforo era rosso, davanti a loro c'era la A82 per Loch Ness. Proseguirono superando un cimitero e uno Sports Centre and Aquadrome e un cartello che indicava un *All Weather Football Pitch*.

«Le condizioni atmosferiche non condizionano il calcio scozzese, a quanto vedo», disse Winter indicando il cartello.

«No, proprio come a Göteborg a quanto pare», disse Macdonald.

«Göteborg è la capitale del calcio svedese», disse Winter.

«L'FC Inverness è stato promosso, chi l'avrebbe mai detto», disse Macdonald scuotendo la testa meravigliato.

«Mmm.»

«Henrik Larsson gioca nel Celtic», disse Macdonald. «È di Göteborg?»

«No.»

«Quell'altro allora, Mjällby? Quello grosso?»

«No.»

«Non dicevi che Göteborg è la numero uno nel calcio?»

Winter non lo stava più ascoltando, guardò l'orologio, tirò fuori il cellulare e fece un numero che si era segnato sul blocchetto.

Johanna Osvald rispose al terzo squillo.

«Ciao, come va?»

«Bene, sono stati tutti gentilissimi. Sono… Siamo quasi in aeroporto, l'aereo parte tra tre quarti d'ora.»

«Mi dispiace non esserti stato tanto d'aiuto», disse Winter.

«Ne abbiamo già discusso, Erik. È meglio che ve ne occupiate tu e Macdo… Steve.»

«Ho una domanda per te», disse mentre Macdonald faceva una

curva stretta a destra sulla via principale. «Quante telefonate hai fatto al Glen Islay, il Bed & Breakfast qui a Inverness, chiedendo di tuo padre?»

«Due... Mi pare due.»

«Pensaci bene.»

«Fa qualche differenza?»

«Sì.»

«Perché?»

«Pensaci, quante volte hai telefonato?» insistette Winter.

«Due.»

«Ne sei sicura?»

«Sì», rimase un secondo in silenzio. «Assolutamente sicura.»

«Axel ha ricevuto tre telefonate», disse Winter. «Almeno secondo la signora che gestisce il B&B. Tre telefonate e tutte le volte da una donna.»

40

Queste strade. La prima volta che era stato qui l'autobus era in ritardo. Ci era venuto a piedi dalla stazione. Era notte, una notte calda.

Si era voltato più volte, ma dietro di lui non c'era nessuno.

Era un altro.

La strada aveva lo stesso aspetto di allora. Lo stesso odore di allora, un odore pesante.

Era la stessa stanza? C'era la stessa vista. Le persone andavano e venivano. Le guerre andavano e venivano. C'era una rappresentazione di Gesù appesa al muro, c'era anche l'altra volta. Quella volta era caduto in ginocchio a pregare. Non aveva ricevuto alcuna risposta. Sapeva il perché.

Jesus!

La donna l'aveva visto, l'aveva osservato. Le aveva dato la lettera.

Era giunta l'ora.

Gesù aveva risposto. O chi per lui.

Aveva camminato avanti e indietro sui ponti. Aspettando. Ascoltando, aspettando ancora. Al pub di un albergo elegante si era guardato le mani, anche il barista gliele aveva guardate.

Gliele aveva osservate come se sapesse. Le sue dita intorno alla corda.

Intorno al collo.

Aveva ricevuto la sua *ale*, aveva osservato il liquido torbido nel bicchiere schiarirsi lentamente.

Il mare era impazzito quella notte, i-m-p-a-z-z-i-t-o. Erano impazziti tutti.

Non solo per i soldi. Per le donne.

O per la religione.

L'ultima notte aveva preso l'autobus per la punta più meridionale del lago.

Si era arrampicato su per le montagne.

Aveva trovato un punto tranquillo. Se solo il vento avesse soffiato nella direzione giusta. Se solo quella luce si fosse spenta.

Quella notte aspettò. Qualcuno aveva acceso un fuoco in spiaggia. Qualcuno suonava la chitarra, un rumore rotto che galleggiava sull'acqua. Gli sembrò di vedere qualcosa al largo.

Quella notte pianse. Cercò di scrivere una nuova lettera, nella sua vecchia lingua. Cercò di riordinare i ricordi. Alcuni di quei ricordi li avrebbe presi e bruciati prima che si fosse fatto giorno. Riusciva a sentire le sue parole, quelle parole grosse che non aveva mai pronunciato ma a cui stava pensando ora.

Le parole non sono nulla al confronto delle azioni. Le parole possono ferire, ma non COSÌ, mai COSÌ.

C'era un ricordo dal quale manteneva le distanze.

Gli aveva detto di no: Non fa per te questa cosa.

Era una bella giornata.

Resta a terra, gli aveva detto. Resta qui.

Non voglio. Perché dovrei restare?

Resta.
No.
RESTA.
Ma...
Tu a bordo non ci sali. TI PROIBISCO DI SALIRE A BORDO. TU NON VIENI.
Non era andata così.

L'auto era verde, come quell'alga che aveva tenuto in mano tre giorni prima.
Jesus! Portami via!

41

Winter vide il primo scorcio di lago all'altezza di Lochend. La superficie era striata di bianco e nero. Sul lato opposto s'innalzavano le montagne, sembrava un fiordo.
«Come sta il mostro?» chiese Winter, indicando quello che gli sembrò un movimento sulla superficie dell'acqua.
«Nessie?» disse Macdonald guardando l'acqua. «Sta sulle sue.»
«Esiste?»
«Certo», rispose Macdonald.
«Lo dici tanto per dire, per non perdere i turisti», disse Winter vedendo l'ennesimo cartellone che pubblicizzava il Loch Ness Monster Exhibition a Drumnadrochit a circa mezzo miglio da lì.
L'acqua sulla destra era ancora striata di bianco e nero.
«Non è così semplice», disse Macdonald.
«In che senso?»
Macdonald non rispose. Sembrava serio.
Winter scoppiò a ridere.
«*Come ON*, Steve.»
Macdonald guardò il lago, che in questo punto si faceva più largo.
«Ci sono dei posti», disse.
«Dei posti? Dei posti dove si riesce a VEDERE il mostro?»
Macdonald annuì serio.

«Sai qualcosa che nessun altro sa?»
«Forse», rispose Macdonald.
«Ma non lo vuoi svelare?»
«Certi misteri non sono destinati a essere svelati», disse Macdonald.
«Regola numero uno di un ispettore», disse Winter.
«Nessie è ricercata, ma la sua fedina penale è pulita a quanto ne so», disse Macdonald.
«Ci tieni al mostro e ci credi veramente», continuò Winter, guardandolo.
«C'è sempre stato», replicò Macdonald con aria innocente, Winter non riusciva a capire se fosse serio o se si trattasse di una sottile ironia. «Nessie è parte della mia infanzia. Un giorno ti mostrerò una cosa.»
«Perché non ora?»
«È la stagione sbagliata», rispose Macdonald guardando l'acqua. «O forse no.»
Winter guardò il lago all'altezza della cittadina di Drumnadrochit. Laggiù, dove il lago finisce e si stringe diventando lo stretto River Oich, Axel Osvald aveva perso la vita. Probabilmente in stato confusionale. Cosa c'era laggiù? C'era qualcosa di pericoloso al di là delle invenzioni dell'industria turistica, delle leggende mostruose, delle rovine medievali di Loch Ness… Esisteva? Axel Osvald l'aveva visto? Cos'aveva incontrato? Chi? E perché proprio in questo luogo?
«Ho sete», disse Macdonald mentre parcheggiava fuori dall'Hunter's Bar & Restaurant proprio di fronte all'Exhibition.
«L'hai vista la mostra del mostro?» gli chiese Winter.
«Non ce n'è bisogno», rispose Macdonald.
«A questo punto pretendo una spiegazione seria. Risolviamo il mistero del mostro una volta per tutte», disse Winter uscendo dalla macchina. «Diventeremo famosi.»
«Non mi interessa diventare famoso», disse Macdonald. «Mi basta diventare ricco. Come te.»
«Io voglio solo la fama», disse Winter.
Entrarono nel bar. Sul muro c'era il poster di un vecchio film di Hollywood sul mistero del mostro, con Ted Danson nel ruolo da protagonista. Winter non era dispiaciuto di esserselo perso.

Macdonald ordinò due pinte di *ale* scozzese.

Si sedettero di fianco alla finestra con vista sulle rovine di Urquhart Castle. C'era una barca sul lago, probabilmente attrezzata con avanzati sistemi sonar in grado di scandagliare ampie aree di fondale. Winter ricordava, come se fossero successe ieri, le avventure della marina militare svedese alle prese con i sottomarini sospetti nell'Hårsfjärden.

Mai nessun ritrovamento rilevante, ma parecchie testimonianze che portano nuova linfa al mito.

«Seriamente», disse Macdonald. «Non si può assumere che tutte le storie su Nessie siano un mito.»

«Ah no?»

«Molte persone che abitano intorno al lago hanno delle storie particolari da raccontare, ma le esperienze più personali le tengono per sé stessi, non vogliono essere presi in giro dagli scettici.»

«È per questo che non mi hai mai voluto raccontare nulla?» disse Winter bevendo un sorso.

«Io non sono un abitante del luogo», disse Macdonald.

«E io non ti ho preso in giro», disse Winter accendendosi un Corps. «Almeno non ancora.»

«Ancora a fumare quella robaccia?» disse Macdonald. «Pensavo avessi smesso.»

«Quasi», rispose Winter facendo un tiro e soffiando fuori il fumo con discrezione.

Fort Augustus consisteva in una strada, due file di case, un benzinaio e un pub. Nel parcheggio di fronte al Morag's Lodge c'era odore di fritto, benzina e alghe. Erano vicinissimi al lago.

Macdonald lesse i suoi appunti, proseguirono giù per la strada fino al Poachers. I rumorosi ubriaconi del tardo pomeriggio affollavano il pub impregnandolo di fumo. Il gestore gli indicò una stanza dietro al bancone. Aveva il viso grigio dopo tutti gli anni di fumo passivo.

«Tipo strano», disse l'uomo che si chiamava Ball ed era inglese. «Sembrava che non sapesse né cosa stava facendo, né perché.»

«Vi ha chiaramente posto delle domande», disse Macdonald.

«Chiaramente», disse Ball. «Ma non ho saputo rispondergli dato che non capivo una parola di cosa mi stesse dicendo.»

«Neanche una parola?»

«No.»

«Era agitato?»

«No. Era... confuso. Ma d'altra parte chi non lo è?» disse Ball indicando i suoi clienti mezzi ubriachi. «E dovete vedere come si agitano quando si sono bevuti tutti i soldi che hanno nel portafoglio.»

«Come lo descriverebbe allora?» gli chiese Winter.

Ball lo guardò.

«Anche lei è svedese come il tizio in questione?»

Dunque Ball sapeva che il deceduto era svedese.

«Sì.»

«Si sente appena», disse Ball.

«E lui come le è sembrato?» chiese Macdonald.

«*Well*, visto che me lo chiede... Sembrava impaurito. Angosciato. Sì, un po' così», disse Ball mimando la mossa scattosa con la testa. «Si voltava indietro, come se qualcuno lo stesse inseguendo.»

«Ha visto qualcuno?»

«Chi? Qualcuno che lo inseguiva?»

«Sì.»

«No, no.»

«Forse qualcuno che lo aspettava fuori dal pub?»

«No, no. L'ho visto uscire tutto confuso, ma poi la porta si è richiusa e questo è quanto.»

«Quindi non ha detto nemmeno una parola in inglese?» chiese Winter.

«No, no.»

«Qualcuno del posto è riuscito a comunicare con lui?» chiese Winter.

«Il vecchio Macdonald, giù all'Old Pier», disse Ball. «Il danese abitava lì, per quanto ne so.»

«Come scusi?» disse Macdonald.

«Il danese affittava una stanza là, vero?»

«Intende lo svedese», disse Winter.

«Sì, sì. Che differenza fa? Comunque pare alloggiasse là», disse Ball.

«A noi non risulta», disse Macdonald scambiando un'occhiata con Winter.

«Allora si sarà trattato di un altro svedese», disse Ball sorridendo con i suoi denti per nulla scandinavi. L'assistenza sanitaria britannica è lontana anni luce da quella scandinava. «Il vecchio Macdonald mi ha parlato di uno svedese.»

«Non ne ha parlato alla polizia però», disse Steve Macdonald.

«Evidentemente nessuno l'ha interpellato», concluse Ball. «Il vecchio Macdonald apre bocca solo se gli fai una domanda diretta.»

Macdonald si rivolse a Macdonald senza mezzi termini. Uno svedese, sì. In là con gli anni. Sì, ha alloggiato all'Old Pier una notte. La pensione si trovava sulla riva a nord di Fort Augustus. L'odore di acqua e di pietra era forte su per le scale. Anche il vecchio Macdonald era in là con gli anni. Si reggeva a un bastone grosso come l'avambraccio di un uomo adulto. Il camino era acceso nello stanzone. La legna non perfettamente essiccata scoppiettava.

«Avrebbe dovuto contattare la polizia», disse Steve Macdonald.

«Sì, ma alla fine me ne sono dimenticato», rispose Macdonald sfregando il vecchio bastone come un tic.

«Cosa intendete per in là con gli anni?» gli chiese Steve.

«Sicuramente sopra gli ottanta, ma era agile come un cinquantenne», disse il vecchio Macdonald. Anche lui pareva sugli ottanta, aveva delle macchie scure sul viso.

«Come si chiamava?» chiese Winter.

«Devo controllare sul registro», disse il vecchio Macdonald.

Lo seguirono alla reception.

Sfogliò qualche pagina.

«John Johnson», lesse.

Un altro Johnson.

«In che data ha pernottato qui?» chiese Winter.

John Johnson aveva alloggiato lì la notte prima del giorno in cui Axel Osvald era arrivato a Fort Augustus per spegnersi tra le montagne.

«Quand'è partito? Sul presto? Sul tardi?»

«Di mattina.»

«A che ora?»

«Saranno state… le nove.»

«Di cos'avete parlato?»

«Quando?»

«Scelga lei», disse Steve.

«Non ha detto una parola», disse il vecchio Macdonald.

«Ma allora come ha fatto a dedurre che fosse svedese?» gli chiese Steve.

«Avrà detto una parolina», disse il vecchio.

«Quale?»

«Non mi ricordo.»

«Soffre di demenza senile?» gli chiese Steve.

«Stai attento miserabile isolano», disse il vecchio Macdonald agitando il bastone. «Guarda che ti prendo e ti ribalto.»

«Stia tranquillo», disse Steve Macdonald.

Il vecchio abbassò il bastone. Steve Macdonald sorrise. Il vecchio anche. «Mac del cavolo.»

«Quindi cosa le ha fatto credere che fosse svedese?» gli chiese di nuovo Macdonald.

«Ho conosciuto parecchi svedesi durante la guerra», disse il vecchio Macdonald. «Pescatori.»

«Sì?»

«*Well*... Ho tirato a indovinare. Qualcosa mi ha fatto pensare che fosse svedese, forse per il nome, Johnson.»

Cercarono di fargli altre domande, ma il vecchio ormai era stufo.

«Si faccia sentire nel caso le venisse in mente qualcosa, intanto grazie», disse Steve lasciandogli i suoi recapiti.

«Se mi ricordo di ricordarmi.»

«La sua mente è affilata come la lama di un coltello», disse Steve uscendo dalla pensione.

«Come ci è arrivato fin qui?» chiese Winter.

«In macchina.»

«L'ha vista?»

«Era verde», disse agitando il bastone. «Come gli arbusti in riva d'inverno.»

«Metallizzato», disse Steve.

«Sì, qualcosa di lucente», disse il vecchio Macdonald. «Ma non chiedetemi la marca», disse sputando per terra. «Sono tutte maledettamente uguali al giorno d'oggi.»

«Era nuova?» gli chiese Winter.

«Sono tutte maledettamente nuove al giorno d'oggi.»

Steve Macdonald scoppiò a ridere.

«Comunque c'era qualcun altro in macchina con lui quando sono andati via su per di là», disse agitando il bastone verso est.

«Un tuo parente per caso?» gli chiese Winter mentre guidavano in direzione est. Stava iniziando a farsi buio, ora il lago era più nero che bianco.

«No, per carità», rispose Macdonald. «Quel tizio appartiene certamente ai Macdonald of ClanRanald, delle isole su al Nord.»

«Quale sarebbe la differenza?» gli chiese Winter.

«Non si vede?»

«A parte l'età?»

«Il mio clan è delle isole occidentali, i Macdonald di Skye, un clan antico e fiero.»

«Come ci siete finiti sulla terraferma?»

«Il mio bisbisnonno ha preso il traghetto quando era molto giovane», disse Macdonald. «Ha percorso qualche chilometro e si è fermato a Dallas. Non aveva altra scelta dopo la lite con un MacLeod, l'altro grosso clan delle isole.»

«Ecco perché il vecchio Macdonald ti ha dato del miserabile isolano», disse Winter.

«Ha fiutato le mie origini.»

«Interessante, visto che anche lui è un miserabile isolano d'origine», disse Winter.

«Stabilirci nell'entroterra non ci è affatto dispiaciuto», disse Macdonald. «E poi non è per sempre. *By Sea and By Land* è il nostro motto. "Per mare e per terra"»

«Maestoso», disse Winter.

«Il nome Donald viene dal gaelico *Domhnull*, che significa "colui che domina le acque"», disse Macdonald.

«Sono colpito», disse Winter guardando il paesaggio mentre risalivano su per la strada stretta a sud-est del lago.

«Non le acque», proseguì Macdonald. «Il MARE, l'Atlantico!»

Le pecore pascolavano sulla striscia verde in riva al lago, che non aveva ancora assunto quel colore metallizzato tipicamente invernale. Le pecore erano grigie, sembravano pietre disposte sul pendio.

In cima alla Murligan Hill il paesaggio era tetro, quasi lunare. Si stava facendo buio. La strada era stretta e sconnessa, Winter tirò giù il finestrino. L'aria era gelida.

Le montagne avevano un aspetto spoglio e ruvido. Sul lato occidentale c'era un sentiero che portava comodamente al lago. Raggiungerlo da questo lato invece sarebbe stato pressoché impossibile, a meno di saltare giù per trenta metri da certe rupi spigolose.

Parcheggiarono nei pressi del laghetto artificiale, il Loch Tarff, che fissava il cielo come un occhio orbo.

Uscirono dalla macchina. Winter rabbrividì nel suo cappotto, anche Macdonald aveva freddo.

A stare distesi qui completamente nudi sarebbero morti anche loro. Nudi in questo paesaggio nudo.

Macdonald rilesse le indicazioni di Craig. Craig si era offerto di accompagnarli, o mandare qualcuno che fosse già stato sul posto, ma loro avevano rifiutato.

Macdonald indicò a sinistra dello specchio d'acqua immobile, camminarono nell'erba alta scendendo giù dall'altra parte, in una conca.

«Era disteso qui», disse accovacciandosi.

«Ha CAMMINATO fino a qui?» disse Winter guardando il Loch Tarff e la stradina stretta, e intravedendo una parte del Loch Ness, che ormai era nero e buio come il cielo.

«Non è certo», disse Macdonald ancora accovacciato. «Hanno trovato i suoi vestiti sparsi da Borlum Hill fino a qui. Però non è stato determinato se li abbia sparsi così lui stesso, vero?»

«No.»

«Però sappiamo che non era solo a Fort Augustus.»

«Lo sappiamo?» disse Winter.

«Doveva essere Axel Osvald quello in auto con Johnson, chiunque sia questo Johnson», disse Macdonald.

«Avrebbe potuto esserci chiunque in macchina con lui.» E Johnson può essere chiunque, pensò Winter.

Macdonald borbottò qualcosa, sempre lì accovacciato.

«Cos'hai detto Steve?»

«Vuoi crederci o no?»
«A cosa?»
«Che si tratta di un delitto?»
«Spero che non si tratti di un delitto», disse Winter.
Macdonald borbottò di nuovo, forse in gaelico, e si alzò. Il buio avanzava a una velocità di duecento chilometri orari. Winter riusciva ancora a distinguere i denti di Steve e la forma della sua testa, bisbigliò qualcosa voltandosi verso le Monadhliath Mountains. Sull'altro lato della catena montuosa c'era Aviemore, il paradiso degli sciatori. Questo era tutto fuorché un paradiso. La punta del naso di Winter si stava congelando, e anche le dita, non aveva portato i guanti.
«Perché proprio questo posto?» disse Macdonald tra sé e sé tornando velocemente verso l'auto. «Si tratta certamente di un omicidio», disse aprendo la portiera. «La domanda è perché. Il movente potrebbe essere peggiore di quello che pensiamo.»
«Pensa a bassa voce Steve, ti sento lo stesso», disse Winter salendo in macchina.

Angela uscì dal bagno, Winter era sul letto a testa in giù a fare la verticale.
«In vena di acrobazie?» disse Angela.
«Devo farmi tornare il sangue alla testa», replicò lui.
Angela si sedette sul bordo del letto.
«Mi sei sembrato un po' fiacco a cena.»
«Davvero?»
«Sia tu che Steve, a essere sincera.»
Winter tornò in posizione eretta.
«Come abbiamo detto, è stato strano questo pomeriggio su in montagna.»
«Mmm.»
«Ti ho rovinato la cena?»
«No, no. È stata piacevole.»
Winter si guardò allo specchio. Aveva ancora un aspetto infreddolito per tutto il vento preso sulla Murligan Hill. Si strofinò le guance. Angela guardò divertita la sua immagine riflessa nello specchio. Lui le fece una boccaccia e si versò un whisky. Aveva comprato una bottiglia di Ben Rinnes all'aeroporto.

Durante la cena Steve aveva raccontato ad Angela e Sarah leggende e misteri legati ai vari clan scozzesi. Erano, come Steve aveva detto in precedenza, quasi tutte storie molto tristi, ma alcune erano assurde. Anzi, perfino comiche.

«Finalmente visiteremo Dallas», disse Winter voltandosi.

Angela annuì. «Però voi arriverete prima.»

Winter e Steve sarebbero partiti la mattina, mentre Angela e Sarah avrebbero aspettato la sorella di Steve, Eilidh, e sarebbero partite all'ora di pranzo.

«Strano», disse Angela. «Ogni volta che sento la parola Dallas penso subito a Kennedy... Ne prendo volentieri un sorso», disse indicando la bottiglia di whisky. «Ma questa è un'altra Dallas, la Dallas primordiale, come ha detto Steve.»

Winter annuì versandole un centimetro di whisky nel bicchiere.

«Kennedy è anche il nome di un clan scozzese, mi pare», disse prendendo il bicchiere.

42

A metà strada da Nairn, Macdonald indicò il cartello per il Cawdor Castle.

«Vediamo il tuo livello di preparazione in drammaturgia shakespeariana.»

Winter lesse il cartello.

«Dammi un minuto.»

Cawdor, Cawdor, Cawdor. *Thane of Cawdor.*

«*Macbeth*», disse Winter.

Macdonald alzò il cappello che non aveva.

«Ci credi a quella storia?» gli chiese Winter.

«Non al castello, nonostante risalga al Trecento», disse Macdonald. «Ma credo al mito.»

«Che storia sanguinosa», disse Winter.

«Si potrebbe dire che sono cresciuto tra due mostri», disse Macdonald. «Nessie e Macbeth.»

«Con quali conseguenze?» gli chiese Winter.

«Ancora non lo so.»

Guidarono in mezzo ai campi che respiravano l'aria di mare, a destra del River Nairn.

Attraversarono Nairn, una città sul mare in granito marrone. I gabbiani strillavano, non c'era nemmeno una nuvola nel cielo azzurrissimo.

«Questo è il posto più soleggiato della Scozia», disse Macdonald. «Venivo qui a fare il bagno da bambino.»

Proseguirono sulla A96 verso Forres e verso le nuvole dell'entroterra.

Quanto è lontano Forres? Che cosa sono questi esseri
Così grinzosi e selvaggi all'aspetto
Che non sembrano abitanti della terra,
Eppure ci stanno sopra?

Passarono due rotonde e parcheggiarono su High Street davanti alla Chimes Tearoom.

«Questa è la strada della mia gioventù», disse Macdonald. «Forres era il primo agglomerato urbano che riuscivo a raggiungere, non c'è molto più di questa via.»

Il Fraser Brothers Meats sull'altro lato della strada principale pubblicizzava il suo «Award Winning Haggis», Winter sapeva che l'haggis è il piatto nazionale scozzese, una specie di pasticcio di interiora di pecora con farina d'avena e spezie. Finora si era rifiutato di assaggiarlo.

«*Great chieftain o' the puddin'-race!*» esclamò Macdonald, che aveva notato il suo sguardo.

Winter sorrise.

«Robert Burns», disse Macdonald. «*Ode To A Haggis.*»

«*Fair fa'your honest sonsie face*
Great chieftain o'the puddin'-race!
Aboon them a'ye tak your place
Painch, tripe or thairm:
Weel are ye wordy of a grace
As lang's my arm.»

«Ode al pasticcio d'interiora!» disse Winter. «In Svezia non siamo così poetici.»

«Dai, prendiamoci un caffè», disse Macdonald entrando al Chimes. Si sedettero a un tavolo vicino alla finestra. Una donna coi capelli corti castano scuri venne a prendere l'ordinazione: due caffè e una fetta di Dundee Cake per ciascuno.

«Steve, sei tu?» esclamò la donna.

«Sì...» rispose Macdonald alzandosi di scatto. «Lorraine.»

«Da quanto non ci vediamo...» disse abbracciandolo.

«Da tanto», disse Macdonald.

La coda al bancone si stava allungando e la sua collega cominciava a spazientirsi.

«Scusate, ma il lavoro mi chiama», disse Lorraine guardando Winter.

«Un amico svedese», disse Macdonald.

Winter si alzò stringendole la mano.

«Resti... fino a questo pomeriggio?» chiese guardando Macdonald con un sorriso.

«Purtroppo no, Lorraine. Stiamo andando ad Aberdeen.»

«Ah.»

Tornò velocemente al lavoro. A destra del bancone c'era un annuncio: «Cerchiamo una persona per il lavaggio delle stoviglie, Mercoledì e Venerdì 11-2.»

«Una vecchia fiamma», disse Macdonald schiarendosi la gola con discrezione.

«Mmm.»

«Come tu e Johanna Osvald.»

«Te l'ho raccontato?»

Macdonald non rispose. Guardò fuori dalla finestra osservando la gente che entrava dai fratelli Fraser uscendone con un premiato pacchettino di haggis.

«Sono passati un bel po' di anni da quando sono stato qui», disse Macdonald. «Non so... Ci si sente quasi in colpa... Per essersene andati... È quasi una vergogna... tornare. Come se avessi tradito... Non so se puoi capirlo, Erik.»

«Vivo nella stessa città da quando sono nato, Steve. Come potrei?»

Avevano vissuto due vite molto diverse. Steve veniva dalla campagna e il primo contatto con la società cittadina l'aveva avuto in questo paesello. Winter era un *big city boy*, in confronto. E ora si erano scambiati i ruoli. Steve era un *big city boy* e Winter viveva nella sperduta Göteborg.

Lorraine arrivò col caffè e la torta.

«Come va Lorraine?» le chiese Macdonald.

«Si tira avanti.»

«Ho visto che cercate un lavapiatti», le disse in tono scherzoso.

«Sì, se ci sei di mercoledì e venerdì sei assunto.»

Macdonald sorrise.

«Qui è tutto come sempre», disse Lorraine. «Divorziata da un bastardo con due figli grandicelli a carico.»

«Chi è il bastardo?» le chiese Macdonald.

«Rob Montgomerie.»

Macdonald sollevò il sopracciglio.

«Sì, lo so», disse Lorraine sorridendo un sorriso acido. «Ma tu te ne sei andato Steve, capisci?»

Macdonald assunse un'espressione colpevole, abbassando lo sguardo. Lorraine tornò al bancone.

«Ora mi sento DAVVERO in colpa», disse a Winter.

«Lo conoscevi quel ragazzo?»

«Quello lì è SEMPRE stato un bastardo», disse Macdonald. «Povera Lorraine. Doveva essere... disperata. A volte non importa quanto sei adulto, c'è della gente che continuerà a non piacerti per sempre.»

«Fortuna che ha troncato», disse Winter.

«Non ne sono sicuro», replicò Macdonald. «Rob era un violento.»

Prima di andare Macdonald prese in disparte Lorraine, mentre Winter lo aspettava fuori sul marciapiede.

«Quel bastardo si tiene alla larga per ora», disse Macdonald raggiungendo Winter.

«Parli come un ragazzino delle superiori», disse Winter.

Il che è perfettamente normale. Tornando alle origini si ridiventa ciò che si era. Si regredisce.

«Ci sono molti mariti molesti da queste parti», disse Macdonald.

«E dove non ce ne sono?»

Aneta Djanali aspettava nella sala interrogatori dove Sigge Lindsten fu *accompagnato*. Accompagnato, non scortato. È una distinzione importante.

Halders si schiarì la gola e fece partire il registratore. Lindsten rispose a tutto, come se tutte le risposte fossero state attentamente preparate.

Halders gli domandò di alcuni indirizzi fuori da Brantingsmotet. Lindsten rispose fingendo di non capire dove volessero arrivare.

«Ti dirò di più», disse Halders. «In quei capannoni di cui ti ho appena chiesto c'era merce rubata dalle case di mezza Göteborg.»

«Ah», disse Lindsten.

«Una specie di centrale di smistamento», spiegò Halders. «Tra i ladri e i compratori.»

«Quel genere di attività diventano sempre più frequenti a quanto pare», disse Lindsten

«Attività di che tipo?» chiese Halders.

«Furti... Criminalità organizzata... o come vogliamo chiamarla.»

«Esatto», disse Halders. «Si tratta proprio di una grossa organizzazione.»

«Ma io cosa c'entro in tutto questo?»

«Appunto», disse Halders continuando il racconto. «La polizia stava pedinando un camion proveniente da uno di quei capannoni a Hisingen, l'hanno seguito per tutto il centro fino a Fastlagsgatan, a Kortedala, dove si è fermato, proprio fuori dal portone del numero cinque. E indovini chi è sopraggiunto poco dopo a parlare col conducente?»

«Non ne ho idea», rispose Lindsten.

«Lei!» esclamò Halders.

«Sono sorpreso», disse Lindsten.

«E non è tutto», disse Halders. «Quel camion circolava con le targhe rubate.»

«Come fate a dirlo?»

«Mi scusi?»

«Forse era il camion a essere rubato», disse Lindsten.

«E non le targhe? È questo che intende?» chiese Halders scambiando un'occhiata con Aneta Djanali.

«Era solo un pensiero», disse Lindsten stringendosi nelle spalle. «Chi erano allora?»

«Chi erano chi?»

«I tipi del camion», disse Lindsten.

«Chi le dice che fossero più di uno?»

«Io ero lì, no?» disse Lindsten con un sorriso furbo. «Io C'ERO e mi ricordo di quel camion parcheggiato davanti al portone e gli ho detto che lì non potevano stare. Poi mi hanno chiesto alcune indicazioni e se ne sono andati», disse. «Non so se il vostro testimone ci abbia sentito parlare, ma se è così non potrà fare altro che confermarlo.»

«Aspettavano te», disse Halders.

Lindsten fece un gesto che sarebbe potuto apparire come una resa a un occhio poco allenato.

«C'è un'altra cosa», disse Halders.

«Perché mi state dicendo tutte queste cose?» chiese Lindsten.

«In uno dei capannoni abbiamo trovato quello che pensiamo che sia l'intero mobilio dell'appartamento di Anette», disse Halders. «Abbiamo controllato l'inventario e abbiamo verificato di persona, ci sono perfino un paio di foto incorniciate.»

«Che bella notizia», disse Lindsten. «È per questo che mi avete convocato? Per "identificare" i mobili?»

«La maggioranza delle cose in quel capannone erano messe un po' alla rinfusa, la roba di sua figlia invece era riposta con particolare riguardo, separata dal resto.»

«Che fortuna», disse Lindsten.

«Come mai secondo lei?» gli chiese Halders.

«Non ne ho idea, sono solo contento che la roba sia stata ritrovata.»

Lindsten fu accompagnato dagli agenti al capannone di Brantingsmotet. Aneta Djanali e Halders li seguirono.

Lindsten identificò le proprietà di Anette, sottoscrisse i documenti e si congedò.

L'hangar era pieno di oggetti, mobili, elettrodomestici e chi più ne ha più ne metta.

«Ce n'è più di quanto pensassi», disse Aneta.

«E ce ne sono altri di capannoni così», disse Halders.

«Santo cielo.»

«Cos'è che mi sfugge?» disse Halders.

«Vorrei saperlo anch'io», replicò Aneta.

«La figlia di Lindsten è soggetta a minacce e maltrattamenti da parte di suo marito. I vicini danno l'allarme. Ma lei si rifiuta di sporgere denuncia, tipica scelta sfortunata. Scappa dai suoi genitori. Intanto il suo appartamento viene svaligiato sotto gli occhi vigili dell'ispettore Djana...»

«*Please!*» lo interruppe Aneta Djanali.

«... Djanali, e lo stesso appartamento viene poi affittato a Moa Ringmar, una a caso, che cambia idea a metà del trasloco quando viene a sapere la strana storia dell'appartamento. Nel frattempo la squadra dei *Göteborg's Finest* è alle prese con una grande operazione per sventare un'organizzazione criminale che organizza furti immagazzinando un bottino, che farebbe concorrenza all'Ikea, nei capannoni di Hisingen. Da lì parte un camion, forse in missione, forse no, che va dritto all'indirizzo di Anette. Ma non fanno in tempo a entrare nell'edificio che sopraggiunge Sigge Lindsten e interrompe l'operazione.»

«Cos'è che interrompe?» chiese Aneta Djanali.

«Vorrei saperlo anch'io», disse Halders. «Si potrebbe supporre che volessero svaligiare l'appartamento un'altra volta, ma i tizi col camion non sapevano che fosse già vuoto. Qualcuno avvisa Lindsten che il camion sta andando là, lui li raggiunge e gli spiega come stanno le cose e loro se ne vanno.»

«Gli sarebbe bastato fare una telefonata», disse Aneta Djanali.

«Forse non ha osato.»

«Era già così sospettoso? Nei nostri confronti?»

«Non è stupido», disse Halders. «E probabilmente non si aspettava che stessimo pedinando il camion.»

«Quindi Lindsten affitta l'appartamento alla gente per poi derubarla?»

«Esatto.»

«Perché no?» disse Aneta Djanali.

«Era quello che sospettavamo quando l'abbiamo portato in commissariato, no?»

«E ce ne sono in giro altri come lui?»

«Sì, oppure ha una buona rete di contatti che affittano case.»

«Mmm.»

«Poi c'è ancora da capire come mai abbia derubato sua figlia.»

Aneta Djanali ci pensò su. Pensò al breve incontro con Anette Lindsten, a Hans Forsblad e a sua sorella, stramba come lui. A Sigge Lindsten e a sua moglie e a tutta la combriccola... Tutti pericolosi... Non pericolosi... Viscidi, evasivi, come ombre... Impigliati nelle loro stesse bugie, che sbrogliandosi si trasformano, diventando altre. Ripensò al viso di Anette, al suo zigomo fratturato che ora era guarito ma non sarebbe più stato lo stesso di prima, mai più. I suoi occhi, quella mano nervosa fra i capelli. Una vita spezzata.

«Era un avvertimento», disse Aneta Djanali.

«Voleva avvertire sua figlia?»

«Un avvertimento», ripeté Aneta Djanali tra sé e sé. Poi guardando Halders: «Oppure una punizione».

«Una punizione? Per aver fatto cosa?»

«Non oso immaginarlo», disse Aneta Djanali chiudendo gli occhi. «Ha a che fare con Forsblad e sua sorella. Loro sono coinvolti, ma non come pensiamo noi.»

Halders rimase in silenzio.

«Non è come pensiamo...» disse Aneta Djanali. «Ci stanno prendendo in giro... Oppure stanno zitti perché non vogliono farci sapere... Oppure hanno paura. Qualcuno ha paura.»

«Ripeto quello che ho detto prima», disse Halders. «Cos'è che mi sfugge?»

Forse non dovremmo sapere nulla! pensò Aneta improvvisamente lucida e determinata. Non dovremmo saperlo. Dovremmo mollare tutto, prima di scottarci. Forse Fredrik aveva ragione quando me l'ha consigliato tanto tempo fa. Forse è pericoloso, per noi, per me.

Per me.

«Lei ha combinato qualcosa per cui il padre la punisce rubandole i mobili?» disse Halders grattandosi la nuca. «Potrebbe semplicemente averli riposti nel capannone perché era un buon posto dove conservarli. Anette voleva lasciare l'appartamento il più velocemente possibile e Lindsten aveva a disposizione gli uomini e il mezzo di trasporto. È stato impacchettato il tutto e raggruppato elegantemente nel capannone. Perché, nota bene, i mobili di Anette sono tutti raggruppati per bene, mentre il resto della roba è ammassata alla rinfusa.»

«Pensi che Anette sia al corrente del capannone? Della roba rubata? Del giro di furti?»

«Non ne ho idea», disse Halders. «Ma dovrà essersi chiesta dove sia finita la sua roba.»

«Se lo sa capisco il motivo per cui non voglia parlarne», disse Aneta Djanali. «Non oserebbe.»

Più tardi quella sera Aneta Djanali riempì la vasca da bagno. Il rumore dell'acqua che scorreva si sentiva in tutto l'appartamento. Si avviò verso il bagno mentre si svestiva lasciando dietro di sé una scia di vestiti. L'aveva sempre fatto e sua mamma impazziva correndole dietro a raccoglierli.

«Santo CIELO!» anche Halders impazziva correndole dietro.

Era stata la prima volta che l'aveva seguita fino a lì. L'aveva trascinato nella vasca da bagno ancora vestito.

Era stato bello.

Buttò le mutande nel cesto della biancheria sporca accanto alla lavatrice. Entrò piano nella vasca chiudendo il rubinetto. Ci si immerse lentamente, un millimetro, due, tre e così via.

Era sdraiata con l'acqua fino al collo e la schiuma intorno. L'acqua iniziava a raffreddarsi, ma voleva restare ancora un momento immersa nel silenzio del suo appartamento. Da qui non si sentivano i passi dei vicini al piano di sopra, nessuno sbattere di porte, nemmeno il rumore dall'ascensore, né quello del traffico. Si sentivano solo i soliti rumori familiari del suo appartamento, il frigorifero in cucina, un brusio non meglio identificato a cui ormai si era abituata, lo sgocciolare del rubinetto dietro di lei, un clic che poteva provenire da uno dei tanti dispositivi elettronici di una casa moderna.

E un altro rumore, che non le era affatto familiare.

Macdonald proseguì lungo High Street, superando diversi negozi e bar. Qui sopravvivono ancora le attività dei piccoli commercianti che in Svezia sono sparite da tempo, pensò Winter. Forse sotto l'aspetto economico qui c'è più povertà, ma non nei rapporti umani.

Si fermarono davanti a uno degli edifici di pietra scura, la placchetta sulla porta diceva: The Forres Gazette – Forres, Elgin, Nairn.

Entrarono, aspettarono.

«Da quanto non ci vediamo, Steve!» esclamò l'uomo che gli venne incontro dandogli un pugno sulla spalla.

Macdonald rispose a sua volta con un pugno e gli presentò Winter, che per sicurezza gli tese prontamente la mano.

«Duncan Mackay», si presentò il signore, che sembrava anziano, nonostante avesse la stessa età di Steve. Erano vecchi compagni di classe.

Mackay aveva i capelli lunghi, nerissimi, e delle occhiaie altrettanto nere.

Gli fece segno di passare dietro al bancone e li fece accomodare nel suo ufficio. La scrivania di Mackay era l'esatto opposto di quella di Craig al commissariato di Inverness. Si riusciva a malapena a scorgere il giornalista da dietro le pile di carta, nonostante Mackay stesse in piedi.

«Caffè, birra, whisky?» chiese. «Rosé? Marijuana?»

Macdonald guardò Winter.

«No, grazie», rispose Winter indicando il suo pacchetto di Corps. «Il fumo ce l'ho.»

Mackay aveva già una sigaretta accesa in bocca, Macdonald scosse la testa.

«Abbiamo appena incontrato Lorraine», gli raccontò.

«Steve *The Heartbreaker* Macdonald», disse Mackay. «Le ci è voluto del tempo», disse rivolgendosi a Winter. «A superare la rottura.»

«Ci ha raccontato di Robbie.»

«Sì, terribile.»

«Sembra che se ne sia andato.»

«Tornerà», disse Mackay. «Vedrai.»

Rimasero in silenzio un momento, un momento di riflessione sui destini di certe persone. La stanza era in penombra.

Mackay si mise a rovistare fra le sue carte. Si spostò alla luce della finestra per leggere meglio.

«Ho chiesto ai miei contatti delle redazioni locali di tenere gli occhi aperti, ma nessuno ha visto questo *Oswald*. Axel *Oswald*, vero? Quando sono iniziate le ricerche della polizia ci siamo interessati tutti… Insomma, uno straniero che si perde nel Moray… Ma niente.»

«Capisco», disse Macdonald.

«I tuoi colleghi su a Ramnee, anche loro non hanno visto né sentito nulla», disse Mackay.

«Sì, lo so. Ci ho parlato qualche giorno fa.»

«Ci sei stato?»

«Non ancora.»

Mackay rovistò di nuovo fra le sue carte.

«Ci sarebbe una cosa…»

«Dimmi.»

«Billy, alla redazione di Elgin ha scritto un pezzo sullo stato attuale del mercato del pesce. Questo prima che la polizia iniziasse a mobilitarsi», disse Mackay. «Billy è bravo, anche se è un po' stordito. Comunque, è andato a parlare con alcuni vecchi signori dimenticati da Dio giù al cantiere navale di Buckie, e ha parcheggiato l'auto in una delle viuzze là intorno. E lì ha visto una Corolla. Verde metallizzato.»

«Ha preso il numero di targa?»

«No, ma scherzi? Perché avrebbe dovuto? È stato quando sono iniziate le ricerche che gli è tornato in mente. Anzi no, gli è venuto in mente ieri e mi ha chiamato stamattina per raccontarmelo.»

«C'è da fidarsi?»

«Di macchine se ne intende. E poi era un'auto nuova. Un'auto nuova di zecca a Buckie non s'è mai vista. Almeno non in quelle strade dimenticate da Dio.»

43

Aveva fatto un viaggio fuori programma. Era un viaggio d'addio. Se lo si guardava sulla cartina aveva la forma di un cerchio, o quasi.

Quando aveva camminato per Broad Street l'ultima volta? Erano passati anni, giorni o ore? Il cielo era rosso verso Onion Street. Sul porto il cielo è sempre rosso.

Quattrocento barche all'anno.

Biggest white-fish port in Europe.

E là fuori c'erano quelli che avrebbero potuto essere... vicini. Forse. No.

L'odore era quello del mare, come sempre. E un altro che non aveva sentito allora, ma ora sì. L'odore del petrolio.

Questa città era cambiata a causa del petrolio. I pescherecci c'erano ancora, come una foresta di alberi maestri. Ma la gente ci veniva per il petrolio.

La città era cresciuta. Le strade erano più larghe, segno che i tempi erano cambiati.

Uscì sul molo occidentale. Su questo lato c'erano i pescherecci più grossi. Ce n'era uno blu a venti metri da là. Vide un uomo muoversi sul ponte di prua. Lesse il nome della barca.

Lo scafo d'acciaio, niente male.

Lo sentì chiamare qualcuno sottocoperta e scambiarci qualche parola.

Esitò fuori dal Mission.

Era stato qui.

La penultima sera.

Meals 7-14:30, ora come allora. *The Congregational Church. Sick Bed. Emergency Facilities.*

Un annuncio che allora non c'era:

Zaphire affondata nell'ottobre del 1997, quattro morti.

Tutti sapevano tutto qui. Eccetto una cosa. Una.

Si fermò all'ingresso, assalito dai ricordi e da qualcos'altro: un uomo lo guardò da dietro il bancone, un'espressione.

Uscì velocemente di lì, senza voltarsi indietro. Qui non era invisibile. Si finse sordo alla voce alle sue spalle che lo chiamava.

Il mercato del pesce e le Caley Fisheries erano rimaste. C'era un nuovo cartello all'ingresso. «Vietato: fumare, sputare, mangiare, bere, rompere scatole, vestiti sporchi, calzature sporche.» Una serie di norme di comportamento applicabili nella vita di ogni giorno.

Uomini con tute blu e stivali gialli caricavano cassette di sogliola atlantica, *lemon sole*, su un camion per Aberdeen proseguendo da lì verso sud.

Camminò lungo Crooked Lane, tortuosa come allora.
Si avviò verso la cima dove il vento spazzava via le nuvole.
Sentì il freddo dell'arma contro la coscia, avrebbe voluto sparare un colpo.

Sarebbe stato un lungo addio. Mezzora più tardi si avviò verso nord, e attraversò Strichen. Guardò nello specchietto retrovisore. Qualcuno lo stava seguendo? Era possibile, ma tutto sommato improbabile.
L'arma era sul sedile di fianco a lui, nascosta dalla giacca.
Guidò per le strade strette verso New Aberdour attraversando il paese e fermandosi a tre metri dal precipizio sul mare. Fece rombare il motore. Da quella prospettiva non si vedeva altro che il mare. E il cielo. Erano un tutt'uno. Il mare e il vento urlavano. Aprì la portiera, uscì dall'auto con la pistola e sparò al cielo.

C'erano due strade per Troup Head, una giù per il precipizio e l'altra attraverso il centro abitato nascosto dal mondo.
Lo sapeva. Si era nascosto lì una volta, quando le case erano rosse come gli scogli e i contrabbandieri comandavano e nessuno faceva domande.
Quando arrivarono le telecamere fuggì.
Come ora.
Tornò in macchina.
Mise il piede sull'acceleratore, un desiderio.
Un DESIDERIO.
Jesus. JESUS.
Ora vedeva solo il cielo.

44

La Spey Bay era tranquilla, il Buckie Shipyard era deserto, due vecchi pescherecci giacevano arrugginiti nel bacino di carenaggio.

Non era una strana vista per Winter, che era cresciuto nei pressi di vecchi cantieri navali abbandonati.

Avevano parcheggiato su Richmond Street, dove Billy, il giornalista locale, aveva visto la Corolla verde metallizzato.

«Secondo te quanti a Buckie posseggono l'ultimo modello di quella marca di quel colore?» aveva chiesto Macdonald parlandone con Craig al telefono.

Craig aveva fatto una rapida indagine e li aveva richiamati mentre ancora stavano girando nella zona del porto.

Nessuno.

C'erano sedici numeri civici in Richmond Street, otto per parte. Le case a schiera sembravano essere state costruite in un blocco unico. C'era solo un'auto parcheggiata a lato della strada, un vecchio rottame degli anni Settanta.

«E che cavolo!» esclamò Macdonald e bussò alla prima porta. Si aprirono tutte, eccetto una. Erano tutte donne, che avrebbero volentieri voluto essere al lavoro. Nessuna di loro guidava una Corolla, non sapevano nemmeno che aspetto avesse e nemmeno avevano ricevuto visita da qualcuno con un'auto del genere.

«A volte parcheggiano qui le persone che vanno al cantiere», aveva detto una donna di una certa età con un vestito a fiori che era sopravvissuto a due guerre mondiali.

«Cosa ci vanno a fare al cantiere?» chiese Macdonald. Proprio in quell'istante si udirono dei forti colpi di martello provenire dall'altro lato del muro di cinta del cantiere. Era un rumore particolare. Improvvisamente era ovunque, come un promemoria. Donk-donk-donk.

Si congedarono attraversando l'incrocio. Il cancello del cantiere era chiuso, ma gran parte dell'inferriata alta tre metri era stata rimossa. Entrarono.

Il martellio si sentiva ancora, donk... Donk... Produceva un'eco che suonava strana in quel luogo desolato. I colpi provenivano da un edificio che sembrava una cattedrale bombardata, una delle pareti era crollata. All'interno regnava il buio. Vi si avventurarono. I colpi cessarono.

«State sconfinando», disse una voce scortese.

«Polizia», disse Macdonald nella penombra. C'era odore di

ruggine e acqua sporca, ferro, acciaio bruciato, zolfo, fuoco, terra, catrame e mare. L'odore del passato, pensò Winter. Me lo ricordo da quando ero bambino.

«Che cazzo c'è?» disse la voce uscendo dal buio con la mazza in mano. Alle sue spalle c'era una visiera di prua, sfasciata da un lato. A Winter venne improvvisamente voglia di strappargli quella mazza di mano e iniziare anche lui a battere contro quel rudere di ferro, sfogarsi fino allo sfinimento. Dev'essere terapeutico.

L'uomo con la mazza non sembrava essere qui per ragioni terapeutiche. Indossava una vecchia tuta scolorita, aveva la carnagione grigiastra, sembrava uscito da un film in bianco e nero. Aveva un mozzicone tra le labbra. Doveva essere sulla sessantina, poco di più, poco di meno. In macchina Steve gli aveva spiegato che quassù non è facile determinare l'età delle persone. I trentacinquenni possono dimostrarne sessanta, raramente accade il contrario.

«Dobbiamo farle solo un paio di domande», disse Macdonald.

«*Ay*», disse l'uomo sputando il mozzicone e avvicinandosi a loro zoppicando. Spostava la mazza a destra e a sinistra come per compensare l'equilibrio del corpo.

Era inaspettatamente alto, quasi come Macdonald, che era lo scozzese più alto che Winter avesse mai visto. Ne avevano parlato poco prima. È perché mangiavo poco haggis, gli aveva spiegato Macdonald. Quella roba ti schiaccia a terra, come il riso nel caso dei cinesi.

Bullshit, aveva detto Winter.

Fu una conversazione breve, indecifrabile per Winter. L'uomo parlava un dialetto strettissimo, Winter aveva il sospetto che anche Macdonald facesse fatica a seguirlo. E improvvisamente la conversazione era finita, senza cerimonie. Era come guardare la partita di uno sport di cui non si conoscono le regole.

Tornarono alla macchina sulla Richmond. Un foglio di giornale gli volò di fianco, Winter riuscì a leggere mezzo titolo, come un messaggio troncato.

«È disoccupato, ci va in memoria dei vecchi tempi», disse Macdonald. «E non è l'unico.»

«E non ha incontrato nessun Johnson e nessun Osvald, da quanto ho capito», disse Winter.

«Già.»

«Ma il nostro uomo potrebbe essere stato qui.»

«Chi dei due?»

«Bella domanda», disse Winter.

Ritornarono verso il porto, passando l'Harbour Office, il Marine Accident Inv. Branch, la Carlton House, il Fishermen's Fishselling Co. Ltd, il JSB Supplies Ltd, il Buckie Fishmarket e i pescherecci ormeggiati: *Three Sisters*, *Priestman*, *Avoca*, *Jolair Buckie*, *Monadhliath*.

«Dai, entriamo a chiedere al Marine», disse Macdonald.

Il Marine Hotel era la perfetta location per un film noir. Se i muri potessero parlare, pensò Winter entrando nella lobby. La donna alla reception era bionda ossigenata, sulla cinquantina e sorridente. Alle sue spalle c'era un cartello – «Cunard Suite» – che doveva indicare la stanza migliore.

Il pavimento era coperto dalla moquette.

La moquette copriva ogni superficie calpestabile. La popolazione britannica ha una particolare predilezione per la moquette, una sorta di pudicizia che li spinge a coprire la nudità del pavimento.

Il colore di questa moquette era dello stesso colore della tuta dell'uomo armato di mazza.

«Le chiamo il gestore», disse la donna prendendo la cornetta.

«*Well, well*», disse Macdonald dopo la conversazione col «gestore».

«Avrebbe benissimo potuto essere il vecchio Osvald ritornato per una visitina», disse Winter.

«Avrebbe potuto essere un nostalgico qualunque», ribatté Macdonald.

«Il nostro uomo non è un nostalgico», disse Winter.

«E allora che tipo è?»

«È morto dai tempi della guerra», disse Winter

«Già... Allora non ti resta molta nostalgia.»

Proseguirono verso la piazza, Cluny Square. C'era un albergo davanti a loro, sembrava un castello. Un gruppo di *old ladies* stava entrando proprio lì. *Time for tea*.

«Ci prendiamo una tazza di tè?» disse Winter indicando il Cluny Hotel.

«Ok», rispose Macdonald guardando l'orologio.

«A che ora arrivano a Dallas le ragazze?» chiese Winter.

«Più o meno contemporaneamente a noi», disse Macdonald sorridendo.

L'albergo risaliva al 1880, stile vittoriano da cima a fondo. C'erano sei stanze e una sala da pranzo tutta agghindata di rosa. Una giovane donna molto gentile li condusse al tavolo: un fragile tavolino con due poltroncine.

Winter e Macdonald si accomodarono e guardandosi l'un l'altro si resero conto dell'aspetto comico che avevano due poliziotti su quelle seggiole per le bambole.

Le *ladies* erano sedute a tre metri da loro, intorno a un tavolo più grande vicino alla finestra. Sorrisero ai due uomini, tra risatine e sussurri.

«*Good morning ladies*», disse Macdonald, e Winter fece un cenno di saluto.

Una scalinata larga e arrotondata conduceva giù alla reception. Ai lati c'erano appese fotografie in bianco e nero, come a incorniciare un passato carico di nostalgia e dolore. La maggioranza delle fotografie rappresentava la flotta dei pescatori di una volta, in tutta la sua fiera potenza: dalle foto sembrava che al porto non ci fosse spazio per tutte le barche. Gli alberi maestri si perdevano fin dove l'occhio poteva arrivare, come i tronchi in una foresta. Come alberi mobili. Winter ripensò a Macbeth davanti alla famosa foresta: non avrebbe avuto nulla da temere finché non fosse avanzata verso di lui.

Così gli era stato promesso dalle streghe.

Macbeth non verrà mai sconfitto
Finché il grande bosco di Birnan non avanzi verso l'alto colle di Dunsinane.

E nessuno nato da donna avrebbe potuto fargli danno.

Tuttavia Macduff, nato con parto cesareo, mimetizzandosi con dei rami, avanzò insieme ai suoi soldati verso Dunsinane.

Winter distolse lo sguardo dalla fotografia con gli alberi maestri.

Proseguirono giù per la scala, passando davanti ad altre foto, di case, di barche, di gente di altri tempi.

Uscirono in strada. *The Buckie boys are back in town*. A Winter tornò in mente l'espressione di Arne Algotsson. Doveva significare qualcosa. Forse John Osvald era un *Buckie boy*? Oppure si trattava solo di un modo di dire? Avevano chiesto in giro, ma nessuno sembrava saperlo.

Nella piazza c'era un monumento ai caduti della Prima guerra mondiale, Winter si avvicinò, quella pietra aveva un non so che di familiare: «Il loro nome vivrà per sempre».

Erano soli vicino al monumento, anche quello significava qualcosa. Non sapeva cosa.

Sul lato nord della piazza c'era un piccolo edificio che aveva tutto l'aspetto di un municipio. Se avessero letto l'insegna avrebbero saputo che si trattava della Struan House. Una casa di riposo.

Un paio di signori anziani erano seduti sulla panchina sul lato opposto della piazza.

«*Well*», disse Macdonald, e tornarono alla macchina che avevano parcheggiato fuori dal Buckie Thistle Social Club.

«È la squadra di calcio del paese», disse Macdonald. «Buckie Thistle.»

«Conosco il Partick Thistle», disse Winter.

«Davvero? La squadra di Glasgow?»

«Sì.»

«Incredibile. Sono in serie B, credo, ma resta la squadra preferita dai grandi nomi.»

Si misero in macchina, Macdonald accese la musica. La voce di una donna di un tempo cantava di pene d'amor perdute e sogni infranti.

«Patsy Cline», disse Macdonald.

Winter si sentì improvvisamente triste. Erano di nuovo sulla A96 direzione Dallas. Questa era la terra di nessuno, niente mare, niente montagna. Patsy Cline cantava di un'altra vita, anzi piangeva: *sweet dreams of you, every night I go through, why can't I forget you and start my life a new, and still having dreams of you.*

Aneta Djanali cominciò a sentire freddo nella vasca, stava per tirarsi su quando sentì un passo, due.

Un colpo in cucina, o nell'ingresso.

Un altro colpo.

La porta del bagno era socchiusa.

Il telefono era là fuori, lontano lontanissimo.

Stai tranquilla, stai tranquilla, stai tranquilla, stai tranquilla.

Il cuore cominciò a battere forte, come i colpi di una mazza. Donk-donk-donk-donk.

«CHI C'È?!» gridò.

Uscì dalla vasca infilandosi l'accappatoio, diede un calcio alla porta che si aprì, senza sbattere in faccia a nessuno. La porta d'ingresso era chiusa, i rumori erano cessati.

«C'è NESSUNO?» gridò restando sulla soglia.

Nulla.

Sentì i soliti rumori nella tromba delle scale, il clacson di un'auto giù in strada. La vita continuava fuori dal suo appartamento. Qui dentro invece non si respirava, trattenne il respiro, aspettando. Aspettando cosa? Controllò in cucina, anche lì non c'era nessuno.

Sentì la pioggia contro il vetro, aveva piovuto tutto il pomeriggio. Iniziò ad avere freddo ai piedi. Guardò per terra, il pavimento dell'ingresso era bagnato. Ghiaia, fanghiglia, qualche pozzanghera, piccola, ma c'era. E non dalle sue scarpe, che si era tolta diligentemente accanto alla porta quando era rientrata a casa. Analizzò la maniglia: impronte digitali? Improbabile. Analizzò il pavimento: impronte di scarpe? No.

Stava tremando, vacillò, ma riuscì a raggiungere la camera da letto. Telefonò a Halders.

«Ne sei certa?» chiese lui dopo averla ascoltata.

«Certissima», rispose Aneta Djanali, più tranquilla.

«Assurdo», disse Halders.

«C'è la possibilità che fosse lui», disse Aneta Djanali.

«Controlliamo la serratura», disse Halders. «E la maniglia, e il pavimento.»

«Chiunque sia entrato doveva avere la chiave», disse Aneta Djanali. «O un piede di porco.»

«Vedremo», disse Halders.

«Santo cielo!» esclamò Aneta. «In cosa ci siamo andati a cacciare?»

«Hai preso in affitto l'appartamento da uno come Sigge Lindsten?» chiese Halders.

«Non fai ridere.»

«Scusami Aneta, scusa», disse Halders. «Dico alla squadra di Lorensberg di passare da te immediatamente.»

«Sì, sì.»

«E di accompagnarti subito a casa mia.»

«Grazie.»

«D'ora in avanti resti da me.»

«Fredrik...»

«Mi sembra il minimo.»

Aneta non seppe cosa rispondere.

«Almeno finché non abbiamo controllato e cambiato la serratura. E blindato la porta e scavato un fossato», disse Halders.

Per una frazione di secondo Aneta Djanali immaginò che potesse essere stato Halders a essersi intrufolato nel suo appartamento mentre lei era nella vasca da bagno. Lui aveva provato in tutti i modi a convincerla a trasferirsi a Lunden.

Ma non sarebbe riuscito a tornare a casa in tempo per rispondere al telefono.

Santo cielo. Aveva bisogno di qualcosa di forte. Si sentì improvvisamente stanca, stanchissima.

45

Presero di nuovo la strada in direzione di Forres. Su High Street Winter rivide il cartello che non era riuscito a leggere all'andata: Nairn International Jazz Festival. Jane Monhett, David Berkman Quartet, Jim Galloway, Jake Hanna. Era finito due settimane prima.

Il comando di polizia era all'uscita sud, di fronte al Ramnee Hotel che sembrava una reggia coloniale. A quanto pare da queste parti è tutto in stile vittoriano, pensò Winter.

Tutto meno che il comando, che era in perfetto stile bunker. Un ragazzino giocava a pallone sull'erba, facendo rimbalzare la palla sul piede, uno-due-tre-quattro-cinque. Una volante era parcheggiata nel parcheggio sterrato, nera con la scritta bianca «Crimestoppers». Perché non «Ghostbusters»? pensò Winter. Sarebbe perfetta per me e Steve, sulle tracce dei fantasmi del passato.

Non si capiva se i vetri fossero oscurati o semplicemente sporchi. Le foglie cadevano dagli alberi a ogni folata, era proprio autunno.

Winter sapeva che lo zio di Steve era stato di servizio presso questo distretto ed era recentemente andato in pensione.

«C'è stato un periodo, durante la mia adolescenza, in cui ero uno sbandato», gli aveva detto Macdonald in macchina. «Lo zio Gordon mi ha beccato nei quartieri a sud della High. Be', mi ha messo in riga.»

«Cosa facevi Steve? Furti d'auto?»

«Ho la fedina penale pulita», aveva risposto Macdonald. «E questo è quanto.» Winter non aveva insistito. Qualunque reato avesse commesso l'aveva portato a diventare un poliziotto, un bravo poliziotto.

* * *

Entrarono. Una donna si alzò da dietro il bancone. Un bancone in legno e acciaio, mai vista una combinazione del genere, pensò Winter. La donna indossava un'uniforme nera con la cintura bianca, anche lei doveva essere vicina alla pensione. Aveva gli avambracci robusti. Alle sue spalle c'era una porta aperta.

Macdonald la salutò, si presentò e chiese di qualcuno.

«Oh, sei tu!» esclamò la donna. «Jake me lo aveva detto che eri qui.»

«Solo una visita», disse Macdonald.

«Uno di qui che ce l'ha fatta», disse la donna con tono fiero. «Come va giù nella fumosa Londra?»

«Molto fumo...» rispose Macdonald, e la donna sorrise con i suoi denti scozzesi.

«E qui le cose come vanno?» chiese Macdonald.

«Tutto tranquillo da quando te ne sei andato», rispose sorridendo di nuovo. «Da quello che ho sentito.»

«Ho cercato di comportarmi bene da quella volta», disse Macdonald.

«Ormai è in prescrizione», disse una voce proveniente dalla porta aperta. Ne uscì un uomo, a fatica, era largo come la porta e un po' più basso.

«Ciao Jake», disse Macdonald.

«Ciao ragazzo», disse il commissario Jake Ross stringendogli la mano e dandogli il tradizionale pugno sulla spalla.

Macdonald gli presentò Winter e si accomodarono nel suo ufficio. Fuori dalla finestra il ragazzino continuava con i suoi palleggi.

«Viene qui ogni giorno», disse Ross. «Chissà cosa cerca di dirci.»

«Forse che vuole andarsene di qui», disse Macdonald. «A Parkhead o a Ibrox.»

Winter capì che Macdonald si stava riferendo ai club di Glasgow, alle squadre del Celtic e dei Rangers. Una cattolica e l'altra protestante. Il destino di un giocatore era già segnato prima che nascesse. Si trattava di una scelta obbligata. C'erano stati giocatori protestanti nel Celtic, ma non era facile in una squadra con una maggioranza di tifosi cattolici estremisti dell'Irlanda del Nord. I traghetti arrivavano stracolmi quando il Celtic e i Rangers giocavano il derby.

Macdonald era cattolico, ma solo sulla carta. Tifava per il Charlton Athletic, la squadra di uno dei quartieri malfamati di Londra.

«Il ragazzo dev'essere protestante», disse Ross distogliendo lo sguardo e facendoli accomodare in due poltrone consumate. «Ho parlato con Craig di Ness», proseguì.

«Per la prima volta?» gli chiese Macdonald.

«Dai, Steve», disse Ross. «Può darsi che non mi piaccia quell'inglesino, ma cerchiamo di essere professionali.»

Winter annuì. Ross tirò fuori una bottiglia di whisky e ne versò in tre bicchierini con fare esperto.

«Non male», commentò Macdonald dopo il primo sorso. Winter osservò la bottiglia: Dallas Dhu 1971. Assaggiò.

«Be'?» gli chiese Ross.

«È quasi… gommoso», disse Winter.

Ross guardò Macdonald e poi di nuovo Winter.

«L'avevi mai bevuto?» gli chiese Ross.

«No», rispose Winter assaporandone un altro sorso. «C'è come un retrogusto di… cioccolato e… una punta amara sul palato.»

«Eccome se c'è», disse Ross sorridendo. «Perché non vieni a lavorare con me? Abbiamo bisogno di professionisti, qua.»

«Bevitori professionisti», disse Macdonald.

«E il finale? E il finale?» chiese Ross ignorando la battuta di Macdonald.

Prossimo test. Winter si prese il suo tempo prima di dare una risposta.

«Liscio, naturalmente. Secco e persistente. Un sentore di quercia. Ma anche… una dolcezza floreale che ti resta nel naso.»

«*YES!*» esclamò Ross alzando il bicchiere. «Il lavoro è tuo.»

«Sfortunatamente, la distilleria è chiusa», intervenne Macdonald.

«Ragazzi, voi state bevendo la storia», disse Ross con devozione, protestante o cattolica che fosse. Davanti a un bicchiere di whisky non conta.

Guidando sulla A940 Macdonald gli raccontò la triste storia della distilleria. La Dallas Dhu Distillery si trovava a mezzo miglio da lì, aveva chiuso i battenti nel 1983 allo scoccare del centenario della Distillers Company. Anche molte altre distillerie minori e antiche erano sparite.

Ormai non erano rimaste molte bottiglie di Dallas Dhu e, per dirla con le parole di Ross, avevano bevuto la storia.

«Cosa significa "Dhu"?» chiese Winter.

«Nero», disse Macdonald svoltando in una strada più stretta. «O in questo caso "scuro". Un termine di derivazione gaelica: "dubh", come in MacDubh, ovvero MacDuff. E il nome Dallas significa "valli e acque" in gaelico.»

Guidarono attraverso le valli, solcate dall'acqua, e in mezzo ai boschi, i cui alberi sembravano sempre sul punto di muoversi.

Winter vide il nome della distilleria.

«Il fatto interessante è che la Historic Scotland l'ha rimesso in sesto trasformandolo in un gigantesco museo», disse Macdonald rallentando. «È unico nel suo genere in Scozia. E l'attrezzatura è quella originale dell'epoca vittoriana, quando ancora non esisteva l'elettricità.»

Winter s'immaginò cavalli e cavalieri in un'atmosfera vittoriana e un odore diverso da quello di oggi, più marcato.

«Non vale la pena andarci ora», disse Macdonald.

Ross aveva detto che la Dallas Dhu Distillery era chiusa di martedì. Avrebbe potuto aprirla apposta per loro, ma Macdonald aveva declinato l'offerta. Oggi non avrebbero avuto tempo per quella sosta. Dopo Dallas avrebbero proseguito per Aberdeen e forse altri posti ancora.

«Sarà per la prossima volta Jake», aveva detto Macdonald.

«Ross ha in progetto di riaprire la distilleria», disse Macdonald curvando di nuovo. «E non solo a parole.»

«Era questo che intendeva quando mi ha assunto?»

«Non si sa mai», disse Macdonald ridendo. «Saresti interessato?»

«Non si sa mai», rispose Winter.

«Funziona ancora tutto», proseguì Macdonald. «Basterebbero quattro o cinque settimane per rimettere tutto in moto.»

«Mmm.»

«Spero che Ross lo faccia, il whisky è davvero speciale», disse Macdonald indicando il paesaggio. «È questa valle e quest'acqua e questo vento che danno al grano un sapore speciale.»

«Mi piacerebbe acquistarne un paio di bottiglie», disse Winter.

«Dai, al ritorno», disse Macdonald, che non poteva immaginare cosa sarebbe successo nei giorni successivi. Non sarebbero tornati lì, non per quella strada.

Winter vide un altro gruppo di alberi, come un plotone di soldati in marcia verso il castello.

Tutto aveva un aspetto pacifico, ma si trattava di zone pericolose, selvagge. C'era la pazzia nell'aria. Steve aveva raccontato dei molti uomini violenti presenti in ogni chilometro quadrato tra Moray e l'Aberdeenshire. Sotto quella terra scorreva il sangue.

Andarono oltre Banchill, ascoltando Little Milton, un altro grande del passato. Alzarono il volume. *Let Me Down Easy: I gave you all my love, don't abuse it, I gave you tender love and care, oh baby don't you misuse it.* Poi erano passati a Joe Simon, O.V Wright.

Passarono davanti a una chiesa nera su una collinetta con cimitero annesso, Macdonald abbassò il volume e indicò il cartello a bordo strada: Dallas. Gli edifici erano bassi da entrambi i lati, villette coi muri stuccati qua e là dove si erano crepati. Il quarto edificio a destra era un benzinaio dismesso con la scritta VALIANT sull'insegna e l'immagine del principe. Le pompe c'erano ancora, come resti arrugginiti di un film degli anni Cinquanta. Appoggiata contro il muro c'era lo scheletro di una roulotte abbandonata. Mancavano i vetri alle finestre, era tutto in frammenti. La vista ricordava quella del cantiere di Buckie.

Di fronte c'era il Dallas Village Shop & Post Office. Macdonald parcheggiò, uscirono dalla macchina. Winter osservò le rovine del benzinaio.

«La prima impressione è quella che conta», disse Macdonald.

«Sarà stato in buone condizioni una volta», replicò Winter. «Comunque mi piace il tocco nostalgico.»

«Era nostalgico anche quando le pompe funzionavano», disse Macdonald.

Winter guardò giù per la strada. Dallas era un unico rettilineo, una via con una fila di case su ogni lato. L'associazione mentale era ovvia.

«Sembra il setting di un film western», disse Winter.

«Già», disse Macdonald.

C'era odore di distillato, nessun rumore a parte un cane che abbaiava. E forse quello di una betoniera. Non c'era gente in giro, c'erano tre auto parcheggiate a cento metri da lì. Erano le due del pomeriggio, era spuntato il sole e faceva caldo. Si vedevano i profili delle montagne in lontananza.

«Dai, ti faccio vedere anche il nostro supermercato», disse Macdonald. «Così avrai fatto il tour completo.»

La drogheria/ufficio postale era un piccolo bungalow in mattoni rossi, ed era chiuso. C'era un cartello sulla vetrina che diceva: Dallas, Il Cuore della Scozia, e gli orari di apertura, 10-1, 4-6.

«Il cuore è chiuso per noi», disse Macdonald.

Attraverso la finestra si potevano scorgere lattine, giornali, caramelle, un piccolo bancone, una piccola cassa. Tornarono al sole e si sedettero in macchina. Proseguirono lungo la strada. Passarono davanti a un cantiere edile, ecco da dove proveniva il rumore della betoniera. I tre operai si voltarono al passare della macchina. Macdonald abbassò il finestrino e li salutò con la mano. Arrivarono a un incrocio.

Se sulla cartina esistesse il Capolinea sarebbe questo, pensò Winter. La desolazione di quel paesaggio associato all'impronta selvaggia del nome... Dallas, Texas. Dallas, Morey. Dallas, Scozia. A Winter venne in mente il film *Paris, Texas*. Un nome carico di triste ironia, un gioco di associazioni con il nome della capitale francese, ma che in realtà si riferiva a tutt'altro. O forse no.

Il silenzio era dovuto alla desolazione. Macdonald svoltò a sinistra all'incrocio. Winter lo guardò, Steve era cresciuto qui, un cowboy di Dallas. Steve ci aveva scherzato su e si era messo a cantare «*Old Macdonald had a farm, iyah iyah hey*», doveva esserci un po' di quella desolazione dentro di lui. Prima di diventare troppo vecchio sarebbe tornato lì.

Se non altro a occuparsi della Dallas Dhu Distillery, insieme a Jake Ross.

I due professionisti.

Anzi, i tre professionisti.

Perché Winter era stato assunto, o no?

Macdonald proseguì per altri cento metri sulla B9010. Erano sopra a Dallas ora, su un altopiano che continuava attraverso la Dallas Forest e su per la Hill of Wangie. Winter riusciva a vedere la strada e le case giù in basso. Macdonald gli indicò la fattoria a destra. A sinistra c'era una strana formazione di pietra che faceva pensare a un totem.

«Che roba strana», disse Macdonald.

Macdonald girò a destra su una strada sterrata che conduceva alla casa padronale. C'era più di un edificio nella proprietà. Le galline giravano libere per il giardino e dietro una cancellata c'erano due cani da caccia, che non abbaiarono nemmeno una volta. Sul lato della stalla erano parcheggiati due trattori moderni Ferguson, con le ruote infangate e una sacca da golf appoggiata contro.

Le mazze appoggiate allo sterco della ruota.

Una combinazione inusuale in una fattoria svedese, ma qui giocare a golf era come fare un passeggiata. Lungo la strada Winter aveva notato diversi giocatori di golf. Uomini e donne, in tweed o in stracci, anziani, giovani, agili, zoppi, in sedia a rotelle. Sembravano usciti da un racconto di P.G. Wodehouse. E ora, mazze da golf e concime.

Un uomo col cappello da cowboy uscì dalla stalla.

«Eccoci qua», disse Macdonald spegnendo la macchina e Little Milton venne interrotto a metà di un'altra confessione amorosa.

Blue is the color of the night. Il tentativo consolatorio di Lucinda Williams fu interrotto dallo squillo del telefono. Halders spense la musica.

«La squadra è arrivata», disse Aneta Djanali.

«Ottimo.»

«È successa un'altra cosa», continuò Aneta Djanali.

«Che cosa?»

«Mi ha chiamato la sorella di Forsblad.»

«Ha il tuo numero?» chiese Halders.

«Gliel'ho dato io.»

«Mmm.»

«La cosa rilevante è quello che mi ha detto. Vuole parlarmi. "Ci sono cose che non sai", mi ha detto.»

«Vorrà cercare di coprire le spalle al fratello», disse Halders.

«Mi ha chiesto anche se ho visto Anette nell'ultimo periodo.»

«Cioè?»

«Se ho visto com'è conciata», proseguì Aneta Djanali.

«Cosa significa?»

«Significa che vado subito a casa sua a sentire cos'ha da dirmi.»

«L'hai cercata? Anette intendo?»

«Non risponde nessuno, ho provato su tutti i numeri.»

«Chiedi a uno dei ragazzi di accompagnarti a Älvstranden», disse Halders.

«Ok.»

«Io ti raggiungo sul posto.»

«Adesso vedo se qualcuno mi dà un passaggio.»

«Chi c'è lì?» chiese Halders. «Fammici parlare.»

«Bellner è qui di fianco a origliare», disse Aneta Djanali. «Sii gentile.»

«Ovvio, cosa credi?» disse Halders mentre Aneta passava la cornetta a Bellner. «Stammi a sentire Ballen, se non è troppo sbattimento...»

Susanne Marke-Forsblad sembrava scossa. La luce oscillava sul suo viso come degli spasmi nervosi.
«Mi ha telefonato Anette», disse.
Aneta Djanali era ancora all'ingresso, Bellner e Johannisson la aspettavano giù al portone.
«Sei sola?» le chiese Aneta Djanali.
«Certo che sono sola.»
«Che cosa voleva?»
«Suo padre l'ha picchiata», disse Susanne Marke. «Di nuovo.»
«Suo PADRE?»
«Sì.»
«Di… nuovo?»
«Non hai ancora capito come stanno le cose?»
«Perché non ce l'hai detto subito?» disse Aneta Djanali, che era ancora in piedi all'ingresso.
«Anette non voleva.»
«Perché no?»
«Non lo so.»
«Dov'è adesso?»
«Al mare.»
«Da sola?»
«Certo, cosa… credi?»
«E suo padre dov'è?»
«In città.»
«Dove in città?»
«Non lo so… Ma non è al mare, è per questo che ci è andata.»
«In macchina?»
«Le ho prestato la mia.»
«Dov'è tuo fratello?»
«Non lo so.»
«Non in macchina con lei?»
«No, no.»
«È importante che tu mi dica la verità, Susanne.»
«La verità? La verità?! Cosa ne sai tu della verità?!»
«Non ti seguo.»
«Tu pensi che… Hans abbia… perseguitato Anette… Ma non sai niente.»

«Allora dimmi come stanno veramente le cose.»

«Hans... è fatto così... Può sembrare pazz... Strano...»

Come mai Anette si rifiutava di parlare?

C'era qualcos'altro. Qualcosa di più. Un altro silenzio.

«Ho telefonato alla casa al mare, non ha risposto nessuno», disse Aneta Djanali.

«Ti dico che è lì.»

46

Durante il pranzo il fratello di Steve raccontò della vita in campagna, un susseguirsi di incomprensibili borbottii dialettali. Steve fece da interprete finché Winter e Angela capirono che era tutta una messa in scena.

Stuart Macdonald era più giovane del fratello di tre anni e aveva vissuto qui tutta la sua vita. Qui si viveva bene e poi non c'era alternativa perché la fattoria restasse di proprietà dei Macdonald. Il padre, Ben, restò a tavola a fatica, aveva settant'anni e qualche problema al cuore. Angela notò lo sguardo preoccupato con cui Ruth Macdonald guardava il marito ed Eilidh notò lo sguardo di Angela che osservava sua madre. Eilidh aveva due anni in meno di Stuart. Era una bellezza mora, imperturbabile, sotto la quale traspariva una grande forza interiore. Angela, Sarah e Eilidh avevano passato una bella giornata a Inverness e poi insieme in macchina fino a Dallas. Eilidh era di poche parole, ma piena d'affetto. C'era però una tristezza nel profondo dei suoi occhi, si intuivano ricordi dolorosi e ferite ancora aperte.

Eilidh le sorrise.

Ben Macdonald tossicchiò alzandosi da tavola e ringraziò. Si alzarono tutti, ma lui fece cenno di sedersi.

«È stato un piacere avervi qui», disse stringendo la mano di Winter e Angela.

«Papà, mettiti vicino al camino», disse Macdonald.

Ben Macdonald annuì e si allontanò. Tossì di nuovo e Ruth Macdonald lo accompagnò fuori.

Angela studiò gli sguardi silenziosi dei tre fratelli Macdonald mentre il padre si allontanava. Anche Winter li notò.

Stuart Macdonald alzò il bicchiere colmo di Bordeaux, il classico vino scozzese dai tempi dell'alleanza con i francesi contro i dannati inglesi.

«Tornerà», disse Stuart.

Ben Macdonald non tornò a sedersi davanti al camino. Dalle finestre s'intravedevano i campi e il tramonto scozzese. Si riusciva a scorgere anche quella strana pietra, come il profilo di un viso rivolto verso le poche luci del villaggio.

«Sogni d'oro», esclamò Steve col bicchiere di whisky in mano.

Bevvero tutti insieme.

«Sono andato fino a Bellehiglash solo per voi», disse Stuart Macdonald.

«Una balla», disse Steve.

«Che cos'è?» chiese Winter analizzando il whisky ambrato. Aveva un profumo affumicato che si diffondeva lentamente sul palato. Sherry, molto sherry. Quercia. Un corpo robusto e intenso. Per finire in una finissima dolcezza.

«Non male, vero?» disse Stuart.

«Uno dei migliori che io abbia avuto il piacere di assaggiare», disse Winter.

«Non esagerare», disse Steve. «Non farti trascinare dalle circostanze.»

Winter si guardò intorno osservando «le circostanze»: il camino, la sera, la luce, la pace, i profumi. Il viaggio. Le ragioni del viaggio. Le ragioni.

«Uno dei migliori», disse Winter.

«Angela?» chiese Stuart sorridendole gentilmente.

«Mi piace soprattutto il finale», disse.

«Brava ragazza», disse Stuart.

Non era la prima volta che Angela assaggiava del whisky. Non era esattamente un'appassionata, ma questo era particolare.

«Qualcuno vuole indovinare?» chiese Stuart.

«Speyside, ovviamente», disse Winter.

«Ovviamente.»

Stuart aveva nascosto la bottiglia.

Winter ci pensò su, osservando il colore, pensò ai dintorni, al fiume che scorreva nelle immediate vicinanze, il Lossie. C'era una marca che si associava al Lossie.

«Linkwood?» disse Winter.

«Che anno?» chiese Stuart. Suo fratello scosse la testa.

Winter ricominciò a pensare. I whisky invecchiati 21 anni sono i migliori e Stuart Macdonald avrebbe comprato solo il meglio.

«Ventuno», disse Winter.

«L'età è quella giusta, ma la marca è un'altra», disse Stuart Macdonald. «Comunque non male come suggerimento.»

«Un altro bicchierino?» chiese Steve prendendo la bottiglia da dietro la poltrona del fratello. Aveva una forma particolare, antiquata. La mostrò a Winter, era un Glenfarclas. Ovviamente. Il meglio.

«Sarebbe stata la mia seconda ipotesi», disse Winter sorridendo, e Stuart Macdonald scoppiò a ridere.

Winter e Angela avevano la punta del naso gelata nonostante dormissero sotto tre piumini. Il camino della loro stanza era acceso, ma il calore non arrivava fino al letto.

Trovarono il modo di scaldarsi. Winter aveva i capelli bagnati di sudore e sentiva il respiro di Angela contro la sua spalla, emanava ancora l'odore di whisky. Il Glenfarclas aveva il finale più persistente al mondo.

Avevano telefonato a Elsa. Angela aveva pianto un po' prima di cena.

«È da due giorni che non la vediamo», aveva detto come se fossero in spedizione al Circolo Polare Artico.

«Elsa è felice», aveva detto Winter. «È giusto che viva la sua vita.»

«Ma non ancora, forse tra vent'anni.»

«Dopo la laurea la lasciamo andare?»

«Forse.»

Nel cuore della notte sentirono un ululato.

«Ci sono i lupi qui?» chiese Angela.

«Cani della prateria», rispose Winter.

«Erik...» disse Angela con sguardo serio.

«Sì?»

«Pensi davvero che troverete qualche indizio? O che troverete l'uomo?»

«Non lo so.»
«Se lo trovate...»
«Sì?»
«Stai attento.»

Lasciarono la fattoria dopo colazione.
«Torneremo», disse Winter a Stuart che era già al lavoro sul suo trattore, col cappello da cowboy in testa.
«Ti farò conoscere mia moglie, allora», rispose lui.

«Prima o poi si sposerà anche lui», disse Steve guidando in direzione sud-est. Per gli intenditori il circondario era carico di riferimenti ai marchi di whisky.
«Non capisco perché si ostina», disse Sarah Macdonald.
«Che cosa c'è cara?» le chiese suo marito.
«La vita da scapolo non è un granché a lungo andare.»
«Credo che stia seriamente pensando di chiedere la mano a una donna giù a Forres», disse Steve Macdonald.
«Chi?» chiese Sarah Macdonald. «Racconta.»
«Non sono sicuro di sapere chi sia», disse Macdonald.
«Un cerbiatto», esclamò Angela.
Winter vide l'animale scomparire e confondersi tra gli alberi.
Gli ricordò qualcosa.
Pensò se ci fosse qualcos'altro che aveva... visto di recente, senza veramente riuscire a coglierne il significato. Qualcosa che avrebbe potuto essergli d'aiuto nella ricerca. Di grande aiuto. Qualcosa che gli era passato davanti? Che era lì, ad aspettarlo, che quasi riusciva a toccare. Che... Che... Cercò di visualizzarlo guardando il fiume, le colline, la strada sterrata, come una ferita marrone in mezzo al verde. Ma niente, ormai gli era sfuggito.

Arrivarono ad Aberdeen prima di pranzo. Il granito della città riluceva, diventando più scuro più ci si avvicinava. Andarono direttamente alla stazione, il treno per Edimburgo sarebbe partito tra venticinque minuti. Era stata un'idea di Sarah.
«Angela deve vedere Edimburgo. E voi siete diretti dalla parte opposta.»

«La costa settentrionale è di una bellezza selvaggia», aveva detto Macdonald.

«Possiamo ricongiungerci là», aveva suggerito Angela. «Io vado volentieri a Edimburgo con Sarah.»

«Verso la civiltà», aveva detto Sarah.

«Ci vediamo tra un paio di giorni», aveva detto Steve. «Potremmo rincontrarci a Kingussie. È un bel posto in cima alle Highlands. In treno arriverete a Perth in un paio d'ore.»

Lasciate le mogli, Winter e Macdonald si diressero verso Union Street. Proprio di fronte all'Aberdeen Arts Centre, il cui edificio era una via di mezzo fra una cattedrale cattolica e una chiesa anglicana.

L'ispettore Marion McGoldrick li fece accomodare nel suo ufficio al settimo piano. Era una donna minuta sui trentacinque anni, con un mento pronunciato, capelli e occhi scuri e un'uniforme su misura. Una vecchia conoscenza di Steve Macdonald.

«È a questo che servono i vecchi contatti», aveva detto il giorno prima.

Sulla sua scrivania c'era una piccola pila di fascicoli, aveva fatto quello che aveva potuto, probabilmente nel tempo libero. Ad Aberdeen non c'era spazio per i favori durante l'orario di lavoro.

«Spero che tu non abbia sacrificato tutto il tuo tempo libero per questo, Mar», disse Macdonald.

«In realtà sì, ma non avevo comunque nulla di meglio da fare», replicò lei.

«Mi dispiace.»

«Al contrario, Steve», disse accennando un sorriso. «Mai sentita la storia della coppia che prese direzioni opposte?»

«Bruce? Davvero?»

«Ha incontrato una tizia a Glasgow», disse Mar McGoldrick. «Era in *special training*. Qualcosa è andato storto», disse accennando un altro sorriso. «Nel *training*», guardò Winter e spiegò: «Fa la poliziotta anche lei».

«Mi dispiace», disse Macdonald.

«La prima cosa che ho pensato è stata: li ammazzo. Poi ho deciso che era meglio lavorare, e lavorare sodo. La tua richiesta è arrivata proprio al momento giusto.»

«Cos'hai scovato?» chiese Macdonald.

«Qualcosa sul naufragio», rispose Mar McGoldrick. «Nulla di sorprendente, in realtà.»

«Non è venuto a galla nulla di nuovo?»

«No, il peschereccio era diretto al faro di Kinnaird Head, immagino, e qualche miglio a nord-est da lì deve essere capitato qualcosa ed è affondato», disse sfogliando fra i documenti. «*Marino*, che strano, di solito le barche hanno sempre un nome di donna. Tipo, Marina è un classico nome da dare a una barca.»

«I membri dell'equipaggio erano rimasti ad Aberdeen per un po', vero?» disse Winter.

«Pare di sì. Vivevano a bordo giù al porto. Erano ormeggiati all'Albert Basin.»

«Tutti?» chiese Macdonald.

«Sì... Era un gruppo che non voleva farsi notare troppo, ma le autorità li hanno registrati... Quando sono finiti da questo lato del campo minato. Ho qui la lista di nomi.»

Gli tese un foglio, era la fotocopia di un documento delle autorità. Winter lesse i nomi che erano scritti in bella calligrafia: Bertil Osvald, Egon Osvald, John Osvald, Arne Algotsson, Frans Karlsson.

Erano in cinque, perché non in otto come si usava a bordo dei pescherecci a quel tempo?

«Erano in tre a bordo durante l'ultima spedizione», disse Mar McGoldrick.

Winter annuì. Egon Osvald, Frans Karlsson e John Osvald.

Bertil Osvald era morto e Arne Algotsson viveva nel suo mondo.

«Siamo sicuri che fossero solo in tre?» chiese Macdonald.

«Non ci sono notizie che facciano pensare altrimenti», rispose Mar McGoldrick. «Nessuna denuncia di scomparsa di altri ipotetici pescatori a bordo del *Marino*, ne deduco che fossero solo in tre.»

«E la barca non è mai stata ritrovata?» chiese Macdonald. «Il relitto, intendo.»

«No.»

«Forse non era un relitto», disse Winter facendo un passo avanti. Erano ancora tutti in piedi nell'ufficio. «Forse il tuo è stato un lapsus freudiano, Steve.»

«In che senso?» disse Mar McGoldrick.

«Forse il *Marino* non è mai affondato, forse è semplicemente sparito. Per qualche motivo. Delitto, vendetta, non lo so. Prendendo un'altra rotta.»

«Direzione Rio de Janeiro», disse Steve Macdonald.

«Non dirmi che il pensiero non ti ha sfiorato, Steve», disse Winter.

«Non sarebbero mai riusciti a sparire così», disse Mar McGoldrick.

«No?» disse Winter.

«Nascondersi lungo la costa in quei tempi era un'impresa impossibile per una barca, figuriamoci un peschereccio. C'era la GUERRA. Si può pensare ciò che si vuole della guardia costiera dei giorni nostri, ma a quei tempi il controllo era spietato. Le acque erano piene di sommergibili tedeschi, navi militari e chi più ne ha più ne metta. Era una cosa seria.»

«Ma le attività di contrabbando continuarono nonostante la guerra», disse Macdonald.

«Non con i tedeschi», disse Mar McGoldrick.

«Però di contrabbandieri ce n'erano», disse Steve sedendosi e rialzandosi subito. «C'erano i porti, quelli segreti. Abbastanza nascosti da poter svolgere quel tipo di attività illegale.»

«Nessuno contrabbandava in segreto allora», disse Mar McGoldrick.

«Contraddittoria come affermazione», replicò Macdonald.

«Le autorità sapevano tutto», continuò Mar McGoldrick. «Credimi Steve, lo so per certo visto che mio nonno era uno di loro.»

«Era uno della guardia costiera o un contrabbandiere?»

«Contrabbandiere, su a Sandhaven.»

«Venivano perlustrati proprio tutti i porti?» chiese Winter.

Mar McGoldrick annuì.

«E tuo nonno cosa ne pensava?»

«Lui ci guadagnava, è quello l'importante, no? Non contrabbandava per ragioni idealistiche o perché si divertisse», disse indicando i fascicoli come per sottolineare il concetto. «È sempre questione di soldi.»

«Mmm», disse Macdonald.

«Non ne sei convinto?»

«Chi sono i testimoni del naufragio?» chiese Macdonald. «Dovranno pur esserci state altre imbarcazioni, qualcuno dovrà pur aver ricevuto un segnale…»

«Purtroppo no.»

«Una barca fantasma», disse Macdonald.

«Qualcuno ha perlustrato i porti dopo il naufragio?» chiese Winter. «Per controllare se il peschereccio fosse ormeggiato altrove?»

«I porti erano tenuti costantemente sotto controllo.»

«Ma nessuno ha cercato il *Marino* nello specifico? O verificato se avesse cambiato nome?» disse Winter.

«Non che io sappia.»

«Quali sono i porti più conosciuti per il contrabbando su questa costa?»

«Non sono conosciuti, altrimenti sarebbe la fine delle loro attività», disse sorridendo. «Come vi ho già detto, Sandhaven… Bay of Lochielair… Forse il più rinomato è Pennan.»

«Pennan?» disse Macdonald, quel nome gli ricordava qualcosa. «Pennan…»

«È un villaggio particolare», disse Mar McGoldrick. «Gli scogli sono rossi, le case sono rosse, le strade sono rosse. Dal mare non si vede nulla, è tutto mimetizzato.»

«Pennan…» ripeté Macdonald.

«È lontano da qui?» chiese Winter.

«Sarà a un paio di miglia a ovest di Fraserburgh», disse Mar McGoldrick. «Lungo la strada costiera verso Macduff. Non dà nell'occhio.»

«*Local Hero*!» esclamò Macdonald. «L'hai visto quel film Erik?»

«Eh… Sì. Negli anni Ottanta…»

«È stato girato a Pennan», disse Macdonald. «Il regista, Bill Forsyth, cercava un posto losco dove ambientarlo e ha scelto Pennan! Ci passiamo sulla via del ritorno.»

«Portate con voi la documentazione», disse Mar McGoldrick porgendogli il fascicolo. «C'è scritto qualcosa sui loro spostamenti. Sono rimasti a Peterhead per un po', poi si sono spostati a Fraserburgh e poi nulla.»

«Dove portano le tracce dei due sopravvissuti… Se così si possono chiamare?» chiese Winter.

«Sono rimasti per un po' e poi sono spariti, nel nulla.»

«Com'è possibile?» chiese Winter.

«Così come sono venuti, se ne sono andati», disse Mar McGoldrick. «Scandinavi coraggiosi che sfidano il mare minato in cerca di fortuna. Probabilmente si sono imbarcati su un peschereccio che dopo aver venduto la merce è salpato in fretta e furia. Chissà.»

Parcheggiarono vicino alla chiesa a nord di Broad Street, la strada che portava al porto e a un fitto bosco di alberi maestri.

«Facile nasconderci una barca», disse Macdonald.

Proseguirono giù per la strada, passando la Fishermen's Mission. L'edificio era in stile moderno, ma solo all'apparenza.

All'ingresso c'era odore di fumo e vestiti umidi.

I fratelli Osvald e gli altri due pescatori di Donsö avevano ricevuto assistenza dalla Royal National Mission to Deep Sea Fishermen, che c'era a Peterhead dal 1922.

C'era una grossa fotografia incorniciata alla reception. Era in bianco e nero e rappresentava un peschereccio smembrato. La didascalia diceva: PESCHERECCI ALLA GUERRA

Un uomo guardò su dal bancone che sembrava un pulpito.

«Posso aiutarvi?» disse alzandosi lentamente. Era un uomo anziano, probabilmente era seduto là dietro dai tempi della guerra. Probabilmente era lui ad aver appeso la fotografia al muro.

«Posso aiutarvi?» ripeté il vecchio signore.

Si avvicinarono al pulpito e si presentarono. Il signore si presentò come «Former Assistant Super Intendent» Archibald Farquharson.

«A volte mi siedo qui in onore dei vecchi tempi», disse.

«Dovete averne viste delle belle», disse Macdonald.

«Direi proprio di sì», replicò Farquharson.

«Stiamo cercando informazioni riguardo ad alcuni pescatori svedesi che potrebbero essere stati qui durante la guerra», disse Macdonald.

«Io c'ero», disse Farquharson. «Non proprio qui, ma giù alla Missione.»

«Cerchiamo informazioni a proposito di un certo John Osvald», disse Winter.

«Mi ricordo di John», disse Farquharson.

«Mi scusi?»

«Eravamo coetanei. Lo conosco meglio di quanto non lo conoscessero i suoi fratelli. Ne aveva un paio, vero?» disse Farquharson. «Terribile la storia del naufragio.»

Gli chiesero del naufragio. Non ne sapeva molto, niente sulla causa né delle conseguenze.

«Ci ho pensato spesso. A John.» Farquharson guardò verso l'ingresso. «È strano... Un paio di volte nel corso degli anni mi sono seduto qui, guardando quella porta, aspettandomi di vederlo entrare. Strano, vero? Sarà per quel mistero irrisolto, quel relitto mai rinvenuto. Una nave fantasma, insomma.» Guardò i due commissari. «E poi... due settimane fa... lo vedo entrare proprio da quella porta!»

47

Winter e Macdonald si voltarono, aspettandosi di vedere John Osvald lì come una prova in carne e ossa. Ma lì non c'era nessuno. La porta era chiusa e dipinta di blu oltremare con dei rimasugli incrostati di giallo sul telaio. Il giallo e il blu erano i colori della Scozia, tanto quanto il bianco e il blu, pensò Winter guardando in faccia Farquharson. Era anziano, ma per nulla confuso. Sembrava sicuro, ma senza enfasi. Le sue erano semplici constatazioni.

«Penso che mi abbia riconosciuto», disse.

«Forse è il caso di cominciare dall'inizio», disse Macdonald.

«Il tempo non cancella i ricordi», disse Farquharson. «Anzi li rafforza. L'aspetto fisico, per esempio. I tratti del viso.» Gli occhi dell'anziano signore luccicavano. «Resta solo ciò che conta davvero. L'essenziale.»

Winter gli mostrò la fotografia sbiadita del profilo di John Osvald, provando la stessa frustrazione della prima volta a Donsö, come se tenesse in mano qualcosa di significativo senza riuscire a coglierne il significato.

«Mmm», disse Farquharson. «È lui, lo svedese.»

«Lo stesso uomo che è passato di qui poco tempo fa?» chiese Macdonald.

«Un paio di settimane fa.»

«Ne è certo, mister Farquharson?»

«Sì, era lui.»

«Ci sa dire esattamente quando l'ha visto? La data?»

«Mah... Mi ci faccia pensare un momento.»

«Cos'è successo esattamente? Cos'ha fatto quando è entrato?» chiese Winter.

«È entrato, si è voltato ed è uscito», rispose Farquharson. «Credo che mi abbia riconosciuto.»

«Allo stesso modo in cui lei ha riconosciuto lui?»

«Sì.»

«Lei cos'ha fatto?»

«Nulla. Aveva un volto familiare, ma mi ci è voluto un momento per capire chi fosse e quando sono uscito per strada era sparito.»

«Come mai è venuto qui?» chiese Winter. «Dopo così tanti anni?»

«Chi vi dice che non sia stato qui più volte nel corso degli anni?» disse Farquharson.

«Ma lei non l'ha visto?»

«No, ma potrebbe essere stato qui.»

«Lo sa vero che è stato dichiarato morto?» disse Macdonald.

«Lo so.»

«Non può essere che lei abbia visto un fantasma, mister Farquharson?»

«Non credo ai fantasmi.»

«Ma la barca è scomparsa insieme a Osvald», disse Winter.

«Così si dice.»

«Lei non ci crede?»

«Io non credo nulla, non so nulla.»

La porta si aprì, entrarono due giovani uomini in maglione e cappellino di lana, salutarono Farquharson ignorando Winter e Macdonald, e scomparvero dietro un'altra porta.

«Pescatori norvegesi», disse Farquharson. «Ospitiamo parecchi norvegesi e qualche islandese.»

«Nessuno svedese?» chiese Winter.

«Non abbiamo molte stanze, non è un albergo. Gli diamo un posto in cui stare per uscire un po' dalla barca, cambiare un po' ambiente, o se c'è qualche problema con la barca.»

«Quindi al momento nessun ospite svedese?» chiese di nuovo Winter.

«Non questa settimana, forse qualcuno quella scorsa», disse Farquharson.

«Compilate un registro?» chiese Winter.

«Sono quelle le regole.»

«E quando li registrate, chiedete anche il nome della barca?»

Farquharson tirò fuori un librone con la copertina nera, e andò indietro di tre pagine.

«Gli svedesi», disse tra sé e sé. «Io non c'ero quel giorno. Operazione all'anca.» Poi lesse: «*Mariana*, il peschereccio si chiama così e l'unico nome che c'è scritto qui di fianco è Eriksson, immagino sia il capitano. Basta il suo.»

«Per caso c'è scritto anche il porto d'origine?» chiese Winter.

«Sì», rispose Farquharson. «Ma non riesco a leggerlo», disse girando il librone verso di loro.

Winter lesse:

MARIANA. STYRSÖ. ERIKSSON.

E una data.

Due settimane e mezzo prima.

Winter sapeva che c'era un peschereccio a Donsö di nome *Magdalena*, il cui captano si chiama Erik. Poteva esserci una barca di nome *Mariana* a Styrsö?

Certo, perché no?

Avrebbe telefonato a Ringmar per una verifica.

Farquharson gli offrì una tazza di tè. Le immagini di vecchi pescherecci erano appese ovunque, i muri erano carichi di solennità e tristi ricordi.

Farquharson raccontò brevemente che: «The Royal National Mission to Deep Sea Fishermen fu fondata nel 1881, dopo che Mister Ebenezar J. Mather fece visita alla flotta peschereccia ed ebbe visto le condizioni pesanti e rischiose a cui i pescatori erano sottoposti».

Winter e Macdonald annuirono. «Le condizioni sono molto migliorate da allora», disse Farquharson. «Forse anche un po' grazie al nostro supporto. È un mestiere particolare. I pescatori sono tagliati fuori dal mondo, forse è questo che lo rende un lavoro disumano. Non ti resta nulla di umano là fuori in mezzo al mare.»

«Lei deve averne visti molti di casi limite», disse Winter.

«Naturalmente.»

«Quello stile di vita può rendere le persone... Disumane?»

«In che modo?»

«Non saprei», disse Winter. «Per esempio facendo sì che un uomo diventi... un altro. Un uomo... peggiore?»

«Assolutamente possibile», disse Farquharson.

«Nel caso di John Osvald?»

«È passato tanto tempo.»

«Ma lei ha una buona memoria.»

Farquharson sorseggiò il suo tè, i suoi occhi si annebbiarono. Lui stesso aveva fatto il pescatore, prima della guerra. Si era ritirato presto.

«Erano irrequieti», disse dopo un lungo silenzio. «Irrequieti.»

«In che senso?» chiese Winter.

«Per qualcosa... Avevano fatto qualcosa, credo... Certa gente li cercava... Mah. Penso che c'entrassero il contrabbando e i soldi. Non so di preciso.»

«Contrabbando? Perché proprio il contrabbando?»

«Perché no?» disse Farquharson sorridendo. «Non è un'attività insolita in questa zona.»

«Quindi gli svedesi erano immischiati in attività di contrabbando?» chiese Macdonald.

«Non lo so», rispose Farquharson. «È solo una supposizione, non gliel'ho mai chiesto. Comunque c'era sotto qualcosa.»

«Contrabbando di cosa?»

«Di qualunque cosa, c'era la guerra.»

«Ma se pescavano tutto il tempo! Sul loro peschereccio, il *Marino*.»

«Pescavano?» disse Farquharson con una leggerezza vagamente beffarda.

«Che ruolo aveva John Osvald?» chiese Macdonald.

«Dove?»

«A bordo.»

«Era il capo. Era giovane, ma era lui a prendere le decisioni», disse Farquharson appoggiando la tazza. «*Well*... Non ero molto in confidenza con questi pescatori svedesi che erano capitati qui. Quello che vi ho detto sono solo delle considerazioni, delle osservazioni senza prove concrete.»

«E poi sono spariti», disse Winter.

«Sì, all'epoca non avevo idea di che fine avessero fatto. Poi ho saputo che si erano spostati su a Fraserburgh, dove si sono fermati per un po'.»

Il Saltoun Arms Hotel si trovava in Saltoun Square, nel centro di Fraserburgh. Stile vittoriano, come il ristorante annesso: palme alle finestre, pavimenti coperti da eleganti moquette, tappezzeria floreale, ventilatori da soffitto che si muovevano al ritmo dei tempi passati, pasticcini esposti come piccole opere d'arte in una vetrinetta. Una musica di sottofondo che poteva essere Glenn Miller o più probabilmente una famosa orchestra britannica di un tempo. Il personale sembrava uscito dal passato, come l'abbigliamento degli ospiti. Un bimbo piangeva accanto alla finestra, i giovani genitori facevano quello che potevano per renderlo felice.

Winter e Macdonald erano seduti al loro tavolo, ognuno con la propria *ale*, in attesa del cibo.

«Immagino che sia questo che si intende con l'espressione *larger than life*», disse Macdonald seguendo con lo sguardo la cameriera che gli passò di fianco con un piatto di zuppa fumante. «Questo posto c'era prima che nascessimo e ci sarà dopo che saremo morti.»

Al muro erano appesi tre quadri dai soggetti bucolici. Un contadino che arava la terra, il simbolo del lavoro rappresentato come un sogno lontano dal mare e dalle ripide scogliere.

Un'altra cameriera arrivò col loro pranzo: pesce impanato, patatine, piselli. Winter soffiò sulla sua bella porzione di nasello appena appena impanato.

«Niente male», disse dopo il primo boccone.

«Perché, dubitavi?» disse Macdonald.

Era un piatto classico, la cameriera tornò poco dopo a chiedere se il piatto fosse di loro gradimento.

«Il migliore che abbia mai mangiato!» rispose Winter.

«Spero che non sia il primo.»

«No no no.»

Macdonald gustò ogni boccone del suo pesce. Dopo una scorpacciata di salsa tartara, sembrava soddisfatto. Winter non ebbe il cuore di dirgli che probabilmente quel pesce era stato pescato da pescatori scandinavi e trasportato fino a qui in un camion da Hanstholm.

Dopo pranzo Winter andò dal giornalaio su Broad Street a comprare un giornale: la notizia in prima pagina raccontava di un pescatore di Fraserburgh disperso vicino alla costa norvegese.

La Grampian Police aveva il suo quartier generale su Finlayson Street, Sub-divisione del North Aberdeenshire. La strada era situata nella periferia a nord della città dove il vento era gelido, il cielo azzurro e le case grigie. L'edificio di fronte al commissariato si chiamava Thule Villa. Winter ripensò al cartello col viso del principe alla pompa diroccata di Dallas.

Sgt. Steve Nicoll, un giovane ispettore con fare deciso, li fece accomodare. Conosceva Macdonald di nome, ma non di persona. Macdonald gli aveva telefonato la settimana prima e lui aveva fatto ciò che aveva potuto.

«Non ci sono molte notizie riguardo a quei tipi», disse. «Stavano sulle loro.»

«Cos'è successo dopo la scomparsa del peschereccio?» chiese Macdonald. «Che fine hanno fatto i due svedesi sopravvissuti?»

«Erano presenti durante le indagini preliminari del naufragio, poi sono spariti.»

Winter annuì.

«Immagino siano tornati in Svezia», disse Nicoll.

«Si sospetta che fossero coinvolti in attività di contrabbando», disse Macdonald.

«Davvero?»

«Sì.»

«Non è insolito da queste parti», disse Nicoll.

«Di che tipo di merce poteva trattarsi?» chiese Winter.

«In tempi di guerra si contrabbandava di tutto.»

«Qual era la merce di contrabbando più... rischiosa?» chiese Winter. Doveva trattarsi di qualcosa di grave, per cui si era costretti a far sparire le proprie tracce, magari a commettere un crimine. Forse, chissà, essere disposti a uccidere qualcuno. «C'era qualcosa che era tabù?»

«Eventualmente il traffico d'armi», disse Nicoll. «A seconda della provenienza delle armi e a chi fossero destinate.»

«All'opposizione?» chiese Winter.

«Ce n'era più d'una», disse Macdonald.

Nicoll annuì.

«C'erano quelli che odiavano gli inglesi più di quanto odiassero i tedeschi.»

Si fermarono sulla scalinata dell'ingresso, dove era appeso uno striscione: FACCIAMO DEL NOSTRO MEGLIO. Il vento soffiava nel parcheggio e tra le case a schiera, strappando le foglie dagli alberi.

«In quanti siete in questo distretto?» chiese Macdonald.

«Una trentina», disse Nicoll. «Il C.I.D. si trova ad Aberdeen.»

«Quanti nel reparto di indagine criminale?»

«Dodici. Il commissario è a Peterhead», rispose Nicoll salutando due ragazze in divisa che salivano le scale. «Le due bionde sono single.»

«A differenza di noi due», disse Macdonald.

«E con questo?»

«Con che genere di crimini dovete fare i conti quassù?» chiese Winter.

«Le solite cose», rispose Nicoll. «Un tempo era il contrabbando, oggi è lo spaccio di eroina.»

«Davvero?»

«Dieci anni fa non si sapeva nemmeno cosa fosse, oggi il commercio è spietato.»

«È lo stesso a Göteborg», disse Winter.

«È così ovunque», disse Nicoll rassegnato. La rassegnazione era un sentimento diffuso fra gli agenti, anche se raramente la si lasciava trasparire.

«Quale sarebbe stato un buon nascondiglio se avessi voluto far sparire le mie tracce durante la guerra?» chiese Macdonald.

«Lungo la costa ci sono parecchi posti interessanti», rispose il sergente Nicoll socchiudendo gli occhi. Si stava bene al sole che splendeva sulla Thule Villa. «Villaggi di pescatori, villaggi di contrabbandieri dove tutti si fanno i fatti loro senza fare domande.»

«Qualche nome?» chiese Winter mettendosi gli occhiali da sole.

«Pennan», disse Nicoll. «Io mi sarei rifugiato a Pennan.»

Guidarono lungo la B9031, una stretta strada costiera tra Sandhaven e Rosehearty, roccheforti medievali di contrabbandieri a strapiombo sul mare.

La strada che portava al villaggio era appena segnalata, piena di curve di 45°, era come guidare sulle montagne russe.

Pennan era composta da una serie di case di pietra lungo la banchina. Il porto era piccolo e protetto da grossi piloni. Il vento era forte nella Pennan Bay, le onde sbattevano contro le case nascoste all'ombra delle minacciose scogliere rosse. La spiaggia era sassosa.

Parcheggiarono di fronte a una casa con un delfino sulla facciata: Dolphin Cottage no.10.

«Ti ricordi il film?» chiese Macdonald.

«Sì», disse Winter. «E ti dirò che mi era tornato in mente poco fa.»

«Riconosci il villaggio?»

«Penso di sì.»

«Le case sono le stesse», disse Macdonald. «Ma il film è tutta finzione, è facile creare un'illusione attraverso le immagini.»

«Ah sì? Come?»

«Prendi per esempio questa spiaggetta», disse Macdonald indicando verso il mare. «Non ha la stessa imponenza di quella su cui Burt Lancaster passeggia nel film, che era deserta.»

«Vero.»

«Praticamente hanno preso gli edifici di Pennan e la spiaggia di Morir, un posto sul mare a sud di Mallaig. Da lì, tra l'altro, parte un traghetto per Armadale, nell'isola di Skye.»

«La terra d'origine dei tuoi avi.»

«Esatto», disse Macdonald sbattendo la portiera. «Tutto un taglia e cuci illusorio»

«Mi ricordo l'eremita del film», disse Winter. «Viveva in una catapecchia sulla spiaggia.»

«Forse esiste davvero», disse Macdonald.

«Mi ricordo anche la locanda. E il locandiere.»

«Quella c'è davvero», disse Macdonald indicando la Pennan Inn, temporaneamente chiusa causa maltempo. «Peccato, avremmo potuto passare la notte qui.»

Stava calando il buio, Winter si guardò intorno.

«Riconosco anche quella cabina telefonica.»

«Non sono mai stato qui prima d'ora», disse Macdonald.

Una giovane donna uscì da una delle case, indossava una cuffietta vecchio stile. Li salutò passandogli di fianco.

«Mi scusi», le disse Macdonald.

«Nei giorni sereni si vedono le Orcadi», disse la donna.

«E le *Northern Lights*?» le chiese Winter.

«Oh, ha visto il film», constatò. «Siete venuti a vederle di persona?»

«Non siamo qui per questo», disse Macdonald.

Li accompagnò alla penultima casa della fila. Pennan era un villaggio desolato. Nel 1900 ci vivevano trecento persone, oggi erano rimasti solo una ventina di residenti permanenti.

Passarono davanti a una casa in costruzione, Winter pensò al cantiere a Dallas.

«La prima nuova costruzione dopo cento anni!» disse la donna bussando alla porta del cottage.

«Ci sente poco», disse bussando di nuovo. «Mrs Watt?!»

La porta si aprì, portando alla luce il viso di una signora anziana dagli occhi vispi.

«*Ay?*»

«Mrs Watt, questi due signori vorrebbero farle un paio di domande.»

Fecero ritorno alla macchina, parcheggiata davanti alla casa col delfino che era stata adibita a locanda nel film *Local Hero*. D'estate i delfini sguazzano felici nelle acque di Moray Firth.

I ricordi di Mrs Watt andavano e venivano, si era perfino messa a parlare in scozzese, fortunatamente Macdonald pareva saperlo bene. A un certo punto aveva detto tra sé e sé: «*Gie yeir ain fish guts to yeir ain sea myaves*».

«Che cosa significava quella cosa lì?» aveva chiesto Winter una volta usciti.

«Riserva i resti del tuo pesce ai tuoi gabbiani», aveva spiegato Macdonald. «Ma non ho idea di cosa *significhi* realmente... Forse che bisogna pensare ai fatti propri e non preoccuparsi degli altri.»

In cima si vedevano solo il cielo e il mare.

Mrs Watt aveva parlato di «uno straniero».

Abitava per conto suo in una casetta vicino alle grotte di Cullykhan vicino alla baia.

«Ora lì non c'è più nulla», aveva detto Mrs Watt. «Era lì e poi è scomparso.»

«Quando è arrivato?»

«Durante la guerra.»

«Cosa faceva?»

«La stessa cosa che facevano tutti, immagino. Contrabbando.»

«Lei l'ha incontrato di persona questo straniero?» le chiese Winter.

«No.»

«Non l'ha mai visto?»

«No.»

«Da dove veniva?»

«Non lo sapeva nessuno. E nessuno faceva domande. Allora era così», disse scrutando i due commissari con i suoi piccoli occhi neri. «L'avranno controllato... E l'hanno fatto restare.»

«Chi?»

«Gli uomini del villaggio.»

«Ne è rimasto qualcuno?»

«No.»

«Nessuno?»

«Non di quell'epoca.»

«E poi cos'è successo a quello straniero?» le chiese Winter.

«È sparito.»

Proseguirono il loro viaggio verso ovest, in direzione di Macduff e Banff.

«Erano in molti ad andare e venire a quell'epoca», disse Macdonald.

Winter non rispose, era come assente. Osservava lo strapiombo sul mare, sarebbe bastato un piccolo movimento del volante e sarebbero volati giù.

«A cosa stai pensando, Erik?»

«A una cosa che ho visto senza veramente prestarci attenzione», rispose.

«Un problema ricorrente per un investigatore», disse Macdonald.

«Che rabbia.»

«Quando? Dove?»

«Di recente», disse Winter. «Durante questo viaggio.»

«Pensaci.»

«È quello che sto cercando di fare.»

Nel cielo si stavano accumulando le nuvole, il sole era scomparso. Macdonald fece per mettere su un altro cd, ma esitò.

«Ha a che vedere con la fotografia», disse Winter. «Quella di John Osvald.»

Macdonald guardò verso il cielo,

«Ci conviene cercare un posto dove passare la notte.»

Winter annuì.

«Ecco dove potremmo fermarci», esclamò Macdonald. «Al Seafield Hotel di Cullen. È un classico. Così potrai assaggiare il famoso *Cullen skink*!»

48

Li sentì parlare alle sue spalle. Sapeva chi erano e cosa volessero. Non si mosse. Li aveva visti arrivare e aveva capito subito.

Lei non disse nulla nel prendere la loro ordinazione.

Forse l'aveva capito anche lei.

Era solo un piccolo favore. Sapeva di poterglielo chiedere.

Un breve dialogo. Una semplice domanda.

Purtroppo non si fidava più di lei.

Aveva deciso di raccontare tutto. Era giunta l'ora di farla finita. Quand'è che si era deciso? La decisione aveva a che vedere col mare. Con la solitudine.

Dopo tutti questi anni. Sarebbe stato difficile. Eppure era quello che desiderava. Lo DESIDERAVA. Ma non voleva farlo da solo, non ora.

Chi avrebbe mai immaginato che sarebbe andata a finire così? Che il ragazzo...

Prendi la macchina, gli aveva detto il ragazzo. Io non ne ho bisogno.

I suoi occhi luccicavano.

È tutto finito ora, gli aveva detto il ragazzo.

Il ragazzo pregava. Pregava in continuazione. Sembrava aver perso la ragione.

C'era una gran pace al lago, la spiaggia infondeva tranquillità.

PARTI! gli aveva urlato il ragazzo. Aveva esitato.

PARTI! aveva urlato di nuovo con i suoi capelli bianchi rizzati in testa e il suo corpo anziano, ma non tanto quanto il suo.

Il ragazzo era blu in faccia. Il suo cuore. Il blu era svanito.

Il ragazzo aveva proseguito da solo sull'altro lato del laghetto, pregando.

JESUS!

Un urlo tra le montagne.

Siamo condannati, aveva detto. Dobbiamo purificarci dal peccato, lavarlo via. Sono contento che tu mi abbia chiamato. PARTI ora!

La notte tornò a sognare. Sogni d'oro e d'argento come le monete che avevano mandato tutto in malora.

Quante volte era stato seduto così, impugnando quella pistola?

All'inizio era per difendersi dalla minaccia. Si era nascosto fra gli scogli, in delle capanne, in qualche vecchia barca. Aveva sparato, una volta.

Poi aveva cominciato a pensare di usarla contro di sé. Di puntarla su di sé.

Non sapeva cosa sarebbe successo.

Se la portava dietro giorno e notte.
Ce l'aveva quando aveva sentito le voci al Three Kings, quando li aveva visti. Provenivano dall'altro mondo.

Adesso i ricordi stavano riaffiorando in superficie. Acqua dappertutto, il mare lo sommergeva. Aveva portato la scialuppa al riparo dalle onde. Il *Marino* stava già affondando.

Era necessario. Egon era già condannato. Il peschereccio era condannato. Aveva tenuto la testa di Frans fra le sue mani. *Jesus!* Non c'era nessuno ad ascoltarlo là fuori. Dio non lo ascoltava, il figlio di Dio non lo ascoltava. Sulla spiaggia c'erano solo pietre. Fece la sua scelta. No, non in quel momento. La decisione l'aveva presa molto tempo prima.

Erano rimaste delle monete nei sacchi d'olio. Le armi giacevano in fondo al mare. Forse le correnti le avrebbero portate verso nord, come i corpi.
Il ragazzo del ragazzo non aveva fatto domande.
Il ragazzo del ragazzo.
Tieni!
Tieni questo!

Non l'avrebbero mai trovato. Mai! Il suo viso era un altro, come il suo corpo e il suo nome e la sua vita, quello che ne restava.
Li vide giù in strada, per caso, di fronte alla cabina telefonica. Avevano proseguito.
Nessuno di loro avrebbe saputo!

49

Aneta Djanali era seduta nella cucina di Halders, avvolta in una coperta. Aveva freddo e la cucina era la stanza più calda della casa. Hannes e Magda erano a una festa di compleanno tre quartieri più in là. Non era ancora sera, Halders stava preparando una specie di quiche. Usciva un buon profumino dal forno. Lucinda Williams cantava in soggiorno con la sua voce rotta, *lonely girls, heavy blankets cover lonely girls*.

Aneta Djanali era riuscita a parlare brevemente con Anette Lindsten, che stava andando alla casa al mare. Così aveva detto.

Un'altra fuga?

Tutto in questa storia era sfuggente, incomprensibile a occhio nudo.

QUESTO era l'inferno a cui le donne in questa situazione erano sottoposte. Una terribile combinazione di colpa, terrore, controllo e possesso.

Non riusciva a non pensarci.

Rivendicare il diritto di vivere di una donna. Esattamente questo.

Il controllo sulla vita di una donna. Ecco.

Esitò un secondo pensando al caso specifico di Anette.

Hans Forsblad non mollava la presa, non MOLLAVA il controllo.

Niente lo fermava. Si teneva alla larga, ma C'ERA sempre. Aneta Djanali aveva visto il suo sguardo, quando l'aveva guardata negli occhi.

Mancavano due cose da casa sua.

L'aveva notato mentre aspettava che arrivassero i colleghi da Lorensberg, o mentre erano lì.

La conchiglia sulla mensola all'ingresso, vicino al telefono. Era grossa e quasi trasparente, con una punta di blu. Aneta Djanali l'aveva trovata in una baia fuori da Särö. Era su quella mensola da due anni, non l'aveva mai spolverata. Si vedeva il segno di polvere sottile dov'era stata poggiata.

E Kontomé. La maschera di Kontomé era sparita dal muro d'ingresso.

Chi poteva avere interesse a rubarla? Non aveva nessun valore reale.

Kontomé era lì per mostrarle la via verso il futuro.

La persona che si era introdotta nel suo appartamento le aveva rubato due oggetti molto personali.

E lei sapeva benissimo di chi si trattava.

Le era sembrato che Anette avesse il fiato corto, in sottofondo si sentiva il rumore del motore.

«Sarà terrorizzata», disse a Halders avvolgendosi ancora di più nella coperta.

Lucinda Williams cantava a squarciagola di vite interrotte e promesse infrante.

«Possiamo cambiare musica Fredrik? Quella voce mi fa venire la pelle d'oca. E già ho freddo.»

Halders sfornò la quiche e uscì dalla cucina. Lucinda Williams venne interrotta a metà della canzone sulle *half broken sentences*. Dopo dieci secondi di silenzio partì una melodia luminosa e leggera.

«I Beach Boys possono andare?» disse Halders tornando in cucina. «Sono abbastanza caldi e soleggiati per te?»

«Almeno all'apparenza.»

«Li conosci bene i Beach Boys?» le chiese Halders.

«No», disse ascoltando. «Però si sente che c'è qualcosa di profondamente sballato in questi ragazzi, sotto quei toni soleggiati.»

«Hai perfettamente ragione», disse Halders. «Ma cosa importa? Apprezziamoli per due minuti e mezzo, fino alla fine della canzone.»

Aneta Djanali non riuscì ad apprezzarli. Continuava a vedere davanti a sé il viso di Anette Lindsten.

«È in costante movimento fra un indirizzo e l'altro, costantemente in fuga.»

Halders annuì.

«È la solita storia.»

«Però ha sempre la sua famiglia», disse Aneta Djanali.

«Dici?»

«Non sembra darle la protezione e il sostegno di cui avrebbe bisogno.»

«Non è l'unica a tenersi alla larga», disse Halders.

«Cosa intendi?»

«Suo padre. Abbiamo scoperto il suo giro d'affari grazie a lei. Di certo non si aspettava che tu ti saresti presa così a cuore questa storia. Probabilmente nemmeno che tu ti presentassi al suo appartamento... L'appartamento di Anette.»

«Affari?»

«È chiaramente invischiato in questo giro di merce rubata. Ma non l'avremmo mai scoperto se non fosse stato per la figlia.»

«Credi che lei lo sappia? Credi che sia anche per QUESTO che ha paura?»

«Forse è proprio di QUESTO che ha paura», disse Halders. «Ha paura che il padre creda che lei ci confessi tutto», disse mettendo in tavola la quiche, una scodella d'insalata e i condimenti. «Forse sono gli affari loschi del padre… da cui sta fuggendo», continuò Halders. «Ci sta tenendo lontani dalla figlia. E dai suoi problemi. E da suo marito, Forzblatt. E da sua sorella. E via dicendo.»

«Sì», disse Aneta Djanali. «Ma non è del padre che ha paura. Di questo sono certa. Ha paura delle minacce di Forsblad.»

«Perché non lo dice chiaro e tondo allora?»

«Penso che stia cercando di dircelo», disse Aneta Djanali. «Siamo noi che non la ascoltiamo con la dovuta attenzione.»

«E adesso è diretta alla casa al mare?»

«Così ha detto.»

«Mi sembri dubbiosa», disse Halders servendole una fetta di quiche al prosciutto e formaggio.

«Sì… È che non si fida di nessuno. Nemmeno di me.»

«Perché sta andando proprio alla casa al mare?»

«Forse lì si sente al sicuro.»

* * *

Quella notte sognò di guidare lungo una strada stretta, in mezzo a un boschetto. Gli alberi venivano illuminati dai fari dell'auto. Era buio, ma sapeva di essere vicina al mare che era tutt'uno col cielo.

Il canto di una donna si confondeva con il rumore delle onde che rotolavano sopra di lei. Perfino in sogno, dove le cose più assurde sono plausibili, pensò che ci fosse qualcosa di strano. Come faceva il mare a essere sopra di lei?

Nel fascio di luce vide sua madre. Cercava di dirle qualcosa di incomprensibile, facendole segno di fermarsi.

Era la prima volta che sua madre le compariva in sogno.

Ora guidava lungo la spiaggia. Sua madre le fece di nuovo segno di fermarsi, mettendosi davanti alla macchina.

Improvvisamente era circondata dall'acqua! Cercò di urlare, non riusciva a RESPIRARE.

Nel tentativo di emettere un urlo si svegliò. Si sentì avvolgere da un caldo abbraccio e dalla voce di Fredrik.

Macdonald parcheggiò nella piazza ai piedi del Seafield hotel. La città si sviluppava in forte pendenza verso il mare. Winter osservò le mastodontiche strutture in ferro sospese sopra la parte alta di Cullen, alla luce fosca del tramonto. A distanza quei cavalcavia sembravano delle cattedrali longitudinali.

«Imponente», disse prendendo la valigia.

«Sono d'accordo», disse Macdonald. «Peccato che i treni abbiano smesso di passare.»

C'erano più di due camere libere al Seafield Hotel, ora che la stagione era finita.

L'edificio era in pietra chiara. Si trattava di una vecchia locanda. La reception era in mogano laccato, oro, argento e una fantasia tartan che probabilmente corrispondeva a quella del clan d'origine dei vecchi proprietari, la famiglia Campbell, sui toni del blu e del nero e del verde: i colori del mare, che si intravedeva in fondo alla strada.

Herbert Campbell gli chiese con discrezione se avessero già dei programmi per la serata, in caso contrario potrei consigliarvi il ristorante dell'albergo? Volentieri. Prenotarono un tavolo per le otto.

Si fermarono al bar per una birra prima di salire in stanza.

«Imponente», disse di nuovo Winter.

Non solo per la lucentezza del legno del bancone o per i mobili in pelle o per il camino o per i quadri appesi alle pareti. Soprattutto per le bottiglie schierate elegantemente sulle mensole dietro al bancone.

«241 tipi di whisky», disse la barista.

«Inizia a pensare a quale scegliere per l'aperitivo», disse Macdonald.

Una volta in stanza Winter telefonò ad Angela.

«Siete riuscite a trovare un albergo?» disse guardando fuori dalla finestra, verso il mare e le casette in pietra affacciate sul porto.

«Sarah ha scovato un posto fantastico», disse Angela. «Da qui si vede il castello.»

«Da qui si vede il mare», replicò Winter.

«Come vanno le ricerche?»

«Non so.»

«Avete trovato qualche traccia che vi conduca a John Osvald?»

«Forse», disse Winter sdraiandosi sul letto. Il materasso era duro, ma non troppo. Dalla finestra vedeva il tetto dell'edificio di fronte, c'era un gabbiano appollaiato sul comignolo. «È come se fosse stato qui, come se fosse rimasto... Non so se capisci cosa intendo. Abbiamo addirittura parlato con un signore che lo conosceva ALLORA, che dice di averlo visto di RECENTE.»

«Ottimo.»

«Comunque non penso che lo troveremo», disse Winter.

«Comunque guardati alle spalle», disse Angela.

«Anche tu.»

«Domani pensavamo di prendere il treno per quel paese nelle Highlands.»

«Anche noi, ci vedremo per cena. Una bella rimpatriata.»

«E stasera cosa farete?»

«Ceniamo», disse Winter cambiando posizione. «Assaggerò quella famosa zuppa, la *Cullen skink.*»

«Non suona bene.»

«Steve mi ha già avvertito, dev'essere disgustosa.»

«Allora non capisco perché tu la debba provare.» Si sentì un rumore, una porta che si apriva, la voce di un uomo, la voce di una donna. «Ops, è arrivato il servizio in camera, con una buona bottiglia di bianco.» A Winter parve di sentire la voce di Sarah Macdonald in sottofondo.

«Hai parlato con Elsa?» chiese.

«Solo due volte questo pomeriggio.»

«Ho provato a chiamare, ma non ha risposto nessuno. Né a casa né al cellulare.»

«Sono andate al cinema.»

«Ok, richiamerò più tardi. Ci vediamo domani, baci e abbracci.»

Restò disteso sul letto pensando all'espressione confusa di Arne Algotsson mentre pronunciava il nome di quella zuppa scozzese.

Si sedette massaggiandosi la spalla, che si era irrigidita durante il lungo viaggio in macchina. In realtà il suo corpo aveva bisogno di molto più di un massaggio ora che aveva passato i quaranta.

Qualcuno bussò alla porta.
«Sì?»
«Una passeggiata prima di cena?»

Camminarono lungo Seafield Street in direzione sud, attraversarono Bayview Road e proseguirono giù per le scale che portavano al gruppetto di casette che Winter aveva visto dalla finestra.
Passeggiarono lungo le strade strette di Seatown. Le vie erano senza nome e i numeri civici non seguivano una logica.
«Penso che i numeri corrispondano all'ordine in cui sono state costruite», disse Macdonald.
Passarono davanti alla chiesa metodista.
Più avanti lungo la strada c'era una cabina telefonica, antiquata come quella di Pennan.
Scesero per gli scalini di pietra che portavano alla baia. La bassa marea aveva lasciato le barche in secca, riverse con le chiglie lucenti come la pancia di un pesce. Ormai si era fatto buio, il cielo era blu tendente al nero. La luna brillava pallida. Le case di Seatown brillavano di luce propria. Una fila di vestiti stesi ad asciugare li salutavano sventolando le maniche.
«Dov'è la gente?» chiese Winter.
Tornarono indietro, ripassando davanti alla chiesa e alla cabina telefonica e a una casa nera che sembrava potesse crollare da un momento all'altro. La tenda di una delle finestre si mosse. Chi non sarebbe stato curioso?
Incontrarono un bambino sui dieci anni in pantaloncini corti e cappellino, sembrava uscito dagli anni Cinquanta. Tutto qui sembrava uscito dagli anni Cinquanta, in alcuni casi perfino dal 1850.
Winter pensò all'odore che c'è in quasi ogni casa inglese, l'odore del tempo.
Risalirono le scale e girarono a destra sulla Bayview camminando all'ombra del cavalcavia, poi svoltarono a sinistra su North Castle Street.
«Un goccio prima del ritorno?» disse Macdonald guardando l'orologio davanti al pub Three Kings.
«Certo», disse Winter.
Era buio all'interno, le finestre erano piccole e non avrebbero

fatto entrare molta luce nemmeno in un giorno di sole. C'era una donna di mezz'età dietro al bancone, evidentemente tutti i baristi di Cullen sono donne.

C'era un uomo di spalle seduto a uno dei tavoli vicino alla finestra, indossava un berretto fatto a maglia. Pescatore, pensò Winter.

Macdonald ordinò due bicchieri di *ale*, la donna li servì tenendo d'occhio l'uomo col berretto seduto alla finestra, non si era mosso dacché erano entrati.

«*Skaal*», esclamò Macdonald alzando il bicchiere.

Winter non riusciva a distogliere lo sguardo dalla schiena di quell'uomo magro, ricurvo e immobile. Il bicchiere di whisky che aveva davanti era vuoto. Sembrava congelato. Uno dei tanti che congelano in queste cittadine sulla costa, che lentamente si consumano sotto il vento e il sale. L'economia era naufragata insieme al commercio del pesce. Steve bevve un altro sorso. Aveva di che ringraziare il suo bisnonno che aveva lasciato la costa, altrimenti probabilmente avrebbe fatto la stessa fine di quello lì. D'altra parte anche Winter era nato e vissuto sulla costa, ma lui proveniva da un altro mondo.

Per tradizione gli ospiti del Seafield venivano fatti accomodare al bar in attesa che il tavolo fosse pronto.

Winter e Macdonald non avevano nulla in contrario, si sedettero nelle poltrone vicino al camino e ordinarono un aperitivo.

«Cosa ne dici di uno Springbank? Invecchiato ventuno anni, chiaramente», gli chiese Macdonald.

Winter annuì accendendosi un Corps.

Gli parve di riconoscere la melodia della musica in sottofondo, *Galveston* di Glen Campbell. Doveva essere un caso, o il cantante poteva davvero essere un lontano parente dei proprietari dell'albergo?

Glen come in Glen Deveron, Glen Dronach, Glen Elgin, Glen Garioch, Glen Keith, Glen Mhor, Glen Morey, Glen Ord, Glen Spey, Glen Scotia, Glen Rothes, i migliori distillati provenienti dalle riserve più esclusive.

Il cameriere gli si avvicinò porgendogli un elegante menu scritto a mano e la lista dei vini.

C'erano altri ospiti al bar: una giovane coppia sul divano vicino alla finestra, due coppie più mature attorno al tavolino al centro della stanza, un uomo solo al bancone.

La barista arrivò con i loro due whisky, due bicchieri di seltz e una piccola caraffa d'acqua.

Macdonald aggiunse un goccio d'acqua al suo whisky. Winter aspettò. Bevvero un sorso. Divino. Una carrellata di sapori: sherry, toffee, alghe, erba, torba... Per finire con un tocco di cocco. Un gusto complesso.

Winter ordinò una *Cullen skink* come antipasto e trovò il sapore di nasello affumicato bollito con patate, latte e cipolle piuttosto buono. Steve lo osservava divertito mangiandosi la sua porzioncina di *bouillabaisse*. Winter ripensò ad Arne Algotsson. Come mai gli era rimasto in mente il nome di questo piatto? Come mai proprio la parola *Cullen skink*? Si riferiva principalmente alla città? Che cosa aveva significato Cullen per lui? Ci era mai stato? Qual era la connessione? Qualcuno gliel'aveva nominato di recente?

Anche la sala da pranzo era caratterizzata dai colori scozzesi e dal legno laccato. Nel menu c'erano piatti innovativi a base di ingredienti tipici della tradizione scozzese. Macdonald sorrise leggendo le proposte:

Aringhe grigliate con porridge saltato.

Sanguinaccio in crosta con cavolo e glassa alle mele.

Carne di cervo e sanguinaccio.

«Questo è nulla in confronto al Caledonian al Brentwood Hotel di Aberdeen», disse. «Loro sono i più innovativi della Scozia, con il gallo cedrone ripieno di haggis e il loro filetto di pollo al sanguinaccio e sugo al pomodoro.»

«Complimenti Steve, mi stai facendo passare l'appetito», disse Winter ordinando il secondo, merluzzo ai ferri con pesto e aglio. Macdonald prese una bistecca. E del vino.

«Mi sarei aspettato di ricevere una telefonata da Craig», disse posando il bicchiere.

«Mmm.»

«Tre conversazioni», disse Macdonald. «Due donne.»

«Sappiamo che Johanna gli ha telefonato due volte», disse Winter.

«Cosa che Craig dovrebbe poter verificare», replicò Macdonald. «Inclusa la terza.»

«Non credo che riusciremo a risalire al numero», disse Winter.

«Perché no?»

«Loro avranno fatto in modo di non lasciare tracce.»

«Loro chi?»

Bella domanda, pensò Winter sorseggiando il suo vino.

Loro chi?

Un pescatore sopravvissuto e una donna che ha telefonato per conto suo.

Oppure un vecchio conoscente di Axel Osvald che era stato in questa zona altre volte. Forse una nuova conoscenza.

Arrivò da mangiare, assaggiarono. Era buono.

La giovane coppia, precedentemente seduta al divano del bar, si alzò dal tavolo. La ragazza sorrise timidamente e Winter la salutò con un cenno. Il ragazzo si voltò. Di profilo assomigliava a John Osvald nella fotografia sbiadita. La mente di Winter cominciò a unire i puntini. Il profilo del ragazzo, il profilo di Osvald, le pareti dell'albergo, pareti rosse, una scala che...

«DIO!» esclamò improvvisamente. Macdonald si bloccò con la forchetta a mezz'aria e il resto degli ospiti si voltò verso di loro. «L'ho visto!» disse Winter.

Macdonald abbassò la forchetta. «Cosa Erik? Sei improvvisamente diventato religioso?»

«Osvald! Era là!» disse Winter e Macdonald posò la forchetta.

«Dove?»

«Come si chiamava quella città... Buckie vero? Dove stavamo cercando la Corolla verde.»

«Esatto, Buckie.»

«E dove abbiamo bevuto il tè in quel vecchio albergo.»

«Il Cluny Hotel, sì.»

«E siamo andati su per la scalinata.»

«Certo. E poi siamo scesi», disse Macdonald sorridendo.

Winter gesticolò con la mano come se avesse voluto spazzare via il commento di Macdonald.

«Penso che fosse quando siamo saliti... Guardando quelle fotografie incorniciate lungo la scalinata.»

«Le foto dei pescherecci», disse Macdonald.

«Non solo», disse Winter che ora ci VEDEVA, chiaramente e senza dubbio alcuno. «Una di quelle foto rappresentava la folla intorno al monumento ai caduti fuori sulla piazza. E mi ricordo di aver letto che fu scattata intorno alla fine della Seconda guerra mondiale. La piazza è gremita, ma c'è un ragazzo con un cappellino in primo piano, lo si vede di profilo ed è Osvald! È lo stesso viso della foto che abbiamo noi, lo stesso profilo. Se solo il mio inconscio si fosse svegliato un po' prima. È stato quando ho visto quel ragazzo alzarsi dal tavolo che ho capito.»

«Alla fine della guerra», disse Macdonald. «Osvald è sparito quattro anni prima.»

«Era lui nella foto, ne sono certo.»

«Sì...» disse Macdonald. «Adesso è un po' tardi per tornare indietro.»

«Sarà la prima cosa da fare domani mattina.»

Winter aveva lasciato la finestra socchiusa, ora c'era profumo di mare in camera. Ringmar gli telefonò quando stava per infilarsi a letto.

«Non c'è nessun peschereccio di Styrsö che porta il nome di "Mariana".»

«Lo immaginavo», disse Winter.

«E non c'è nemmeno un pescatore di nome Eriksson.»

Passò una notte tormentata, densa di sogni spiacevoli. Dove tutti avevano paura, lui stesso aveva paura.

Prima di cena aveva telefonato a Elsa, durante il suo prossimo viaggio si sarebbe portato la sua voce registrata su un nastro, anzi, non avrebbe mai più viaggiato senza di lei.

Sognò l'acqua, un'acqua nera. Vide un viso sommerso, senza occhi. Nonostante fosse illuminato, non riusciva a distinguere chi fosse.

Era qualcuno che aveva conosciuto.

Si svegliò all'alba, assetato. Scostò la tenda e vide il mare, gli sembrò di sentirlo, i gabbiani strillavano. C'era un furgone nero parcheggiato di fronte all'ufficio postale. Ripensò ai sogni che aveva avuto quella notte, gli era rimasto dentro un senso di disagio, anche ora che era sveglio da un po'. Bevve un bicchiere d'acqua. Fu tentato di concedersi un sorso di whisky, ma si astenne. Un nuovo giorno stava iniziando.

Sarebbe stata una giornata molto insolita.

Ebbe la sensazione che la giornata che stava per iniziare sarebbe stata l'ultima. Perché? Era come un sogno dove le verità che nessuno vuole sentire finalmente vengono a galla.

50

Partirono dopo colazione. Anche Macdonald aveva dormito male. E non per colpa del whisky. Era qualcos'altro. Era questa città. Qualcosa che c'era qui.

Si poteva chiamare intuizione. Una sensazione, a volte immediata, di SAPERE qualcosa pur senza averne le prove. Era la più frustrante, ma a volte quella decisiva. L'intuizione ce l'avevano entrambi. Un poliziotto criminale senza intuizione è tutto fumo, alla pari di un nasello affumicato.

Buckie non era poi così distante. Avrebbero potuto prendere un taxi la sera prima, ma Winter aveva preferito andarci a mente riposata. Non era più stanco, la spiacevole sensazione del risveglio era sparita.

Guidarono lungo la strada costiera passando per Portknockie, Findochty, Portessie. Era una mattina tranquilla, il mare era calmo, una nave faceva equilibrismo sulla linea dell'orizzonte illuminata dal sole. Non c'erano nuvole. Era la mattina più bella che Dio avesse creato.

Il Cluny Hotel era illuminato dal sole. Macdonald parcheggiò di fronte al Buckie Thistle Social Club, un gruppetto di scolaretti gli passò davanti. Uno dei bimbi aveva un pallone sottobraccio.

Nella lobby c'era un'addetta alle pulizie in grembiule, che aspirava la polvere. Stava giusto iniziando a passarlo sulla scalinata quando Winter e Macdonald la superarono con un saluto. Winter aveva con sé la vecchia fotografia del profilo di Osvald.

Salì lentamente. Di scalino in scalino. Di cornice in cornice, ognuna delle quali conteneva la storia della città in bianco e nero. Il Cluny Hotel conservava il passato di Buckie sulle pareti in velluto rosso. Immagini di alberi maestri, foreste di alberi maestri. Si era sbagliato? Aveva visto qualcos'altro? Da qualche altra parte?

Guardò nuovamente la foto del giovane Osvald, scattata in una bella giornata in un'isola dell'arcipelago svedese. Forse Osvald era stato immortalato di profilo mentre distoglieva lo sguardo dal sole.

«Qui ce ne sono un migliaio», disse Macdonald davanti alla fotografia a tre scalini dal piano ristorante.

Winter analizzò l'immagine, la piazza, Cluny Square, era gremita. Tutti pigiati intorno al monumento, il Buckie War Memorial risalente al 1925 in memoria dei caduti della prima grande guerra.

Questa foto era stata scattata nel 1945, Winter lesse il cartellino accanto alla cornice: «Gli abitanti di Buckie festeggiano la fine della seconda grande guerra intorno al monumento». C'era la data, era un giorno feriale, un giorno di sole, lo si intuiva dalle ombre che si proiettavano sul mare di gente. Winter osservò attentamente i soggetti in primo piano, in particolare l'uomo col berretto che distoglieva lo sguardo, come a evitare il sole. Era John Osvald.

«Sì, è lui», disse Macdonald.

Winter confrontò i due visi, non c'era dubbio.

«Sì», disse di nuovo Macdonald. «Non c'è dubbio.»

«Questo però non ci dice che sia ancora in giro», disse Winter.

«In giro, dove?» disse Macdonald.

«In giro, vivo.»

Uscirono in piazza, l'incisione nella pietra è per sempre: I Loro Nomi Resteranno Per Sempre Nei Nostri Ricordi.

C'erano due anziani seduti sulla panchina davanti all'edificio che dava sulla piazza. Sembravano essere gli stessi della prima volta. Winter si avvicinò a leggere l'insegna sull'edificio: Struan House – Casa di riposo. Si rivolse ai due anziani domandandogli se si trovassero in questa piazza durante i festeggiamenti per la fine della guerra. Silenzio. Macdonald tradusse la domanda in scozzese. Gli chiesero perché volessero saperlo. Macdonald glielo spiegò e Winter gli mostrò la fotografia. La osservarono scuotendo la testa.

«Sareste così gentili da seguirci in albergo a dare un'occhiata alla foto che c'è appesa al muro?» gli chiese Macdonald.

Accettarono con titubanza.

Salirono le scale senza grosse difficoltà.

«Quando sarà stata appesa qui questa foto?» chiese uno di loro osservandola con attenzione.

«C'ero anch'io in questo mare», disse l'altro indicando il mare di folla intorno al monumento.
«Io non ti vedo, Mike.»
«Purtroppo non mi ricordo in che punto mi trovassi.»
«Lui lo riconoscete?» chiese Macdonald indicando Osvald.
«Sarebbe lo stesso dell'altra foto?» chiese Mike.
«Mi dica lei», disse Macdonald porgendogli l'altra foto.
«Pare proprio di sì», disse Mike. «Ma per me è uno sconosciuto.»

Macdonald e Winter si misero in macchina. Il pub di fronte stava aprendo, le sedie erano ancora rovesciate sui tavoli, un raggio di sole illuminava il bancone. Winter aveva sete.
«Siamo arrivati a un buon punto, mi sembra», disse Macdonald.
«Ci dobbiamo accontentare? Ne hai abbastanza?» disse Winter.
«Cos'altro possiamo fare?» replicò Macdonald. «Dove andiamo?»
«Non so», disse Winter. «E il tempo stringe.»
«Le ragazze hanno il treno tra qualche ora.»
«Conviene avviarci anche noi verso le Highlands», disse Winter.
Macdonald osservò il proprietario del pub impegnato a disporre le sedie. Indossava gli occhiali da sole, che brillava forte tra le case alle spalle di Winter e Macdonald.
«Sento che ci siamo vicini», disse Macdonald. «Lo senti anche tu?»
Winter annuì.
«Siamo sulle tracce del suo passato», continuò Macdonald.
«Forse anche quelle del suo presente», replicò Winter.
«Tracce vecchie e tracce nuove», disse Macdonald mettendo in moto. «Potremmo passare per Dufftown così potrai acquistare un paio di bottiglie alla distilleria di Glenfarclas.»
In quel momento squillò il cellulare di Macdonald, impiegò quattro squilli a tirarlo fuori dalla tasca della giacca di pelle.
«Sì? Buongiorno a lei, commissario Craig.»
«Mi scuso per l'attesa», disse Craig. «Ho fatto fatica a convincere le autorità dell'urgenza della richiesta.»
«Capisco.»
«Non trattandosi di omicidio, insomma.»
«Almeno non tecnicamente.»
«A ogni modo, ora ho i tabulati», disse Craig. «Due delle telefo-

nate al Glen Islay B&B di Ross Avenue sono state effettuate da un abbonamento di rete fissa svedese, con prefisso 31.»

«Dalla figlia», disse Macdonald. «Johanna Osvald.»

«Esatto», disse Craig sfogliando tra le carte. «Non sono arrivate molte telefonate al Glen Islay essendo in bassa stagione, ma una di queste potrebbe essere interessante... Almeno particolare. Ed è arrivata nei giorni in cui Axel Osvald era ospite al B&B.»

«Sì?»

«Proviene da una cabina telefonica», disse Craig.

«Ottimo», disse Macdonald.

Attraverso le cabine telefoniche, non essendo mobili come i cellulari, si può risalire con precisione al luogo d'origine della chiamata. In certi casi è possibile mettere sotto sequestro l'intera cabina per le analisi del caso.

«Si trattava di una donna», disse Macdonald. «Almeno secondo la signora del B&B.»

«Chiunque abbia effettuato la chiamata», disse Craig. «Si trovava a Cullen. Ci sei mai stato?»

«A Cullen?!»

«Sì.»

«Ci torniamo immediatamente.»

51

Aneta Djanali stava tornando a casa. Era una bella giornata, bellissima. Il cielo sopra i tetti di Göteborg era azzurro e il vento profumava di fresco. Dopo aver collaudato la nuova serratura, percorse velocemente il corridoio andando direttamente in camera da letto. Si tolse la camicetta e la canottiera. Stava per slacciarsi la cintura, ma si PIETRIFICÒ nel gesto. Riabbottonò la camicetta col cuore che le batteva forte. Che cosa aveva visto? Anzi che cosa NON aveva visto?

Si avviò lentamente verso l'ingresso.

La conchiglia.

La conchiglia era tornata al suo posto!

Si avvicinò, senza toccarla.

Sentì un rumore, passi a piedi scalzi.

«Non pensavo che saresti tornata così presto», disse Susanne Marke a piedi nudi nel SUO appartamento!

«Che... cosa ci fai qui?» disse col cuore che le martellava nelle orecchie.

«Ti aspettavo», rispose Susanne Marke con una strana espressione. «Prima o poi dovevi tornare a casa.»

«Per... Perché?» era l'unica domanda che avesse senso in quel momento.

«Non hai ancora capito?»

Aneta Djanali non riusciva a muoversi. Susanne Marke sembrava tranquilla e disarmata.

«Cos'è che dovrei capire?» chiese Aneta Djanali.

Susanne Marke scoppiò in una stridula risata.

«Di me e Anette!»

«Tu e Anette?»

«Perché credi che tutti tacciano?» disse Susanne Marke avvicinandosi di qualche passo. «Anette compresa. Perché secondo te?»

«Non capisco cosa tu voglia da me», disse Aneta Djanali. «Ti sei introdotta in casa mia. È un crimine che...»

«Me ne SBATTO altamente!» urlò Susanne Marke facendo un altro passo avanti. «Così come me ne sbatto di tutti. Perché credi che il mio caro fratello non riesca a lasciare in pace la sua mogliettina, eh? O perché il caro padre voglia tenere tutto nascosto? Eh? Eh?»

«Hai fatto di tutto per proteggere Hans Forsblad», disse Aneta Djanali.

«No, affatto», disse Susanne Marke. «Ma non ho potuto RIVELARE tutto. Dovevo pensare ad Anette, adattarmi alla sua volontà.»

«Dov'è ora?»

«Non ce la fa più, poverina», disse Susanne Marke. Anche lei sembrava esausta.

«Chi è Bengt Marke?» chiese Aneta Djanali.

«È il mio ex marito. Non ha niente a che vedere con questa storia.»

«È il proprietario dell'auto che guidi.»

«Me l'ha regalata. Credimi, lui non c'entra niente, non abita nemmeno in Svezia.»

«Dov'è Hans? Tuo fratello?»

«Voleva parlare con lei un'ultima volta. Ho cercato di dissuaderlo.»

«Dove sono?»

«Anette voleva fargli capire, per l'ultima volta...»

«Non ci credo», disse Anette Djanali.

«Però credi al fatto che ci sia qualcuno in grado di introdursi in casa tua quando gli gira?» chiese Susanne Marke.

«E tu ne sei la prova vivente», disse Aneta Djanali.

«E l'altra volta?» disse Susanne Marke. «Chi è entrato l'altra volta? Non io», disse indicando la conchiglia. «Te l'ho riportata. Ce l'aveva mio fratello. Mi credi adesso?»

«Sì... Ma questo non spiega... Non capisco la logica di quello che mi stai dicendo», disse Aneta Djanali.

Susanne Marke continuò a fissare la conchiglia, come se avesse potuto dire qualcosa. Emetteva un suono, il suono del mare, pensò Aneta Djanali.

Le chiese di Kontomé. «C'era una maschera appesa qui, l'immagine di uno spirito africano.»

Susanne Marke non sembrava sapere a cosa si riferisse.

«Mi ha prestato gli strumenti appositi», disse Susanne Marke. «Con questi ci si può introdurre dappertutto», disse guardando Aneta Djanali negli occhi. «Da chi li ha avuti secondo te?»

«Posso immaginare.»

«Sono laggiù adesso», disse Susanne Marke. «Non va bene.»

«Cosa non va bene?»

«Lui non ci sarebbe dovuto andare, lei non ci sarebbe dovuta andare», disse con tono sommesso, sembrava un'altra. «Potrebbe succedere qualcosa.»

Aneta Djanali prese il telefono, chiamò casa dei Lindsten a Fredriksdal, nessuna risposta. Provò alla casa al mare e sul cellulare di Anette, nessuna risposta.

Bisognava prendere una decisione, immediatamente.

Susanne Marke era sinceramente preoccupata. Il puzzle di tutta questa storia l'avrebbero ricomposto più tardi, ora bisognava agire. Agire velocemente.

«Sei sicura che siano alla casa al mare?»

«Sono là.»

«In quanti?»
«Hans e Anette.»
Aneta Djanali si mise la giacca, Susanne Marke rimase immobile.
«Non vieni?» le chiese Aneta Djanali.
«Dove?»
«Là», disse Aneta Djanali infilandosi gli stivali di pelle.
Susanne Marke si guardò i piedi scalzi, andò in cucina e tornò con un paio di scarpe da ginnastica grigie.
«Certo che vengo.»
Aneta Djanali chiamò Halders dalla macchina e gli spiegò tutto.
«Resta a casa», le disse lui.
«Susanne dice la verità», disse Aneta Djanali.
«Non importa, può essere pericoloso.»
«C'è lei con me.»
«A proteggerti?!»
«Non farò nulla di azzardato», disse Aneta Djanali. «E comunque sono armata.»
Halders borbottò qualcosa.
«Cos'hai detto Fredrik?»
«Dove siete adesso?»
«Sulla circonvallazione. Vedo lo skyline di Frölunda», disse Aneta.
«Dov'è esattamente questa dannata casa al mare?»
Gli diede le indicazioni per arrivare in quel dannato posto.
«Arrivo», disse Halders.

52

Portessie, Findochty, Portknockie. Winter e Macdonald percorsero la strada che avevano fatto poco prima, all'inverso. La giornata era ancora splendida, *bigger than life*. La Cullen Bay era deserta, e pensare che un paio di mesi prima ci saltavano i delfini.

Passarono sotto il cavalcavia che proiettava lunghe ombre sulla città, come le braccia o le gambe di un gigante. Come le cattedrali che esercitano la loro influenza su tutto il Moray e l'Aberdeenshire.

A Seatown regnava l'immobilità. Il sole dava alle casette un'inclinazione particolare.

Macdonald aveva parcheggiato vicino a Cullen Sands. Davanti si apriva il mare la cui acqua "non ha mai fallito i test della UE", come diceva il cartello sulla spiaggia.

C'era una figura in fondo alla spiaggia, una sagoma lontana, un'ombra.

Camminarono per le strade senza nome che tagliavano la città, passando davanti alla chiesa metodista e la casa coi panni stesi.

Da lì non si vedeva il porto.

La cabina telefonica era ancora rossa e ancora nello stesso punto del giorno prima.

Il sole illuminava le crepe nel legno rosso. La porta era socchiusa.

Winter e Macdonald guardarono dentro, il telefono era funzionante, c'era anche l'elenco telefonico. Nessuna scritta coi numeri di telefono delle prostitute, nessuna puzza di urina, nessuna lattina di birra o vetri rotti.

«Questa cabina è un esemplare unico», disse Macdonald.

«Siamo tutti unici», replicò Winter.

«Cosa stai dicendo?» chiese Macdonald.

Winter non rispose, si guardò intorno.

«Lui abita qui. Qui a Seatown.»

«Mmm», disse Macdonald.

«In questa città fantasma si può sparire per una vita intera», disse Winter.

Macdonald annuì, era assolutamente vero.

«Qual è il piano? Iniziamo a bussare di porta in porta?» chiese Macdonald.

«Forse ci sta aspettando armato, con una Luger di contrabbando», rispose Winter.

Macdonald non sorrise, non c'era nulla da scherzare.

«Perché dovrebbe?» si limitò a dire.

«Perché stiamo sviscerando i suoi segreti», disse Winter. «Siamo una minaccia.»

«Sì.»

Winter osservò la cabina un'altra volta, era parzialmente in ombra, riusciva a vedere metà della sua immagine riflessa nel vetro.

Si voltò guardando a sud e le case in salita verso Castle Terrace e il cavalcavia e l'altopiano là dietro. Ripercorsero la stessa strada della sera prima. Ripensò al pub in cui erano stati.

«L'uomo immobile lassù al pub», disse Winter. «Un uomo anziano, di spalle. Completamente immobile, te lo ricordi?»

«Forse stava dormendo», disse Macdonald. «Non è insolito nei pub scozzesi.»

«No», disse Winter. «L'ho visto come gli si sono rizzate le orecchie, ascoltava attentamente.»

«C'era qualcosa con quella cameriera», disse Macdonald dopo un po'.

«Lo teneva d'occhio con apprensione», disse Winter.

«L'hai notato anche tu?»

«Ora che me lo fai notare, ma non lo so», disse Winter.

«Poteva essere sua figlia», disse Macdonald.

Winter guardò l'orologio.

«I pub aprono alle undici, andiamo a indagare.»

Aneta Djanali proseguì verso sud, il sole era forte e le mancavano i suoi occhiali scuri. Il cielo era azzurrissimo.

«La sai la strada?» le chiese Susanne Marke.

«Vedremo, ci sono stata una volta sola», disse Aneta Djanali.

«Anch'io», disse Susanne Marke tirando giù la visiera. «Che cosa farai una volta lì?»

«Verificherò che sia tutto a posto.»

Si lasciarono alle spalle la Säroleden, guidando fra i campi illuminati dal sole. Oltrepassata la salita e il boschetto, dove Aneta Djanali aveva parcheggiato la volta prima, avrebbero intravisto il mare. Questa volta non aveva nessuna intenzione di arrampicarsi fra gli alberi.

Aneta Djanali si sentiva stranamente serena guidando attraverso il bosco in compagnia di Susanne Marke. Improvvisamente vide sua madre, in mezzo alla strada, come nel sogno! Frenò bruscamente, le ruote stridettero.

«Cosa ca...» esclamò Susanne Marke, schiacciata contro lo schienale dalla cintura di sicurezza.

Quando Aneta Djanali riaprì gli occhi la strada era deserta, non c'era nessuna donna africana che le facesse segno di fermarsi. Nulla, a parte uno scorcio del mare tra gli alberi.

Il camion che stava sorpassando su Skalldalen sbandò lateralmente, Halders reagì controsterzando. L'auto ruotò di 360° prima di fermarsi sbattendo contro un masso che non si sarebbe dovuto trovare lì, assolutamente non lì. Incredibile, pensò Halders, ho fatto un testacoda e la testa è ancora al suo posto. L'auto era al suo posto, parallela alla direzione di marcia, ma non partiva. E tra un fiume di pensieri assurdi Halders perse conoscenza.

Aneta Djanali parcheggiò davanti alla casa. Tutto era silenzio, nemmeno i gabbiani strillavano. Non c'era vento. Il mare era calmo e limpido come uno specchio, ma non c'erano né barche, né nuvole a specchiarcisi.

Susanne Marke restò in macchina mentre Aneta Djanali andò a bussare alla porta. Non si sentiva tranquilla, non dopo quella strana visione della madre. Bussò di nuovo.

«C'è nessuno in casa?» gridò Aneta Djanali voltandosi verso Susanne Marke, che era rimasta nella macchina parcheggiata all'ombra. In quella stessa ombra si nascondeva un'altra ombra.

Winter e Macdonald attraversarono Bayview Road. Erano le undici e un quarto e la porta del Three Kings era semiaperta.

La donna della sera prima era dietro al bancone ad asciugare i bicchieri. Sarà stata sulla cinquantina, cinquantacinque. Il sole illuminava il pavimento, che era lucido come i bicchieri, e intagliava il legno del bancone con i suoi raggi. La donna continuò a lucidare i bicchieri osservandoli con indifferenza, non parve riconoscerli.

«*Yes?*» disse.

«Due pinte, per favore», disse Macdonald indicando una delle spine sull'altro lato del bancone.

La donna riempì due bicchieri di liquido torbido.

«Mi chiedevo se lei ci potesse essere d'aiuto», le chiese Macdonald mentre pagava.

La donna si pietrificò. Era tesa, sapeva qualcosa, si era tradita da subito, fingendo di non riconoscerli, pensò Winter.

«Stiamo cercando un uomo», disse Macdonald.

«Ah», disse la donna evitando il loro sguardo.

«Un uomo anziano, svedese, di nome John *Oswald*.»

«John *Osvald*», ripeté Winter con una pronuncia svedese.

«Ah», disse indietreggiando. Non sembrava per niente curiosa di saperne il motivo. Cosa le diciamo se ce lo chiede? pensò Winter.

«Crediamo che abiti qui a Cullen», disse Macdonald.

«Si fa chiamare anche Johnson», aggiunse Winter.

«Pensiamo che fosse qui ieri sera, quando siamo passati per una birra», disse Macdonald indicando il tavolo vicino alla finestra.

La donna guardò in quella direzione, come aveva fatto più volte la sera prima. Fuori dalla finestra splendeva il sole, illuminando il tavolo e la sedia.

«Non conosco nessuno svedese», disse restando immobile.

Ha PAURA, pensò Winter. Ha paura di questa storia, ha paura di noi, ha paura di parlare con noi, di rivelare qualcosa... Qualcuno.

«Ha vissuto in Scozia per gran parte della sua vita», disse Macdonald. «Probabilmente non avrà un accento svedese.»

La donna continuò a fissare la finestra, senza nemmeno chiedere il motivo di tante domande. Winter si voltò seguendo lo sguardo della donna rivolto verso il mare, oltre la strada, le case, i tetti di Seatown, oltre il parcheggio e il campo da golf. Winter si avvicinò alla finestra. Sulla parte di spiaggia da questo lato delle Three Kings Rocks intravide una figura, la stessa che avevano notato uscendo dalla macchina. Non sembrava essersi mossa.

Winter si voltò verso la donna, glielo si leggeva in faccia, era tutto chiaro. Macdonald si avvicinò alla finestra e capì.

«È lui», disse Macdonald rivolgendosi alla donna. «È John Osvald, vero?»

La donna restò in silenzio, un silenzio eloquente.

Winter e Macdonald fecero per uscire.

«Una vita di bugie», disse.

«Come?» disse Winter bloccandosi sulla porta.

«Non sopportavo più di vivere nella menzogna», disse continuando a fissare la finestra. «Non lo sopportavo più», disse di nuovo. «E neanche papà.»

«Papà...?» disse Macdonald.
Winter e Macdonald non sapevano cosa dire.
«Ho mandato una lettera.»
«È arrivata», rispose Winter.
La donna volse improvvisamente lo sguardo verso di loro. «Fate attenzione in spiaggia.»

Attraversarono Bayview Road, dalle scale di Seatown si vedeva bene il porto, il molo, la fila di piccoli pescherecci ormeggiati vicino al muro della banchina e un peschereccio più grande ancorato poco più in là. Era blu, come il cielo di questa splendida giornata. Con un nome familiare.

Aneta Djanali notò che il canotto che aveva visto in riva la volta prima era sparito. Significava qualcosa.
L'ombra dietro l'auto si mosse.
«Non ti volevo qui», disse Hans Forsblad uscendo allo scoperto.
«Dov'è Anette?» gli chiese Aneta Djanali.
«*Dov'è Anette? Dov'è Anette?*» la imitò Hans Forsblad.
«Ha diritto di vivere la sua vita», disse Aneta Djanali.
«Non fintanto che tu continuerai a immischiarti», disse Forsblad. «Ti immischi sempre!»
«Sono venuta con tua sorella», disse Aneta Djanali.
«Lo so», le rispose lui con un luccichio negli occhi, non dovuto al sole.
Aneta Djanali fece un passo avanti. «Cos'hai fatto ad Anette?»
Sapeva già la risposta.

Halders aveva ripreso conoscenza. Riusciva a muovere la testa, la sua auto era circondata dai suoi colleghi in uniforme. Nessuna ambulanza, non ne sprecano una per me. Qualcuno era riuscito ad aprire la portiera accartocciata. Uscì barcollando.
«L'ambulanza sta arrivando», gli disse Jansson o Jonsson o Johansson o in qualunque modo si chiamasse quell'ispettore di Frölunda.
«Chi se ne importa dell'ambulanza! Io non ne ho bisogno», disse Halders sempre barcollante. «Che ore sono?»

Il collega gli rispose, Halders cercò di distinguere le lancette sull'orologio che aveva al polso, ma riusciva a malapena a distinguere il polso. Fissò l'uniforme del collega. «Mi dovresti portare in un posto, con una certa urgenza», disse cercando di fare una telefonata, «Aiutami a comporre il numero.»

Winter e Macdonald arrivarono in spiaggia, lasciandosi Seatown alle spalle. A Winter parve di scorgere un luccichio verde metallizzato nel parcheggio del campo da golf.

Si avvicinarono alla figura, piegata e rivolta verso il mare. Era un uomo, si raddrizzò e si mise di profilo. Winter e Macdonald lo riconobbero, era lo stesso profilo.

Li riconobbe, eccoli che arrivano, fianco a fianco. Uno scuro e uno chiaro, uno col giubbino di renna e l'altro con la giacca di pelle. I padroni del mondo, non si sarebbe mai sottomesso a loro.

Quando aveva visto la loro auto laggiù un'oretta prima sapeva che erano tornati per lui, sapeva che sarebbero venuti a cercarlo.

Li stava aspettando.

Doveva essere stato il telefono a tradirlo, lei non l'avrebbe mai fatto, non avrebbe osato. Era fattibile risalire alla cabina telefonica, rintracciare la chiamata? Probabile.

Non avrebbe risposto a nessuna domanda.

Era la sua spiaggia, la sua città, la sua casa, la sua VITA.

Non avrebbe detto nulla.

Avrebbe potuto spaventarli, SPAVENTARLI. Non era ancora finita. Non potevano fargli niente.

Non era rimasto nessuno che potesse dire qualcosa.

* * *

Si fermarono a tre metri dal vecchio, che si voltò verso di loro.

«John Osvald?» disse Winter.

L'uomo li guardò come se fossero stati invisibili, fissando qualcosa alle loro spalle, forse casa sua o il cavalcavia.

«Vorremmo solo sapere se sei John Osvald», disse Winter in svedese.

L'uomo continuò a non rispondere, guardandoli con quello sguardo perso.

«Sei John Osvald?»

«Tu chi sei?» disse l'uomo, in svedese.

«Vengo dalle tue parti», disse Winter. «Ho un messaggio per te.»

L'auto di Jonsson sfrecciò attraverso il boschetto, Halders intravide il mare tra gli alberi. Il collega non era riuscito a contattare Aneta Djanali. Halders fece un altro tentativo, *no reply*. Adesso ne capì il perché: non c'era campo. Tagliarono giù verso la spiaggia e una casa che doveva essere quella dei Lindsten. Halders vide una donna inginocchiata di fianco all'auto di Aneta, era Susanne Marke. Vide Hans Forsblad tuffarsi in acqua e allontanarsi a nuoto. Aneta era in riva, immobile.

Il vecchio era silenzioso, immobile. Tutto era immobile. Non c'erano uccelli, né pesci, né persone. Nulla che li separasse. Erano loro due, soli in questo a tu per tu nordico.

«Che cos'è successo a tuo figlio?» chiese Winter avvicinandosi. «Cos'è successo ad Axel?»

Lentamente lo sguardo del vecchio si fece meno distante, parve ringiovanire.

Era piuttosto alto, ora che si era raddrizzato. Indossava un berretto con la visiera, un maglione di lana grezza sotto una giacca di tweed. C'era qualcosa di voluminoso nella tasca interna. Il suo viso era determinato. Aveva un segno bluastro sulla guancia.

«Cos'è successo ad Axel?» insistette Winter.

«Si stava purificando.»

«In che senso?»

«Si stava purificando dal peccato, di sua volontà. Io non potevo farlo.»

«Non indossava i vestiti», disse Winter.

«Solo chi ha fede in Dio può farlo.» Lo sguardo di Osvald si offuscò. «Qualunque cosa succeda andrà tutto per il meglio per chi ha la fede.»

«I peccati», disse Winter. «Quali peccati?»

«I miei peccati», disse John Osvald.

«Di che tipo di peccati si tratta?» chiese Winter.

Osvald non rispose.

«Riguardano ciò che è successo durante la guerra?» chiese Winter.

Osvald fissò Winter, lo sguardo era tornato limpido.

«Viene il tempo...» disse.

«Come?» chiese Winter.

«Viene il tempo...» disse Osvald che parlava con accento scozzese.

«Il tempo per cosa?» disse Macdonald avvicinandosi a Winter.

No reply.

«Il tempo per cosa?» insistette Macdonald.

«Il tempo di dire...» disse Osvald aprendo le braccia.

La giacca si aprì quanto bastasse perché Winter vedesse, era una...

«Di dire cosa?» chiese Macdonald avvicinandosi.

«Statemi lontano!» gridò Osvald.

«Di dire cosa?» insistette Macdonald.

«Tranquillo, Steve», disse Winter fissando la tasca interna della giacca di Osvald. Si volse verso Macdonald per avvertir...

«Dimmi che cosa devi dire», disse Macdonald continuando a avvicinarsi.

«NOOOOO!» urlò Osvald estraendo la pistola dalla tasca della giacca. Partì un colpo. Vide la Luger con la coda dell'occhio e di riflesso si buttò a terra. Winter non era armato. Un altro colpo, una fontana di sangue, Macdonald cadde a terra, nemmeno lui era armato. Era stato colpito al collo e alla spalla. Il sangue sgorgava, tutto girava. Il cielo e il mare, l'azzurro divenne un tutt'uno. Winter aveva la bocca piena di sabbia, quella dannata sabbia era ovunque. Sentì un rumore di passi provenire dall'ALTRA PARTE e tra la polvere vide comparire Erik Osvald. Sentì un urlo e ancora urla, sapeva perché e si maledisse per aver coinvolto Steve in questa storia, la responsabilità era SUA e di nessun altro. Sarebbe stato costretto a confrontarsi con Sarah, guardarla negli occhi, trovare le parole per spiegare l'accaduto alle gemelle. Sputò la sabbia, sputò di rabbia e si alzò con tutta la forza che aveva in corpo fiondandosi in avanti urlando, urlando, urlando come un pazzo.

53

Dopo tutti i fatti, dopo tutte le parole, Winter si guardò indietro e capì. Tutto aveva un significato. Nuovo, diverso. Tutto era chiaro.

L'identità è in prestito, un ruolo, una maschera. Varcato il confine tra verità e menzogna la luce si offusca fino a diventare buio.

Oh mai il sole vedrà quel domani!
Il tuo viso, mio barone, è come un libro aperto
Dove ognuno può leggere strane cose.
Per ingannare il mondo, assumi il suo aspetto.

Quella sera Winter aveva letto il *Macbeth* fino a tardi, l'aveva trovato in formato tascabile dal giornalaio all'ingresso dell'ospedale di Elgin, dove Macdonald era stato ricoverato d'urgenza. Tra due o tre giorni sarebbe stato trasferito al Raigmore Hospital a Inverness, ma al momento le sue condizioni erano troppo critiche. Ma era fortunatamente fuori pericolo.

Si può dire che Steve avesse avuto fortuna, se la parola fortuna si può usare in questo contesto. Ma non si era trattato di fortuna. Era tutto dovuto a un susseguirsi di eventi, che avevano raggiunto il culmine a Cullen.

Era stata la figlia di Osvald ad aver chiamato il 999 prevedendo ciò che sarebbe accaduto sulla spiaggia. La FIGLIA di John Osvald.

Il suo nome era Anna Johnson, li aveva osservati mentre si avvicinavano al padre. Era rimasta alla finestra guardando la spiaggia, le era bastato vedere suo padre, i due uomini che gli si avvicinavano, Steve che gli si avvicinava troppo.

Era corsa in spiaggia accompagnata dalle sirene dell'ambulanza.

Quando diede l'allarme l'ambulanza era già in zona, proveniva da Macduff diretta a ovest.

Portò Macdonald nel primo pronto soccorso disponibile, due miglia a ovest sulla A96.

Il sangue di Steve aveva macchiato la sabbia di nero, una macchia pesante come la pietra. Con l'alta marea, le onde l'avrebbero sciacquata via.

John Osvald era rimasto immobile sulla spiaggia.

C'era ancora molto da spiegare, ora era muto.

Era in custodia a Inverness, il commissario Craig non l'aveva ancora interrogato.

Suo nipote era rimasto immobile sulla spiaggia, affranto. Winter aveva cercato di parlare a Erik Osvald ancora mentre Macdonald era disteso sulla sabbia, sanguinante. Erik Osvald era piegato su di lui. Winter non sapeva se Steve fosse vivo o morto. Il cuore gli martellava come quei colpi che avevano sentito al cantiere di Buckie. No, non aveva cercato di PARLARE con Erik Osvald, gli aveva URLATO, aveva continuato a urlare mentre ancora gli spari echeggiavano contro le rocce di Cullen, aveva urlato la sua domanda a Erik Osvald, sempre la solita maledetta domanda: PERCHÉ?

Avrebbero ricostruito tutto, ricucito insieme tutto, maglia per maglia.

Erik Osvald si era messo in contatto con suo nonno, non era chiaro quando fosse iniziato il contatto.

Il nipote era ancora profondamente scosso. Ma il peschereccio blu, la *Magdalena*, la barca scintillante dei tempi moderni, era ormeggiata al porto di Cullen, come una prova. C'erano voluti soldi, tanti soldi.

Si era tentato di porre rimedio a una colpa.

Ma alla fine nulla avrebbe liberato John Osvald dalla sua colpa.

Cadde la notte a Elgin. Steve non aveva ancora ripreso conoscenza. La situazione era ancora critica, ma stabile. Winter guardava Sarah Macdonald accanto al letto, attraverso la parete di vetro. Per un attimo ripensò all'ufficio di Craig, a quel cubo di vetro al comando di polizia di Inverness.

Steve e Sarah erano avvolti da una luce blu.

«Usciamo un momento», disse Winter abbracciando Angela.

Tirava un vento forte in strada, ma era tiepido. L'estate indiana continuava. Si vedeva il profilo della cattedrale di Elgin, un rimando ai cavalcavia di Cullen, sopra Seatown.

Winter, Steve, Sarah e Angela erano passati per Elgin, diretti ad Aberdeen, appena il giorno prima.

Steve aveva detto che la cattedrale di Elgin era considerata una delle chiese più belle della Scozia, l'unica che potesse fare concorrenza alla bellezza di Saint Andrews.

Ora ne restava solo uno scheletro, ma la facciata era rimasta la stessa e la sua bellezza pareva immutata nel buio della notte.

Si sedettero su una panchina, in silenzio.

Il telefono di Winter cominciò a squillare, lasciò che squillasse.

«Ti conviene rispondere», disse Angela.

Winter rispose, era Ringmar.

«Come sta Steve?»

«Se la caverà.»

Avevano già parlato nel pomeriggio, appena dopo la sparatoria. Anche Ringmar aveva delle novità, delle novità sconvolgenti. Era stato un pomeriggio turbolento.

«Hai potuto parlare con Aneta?» chiese Winter.

«No, è ancora là fuori a perlustrare la zona.»

«Ci sono tracce?»

«Finora nulla», disse Ringmar. «Abbiamo ritrovato il canotto, ma non Anette.»

«E Forsblad? Non confessa?»

«No. Halders sperava che annegasse, ma alla fine è tornato a riva e da allora non ha più detto una parola.»

«È tutto così assurdo», disse Winter.

«È sempre la stessa storia», disse Ringmar con voce stanca. «Aneta è convinta che l'abbia uccisa, si tratta solo di rinvenire il cadavere.»

«Insistere con le ricerche», disse Winter. «E insistere con gli interrogatori.»

«La sorella di Forsblad se n'è uscita con una storia che lei e Anette Lindsten avessero una relazione, cosa che ha scatenato l'ira del fratello», disse Ringmar. «Tutto falso, secondo il padre di Anette. Lui sostiene che sia solo un modo per giustificare le circostanze.»

«Proprio lui che non sa distinguere tra verità e bugia», disse Winter.

«Ti dirò che in questo caso sono d'accordo con lui», disse Ringmar.

«È un pagliaccio», replicò Winter. «Se non peggio.»

«Sostiene che tenesse da parte i mobili, in quel capannone di Hisingen, per conto della figlia.»

«Santo cielo.»

«Sì, da QUELLA storia non ne uscirà pulito», disse Ringmar. «Quell'uomo è un criminale professionista.»

«Dove si trovava durante la scomparsa di Anette?» chiese Winter.

«Non abbiamo ancora tutti i pezzi del puzzle, ma probabilmente era con la sua combriccola in quella sottospecie di Ikea di Hisingen. Erano tutti là quando il commissario Meijer si è presentato all'ingresso del capannone.»

«Salutami Aneta.»

Stette un momento in silenzio col telefono in mano. Il buio si era fatto ancora più fitto, il profilo della cattedrale era ancora più definito. Aveva tre guglie, tre rocce, tre re. The Three Kings.

Anna Johnson era scesa per le scale di Seatown correndo in spiaggia.

Era il nostro segreto, aveva detto più tardi, anzi il mio segreto.

«Facciamo due passi», disse Angela alzandosi dalla panchina.

Mentre Winter si stava alzando uscirono dall'ospedale Stuart e Eilidh Macdonald. Si avvicinarono, si erano salutati nemmeno ventiquattrore prima. Dallas era ad appena otto chilometri da lì.

«È grazie ai tuoi bendaggi che Steve è arrivato vivo all'ospedale», disse Stuart Macdonald.

Guardò il torace di Winter sotto la giacca di renna. Aveva preso in prestito una maglietta pulita all'ospedale, la valigia coi suoi vestiti era rimasta in macchina dopo il check out dal Seafield Hotel.

«Erano delle bende molto provvisorie», disse Winter.

«Ma ben annodate.» Stuart Macdonald aveva la faccia stanca sotto l'eterna luce blu dell'ospedale, sembrava il fratello maggiore di Steve. «Hanno fermato l'emorragia, almeno non ha perso troppo sangue. Ne è rimasto abbastanza, insomma.»

«Temevo di averle strette troppo, temevo di strozzarlo.»

«Bisogna sempre valutare i pro e i contro», disse Stuart Macdonald sorridendo. «In questo caso è andata bene.»

«Sono stato io a metterlo in questa situazione», disse Winter.
«Come?» disse Eilidh.
«Sono io che l'ho... trascinato fino a quella spiaggia. Se non fosse stato per me non sarebbe successo.»
«Stai dicendo che ti senti in colpa?» disse Eilidh.
«Sì.»
«Lascia che ti dica una cosa: Steve è un uomo adulto», disse. «E non è il tipo che si lascia trascinare da nessuna parte.»
«Concordo», disse Stuart Macdonald. «E poi stavolta se l'è cavata, no?»

Angela e Winter camminarono lungo le strade di pietra fino alla Mansion House Hotel, che da lontano sembrava un castello. Winter inciampò, Angela lo afferrò.
«Ho bisogno di un whisky», disse Winter.
«Hai bisogno di stenderti», replicò Angela.
In camera prese un whisky e si mise a letto. Angela era seduta sulla poltroncina con i piedi appoggiati sopra di lui. La finestra era aperta e il vento tiepido riempiva la stanza di aria fresca. Le luci erano spente.
«Cosa sarà successo là fuori sul mare, durante la guerra?» disse Angela, il cui viso era parzialmente illuminato dal lampione fuori dalla finestra.
«Posso solo immaginarlo», rispose Winter.
«Cosa immagini?»
«Una resa dei conti.»
«Quali conti?»
«Sembrerebbe che John Osvald e il suo equipaggio si dessero al contrabbando, almeno questo è ciò che sostiene il nipote, Erik Osvald. Ma anche lui non sa nulla di certo.»
Winter mandò giù un altro sorso di whisky.
«Non è stato un incidente, vero?» disse Angela. «Il fatto che la barca sia affondata?»
«Non credo.»
«Lo sapremo mai?»
«Non credo.»
«Qualunque cosa sia accaduta è stata sufficientemente orribile da

spingere John Osvald a cambiare identità», disse Angela. «Diventare un altro, abbandonare il suo vecchio io.»

Winter annuì.

«Santo cielo.»

«Ci ha tentato almeno», disse Winter sorseggiando il suo whisky, fresco come il vento che entrava dalla finestra. «Ha lottato coi suoi demoni, ha dovuto confrontarsi col suo Dio.»

«Si è confrontato con suo figlio?» chiese Angela raggomitolandosi nella poltrona.

«Bella domanda», disse Winter.

«Non intendo un confronto fisico», disse Angela.

«No, certo.»

«Cosa sarà successo su quella montagna, a Fort Augustus?»

«A questo ci ho pensato molto negli ultimi giorni», disse Winter.

«Io ho iniziato a pensarci ora», disse Angela. «È difficile non pensarci», disse rabbrividendo. «Ed è difficile pensarci. Capisci cosa intendo?»

«Certo.»

«Penso anche a Osvald e alla sua figlia uscita dal nulla.»

«Non è uscita dal nulla», disse Winter. «Era sconosciuta a noi, ma questo non significa che fosse una sconosciuta.»

«Qualcuno in città ne era al corrente?» chiese Angela. «E chi è la madre?»

«La madre è deceduta, almeno così sostiene la figlia», rispose Winter. «E sostiene anche che Osvald era per lei uno sconosciuto fino a qualche anno fa.»

«Ma lei gli ha creduto? Ha creduto che lui fosse suo padre?»

«Evidentemente lui le ha fornito una prova inconfutabile», disse Winter. «Non lo so, ancora non conosciamo i dettagli.»

Angela rabbrividì di nuovo.

«Hai freddo?» chiese Winter. «Vuoi che chiuda la finestra?»

«No, mi piace sentire il vento.»

«Vuoi un whisky?»

«No.»

«Neanche un goccio?»

Non rispose.

«Angela?»

«Non dovrei», disse infine.

«Cosa?»

«Non dovrei bere alcolici», disse di nuovo avvicinandosi a lui.

«Non dovresti bere...?»

«Non aggiungo altro.»

«Non ce n'è BISOGNO!» esclamò Winter saltando su dal letto e versando qualche goccia di quel preziosissimo whisky.

«Quando l'hai scoperto?» le chiese. «Recentemente, immagino?»

Erano tutti e due a letto, la finestra era ancora aperta. L'estate indiana non era ancora finita a Elgin. Anzi, ormai era ottobre e sarebbe stato più appropriato definirla l'estate di Britt.

«Una mezz'oretta fa, circa.»

«Certo.»

Angela bevve qualche sorso di acqua minerale, posò il bicchiere sul comodino mordendosi le labbra.

«A cosa pensi?» le chiese Winter.

«Sempre a cosa potrebbe essere accaduto a Fort Augustus», disse Angela. «Tra padre e figlio.»

«Mmm.»

«Hai una teoria?»

L'estate si era ritirata per la notte, Winter si alzò a chiudere la finestra.

«Penso che Axel Osvald avesse sempre sognato di ritrovare suo padre. È naturale, soprattutto in circostanze così drammatiche. E questa mancanza si è via via aggravata», disse Winter voltandosi verso Angela. «Penso che ora, sapendo meglio su cosa indagare, sarà più semplice arrivare al perché.»

«Quindi il papà, John, si è fatto vivo?»

«Immagino di sì, almeno mentre Axel era qui», rispose Winter. «Anche indirettamente, tramite Erik Osvald.»

«Ha coinvolto anche sua figlia», disse Angela.

«Sì.»

«Lui avrebbe potuto prevedere cosa sarebbe potuto... succedere?»

«Intendi quando si sono incontrati?»

«Sì.»

«Lui non sapeva chi fosse suo figlio», disse Winter.

«In che senso?»

«Non lo conosceva, non sapeva che tipo fosse Axel. Non poteva immaginare che fosse un uomo con una fede religiosa così radicata... RADICALE», esclamò Winter mettendosi seduto sul bordo del letto. «È chiaro che avrebbe innescato un meccanismo. Infatti qualcosa è scattato. Si è spogliato per un credo, per purificarsi, chissà. Ha vagato tra le montagne pregando e togliendosi i vestiti uno a uno. Un bagno... di purificazione. Per liberare il padre dal peccato, così mi ha detto John Osvald sulla spiaggia. Lui non poteva farlo.»

«Pensi che il padre l'abbia raccontato ad Axel?»

«Cosa?»

«Quello che ha... commesso. Fuori in mare nella notte dei tempi. In cosa consistesse il suo peccato, quanto fosse grave...» disse Angela.

«Secondo me sì», rispose Winter. «Gli ha confessato i suoi peccati ed è andata com'è andata.»

«Con il suicidio di Axel Osvald?»

«Suicidio... Sì, direi che stendersi nudo sulla terra gelata è un comportamento abbastanza suicida», disse Winter. «Ma non escluderei la tesi dell'omicidio. Non so... in qualche modo è stato anche un omicidio.»

«Arriverete mai alla verità?»

«Come?» chiese Winter.

«Attraverso la testimonianza di John Osvald», disse Angela.

«Forse», disse Winter pur non credendolo, ma un «forse» suonava più ottimistico di un netto «no». E a dire la verità non sapeva nemmeno se volesse saperla questa verità.

Era tardi, pensò al mare, un altro mare, un'altra spiaggia dall'altro lato del Mare del Nord, alla stessa latitudine di questa città dal paesaggio antico.

Scostò il braccio di Angela dal suo torace e sgusciò fuori dal letto. Angela russava piano, un residuo delle sue adenoidi.

Si versò un dito di whisky, e aprì la finestra di qualche centimetro. Sentì l'aria, chiuse gli occhi e vide quel mare e quella spiaggia dove lui, Angela ed Elsa e un'altra piccola creatura che ancora non conosceva, scavavano tutti insieme. Insieme tracciavano un sentiero. Una pala, una carriola, sabbia, sassi, mattoni, colpi di martello sulla pietra.

Un nuovo inizio.

Giallo & Nero

22. Carin Gerhardsen, *Madre, padre, figli*
23. Åke Edwardson, *Luce e ombra*
24. Reynaldo Sietecase, *Quanti ne dobbiamo ammazzare?*
25. Åke Edwardson, *Senza fine*
26. Åke Edwardson, *Vela di pietra*

Stampato nel febbraio 2013
per conto di Baldini Castoldi Dalai *editore* S.p.A.
da *Grafica Veneta* S.p.A. - Trebaseleghe (PD)